Thomas Herzsprung

Der Heimsucher

Jedem seine Strafe

Thriller

www.emo-media.de

ISBN eBook 978-3-96032-066-1
ISBN Print 978-3-96032-067-8
Cover erstellt unter Verwendung von:
© iStock.com/VitalisG
© iStock.com/Vladimir18
© iStock.com/Honored_Member
© iStock.com/GOLDsquirrel

Für alle, die nachts die Angst heimsucht:

Oft ist die Dunkelheit,
das, was wir fürchten, in Wirklichkeit
nur ein Stückchen Welt,
ein Freund, der uns vor Augen führt,
wie hell und schön
die Orte, Dinge, Menschen leuchten,
die wir am Tage um uns haben.

Kapitel 1

Der fischige Geruch von brackigem Hafenwasser schlug Savannah entgegen, und sie rümpfte die Nase, während sie sich in der Dunkelheit ihren Weg zur rückwärtigen Seite der Lagerhalle im Frankfurter Ostend bahnte. Normalerweise spendete eine einsame Funzel unter dem Vordach wenigstens ein Fleckchen Licht, doch wie es schien, hatte das Ding heute Abend seinen Dienst eingestellt. Genervt zog Savannah ihr Handy aus der Gesäßtasche ihrer knappen Jeans, schaltete die Taschenlampe ein und richtete den dünnen Lichtstrahl auf den Betonboden, wobei sie lauthals ihr geiziges Schwein von Ehemann verfluchte.

Wie nicht anders zu erwarten gewesen war, hatte Klaus für die Reparatur seiner alten Schleuder von Karussell die billigste Halle angemietet, die er hatte auftreiben können.

Nicht zum ersten Mal fragte Savannah sich, was sie vor nunmehr drei Jahren geritten hatte, mit gerade einmal einundzwanzig einen Kerl zu heiraten, der mehr als doppelt so alt war wie sie. Heute, wenn sie die ganze Sache mit etwas Abstand betrachtete, erkannte sie mit Schrecken, dass sie das Leben ihrer Mutter lebte. Eine Reality-Show aus dem Trash-Fernsehen in Dauerschleife. Doch damit war nun Schluss. Ihre Tage als Frau Scheffler näherten sich dem Ende, und bei diesem Gedanken legte sich ein Lächeln auf ihre Lippen.

Als sie die rostige Eisentür auf der dem Main zugewandten Seite erreichte, richtete sie den Schein ihrer provisorischen Taschenlampe auf das Zahlenfeld neben der Tür und gab den fünfstelligen Code ein. Ein Summen erklang, sie zog die Tür auf und steckte das Handy wieder weg.

Obwohl ihr der altbekannte muffige Geruch nach Diesel, Schmierfett und Schweißarbeiten entgegenschlug, breitete sich ein wohliges Gefühl in ihrem Magen aus und zog weiter bis in ihren Unterleib. Sich hier in der heruntergekommenen Lagerhalle mit *ihm* zu treffen, hatte etwas Verbotenes.

Etwas Verruchtes.

Es fühlte sich herrlich sündig an. Und wenn Klaus Wind davon bekäme, würde er sie grün und blau schlagen, doch der alte Sack hatte sich bereits vor zwei Stunden in den Wohnwagen verzogen und schlief inzwischen wahrscheinlich vor dem Fernseher.

Erwartungsvoll betrat Savannah die Halle, die lediglich von dem wenigen Licht erhellt wurde, das von der Recyclinganlage auf der anderen Mainseite durch die verdreckten Fenster fiel, und drehte den altmodischen Lichtschalter.

Nichts.

»Was zum Teufel …?«

Sie probierte den Schalter noch einige Male, jedoch mit immer demselben Ergebnis.

»Hey, ich bin's. Das verdammte Licht geht nicht. Bist du schon da?«, rief sie und machte ein paar Schritte in die Halle, ohne eine Antwort zu bekommen.

Stattdessen fiel hinter ihr mit lautem Krachen die Eisentür ins Schloss.

Savannah wirbelte herum, wobei sie mit dem winzigen Absatz ihres rechten Schuhs auf etwas am Boden trat. Was immer dort lag, ein Blechstück, eine Glasscherbe oder zerbrochenes Plastik, es rutschte mit einem Knirschen weg. Savannahs Fuß knickte um, und ein höllischer Schmerz flammte in ihrem Knöchel auf.

»Verfluchte Scheiße«, brüllte sie, strauchelte, blieb aber auf den Beinen. Dafür verschwand das warme Gefühl.

Wahrscheinlich hatte der Wind, der stetig vom Main herüberblies, die Tür zugeworfen; *er* war es jedenfalls nicht gewesen.

Vorsichtig ließ sie sich auf ein Knie nieder und betastete ihren Knöchel. Er begann bereits anzuschwellen; das war das Letzte, was sie jetzt gebrauchen konnte.

Allmählich ärgerlich werdend, schaute sie sich weiter nach *ihm* um, doch alles, was sie sehen konnte, war der

Starfighter. Düster ragte das Karussell über ihr auf. Seit ihrer Kindheit kannte sie die alte Mühle, die von den meisten Besuchern der Jahrmärkte ungeachtet des neuen Namens nach wie vor *Musik-Express* oder *Raupe* genannt wurde, doch nie zuvor hatte sie das Fahrgeschäft in irgendeiner Weise als bedrohlich wahrgenommen.

Keine der unzähligen Lampen und Lämpchen, die im normalen Betrieb strahlten, brannte. Die Spitzen der einer Krone nachempfundenen Schmuckdachkante schienen das Hallendach durchstoßen zu wollen, während die zu grotesken Fratzen geschminkten Gesichter der Band *Kiss* Savannah höhnisch angrinsten.

Erneut betastete Savannah ihren Knöchel, als sie meinte, im Augenwinkel eine Bewegung wahrgenommen zu haben. Stand in dem Durchgang, der zum hinteren, etwas abgeschirmten Teil des Karussells führte und der im Schaustellerjargon als Tunnel bezeichnet wurde, eine Gestalt?

Ein Mann?

Savannahs Puls schnellte in die Höhe.

»Hallo?«, sagte sie. Selbst in ihren Ohren klang es zögerlich. Ängstlich.

Herrgott, reiß dich zusammen, ermahnte sie sich und rief sich ins Gedächtnis, dass sie keines dieser Püppchen war, denen bei der kleinsten Kleinigkeit die Nerven durchgingen.

Außer ihr war niemand hier. Die Mechaniker hatten längst Feierabend, und *er* würde sich nicht vor ihr verstecken, um ihr einen Schrecken einzujagen. Obwohl sie ihn erst seit kurzem kannte, konnte sie das mit Sicherheit sagen. So einer war er nicht.

Vor gut zwei Wochen, als sie in Frankfurt angekommen war, um mit dem Aufbau der Dippemess zu beginnen, wie der Jahrmarkt in der Mainmetropole hieß, waren sie sich über den Weg gelaufen. Nicht auf dem Festplatz, wie man annehmen sollte, sondern in der Kaiserstraße vor dem Büro der Stadtverwaltung, die sich um die Vergabe der Stände kümmerte. Er gehörte nicht zu den Schaustellern, hatte mit dem Rummel nichts zu tun; gerade das machte ihre Affäre für sie so reizvoll.

Savannah kam wieder hoch und tat einen vorsichtigen Schritt nach vorn, was ihr Knöchel mit einem Schmerz quittierte. In den Pumps konnte sie nicht weiterlaufen. Ausgeschlossen. Mit verkniffenem Gesicht zog sie die Schuhe aus und behielt sie in der Hand. Sie humpelte zurück zur Tür, wobei sie sich die Frage stellte, ob sie mit dem verletzten Knöchel noch Auto fahren konnte. Falls nicht, würde sie sich wohl oder übel von Marvin, ihrem Bruder, abholen lassen müssen.

Sie überschlug die Konsequenzen. Wenn Marvin kam, würde Nepo ganz allein am Stand sein, und das konnte sich als echtes Problem erweisen.

Andererseits war heute Dienstag, da herrschte auf dem Rummel kaum Betrieb. Irgendwie würde es gehen.

Sie griff nach der Klinke, drückte sie und zog, doch die Tür rührte sich nicht.

Ihre leise Unruhe begann, sich zu etwas Nagendem zu entwickeln.

»Okay, keine Panik«, murmelte sie und rüttelte fester.

Nichts tat sich, und Savannah drehte sich zurück zum Karussell. Irgendwo da hinten gab es einen Notausgang.

Vorsichtig humpelte sie in Richtung *Starfighter*, der einzig aus dem Grund hier stand, weil er nach irgendwelchen Auflagen vom TÜV, über deren Unsinnigkeit ihr Mann sich unentwegt aufregte, umgebaut werden musste.

Plötzlich vernahm Savannah ein Rattern und trat erschrocken einen Schritt zurück.

Die Wagen des *Starfighter* hatten sich in Bewegung gesetzt. In der langsamsten Geschwindigkeit rumpelten sie eine Weile über die Stahlschienen; abrupt blieben sie wieder stehen.

Savannah bekam am ganzen Körper eine Gänsehaut, und sie warf einen Blick zum Kassenhäuschen, von wo aus das Karussell bedient wurde.

Die Leuchtdioden auf dem Steuerpult tauchten den winzigen Raum in Rot, aber das Licht war viel zu schwach, als dass Savannah etwas hätte erkennen können.

Dann – vor Schreck fuhr sie zusammen – signalisierte ihr Handy mit einem Warnton den Eingang einer Nachricht.

Wie fremdgesteuert zog Savannah das Smartphone aus der Jeans.

Sofort fiel ihr auf, dass mit dem Handy etwas nicht in Ordnung war. Ihr wurde weder Datum oder Uhrzeit noch die Kapazität des Akkus oder der rosafarbene Verlauf angezeigt, den sie als Hintergrund für ihren Sperrbildschirm ausgewählt hatte. Stattdessen stand in schlichter weißer Schrift auf schwarzem Grund:

Alle Funktionen auf diesem Gerät wurden gelöscht. Es gibt für dich nur einen Weg, diese Nacht zu überleben. Ruf Marvin an.

Auf dem Display tauchte ein Ziffernblock auf.

Savannah versuchte, das Handy auszuschalten. Als das misslang, wollte sie einen Neustart erzwingen, was ebenfalls nicht funktionierte. Das Gerät reagierte nicht.

Es blieben der Ziffernblock und die Aufforderung, Marvin anzurufen.

Wie in Gottes Namen sollte sie das anstellen? Sie kannte seine Nummer nicht. Seit sie denken konnte, hatte sie die Telefonnummer ihres Bruders unter ihren Favoriten in den Kontakten abgespeichert, doch jetzt hatte sie keinen Zugriff mehr darauf.

Die Polizei, ging es ihr durch den Kopf. *Wähl den Notruf, der funktioniert auf jedem Handy, egal, ob man noch Guthaben hat oder nicht.*

Sie tippte 110, dann auf den grünen *Anrufen*-Knopf.

Eine Warnmeldung erschien.

Diese Nummer ist falsch. Du hast noch zwei Versuche, Marvin anzurufen.

Savannahs Blick huschte zwischen ihrem Handy und dem *Starfighter* hin und her, und so bemerkte sie die Gestalt hinter sich erst, als sie von zwei kräftigen Armen gepackt wurde. Sie setzte zu einem Schrei an, der jedoch von dem weichen Tuch, das ihr jemand auf Mund und Nase presste, erstickt wurde. Panisch sog sie Luft ein und versuchte, nach ihrem Peiniger zu treten, doch ein ätzender, chemischer Geruch zog ihr in die Nase, und nach wenigen hektischen Atemzügen erstarben ihre Bewegungen. Ihre Knie wurden weich, und alles um sie herum versank in Dunkelheit.

Kapitel 2

Alles an den Kerlen roch nach Ärger, dafür hatte Marvin eine Nase. Er gab sich betont desinteressiert, rückte auf dem Barhocker nach vorn, streckte sein Bein aus und fischte das Handy aus der Sporthose. Dann gab er vor, seine Nachrichten zu kontrollieren, wobei er die drei Jungs, die etwa in seinem Alter sein mussten, weiter aus den Augenwinkeln beobachtete. Sie stießen mit ihren Bierdosen an und grölten über die Musik des *Jetstream* hinweg, während sie den Mittelgang entlangliefen. Die bunten Lichter des Karussells tauchten ihre Gesichter abwechselnd in gleißendes Rot, Grün und Gelb, und von Marvins Blickwinkel aus hatte es den Anschein, die durch die Luft sausenden Gondeln würden sie jeden Moment am Kopf treffen.

Dämliche Vorstadtaffen, dachte Marvin. Mit ihren Baggy Pants und den übergroßen T-Shirts versuchten sie, wie amerikanische Gangsterrapper auszusehen, doch an den sauberen, frisch gebügelten Klamotten und den akkuraten Haarschnitten erkannte Marvin, dass sie noch bei Mami wohnten. Vermutlich waren sie wie alle hergekommen, um ein bisschen Spaß zu haben, aber nun nach ein paar Bieren und der ernüchternden Erkenntnis, dass an einem Dienstagabend nicht viel los war (was einschloss, keine kichernden Chicks am Autoscooter vorzufinden), hatten sie ihr Vorhaben geändert. Jetzt waren sie auf Ärger aus.

Haut ab! Lauft vorbei!, rief Marvin ihnen im Stillen zu, ohne den Blick von seinem Telefon zu nehmen, denn sein Bedarf an Problemen war gedeckt.

Vor einer halben Stunde, so gegen neun, hatte Savannah sich verabschiedet und ihn mit Nepo hier am Stand allein gelassen, obwohl doch Nepo heute sechzehn wurde und sie ihm noch die versprochene Torte schuldig war.

Nun blieb es an Marvin hängen, am Ende dieses lausigen Verkaufstages den Kram zusammenzupacken und irgendwo einen Geburtstagskuchen samt Kerzen aufzutreiben.

Schönen Dank auch, Schwesterherz.

Den ganzen Abend hatte Savannah furchtbar geheimnisvoll getan, doch Marvin war nicht auf den Kopf gefallen. Ihm war nicht entgangen, dass sie sich, seit sie mit dem Aufbau in Frankfurt begonnen hatten, seltsam verhielt. Und er musste kein Hellseher sein, um zu wissen, was dahintersteckte.

Ein Kerl.

Das hatte er ihr vorhin auch auf den Kopf zugesagt, worauf sie nur noch geheimnisvoller getan hatte.

»Es ist nicht so, wie du denkst«, hatte sie ihm zugeraunt. »Mit ihm ist es anders. Er wird mich von hier wegbringen. Ich fange ein neues Leben an, und später hole ich euch nach.« Sie hatte ihre Augen aufgerissen und einen Schmollmund gemacht, worauf Marvin sich genervt abgewandt hatte. Er hasste ihr Getue, wenn sie einen neuen Typen hatte.

Nepos Stimme riss Marvin aus seinen Gedanken. »Hey, Marvin, weißt du, welcher Tag heute ist?«, fragte Nepo, der eigentlich Nepomuk hieß, was ein echt bescheuerter Name war.

Himmel, ihre Mutter war so durchgeknallt gewesen. Marvin konnte von Glück sagen, dass sie bei der Wahl seines eigenen Namens so etwas wie einen lichten Moment gehabt oder sich an dem Tag schlicht mit den Drogen zurückgehalten hatte.

»Marvin?«, hakte Nepo nach. »Welcher Tag ist heute?« Er schaute von seinem Bilderbuch auf, das Savannah ihm geschenkt hatte und in dem es um irgendeine behütete Göre ging, die nichts Besseres zu tun hatte, als sich stundenlang mit einem Stern zu unterhalten. Falls, was Gott verhüten möge, eine von Marvins zahlreichen Bettgeschichten ein Kind zur Folge hätte, würde er ihm einen solchen Mist nicht zu lesen geben.

»Natürlich weiß ich, was heute für ein Tag ist«, antwortete Marvin bestimmt zum zehnten Mal, seit sie gemeinsam hinter dem Verkaufstisch standen und vergeblich versuchten, T-Shirts, Handyhüllen und allerhand chinesischen Plastikschrott an die Leute zu bringen. »Heute ist dein Geburtstag, Großer.«

»Genau.« Ein breites Grinsen ließ Nepos Gesicht erstrahlen. »Ich habe heute Geburtstag.«

Marvin unterdrückte einen Seufzer.

Obwohl Nepo vier Jahre jünger war als er, überragte dieser ihn bereits um einen halben Kopf. Und auch sonst hatten sie nicht viel gemein, da sie nach ihren unterschiedlichen Erzeugern und nicht nach ihrer Mutter gerieten. Mit seinen breiten Schultern, den kantigen Gesichtszügen, dem dunklen Teint und den haselnussbraunen Augen erinnerte Nepo an eine dieser griechischen Götterstatuen, deren Nachbildung im Kleinformat sich unter den Nippesfigürchen ihrer Mutter befunden hatte. Dagegen konnte Marvin mit seiner Hühnerbrust, den wässrigen, blauen Augen und dem lichter werdenden Haar, das er meist unter einer Beanie oder Basecap versteckte, einpacken.

Doch um nichts in der Welt hätte Marvin mit Nepo tauschen wollen, nicht in tausend Jahren – egal, wie sehr die Weiber auf Nepos Aussehen abfuhren. Seit seinem Unfall hatte Nepo nicht mehr alle Latten am Zaun, wie man so schön sagte, und das brachte ihm höchstens hin und wieder einen Mitleidsfick ein. Nein, dann lieber die Figur eines Lauchs. Denn spätestens an den Wochenenden, wenn das Frühlingswetter so warme Temperaturen bereithielt wie im Moment, fand sich immer irgendeine Tussi, die es nicht erwarten konnte, mit ihm im Wohnwagen zu verschwinden.

»Alter, ist das geil. Guck mal, Justin Bieber«, rief einer der Vorstadtaffen mit beißendem Spott und schnappte sich eines der Fan-Shirts, die Marvin kistenweise und ausgesprochen billig aus Bangladesch bezog, wo sich mit Sicherheit niemand um Lizenzgebühren scherte.

So viel zum Thema keine Probleme, dachte Marvin und steckte das Handy weg. »Für fünfzehn Euro gehört das

T-Shirt dir«, sagte er. »Und nur zur Info: Die Summe wird auch fällig, wenn du es dreckig machst. Also leg es am besten wieder hin.«

Der Typ, der Justin Bieber am Kragen hielt, schien doch jünger zu sein, als Marvin anfangs gedacht hatte, wahrscheinlich erst siebzehn oder achtzehn, denn sein talgiges Milchgesicht bot Pickeln den idealen Nährboden. Mit einem falschen Lächeln blickte er zu Marvin, dann ließ er das T-Shirt fallen. Anschließend machte er einen Ausfallschritt und trat mit seinen klobigen Nike Air darauf herum.

»Oops«, sagte er mit gespielter Überraschung. »Jetzt habe ich es fallenlassen. Was bin ich doch für ein Tollpatsch. Tut mir leid, Arschloch.«

Marvin warf einen raschen Blick zu seinem Bruder, doch dieser schaute wieder in sein Bilderbuch.

Sehr gut.

Nepo mochte nicht die hellste Birne am Kronleuchter sein, doch was ihm an Intellekt fehlte, machte er durch ungezähmte Muskelkraft wett, und das erwies sich in brenzligen Situationen wie dieser als keine gute Kombination.

»Das macht fünfzehn Mäuse«, entgegnete Marvin an Pickelfresse gewandt und versuchte, ruhig zu bleiben. Er musste die Füße stillhalten. Die Prügelei vor zwei Monaten in einem Kaff bei Wiesbaden hatte Nepo und ihm eine Menge Ärger und zwei Anzeigen wegen Körperverletzung eingebracht. Noch so ein Ding, und das Jugendamt würde Nepo in eines dieser Heime stecken, in denen die Leute mit Dachschaden – schon klar, heute nannte man sie *Menschen mit geistigem Handicap*, aber diese Bezeichnung würde sich auf dem Jahrmarkt nicht in hundert Jahren durchsetzen – ihre Zeit damit totschlugen, Besen herzustellen.

»Achtung, Leute! Letzte Chance, dabei zu sein. In wenigen Augenblicken heben wir ab. Kommt jetzt, einsteigen und mitfahren. Der Spaß geht los«, drang es aus den Lautsprechern des *Jetstream*, doch Marvin achtete nicht auf die lahmen Versuche des Rekommandeurs, den Flieger voll zu bekommen. Er konzentrierte sich auf Pickelfresse.

Dämlich grinste der Typ ihn weiter an, während sein Kumpel, der eine gewaltige Wampe unter seinem XXL-Shirt mit dem Schriftzug der *Frankfurter Löwen* versteckte, noch näher an den Stand herantrat. Fettwanst griff nach einem Stapel T-Shirts und zog ihn langsam zu sich heran, bis die ordentlich zusammengelegten Shirts über die Kante des Tisches glitten und zu Boden fielen.

»Sorry, war keine Absicht«, sagte er und hielt seine Hand hoch, worauf Pickelfresse ihn abklatschte.

Das reichte.

»Du verfluchter Wichser«, rief Marvin und sprang vom Barhocker. Er eilte zu dem Durchgang in dem Nylontuch, das seinen Verkaufsstand nach oben und zu beiden Seiten abschirmte, und schob den Stoff so harsch auseinander, dass das Gestänge der Zeltkonstruktion wackelte.

»*Wichser* ist eines der bösen Wörter. Das darf man nicht benutzen«, sagte Nepo und stand ebenfalls auf.

»Bleib sitzen«, wies Marvin ihn an, worauf Nepo sich zurück auf seinen Stuhl fallen ließ, ohne Pickelfresse aus den Augen zu lassen.

»Dich kenne ich doch«, sagte Nepo. »Letztes Jahr hast du ein Helene-Fischer-Shirt gekauft.«

»Bist du bescheuert?«, fragte der Typ betont lässig, in dem Versuch, seine Verblüffung zu überspielen, doch sein rot aufflammendes Gesicht verriet ihn.

Nepo hatte ihn ertappt.

Zwar mochten Nepos Mathematikkenntnisse kaum über die eines Erstklässlers hinausgehen, für Gesichter jedoch hatte er ein fotografisches Gedächtnis. Selbst nach Jahren konnte er mit spielerischer Leichtigkeit sagen, wer welchen Schrott gekauft hatte. Als Inselbegabung hatte die Frau von der Fürsorge Nepos Fähigkeit bezeichnet und ihm außerordentliches Talent bescheinigt, jetzt in dieser Situation trug die Begabung jedoch nicht dazu bei, Druck aus dem Kessel zu nehmen.

Halt bloß die Klappe, wenigstens dies eine Mal, du verdammter Idiot, schoss es Marvin durch den Kopf, doch sofort schämte er sich für den Gedanken. Sein Bruder konnte nichts für seine Einfältigkeit.

»Was bist du denn für einer?«, fragte Fettwanst und betrachtete Nepo neugierig und ein bisschen angewidert, als würde er eine seltene Kakerlakenart unter dem Mikroskop studieren. »Bist du nicht ganz richtig in der Birne?«

Nun sah Marvin rot. Er stürmte auf den Dicken zu, holte aus und ließ seine Faust in dessen Gesicht krachen. Überrascht stöhnte der Kerl auf und taumelte zurück, doch offenbar hatte er genügend Alkohol im Blut, um den Schmerz nicht zu spüren.

Er blieb auf den Beinen und schüttelte sich.

»Was macht ihr da? Auseinander, Jungs! Hört sofort auf«, rief Karla ihnen vom Eisstand auf der gegenüberliegenden Seite zu. »Marv, lass dich nicht wieder auf Ärger ein. Du weißt, wie das endet.«

Kurz schaute Marvin zu ihr herüber, wodurch er ein oder zwei wertvolle Sekunden verlor, in denen er nicht mitbekam, dass Fettwanst vornübergebeugt wie ein Sumoringer auf ihn zustürmte. Im nächsten Moment traf ihn der Schädel des Dicken mit einer solchen Wucht im Magen, dass es ihm die Luft aus den Lungen trieb und er zusammenklappte.

»Hört auf, meinem Bruder wehzutun«, rief Nepo.

Mühsam versuchte Marvin sich aufzurichten, doch Pickelfresse brachte ihn mit einem Tritt gegen das Knie zu Fall, was der dritte Kerl, eine Bohnenstange mit einem verschlagenen Ausdruck, sofort ausnutzte. Hämisch grinsend leerte er seine Bierdose über Marvin aus.

»Na, wie gefällt dir das?«, fragte Pickelfresse und betastete den Bluterguss, der sich auf seiner Wange auszubreiten begann. »Mit mir legst du dich besser nicht an.«

Ein Feuer schien in Marvins Eingeweiden zu wüten, doch schlimmer als der Schmerz brannte die Scham. Er wollte aufspringen, wollte dem feigen Hund sein verdammtes Grinsen aus dem Gesicht schlagen, aber er konnte sich nicht rühren. Wie aus weiter Ferne hörte er das Handy in seiner Hose läuten.

»Lasst Marvin in Ruhe«, brüllte Nepo, dann hob er den Tisch an, auf dem sich die Ramschware türmte, und schleuderte ihn gegen Fettwanst. Nepo stürmte vor, holte aus und traf Pickelfresse so hart im Gesicht, dass dieser wie ein gefällter Baum nach hinten kippte. Blut rann aus dessen Nase.

Einen Moment später kniete Nepo neben Marvin. »Geht es dir gut?« Hilflos pendelte sein Oberkörper vor und zurück. »Weißt du, was heute für ein Tag ist? Heute ist mein Geburtstag. Ich werde sechzehn, und Savannah macht mir einen Kuchen.«

Das Handyklingeln erstarb.

Schwer atmend setzte Marvin sich auf, als er in der Ferne drei ganz in Schwarz gekleidete Männer von der Security durch den Mittelgang auf seinen demolierten Stand zulaufen sah.

Scheiße, die musste Karla gerufen haben.

Als die Vorstadtaffen die nahenden Sicherheitsleute sahen, rappelten sie sich auf und verschwanden in Richtung Ostpark.

Ein erleichtertes Seufzen drang aus Marvins Kehle, und er hoffte, die Typen würden sich auf direktem Weg nach Hause verziehen und nicht vorher einen Abstecher zu den Bullen machen. Auch wenn sie es gewesen waren, die den Streit provoziert hatten, würde die Polizei ihn und Nepo für irgendetwas drankriegen. So lief das nun mal. Das wusste jeder auf dem Rummel, weshalb man als Schausteller der Staatsmacht tunlichst aus dem Weg ging.

Während Marvin noch über die Folgen nachdachte, die der Abend nach sich ziehen würde, begann sein Handy erneut zu klingeln.

Vielleicht war es Savannah, die ein Problem mit ihrem neuen Lover hatte, was nicht ungewöhnlich wäre. Mit Männern hatte sie nie ein glückliches Händchen bewiesen. Vorsichtig ausgedrückt.

Unbekannte Nummer.

Nicht Savannah, Gott sei dank, schoss es Marvin durch den Kopf, und er wollte den Anruf schon wegdrücken, tat es aber nicht.

Noch lange hinterher sollte er sich fragen, was geschehen wäre, wenn er den Anruf einfach ignoriert hätte. Wenn er das Handy zurück in die Sporthose gesteckt, sich in den Wohnwagen, den er sich mit Nepo teilte, verkrochen und sein Knie mit einem Beutel Eis gekühlt hätte.

»Ja?«, fragte er.

»Marvin, bist du das?«, antwortete eine elektronisch veränderte Stimme am anderen Ende der Leitung.

»Wer ist da?«

»Falls du Savannah lebend wiedersehen willst, präg dir die folgende vierstellige Ziffernfolge ein«, sagte die elektronische Stimme. »Sie steht zwischen Savannahs Läuterung und ihrer Verdammnis.«

»Was?« Obgleich Marvin keine Ahnung hatte, wovon der Anrufer sprach, vergaß er augenblicklich sein schmerzendes Knie und die biergetränkten Klamotten. Angst breitete sich in ihm aus. »Wovon sprechen Sie?«

»Drei, zwei … «, fuhr die Stimme ungerührt fort, doch die Sirene des *Jetstream*, die den Höhepunkt der Fahrt begleitete, übertönte die nachfolgenden Worte des Anrufers.

»Hey, Mann, hier ist es scheiß laut. Was sagen Sie?«, brüllte Marvin, während er mit aller Kraft das Handy an sein Ohr presste und sich das andere zuhielt. »Ich kann Sie nicht verstehen.«

Nach einigen Sekunden beendete der *Jetstream* langsam seine Fahrt, und mit der Sirene verstummte auch das Kreischen der Fahrgäste. Noch immer presste Marvin das Smartphone an sein Ohr, doch es blieb still.

»Hallo?«, fragte er. »Sind Sie noch dran? Was ist mit Savannah? Wo ist sie?«

Ein Klicken. Der Anrufer hatte aufgelegt.

Kapitel 3

Dem plakativen Aufdruck *Absolut spritzfrei* auf dem Farbeimer zum Trotz musste Falk die Augen zu schmalen Schlitzen zusammenkneifen, während er auf einer Leiter stehend die Decke strich. Die verdammte Farbe dachte nicht daran, das Werbeversprechen des Herstellers einzuhalten, und haftete nicht nur auf der Raufasertapete, sondern verteilte sich auch großzügig auf Falks Papierhut, dem alten Flanellhemd und seinem Gesicht. Außerdem fühlten sich Falks Arme inzwischen wie aus Gummi an, sein Rücken schrie vor Schmerz.

Zum gefühlt hundertsten Mal fuhr er nun schon über die grauen Flecken, die sich in der Ecke seines Wohnzimmers gebildet hatten, doch noch immer sah man einen Schatten unter der als *Arktisches Weiß – hält beim ersten Anstrich* angepriesenen Wandfarbe.

Abwechselnd verfluchte Falk sich selbst, Zoe und die ganze Welt, wobei er sich fragte, welcher Teufel ihn geritten hatte, die Renovierung seiner Wohnung in die eigenen Hände zu nehmen. Er war Hauptkommissar, kein Malermeister.

Der Song *Macht es nicht selbst* von *Tocotronic*, deren Frühwerk er während der Ausbildung an der Polizeiakademie gern und laut und meist ziemlich besoffen gehört hatte, spulte sich in einer nervtötenden Endlosschleife in seinem Kopf ab.

»Ferret hätte seinen Hintern ruhig aus dem Bett schwingen und uns helfen können«, maulte er mit Blick auf Zoe, die am Boden kauerte und mit einem kleinen Pinsel die Fußleisten lackierte. »Ich frag mich ohnehin, was er den ganzen Tag in deiner Wohnung treibt.«

Zoe, die einen ihrer ausrangierten, ärmellosen Schwesternkittel trug, schaute skeptisch zu Falk hoch.

»Was denn?«, blaffte er und schaltete auf Angriff. »Der Kerl ist jung und sollte sich langsam mal um einen vernünftigen Job bemühen.«

»Das kann nicht dein Ernst sein«, entgegnete Zoe und verzog gequält den Mund. »Mutierst du jetzt zum Spießer, Bachmann? Ich kann ja allein weiterstreichen, während du zum Stammtisch gehst und mit deinen Kumpels überlegst, wie man Sozialschmarotzern Beine machen kann. Geht's noch?«

Falk ließ die Farbrolle sinken und kreiste mit den Schultern. »Sehr witzig. Und übrigens, ich hatte niemals einen Stammtisch.«

»Und ich bestimme immer noch selbst über meine Wohnung.« Zoes Stimme war scharf geworden. »Außerdem liegt Ferret mir nicht auf der Tasche, sondern zahlt jeden Monat zum Ersten seinen Anteil an der Miete.«

Falk unterdrückte ein genervtes Stöhnen. Eigentlich hatte er nichts gegen den jungen Punk, den Zoe ein Dreivierteljahr zuvor wie einen zugelaufenen Straßenköter in ihrem winzigen Apartment in Bockenheim aufgenommen hatte und der seitdem bei ihr auf dem Sofa schlief. Manchmal nervte es ihn aber, mitansehen zu müssen, wie der Kerl ihre Gutmütigkeit ausnutzte.

Dabei konnte es ihm eigentlich egal sein, wer bei Zoe hauste, schließlich übernachtete sie ohnehin meist bei ihm in der Elbestraße. Was auch der Grund war, weswegen sie gemeinsam sein Apartment renovierten. Falk hatte seine Wohnung bislang nur als Behausung angesehen, als Zufluchtsort, der die überlebensnotwendigen Dinge beherbergte, die ein geschiedener dreiundvierzigjähriger Hauptkommissar vom LKA brauchte: Mikrowelle, Kühlschrank, Großbildfernseher, Sofa, Schrank, Bett und als besonderen Luxus eine Dartscheibe an einer von Pfeilen durchlöcherten Wohnzimmerwand. Doch in letzter Zeit hatte Zoe mehr und mehr für Gemütlichkeit gesorgt. Sogar eine Zimmerpflanze war bei ihm eingezogen. Sie stand auf der Anrichte neben dem Fernseher und gedieh entgegen seiner Erwartung ziemlich gut, wobei ihre gummiartigen Blätter gerade ebenfalls einige Farbspritzer abbekommen hatten.

»Ich will gar nicht wissen, woher das Geld für die Miete stammt, das er dir ach so pünktlich jeden Monat zusteckt«, sagte Falk und widmete sich wieder den Flecken an der Decke.

»Dann frag auch nicht, sondern halt dich einfach raus.«

Er ahnte, dass es klug wäre, das Thema auf sich beruhen zu lassen, aber schon bei Becky, seiner Exfrau, hatte er die Momente verpasst, in denen er besser die Klappe gehalten hätte. »Ich würde mich ja raushalten, wenn ich nicht sehen würde, dass dich die Sorge um den Kerl um deinen Schlaf bringt. Glaubst du, ich hätte neulich Nacht nicht mitbekommen, wie du stundenlang vergeblich versucht hast, Ferret zu erreichen?«

Zoe warf den Pinsel so energisch zurück in die Blechdose, dass Lack auf die Plastikfolie am Boden tropfte. Sie richtete sich auf und stellte sich auf die Zehenspitzen, wodurch sie die Zentimeter an Körpergröße gewann, die ihr sonst die Sohlen ihrer Doc Martens einbrachten. Angriffslustig reckte sie ihr Kinn vor. »Was willst du eigentlich, Falk Bachmann?«

Er ließ die Farbrolle wieder sinken. Himmel, warum mussten Frauen immer alles in den falschen Hals bekommen? »Herrgott, ich mach mir einfach Sorgen. Ist das so schwer zu verstehen?« Da er lauter geworden war als beabsichtigt, senkte er die Stimme. »Sieh mal, du hast dich in den letzten Jahren aufopferungsvoll um deine Schwester gekümmert. Du hast versucht, Jessy aus dem Milieu zu holen und sie von den Drogen wegzubringen, aber es hat nicht funktioniert. Jetzt bemutterst du Ferret, von dem du weißt, dass er ebenfalls anschaffen geht. Mach dir doch nichts vor, wahrscheinlich wirft auch er irgendetwas ein. Das tun die meisten Stricher, anders drehen sie irgendwann genau wie deine Schwester durch. Mensch, Zoe, du hast doch …«

»Halt Jessy da raus«, unterbrach sie ihn. »Meine Schwester hat nichts mit der Sache zu tun. Ferret ist ein Freund, ob es dir passt oder nicht.«

»Wach endlich auf! Du kannst nicht die ganze Welt retten.«

»Ach und wer behauptet das?«

»Werd nicht kindisch«, sagte er und bereute es im selben Moment. Es klang, als würde er mit Mia, seiner Tochter, sprechen.

Zoe erstarrte. »Ich schätze, es ist besser, wenn ich jetzt abhaue. Ich will nicht, dass etwas zwischen uns kaputtgeht, was sich später nicht mehr kitten lässt.« Sie nahm die alte Basecap mit dem Logo einer Baufirma ab, die Falk ihr gegeben hatte, hängte sie an eine Ecke des Fernsehers und wuschelte sich durch ihre kurzen Haare, die sie neuerdings rot gefärbt trug. Dann verschwand sie, ohne sich noch einmal umzudrehen, aus dem Wohnzimmer.

Falk beeilte sich, von der Leiter zu steigen. »Jetzt lauf doch nicht weg«, rief er ihr nach. »Es tut mir leid. Ich habe es nicht so gemeint. Es ist komisch rübergekommen.«

Im nächsten Moment fiel die Wohnungstür ins Schloss.

»Verdammt«, stieß Falk aus und starrte in den leeren Flur. Wie hatte das Gespräch nur so aus dem Ruder laufen können? An ihrem ersten gemeinsamen freien Tag seit über einem Monat hatten sie doch einfach nur das Wohnzimmer streichen wollen.

Unwillkürlich schlich sich der Gedanke an einen Drink in sein Bewusstsein und setzte sich dort mit altbekannter Penetranz fest. Falk versuchte, dagegen anzukämpfen, doch schon nach wenigen Augenblicken kapitulierte er.

Scheiß drauf!, dachte er, fegte den albernen Papierhut vom Kopf, steckte seine Brieftasche ein und zog den Schlüssel zur Wohnung ab.

Gerade als er nach der Türklinke griff, geschahen zwei Dinge gleichzeitig: Sein Handy fing zu klingeln an, und jemand klopfte gegen die Wohnungstür.

Falk warf einen raschen Blick aufs Display seines Telefons.

Dr. Juliane Klawitter ruft an.

Kurz wunderte er sich, was seine Kollegin, die Polizeipsychologin, von ihm wollte, doch wenn sie ihn an seinem freien Tag anrief, musste es wichtig sein.

»Ja?«, nahm er den Anruf an und öffnete, ohne hinzusehen, die Tür. Wahrscheinlich hatte Zoe bei ihrem unüberlegten Aufbruch etwas vergessen.

»Ich weiß, dass du heute Urlaub hast, aber Koruhn ist der Ansicht, dass du dir den Tatort persönlich ansehen solltest«, sagte Juliane am Telefon und fing ohne Umschweife an, von einem Mord zu berichten, den Falk in seinem ganzen Ausmaß nur vor Ort begreifen könne. In knappen, präzisen Sätzen gab sie ihm die Adresse einer am Osthafen liegenden Werkstatt durch, in der eine Frauenleiche aufgefunden worden war.

Falk ging zur Garderobe und suchte in der Innentasche seiner Jacke nach einem Stift und einem Zettel, um sich die Adresse zu notieren, als sein Blick durch die geöffnete Wohnungstür in den Hausgang fiel.

Es war nicht Zoe, die mit etwas Abstand draußen wartete. Stattdessen blickte Falk in ein Gesicht, das er, obwohl er es eine Ewigkeit nicht mehr gesehen hatte, sofort wiedererkannte.

»Hallo, Falk«, sagte Hannah, seine Jugendliebe und die Mutter seines Sohns, von dessen Existenz Falk erst erfahren hatte, nachdem dieser sich vor einiger Zeit auf eine freie Stelle als Profiler beim LKA beworben hatte.

Langsam, ohne den Blick von Hannah abzuwenden, ließ Falk das Handy sinken. Sein erster Impuls bestand darin, der Frau – dieser Fremden – die Tür vor der Nase zuzuschlagen, doch er war unfähig, sich zu rühren.

»Was willst du?«, presste er mühsam hervor.

Hannahs Augen huschten hin und her. »Entschuldige den Überfall. Du weißt, ich wäre nicht gekommen, wenn es nicht wirklich wichtig wäre«, sagte sie und wirkte getrieben. Verstohlen, als müsse sie sich vergewissern, dass ihr niemand gefolgt war, sah sie über ihre Schulter, bevor sie sich wieder an Falk wandte. »Es gibt da etwas, das du wissen musst.«

Kapitel 4

Als die am Kai gelegene Lagerhalle in Sichtweite kam, ließ Falk das Fenster seines Dienstwagens heruntergleiten, nahm das Blaulicht mit dem magnetischen Fuß aus der Halterung, knallte es aufs Dach und schaltete es ein. Ohne nennenswert die Geschwindigkeit zu verringern, fuhr er auf die Durchfahrt zwischen der Backsteinhalle und der angrenzenden Lagerhalle eines Baustoffhandels zu. Die beiden Schutzpolizisten, die neben einem in die Auffahrt ragenden Streifenwagen den Tatort gegen unbefugtes Betreten absicherten, brachten sich mit einem Satz in Sicherheit.

Falk kniff die Augen gegen das Sonnenlicht zusammen, das sich auf dem ruhig dahinfließenden Main spiegelte, und stellte seinen dunkelblauen BMW zu den anderen Einsatzfahrzeugen. Neben einem weiteren Streifenwagen und zivilen Fahrzeugen vom Kriminaldauerdienst und der Spurensicherung entdeckte er einen Leichenwagen sowie den leicht ramponierten mintgrünen Fiat 500 von Dr. Di Carlo. Die Gerichtsmedizinerin war also bereits eingetroffen.

Bevor Falk ausstieg, beugte er sich vor und warf einen Blick auf sein Gesicht im Rückspiegel. Auf die Schnelle konnte er keine weißen Farbreste mehr entdecken, und alles in allem fand er ganz passabel, was er sah. Einigermaßen wache braune Augen, kaum Tränensäcke, und die Falten, die sich seit einiger Zeit anschickten, sein Gesicht zu zerfurchen, schienen nicht tiefer geworden zu sein. Es bekam ihm gut, dass er regelmäßiger aß, weniger rauchte und kaum mehr trank. Außerdem hatte er sich von Hartwick zu einer gemeinsamen wöchentlichen Joggingrunde überreden lassen, was nicht nur seiner Gesundheit zugutekam, sondern ihm auch die Gelegenheit gab, ihn – seinen Sohn – besser kennenzulernen.

Augenblicklich kehrten seine Gedanken zurück zu Hannah. Nachdem er sich von dem Schock über ihr plötzliches Auftauchen erholt hatte, war er ungeduldig geworden und hatte sie gedrängt, mit der Sprache herauszurücken, was so wichtig sei, dass sie nach all den Jahren unangemeldet bei ihm auftauchte. Doch zwischen Tür und Angel hatte Hannah nichts sagen wollen, was Falk in Rage gebracht hatte. In seiner aufbrausenden Art hatte er ihr ein Dann-eben-nicht an den Kopf geknallt, sich seine Jacke geschnappt und war an ihr vorbeigestürmt.

Wieder und wieder hatte er Hannah auf der Fahrt zum Osthafen verflucht und versucht, sie aus seinem Schädel zu verbannen, doch vergeblich.

Er war noch nicht ganz ausgestiegen, als auch schon Juliane auftauchte. Zusammen mit Oberkommissar Jan Hartwick, seinem neuen Partner und nicht weniger neuen Sohn, kam sie mit so großen Schritten auf ihn zugelaufen, wie es ihre hochhackigen Schuhe zuließen. Ihr offener Blazer wehte hinter ihr her, sodass Falk die Dienstwaffe im Holster an ihrem Gürtel erkennen konnte.

»Da bist du ja endlich«, sagte die Polizeipsychologin der Abteilung vier für schwere, organisierte Kriminalität. »Wir warten schon.« Mit einer Hand strich sie ihre Kurzhaarfrisur zurecht, zu der sie glücklicherweise zurückgefunden hatte, nachdem sie vergangenen Sommer in dem Versuch, sich die Haare wachsen zu lassen, eine frappierende Ähnlichkeit mit dem verfilzten kleinen Kläffer seiner Nachbarin aufgewiesen hatte.

»Heute ist mein freier Tag. Schon vergessen?«, polterte Falk los. »Ich bin so schnell gekommen, wie ich konnte. Also, was haben wir?«

»Eine tote Frau von höchstens Anfang bis Mitte zwanzig«, antwortete Hartwick, und als Falk ihn ansah, kam es ihm vor, als blicke er in Hannahs blaue Augen. »Aufgrund der besonderen Umstände hat das Innenministerium in Absprache mit der Staatsanwaltschaft das LKA mit der Leitung der Ermittlungen betraut. Koruhn meinte, wenn du die Einsatzleitung übernehmen willst, solltest du besser deinen Hintern herbewegen. Freier Tag hin oder her.«

Daher wehte also der Wind. Hatte der Bär, wie der Chef der Abteilung vier wegen seiner Leibesfülle und seiner tapsigen Art hinter vorgehaltener Hand genannt wurde, also seine Finger im Spiel. Trotzdem würde Falk den Teufel tun und sich beschweren. Ohne Koruhns Unterstützung würde er heute nicht mehr beim LKA arbeiten, sondern als Kaufhausdetektiv Jagd auf kleptomanische Hausfrauen machen.

»Besondere Umstände?«, hakte Falk nach, während er Hartwick und Juliane zu der rostigen Eingangstür folgte.

»Das siehst du dir am besten selbst an«, sagte Hartwick und zog die Eisentür auf.

Sofort schlug ihnen der typische Werkstattgeruch nach Diesel und Schmierfett entgegen, der jedoch von einem kupfernen, organischen Geruch überlagert wurde, den Falk nur allzu gut kannte.

Blut, und der Intensität des Gestanks nach zu urteilen, musste es sich um eine Menge Blut handeln.

Falk betrat die Halle und starrte auf ein Karussell, das bis knapp unter die Decke reichte. Überlebensgroße Konterfeis von mehr oder minder gut porträtierten alten Bands wie *Kiss, Depeche Mode* und *Eurythmics* rahmten den mit Lämpchen gespickten Schriftzug *Starfighter* ein. Die Strahler der Kriminaltechnik tauchten das Fahrgeschäft in grelles Licht, wodurch sich das Blut, das sich in einem nahezu perfekten Kreis über Wände, Boden und Kassenhäuschen zog, überdeutlich abzeichnete.

»Was für eine verdammte Sauerei«, stieß Falk aus und konnte seinen Blick nicht von der Blutspur nehmen. »Was ist passiert? Und warum steht das Karussell hier in der Halle und nicht auf dem Frühjahrsrummel?«

Hartwick sah auf die Notizen in seinem Smartphone. »Wie uns der Verwalter mitteilte, wurde die Lagerhalle von einem Schausteller aus Marburg angemietet, der sich für die Dauer der Dippemess in Frankfurt aufhält. Der TÜV hat bei dem Fahrgeschäft Sicherheitsmängel festgestellt, deshalb steht es hier. Der Betreiber, ein gewisser Klaus Scheffler, lässt es reparieren, solange er in der Stadt ist.«

»Und wo kommt das ganze Blut her?«

»Moment, ich zeige es dir.« Hartwick deutete auf den Bereich oberhalb des Kassenhäuschens, wo Dr. Di Carlo in Schutzkleidung stand, den aufgeklappten Arztkoffer zu ihren Füßen. Konzentriert beugte sich die fleischgewordene Institution der Rechtsmedizin über die Leiche einer Frau, die ungewöhnlich aufrecht in einem der Wagen saß. Der Kopf der Toten war nach vorn gesunken, wodurch das Gesicht von ihren langen Haaren verdeckt wurde.

Bevor Falk mit seinem Team das Karussell betrat, zogen sie von der Spurensicherung bereitgestellte Overalls, Schuhüberzieher und Latexhandschuhe an, um den Tatort nicht mit fremden Spuren zu kontaminieren.

»Guten Morgen, zusammen«, sagte Falk und nickte erst in Dr. Di Carlos Richtung und anschließend zu den beiden Polizeibeamten, die in einiger Entfernung gegen ein Geländer gelehnt standen. »Hauptkommissar Bachmann vom LKA.«

Der ältere der beiden Beamten, ein gemütlich wirkender Endfünfziger mit ausladendem Bauch, grauem Vollbart und knubbeliger Nase, trat auf Falk zu und reichte ihm die Hand. »Kriminaloberkommissar Faulhammer vom KDD«, sagte er. »Und dort drüben steht mein Kollege Krysiak.« Er deutete auf einen Mann mit spitzem Vogelgesicht, der vielleicht zehn Jahre älter als Hartwick, also Mitte dreißig, sein musste.

Gequält schaute Krysiak zu ihnen hinüber, dann senkte er den Blick. Ihm war deutlich anzumerken, dass er sich möglichst weit weg wünschte.

»Was wissen wir?«, fragte Falk und wandte sich der Leiche zu. Erneut fiel ihm die unnatürlich gerade Haltung auf. Irgendetwas bewahrte den leblosen Körper davor, in sich zusammenzusinken.

Dr. Di Carlo richtete sich auf, zog ihren Mundschutz vom Gesicht und machte Falk Platz. Die italienischstämmige Gerichtsmedizinerin, der man nicht ansah, dass sie die fünfzig bereits seit längerer Zeit hinter sich gelassen hatte, blickte ihn ernst an. »Ich bin mit den ersten Untersuchungen fertig, Sie können also ruhig näher kommen.«

Falk trat auf das Trittbrett des Wagens, beugte sich hinunter und sah auf die Tote hinab. Ihre Jeans und das trägerlose, ziemlich knappe Top, das vor nicht allzu langer Zeit weiß gewesen war, hatten den schmutzig rostbraunen Farbton von geronnenem Blut angenommen. Ihr rechter Arm war mit einer Handschelle an die über das Rückenteil verlaufende Stange gefesselt.

Falk beugte sich tiefer und bemühte sich, den süßlich-fauligen Geruch zu ignorieren, der von der Leiche ausging.

»Was ist das?«, fragte er und deutete auf die Metallspitzen, die mit Blut und Gedärm verschmiert einige Zentimeter seitlich aus dem Oberkörper der Toten herausragten.

»Mit was genau wir es hier zu tun haben, wird Ihnen die Spurensicherung sagen können, nachdem die Leiche abtransportiert wurde«, entgegnete Dr. Di Carlo. »Aber ich muss nicht auf McNish und seine Leute warten, um zu wissen, dass wir das Mordwerkzeug vor uns haben. Die Frau wurde, salopp ausgedrückt, von diesen Stangen aufgespießt.«

Falk warf der Gerichtsmedizinerin einen fragenden Blick zu, doch es war Faulhammer, der mit den Ausführungen fortfuhr: »Das ist auch das, wovon die Kriminaltechnik zum jetzigen Zeitpunkt ausgeht. Noch ist zwar unklar, wie der Täter die langen Metallspieße an der Innenseite des Wagens befestigt hat, unstrittig ist aber, dass er sein Opfer mittels Handschelle an das Rückenteil des Wagens gekettet und anschließend das Karussell gestartet hat. Sind Sie schon einmal mit so einem Ding gefahren?«

Falk zuckte mit den Achseln. »Klar, irgendwann in meiner Jugend. Vor hundert Jahren oder so.«

Faulhammer zwinkerte ihm verschwörerisch zu. »Mit einem Mädchen, was? Dann wissen Sie ja, wie's läuft. Die Kerle setzen sich nach außen, die Mädels nehmen auf der Innenseite Platz. Sobald das Karussell richtig losbrettert, können die Frauen sich nicht mehr halten und rutschen den hormongesteuerten Typen kreischend auf den Schoß. Was dann passiert …« Erneutes Augenzwinkern.

Juliane entfuhr ein genervtes Stöhnen. »Wenn ich das Männergespräch kurz unterbrechen dürfte. Als ich mit so einem Karussell gefahren bin, hatte ich durchaus genügend Kraft, um nicht unfreiwillig auf Tuchfühlung mit meinem Mitfahrer zu gehen.«

Dr. Di Carlo schaltete sich ein. »Ganz recht, wir bestimmen immer noch selbst, auf wessen Schoß wir landen, meine liebe Dr. Klawitter.«

Hartwick schien das feine Lächeln zu übersehen, das die Gerichtsmedizinerin ihm dabei zuwarf. Bis auf Juliane und Falk wusste keiner der Kollegen, dass Hartwick nicht nur immun gegen die Flirtversuche von Dr. Di Carlo, sondern gegen die Annäherungsversuche von Frauen im Allgemeinen war. Er stand auf Männer.

Dr. Di Carlo wurde wieder ernst. »Zurück zu unserem Fall. Der Krafteinsatz, den man aufbringen muss, um sich in einem Fahrgeschäft dieser Art bei voller Geschwindigkeit halten zu können, steht in direkter Verbindung zur Fahrtdauer. Das ist simple Physik. Während der dreißig oder vierzig Sekunden, in denen ein Karussell unter herkömmlichen Bedingungen mit maximaler Leistung läuft, stellt es für die meisten kein Problem dar, sich festzuhalten. Doch nach zwei, drei, vier oder noch mehr Minuten sieht das bereits anders aus. Dann ist die Kraft erschöpft. Die Muskeln überlasten, sie übersäuern, verkrampfen und stellen die Arbeit ein. Den Rest übernehmen die Fliehkräfte. Sie schleudern den Körper unweigerlich nach außen.« Dr. Di Carlo schaltete ihre kleine Stablampe ein und leuchtete die Innenseite der rechten Hand an. »Achten Sie auf die Verbrennungen an der Handfläche. Sie rühren daher, dass die Frau sich in Todesangst mit aller Kraft an die Haltestange geklammert hat. Irgendwann ist sie aber zwangsläufig zur Seite gerutscht, worauf die spitz zulaufenden Eisenstangen sie aufspießten.« Der Lichtpunkt ihrer Lampe huschte über die Unmengen von Blut um sie herum. »Anschließend, während das Karussell sich weiterdrehte, wurde das Blut des Opfers wie in einer Zentrifuge aus ihrem Körper geschleudert. Daher auch die annähernd kreisrunde Form des Spritzmusters.«

Falk bemerkte, wie Hartwick blass wurde und den Kopf senkte.

»Wer hat die Frau überhaupt gefunden?«, fragte Falk.

»Das war ein Mann von einem Sicherheitsdienst«, antwortete Faulhammer. »Auf seiner nächtlichen Kontrollfahrt sind ihm das bunte, zuckende Licht und das Rattern in der Halle aufgefallen. Er ist rein und hat sich erst einmal die Seele aus dem Leib gekotzt, bevor er uns alarmiert hat.«

»Kennen wir bereits die Identität der Frau?«, fragte Juliane.

»Fehlanzeige«, entgegnete Faulhammer. »Die Techniker haben zwar das Handy der Toten gefunden, allerdings ließ es sich nicht einschalten. Die Anfrage beim Provider läuft bereits. Anhand der SIM-Kartennummer sollten wir die Identität recht schnell ermitteln können, vorausgesetzt, die Karte ist auf das Opfer registriert.«

»Gute Arbeit«, meinte Falk und konzentrierte sich erstmals auf den kleinen metallischen Kasten mit der ausziehbaren Antenne und dem Ziffernblock, der an dem Sicherungsbügel des Wagens montiert war.

Zur Serienausstattung gehörte das Teil nicht.

»Und das? Was ist das für ein Ding?«

Faulhammer räusperte sich. »Darüber rätseln die Techniker noch. Die Antenne deutet auf eine Art Fernbedienung hin, doch das ist bisher lediglich eine Mutmaßung. Wenn die Gerichtsmedizinerin fertig ist und die Leiche abtransportiert wurde, wird die KT sich das Teil genauer ansehen und hoffentlich Näheres dazu sagen können.«

Wie auf ein Stichwort hin winkte Dr. Di Carlo den beiden Männern vom Bestattungsinstitut zu, die in einigem Abstand zum Karussell warteten und in ihren dunkelgrauen Anzügen zwischen den uniformierten Polizeibeamten und den Technikern in ihren weißen Overalls seltsam deplatziert wirkten. »Meine Herren, kommen Sie bitte«, rief Dr. Di Carlo. »Sie können die Leiche jetzt mitnehmen und in die Rechtsmedizin bringen. Kennedyallee einhundertvier. Ich hoffe, Sie kennen sich aus.«

Da Falk nicht sehen wollte, wie die Männer die Tote von den Metallspitzen klaubten, wandte er sich ab und beschloss, sich ein wenig in der Halle umzusehen. Hartwick und Juliane blieben zurück. Sie kannten seine Arbeitsweise gut genug, um zu wissen, dass er an Tatorten Zeit für sich allein brauchte.

Während Falk die Plattform des *Starfighter* verließ, fragte er sich, was jemanden dazu trieb, eine junge Frau auf eine derart bestialische Weise umzubringen. Und wozu diente das Kästchen am Sicherungsbügel? Eine Fernbedienung, hatte Faulhammer vermutet. Doch was steuerte man damit? Etwa das Fahrgeschäft?

Auf der Suche nach dem Motor, der dieses Monstrum antrieb, lief er um das Karussell herum. Bis hierhin reichten die Scheinwerfer der Spurensicherung nicht, daher musste er sich mit dem Sonnenlicht zufriedengeben, das spärlich durch die dreckverkrusteten Fenster drang.

Trotz der schlechten Beleuchtung strahlten die Blitze, die auf die rote Seitenplane geairbrusht worden waren; die darunter angebrachten Metallplatten glänzten. Wie es aussah, war die Seitenverkleidung im Zuge der Instandsetzungsmaßnahmen, die der TÜV dem Betreiber aufs Auge gedrückt hatte, erneuert oder zumindest auf Vordermann gebracht worden.

Falk ging weiter und ließ seine Hand über das Metall gleiten. Es fühlte sich kühl unter seinen Fingern an. Er hatte angenommen, irgendwo einen Durchgang oder eine kleine Tür in der mannshohen Verkleidung zu finden, durch die man unter das Karussell gelangen konnte, wo sich die Antriebsmotoren und die Elektronik befanden. Aber er entdeckte nichts. Mit Sicherheit ließ sich eines der Seitenteile mit irgendeinem Kniff entfernen, doch Falk hatte keine Ahnung, wie das zu bewerkstelligen sein sollte.

Kurz überlegte er, einen der Techniker um Hilfe zu bitten, entschied sich jedoch dagegen. Die Kollegen hatten alle Hände voll zu tun. Außerdem klaffte zwischen Hallenboden und der Verkleidung des *Starfighter* eine Lücke, und wenn ihn nicht alles täuschte, reichte sie aus, um sich hindurchzuzwängen.

Er legte sich flach auf den Boden und fraß Staub, als er sich unter das Karussell schob. Keuchend richtete er sich wieder auf und schlug prompt mit dem Hinterkopf gegen eine Metallstange.

»Verdammt«, fluchte er, rieb sich die schmerzende Stelle und ließ seinen Blick umherwandern. Ein Skelett aus Metallträgern, Stützpfeilern und Querstangen trug das Karussell. Die Reifen des LKW-Aufliegers, in dem die Technik untergebracht war, lagen halb versteckt hinter Plastikwannen vollgestopft mit Werkzeug und Ersatzteilen. Kabel, dick wie Falks Unterarme, schlängelten sich über den Boden und verschwanden in gewaltigen Sicherungsschränken. Aufgereiht wie Soldaten vor dem Exerzieren stand eine ganze Armee von Hämmern in allen Größen neben einer Starkstromleitung.

Mit eingezogenem Kopf und darauf achtend, nicht über eines der Kabel oder eine der Metallstreben zu stolpern, arbeitete Falk sich weiter vor. Die Gespräche und Geräusche seiner Kollegen drangen nur noch gedämpft bis zu ihm hinunter.

Plötzlich hielt er inne; seine Nackenhaare stellten sich auf. Er hatte das Gefühl, hier unten nicht allein zu sein.

Rasch blickte er sich nach allen Seiten um, doch er konnte keine Menschenseele ausmachen. Stattdessen entdeckte er einen Schriftzug, den jemand – *der Killer?* – mit selbstleuchtender Farbe an die Karussellverkleidung gepinselt hatte.

Sie aber reinigte sich von ihrer Unreinheit und kehrte wieder zu ihrem Hause.
(2. Samuel 11, 4)

So schnell es ging, kämpfte Falk sich zwischen dem Gestänge hindurch und trat näher an die phosphoreszierenden Worte heran. Sacht, um möglichst wenig Spuren zu verwischen, berührte er mit dem kleinen Finger einen der Buchstaben.

Die Farbe war noch nicht trocken.

Für Falk bestand kein Zweifel. Der Mörder hatte ihnen eine Botschaft hinterlassen.

Irgendetwas aus der Bibel.

Gerade als Falk sein Handy aus der Hosentasche ziehen wollte, um McNish, den Chef der Spurensicherung zu bitten, sich das anzusehen, nahm er aus dem Augenwinkel eine Bewegung wahr.

Falk fuhr herum und sah, wie ein Mann den Arm hob und einen Hammer auf ihn niedersausen ließ.

Kapitel 5

Anna hielt sich am Geländer fest und nahm die letzten Stufen mit nur einem Satz. Obwohl sie ihre Sandaletten mit den Plateau-Absätzen trug, kam sie sicher am Fuß der Treppe auf. Beißender Uringestank zog ihr in die Nase, worauf sie angewidert das Gesicht verzog.

Sie fragte sich, welcher Idiot in die Ecke pisste, wo die *City Mall* seinen Besuchern mehr als genügend frei zugängliche Toiletten zur Verfügung stellte.

Echt widerlich, die Welt war voller Honks.

Vielleicht hätte sie doch den Aufzug des *Cove Fit* nehmen sollen. Der hätte sie ohne Zwischenstopp von der obersten Etage, die das Fitnesscenter mit seinen über zweitausend Quadratmetern beinahe zur Gänze einnahm, in die Tiefgarage gebracht. Darauf hatte Sam, der ihr für das heutige Probetraining zur Seite gestellt worden war, nicht ohne Stolz zum Abschied hingewiesen. Doch Anna stieg lieber Treppen, auch wenn das bedeutete, an stinkenden Hinterlassenschaften vorübergehen zu müssen. Das tat sie nicht aus Angst, in einer Fahrstuhlkabine steckenzubleiben, sondern weil es sie schlicht ihre gesamte Willenskraft kostete, ruhig zu stehen. Anna konnte nicht anders, sie musste in Bewegung bleiben.

Anorexia nervosa mit ausgeprägtem Bewegungszwang hatte Dr. Bakovic, der Chefarzt der Frankfurter Fachklinik für gestörtes Essverhalten, diagnostiziert.

Was wusste der schon?

Durch den Mund atmend lief sie den weiß gekachelten Flur entlang in Richtung Tiefgarage. In dem erbärmlichen Versuch, dem wenig einladenden Gang einige dekorative Elemente hinzuzufügen, hingen Werbeplakate der im Einkaufszentrum ansässigen Firmen an den Wänden. Doch die extrem schlanken Models auf dem Plakat von H&M, die in bunten Bikinis über den Strand liefen, trugen nicht dazu bei, dass Anna sich wohlfühlte. Im Gegenteil. Im Vergleich zu den Schönheiten kam sie sich plump, fett und hässlich vor.

Sie beschleunigte ihre Schritte.

Als unvermittelt das Intro des *Imagine Dragons*-Songs *Natural* einsetzte, hätte Anna um ein Haar aufgeschrien. Sie brauchte einen Moment, bis sie begriff, dass es der neue Klingelton ihres Handys war, der ihr den Schrecken eingejagt hatte. Kurz wunderte sie sich, dass sie hier unten überhaupt Empfang hatte, doch ein flüchtiger Blick aufs Display verriet ihr, dass sie noch mit dem kostenlosen Internetzugang des Einkaufszentrums verbunden war und der Anruf über eine ihrer Messenger-Apps reinkam.

Simone Habelitz ruft an.

Ihr Herz setzte für einen Schlag aus.

Scheiße, die hatte sie ganz vergessen, das würde Ärger geben. Mächtig viel Ärger.

Zögerlich nahm sie den Anruf an. »Ja?«

»Anna, bist du das? Ich bin's, Simone.«

Nach dem Ende ihrer Vorlesung hatte Anna sich dermaßen beeilt, zum Fitnessstudio zu kommen, dass sie nicht daran gedacht hatte, ihre Teilnahme an der heutigen Gruppensitzung abzusagen.

»Oh verdammt, es tut mir leid«, begann Anna und versuchte, schuldbewusst zu klingen. »Wo habe ich bloß meinen Kopf? Entschuldige, dass ich dir nicht Bescheid gegeben habe, aber ich musste heute länger in der Uni bleiben. Wenn ich in Statistik nicht durchrasseln will, muss ich das Tutorium besuchen.« Nervös kicherte sie.

Der Sozialarbeiterin am anderen Ende der Leitung entfuhr ein leises Seufzen. »Ich habe das Gefühl, du nimmst die Regeln nicht ernst genug«, fuhr Simone fort, ohne auf Annas lahme Entschuldigung einzugehen. »Im Gegenzug zu deiner vorzeitigen Entlassung aus der Klinik hast du dich bereiterklärt, die Auflagen einzuhalten. Und eine besteht nun einmal darin, sich rechtzeitig abzumelden, falls man es nicht zu den Sitzungen schafft. Doch ich habe nichts von dir gehört, und bis gerade eben konnte ich dich auch nicht erreichen.«

»Ja, tut mir echt leid«, wiederholte Anna und schluckte den Ärger herunter, der sich in ihr auszubreiten begann. »Aber während des Seminars habe ich das Handy leise gestellt. Außerdem habe ich total die Zeit aus den Augen verloren. Das kann doch wohl mal vorkommen.«

»Nein, so etwas kann nicht *mal vorkommen*. Unentschuldigtes Fehlen stellt einen schwerwiegenden Verstoß dar.« Sie machte eine Kunstpause. »Dieses Mal kann ich dich nicht mit einer Verwarnung davonkommen lassen. Ich werde dich melden müssen.«

Du verschissene kontrollsüchtige Sozialpädagogen-Schlampe!

Während ihrer wöchentlichen Zusammenkünfte machte Simone mit ihren fettigen langen Haaren, den unförmigen Strickpullovern und dem verständnisvollen Lächeln immer auf beste Freundin, doch sobald eines der Mädchen oder Nils, der einzige Mann in ihrer Anorexie-Nachsorgegruppe, einmal nicht nach ihrer Pfeife tanzte, mutierte sie zur Stasi-Offizierin.

»Komm schon, Simone.« Anna versuchte sich an einem einschmeichelnden Tonfall. Und hasste sich dafür.

Wie hatte sie nur die Kontrolle über ihr Leben abgeben können?

Okay, bis vor ein paar Monaten war sie vielleicht ein bisschen schräg drauf gewesen, was jedoch nur daran gelegen hatte, dass sie durch die Aufnahmeprüfung der Schauspielschule gerasselt und daraufhin von ihren Eltern zu einem Volkswirtschaftsstudium gezwungen worden war.

Inzwischen ging es ihr besser. Sie aß, nahm keine Pillen und machte Sport. Kurz: Sie lebte fucking gesund. Und jetzt hatte sie ein einziges Mal die Gruppentherapie verpasst; was war daran so schlimm? Und warum hackten eigentlich immer alle auf ihr herum?

»Drück noch mal ein Auge zu«, startete Anna einen letzten Versuch, Simone zu besänftigen. »Nächste Woche bleibe ich nach der Sitzung länger und helfe dir, den Gruppenraum aufzuräumen. Ich esse sogar die übrig gebliebenen Energiebällchen. Was hältst du davon?« Anna begann, im Flur auf und ab zu gehen, denn sie konnte nicht mehr auf der Stelle stehen, traute sich aber auch nicht, weiter die Tiefgarage anzusteuern, da sie nicht wusste, wie weit das WLAN reichte. Sie konnte nicht riskieren, dass die Verbindung abriss, schließlich hatte sie Simone gesagt, sie sei noch in der Uni.

»Ich kann und ich will dein Verhalten nicht unter den Teppich kehren«, entgegnete Simone. »Besonders nicht angesichts der Tatsache, dass ich die heutige Sitzung nutzen wollte, um etwas mit dir zu besprechen, das mir seit Tagen auf der Seele liegt.«

Was sollte das jetzt wieder? Anna begriff nicht, wovon Simone sprach, und nachdem die hinterfotzige Kuh erneut in Schweigen verfiel, um ihren Worten das nötige Gewicht zu verleihen, gelang es Anna nicht mehr, die Reumütige zu spielen. »Also gut, über was zur Hölle wolltest du mit mir sprechen?«, fauchte sie viel zu laut.

Simone ließ sich nicht aus der Ruhe bringen. »Ich weiß, dass du nicht in der Uni bist, denn ich habe in der Fakultät angerufen. Außerdem kenne ich deinen Instagram-Account. Ich habe die Bilder gesehen.«

Anna spürte, wie alle Farbe aus ihrem Gesicht wich.

Das konnte nicht sein. Wie hatte Simone davon erfahren? Nichts auf ihrem neuen Instagram-Account erlaubte Rückschlüsse auf ihre Identität. Penibel hatte Anna stets darauf geachtet, lediglich Fotos zu posten, auf denen sie vom Hals abwärts zu sehen war.

»Sag nichts, dann musst du auch nicht lügen«, fuhr Simone fort. »Du bist alt und intelligent genug, um zu verstehen, welche Rolle das Verbot von Internetdiensten dieser Art bei eurer Genesung spielt. Oberstes Ziel ist, euch davor zu bewahren, in alte Verhaltensmuster zurückzufallen. Du weißt um die Wirkung der dort propagierten Schönheitsideale auf eure Psyche.«

Unwillkürlich fiel Annas Blick erneut auf die ultraschlanken Models in den knappen Bikinis. Als würde einem nicht an jeder Ecke gezeigt werden, wie man auszusehen hatte.

»Ich habe bereits mit Dr. Bakovic und deinen Eltern telefoniert«, sagte Simone. »Wir sind einhellig der

Meinung, dass es ein Fehler gewesen war, dich zu diesem frühen Zeitpunkt aus der stationären Therapie zu entlassen.«

Nein, niemals würde sie zurück in die Klinik gehen.

Unter keinen Umständen!

Das wollte sie Simone gerade an den Kopf werfen, als das Licht erlosch.

»Scheiße«, rief Anna und fuchtelte mit der freien Hand, in der Hoffnung, den Bewegungsmelder zu aktivieren, doch es blieb dunkel.

»Jetzt werd nicht ausfallend«, sagte Simone. »Und hör zu. Statt in deine WG zu fahren, kommst du umgehend zu deinen Eltern. Wir treffen uns dort.«

»Auf keinen Fall! Ich lass mich nicht mehr herumschubsen, weder von dir noch von meinen Eltern.«

Anna legte auf und suchte nach der Taschenlampenfunktion an ihrem Smartphone, als die schwere Feuerschutztür am Ende des Korridors aufschwang und sich die Silhouette einer Gestalt vor der hell erleuchteten Tiefgarage abzeichnete.

Reglos blieb die Gestalt im Türrahmen stehen.

Ein oder zwei Sekunden hatte Anna das Gefühl, in eine Art Schockstarre verfallen zu sein, dann übernahmen ihre Instinkte alles Weitere. Ihr Herz begann zu rasen, ihre Muskeln zogen sich zusammen, doch bevor sie sich umdrehen und flüchten konnte, schalteten die Neonröhren sich wieder ein.

Überrascht keuchte Anna auf.

Dort, wo eigentlich das Gesicht der Gestalt zu sehen sein sollte, entdeckte sie lediglich zwei aus dem Schlitz einer Sturmhaube starrende Augen.

Kapitel 6

Im Bruchteil einer Sekunde erkannte Falk, dass er keine Chance hatte, dem Schlag auszuweichen. Hilflos folgte sein Blick dem flachen Hammerkopf aus rostigem, verbeultem Metall, dem man ansah, dass er bereits unzählige Eisenstifte in die dafür vorgesehenen Öffnungen an den Gerüststangen getrieben hatte. Instinktiv schloss er die Augen.

Ein metallisches Krachen erklang, das ein schrilles Kreischen in Falks Ohren hinterließ.

Dann war es still.

Falk riss die Augen auf, und sofort begriff er, was geschehen war. Eine der Querstangen, die zwischen ihm und seinem Angreifer lagen, hatte den Schlag abgefangen. Statt seinen Kopf hatte der Hammer eine der Gerüststangen getroffen.

Falks Reflexe schalteten auf Autopilot. Mit beiden Händen hielt er sich an der Stange fest, der er sein Leben oder zumindest seinen unversehrten Schädel zu verdanken hatte, winkelte die Beine an und trat dem Mann gegen die Brust.

Vor Überraschung entfuhr seinem Angreifer ein Keuchen, und er taumelte nach hinten.

Kurz meinte Falk, in das Gesicht eines Kindes zu blicken, doch das war Unsinn. Der Kerl, der ihn um ein Haar erschlagen hätte, war mindestens einsachtzig groß. Sein Brustkorb glich dem eines Avengers. Er machte einen weiteren Schritt zurück, was ihn über einen Balken stolpern und zu Boden gehen ließ.

»Was ist da los?«, hörte Falk von irgendwoher Hartwick rufen. »Alles in Ordnung, Partner? Wo bist du?«

»Hier. Unter dem Karussell«, antwortete Falk. »Ich brauche Verstärkung.« Er ließ die Querstange los und riss in einer fließenden Bewegung seine Waffe aus dem Holster, umklammerte mit beiden Händen den Griff und richtete die Mündung auf den Mann am Boden. »Liegen bleiben!«

»Du hast mir wehgetan«, sagte der und setzte sich auf.

»Liegen bleiben!«, bellte Falk erneut.

»Ich habe keinen Kuchen bekommen«, sagte der Mann, ohne auf Falks Anweisungen zu reagieren. »Weil Savannah mit dem *Starfighter* gefahren ist, hat sie mir keinen Kuchen gebracht, obwohl ich Geburtstag hatte und sie es mir versprochen hat.« Seine Hand ballte sich zur Faust und verschwand zur Hälfte in seinem Mund, dann verfiel sein Oberkörper in ein rhythmisches Schwingen. Im Halbdunkel unter dem Karussell konnte Falk es nicht mit Sicherheit sagen, aber er glaubte, Tränen über das Gesicht des Mannes laufen zu sehen.

Zwar begriff Falk nicht, was den Mann – oder den Jungen in einem viel zu großen Körper – dazu veranlasst hatte, ihn anzugreifen, oder was er überhaupt hier unten verloren hatte, aber er verstand, dass keine Gefahr mehr von ihm ausging.

Falk steckte seine Waffe zurück ins Holster, bevor er versuchte, beruhigend auf den jungen Mann einzureden: »Hey, bleib ganz ruhig. Es kommt alles in Ordnung. Es tut mir leid, wenn ich dir wehgetan habe. Das lag nicht in meiner Absicht.« *So reagiere ich einfach, wenn man mich mit einem Hammer erschlagen will*, fügte er im Stillen an. »Du hast mich erschreckt, das ist alles.«

Vorsichtig machte Falk einen Schritt nach vorn, worauf der Mann am Boden sich versteifte. Das Schaukeln hörte auf, doch die Faust verblieb in seinem Mund.

»Wie heißt du?«, fragte Falk.

»Nepo«, murmelte der junge Mann dumpf.

»Nepo? Das ist ein ungewöhnlicher Name. Gefällt mir.«

Große Augen blickten Falk an. »Eigentlich heiße ich Nepomuk, aber so nennt mich niemand. Alle sagen Nepo, und das ist okay. Das kannst du auch machen.«

»Herzlichen Glückwunsch zum Geburtstag nachträglich, *Nepo*. Wie alt bist du denn geworden?«

Seine Brust schwoll an, und er nahm die Faust aus dem Mund. »Ich bin sechzehn Jahre alt«, antwortete er mit einem ehrfürchtigen Ton in der Stimme. »Meine Schwester wollte mir einen Kuchen mit sechzehn Kerzen machen. Wenn ich die alle auf einmal ausgeblasen hätte, dann hätte ich mir etwas wünschen können. Aber Savannah hat mir keinen Kuchen gemacht. Sie ist die ganze Zeit mit dem *Starfighter* gefahren.«

Falls Nepo von der Toten sprach, wovon Falk ausging, dann hatten sie nun zumindest einen Vornamen – Savannah –, und wenn der Junge seine tote Schwester im Karussell gesehen hatte, hatte er vielleicht noch mehr mitbekommen. Womöglich konnte er den Täter identifizieren.

Falk bückte sich unter einer weiteren Gerüststange hindurch und trat noch einen Schritt näher an den Jungen heran. Langsam konnte er ihn besser erkennen. Falls stimmte, was Nepo behauptete und er gestern tatsächlich erst sechzehn Jahre alt geworden war, dann war er für sein Alter außergewöhnlich groß und kräftig. Er besaß den Körper eines Mannes, doch sein Verstand arbeitete offenbar wie der eines Kindes.

Wenn sie etwas aus ihm herausbekommen wollten, würden sie behutsam vorgehen müssen.

Der Schein einer starken Taschenlampe tanzte durch das Zwielicht und erfasste zunächst Falk, dann Nepo. Erschrocken hielt dieser sich die Hände vors Gesicht.

Hartwick und der dürre Beamte vom Kriminaldauerdienst mit dem Vogelgesicht, dessen Name Falk vergessen hatte, bahnten sich ihren Weg durch das Metallgestänge der Unterkonstruktion.

»Was ist los? Wer ist das?«, fragte Hartwick.

»Alles in Ordnung, du kannst die Taschenlampe runternehmen«, sagte Falk, bemüht um einen ruhigen Ton. »Ich unterhalte mich gerade mit meinem neuen Freund Nepomuk. Und Sie«, Falk deutete auf Vogelgesicht, »schaffen mir die Kriminaltechniker her. Die sollen sich das näher ansehen. Der Täter hat uns eine Botschaft hinterlassen.« Er wies in Richtung des phosphoreszierenden Bibelverses.

Vogelgesicht folgte seinem Fingerzeig, nickte und verschwand wortlos, worauf Falk sich fragte, ob der Kerl sich vielleicht beim letzten Mittagessen seine verdammte Zunge abgebissen hatte.

»Und wer ist das?«, fragte Nepo und deutete auf Hartwick.

»Das ist mein Partner. Er heißt Jan, und er ist ein echt netter Kerl. Ich bin mir sicher, er kann dir einen Kuchen besorgen. Als kleine Wiedergutmachung für den entgangenen Geburtstagskuchen.«

Hartwick bedachte Falk mit einem säuerlichen Blick, der besagte, er könne gefälligst selbst versuchen, am Osthafen einen Kuchen aufzutreiben, dann aber nickte er Nepo aufmunternd zu.

Falk konnte den Zahnrädern im Kopf des Jungen förmlich bei der Arbeit zusehen. Eine Weile kaute Nepo auf seiner Unterlippe herum, dann grinste er und stand auf.

»Okay, aber ich will keine Schokolade. Mir schmeckt Schokolade nicht«, klärte er Hartwick auf.

»Keine Schokolade, versprochen«, stöhnte dieser.

»Wie wäre es, wenn wir uns draußen weiter unterhalten?«, schlug Falk vor.

Nachdem Nepo mit einem Nicken seine Zustimmung signalisiert hatte, kletterte Falk durch das Gewirr der Stahlträger zurück zu der Stelle, wo er unter das Karussell gerutscht war, als er ganz hinten in einer der Ecken eine Öffnung ausmachte und Nepo hindurchhuschen sah.

Falk nickte anerkennend. Hatte er es doch geahnt. Auch ohne sich im Dreck suhlen zu müssen, konnte man unter den *Starfighter* gelangen, und Nepo wusste, wie.

Der Junge kam vom Rummel.

Mit Hartwick im Schlepptau nahm Falk den Weg, den Nepo genommen hatte, hielt aber abrupt inne, als ein Tumult ausbrach und ihnen aus der Halle lautes Rufen und Gebrüll entgegenschlug.

»Nein, nicht! Geht weg«, schrie Nepo, und am Klang seiner Stimme erkannte Falk, dass der Junge dabei war, in Panik zu geraten.

»Was geht da vor sich?«, fragte Hartwick.

Falk zuckte die Achseln und stürmte auf den Ausgang zu. Noch bevor er ihn erreicht hatte, hörte er Juliane etwas rufen, das unter dem Karussell aber nicht richtig zu verstehen war.

Kurz darauf ein Poltern, Juliane stieß einen spitzen Schrei aus, dann fielen Schüsse.

Kapitel 7

Trotz guten Zuredens weigerte sich Rosie – so nannte Juliane ihren ockerfarbenen VW Käfer, Baujahr 1970 – anzuspringen. Alles andere hätte Juliane am beschissensten Tag ihrer Laufbahn im Polizeidienst auch gewundert.

»So eine riesengroße Kuhscheiße«, fluchte sie und drehte erneut den Zündschlüssel.

Nichts.

Juliane schloss die Augen und zählte langsam bis zehn, wobei sie sich fragte, wie sie es fertiggebracht hatte, sich von einem Jungen – einem *Jungen!* – die Dienstwaffe abnehmen zu lassen. Okay, sie konnte sich zugutehalten, dass der Bubi für seine sechzehn Jahre ziemlich groß und stark war, allerdings änderte es nichts an der Tatsache, dass sie sich wie eine Anfängerin verhalten hatte. Wie ein verdammter Grünschnabel, um nicht zu sagen wie eine aufgescheuchte, ein wenig aus der Form geratene – *kugelrund ist das zutreffendere Wort, Frau Psychologin!* – Pute.

Im Gegensatz zu Jan und dem Kollegen vom Kriminaldauerdienst, diesem wortkargen Krysiak, hatte sie sich nach Falks Hilferuf nicht durch die schmale Lücke unter den *Starfighter* geschoben, da sie sich ihre Bluse und den Hosenanzug nicht hatte ruinieren wollen. Außerdem hätte sie sich wahrscheinlich ohnehin nicht durch den engen Zwischenraum quetschen können. Also hatte sie eine Weile gewartet, bis schließlich von innen ein Stück der Blechverkleidung herausgenommen worden war und ein junger Mann mit breiten Schultern, dunklem Teint und kantigem Gesicht die Halle betreten hatte. Danach war alles rasend schnell gegangen. Als der Junge die beiden uniformierten Beamten entdeckt hatte, die zusammen mit den Männern vom Beerdigungsinstitut und dem Zinksarg die Lagerhalle verlassen hatten, war er in Panik geraten. In dem Versuch, ihn zu beschwichtigen, hatte Juliane die Arme hochgerissen und damit herumgefuchtelt, wobei sie sich wie ein Dompteur in einem Zirkus gefühlt hatte, der einen nervösen Gorilla im Zaum halten wollte. Doch der Junge hatte sich nicht beruhigen lassen. Stattdessen war er auf sie zugestürmt und hatte sich ihre Dienstwaffe geschnappt, die unter ihrem offenen Blazer gut zu sehen gewesen war. Zweimal hatte er in die Luft geschossen, und obwohl es in der Halle nur so vor Polizeibeamten gewimmelt hatte, war es niemandem gelungen, ihn aufzuhalten. Ehe Juliane es richtig mitbekommen hatte, war der Junge durch einen ungesicherten, halb von Kisten und Kartons versteckten Notausgang verschwunden, und trotz der umgehend eingeleiteten Fahndung war der junge Kerl noch immer auf der Flucht. Er schien wie vom Erdboden verschluckt zu sein.

Entnervt drehte Juliane erneut den Zündschlüssel. Rosies Motor röhrte und röhrte, dachte aber nicht daran, seine Arbeit aufzunehmen. Ohne dass Juliane es verhindern konnte, schossen ihr Tränen in die Augen.

Ärgerlich wischte sie sich mit dem Ärmel übers Gesicht.

Nachdem sie Falks Wutausbruch klaglos weggesteckt hatte, würde sie nicht in ihrem Auto zu heulen anfangen. Diese Art Frau war sie nicht. Die Ausbildung zur Psychotherapeutin und die Arbeit in der Nervenheilanstalt, der sie begleitend zu ihrem Studium nachgegangen war, hatten sie gelehrt, ihre Gefühle unter Kontrolle zu halten.

»Jetzt komm schon! Wenn du nicht sofort anspringst, bringe ich dich auf den Schrottplatz«, redete sie auf Rosie ein. »Und glaub mir, ich scherze nicht. Wir haben viel miteinander erlebt, aber irgendwann ist auch meine Geduld am Ende. In einer Beziehung kann es nicht nur Tiefen geben. Also wenn du willst, dass wir ein Paar bleiben, dann fang endlich an, deinen Teil zu den Höhen beizutragen.« Sie unterstrich jeden Satz, indem sie mit der Hand auf das Lenkrad hämmerte.

Himmel, sie sprach mit einem Auto, als sei es ihre große Liebe. Wie es aussah, befand sie sich bereits mit sechsunddreißig auf dem besten Weg, die Schrullen einer alten Jungfer zu kultivieren. Fehlte nur noch, dass sie zu stricken anfing.

Nach einem allerletzten Versuch, Rosie zu starten, kapitulierte sie. Sie beschloss, sich von einem Taxi in die Rechtsmedizin fahren zu lassen, in die Falk sie geschickt hatte. Zur Strafe, wie sie vermutete.

Mühsam, weiter das alte Auto verfluchend, bugsierte sie ihren Körper an dem Schaltknüppel vorbei auf den Beifahrersitz, weil Rosie sich in dieser Stimmung mit ziemlicher Sicherheit weigern würde, die einmal geöffnete Fahrertür wieder zu schließen. Den Austausch des Türgriffs samt Schließmechanismus schob Juliane bereits seit Monaten vor sich her.

Auf dem Beifahrersitz angekommen, öffnete sie die Tür, worauf ein erschreckter Aufschrei zu hören war.

»Nicht das auch noch«, quiekte Juliane, denn sie sah den sich von hinten nähernden Radfahrer schon in ihre Beifahrertür knallen, doch im letzten Moment gelang es ihm, vom Rad- auf den Fußweg auszuweichen.

Er bremste scharf und schlingerte, worauf die Ledertasche, die auf dem Gepäckträger klemmte, zu Boden fiel. Glas klirrte, kurz darauf breitete sich Flüssigkeit unter dem abgegriffenen Leder aus.

»Oh mein Gott, das wollte ich nicht. Tut mir leid.« Wild gestikulierte Juliane mit den Armen, nahm sie jedoch sofort wieder herunter; sie musste sich das Gefuchtel dringend abgewöhnen.

Vor der Selbstbedienungsbäckerei, an deren Schaufenster ein Aufkleber das Angebot des Tages anpries – *Tasse Kaffee plus Puddingbrezel nur 1,90 €* –, drehte der Radfahrer und fuhr zurück in Julianes Richtung. Ein untersetzter Mann mit Ziegenbart, der einen Fensterplatz in der Billigbäckerei ergattert hatte, betrachtete neugierig die Szene, die sich vor ihm abspielte, während er einen Bissen von seiner Puddingbrezel nahm.

»Meine Schuld, ich habe nicht aufgepasst«, plapperte Juliane los und rechnete mit einer Standpauke, doch zu ihrem Erstaunen reagierte der Radfahrer nicht ungehalten, sondern grinste sie schief an.

Erleichtert erwiderte Juliane das Lächeln und nahm ihr Beinahe-Unfallopfer genauer unter die Lupe. Der Mann konnte nicht älter als Mitte zwanzig sein. Mit seinen verstrubbelten Haaren und dem Fünftagebart, der sich an ausgeprägte Wangenknochen anschmiegte, wirkte er ein wenig verpeilt. Was Juliane irgendwie niedlich fand.

»Ist ja noch mal gutgegangen«, sagte er mit einer überraschend tiefen Stimme, die Juliane einen wohligen Schauder über den Rücken jagte. Seine graubraunen Augen blickten direkt in ihre, und als sich seine Lippen zu einem breiten Lächeln hoben, verstand Juliane plötzlich, weshalb Nora Roberts in ihren Romanen nicht müde wurde, von weichen Knien zu schreiben.

Wow … nein, stopp!

Nur weil ihr letztes Date so lange zurücklag, dass sie sich kaum noch daran erinnern konnte, würde sie nicht anfangen, mit einem Kerl zu flirten, der noch nicht trocken hinter den Ohren war.

Sie drückte den Rücken durch, nahm die Schultern zurück und klaubte schließlich mit spitzen Fingern die Ledertasche auf, die dem Mann vom Rad gefallen war. Eine orangerote Flüssigkeit tropfte heraus.

»Ich fürchte, die Tasche ist hin«, stellte sie resigniert fest. »Für den Schaden komme ich natürlich auf.«

Der hübsche, viel zu junge Typ besah sich die Misere. »Der Tasche kann ein bisschen Saft nichts anhaben. Mit Leder verhält es sich wie mit Menschen: Erst durch ein paar Gebrauchsspuren wird es markant und interessant.«

Juliane schnaubte gespielt empört. »Na vielen Dank. So alt bin ich nun auch wieder nicht.«

Verlegen kratzte er sich am Kopf. »Das ist falsch rübergekommen. Du kannst doch nicht viel älter sein als ich. Schicker Wagen übrigens.«

Ohne ihr Zutun hoben sich Julianes Mundwinkel, ihr wurde warm.

Himmel, die Frühlingssonne hatte doch schon ganz schön Kraft.

»Äh, ja«, entgegnete sie. »Rosie, so heißt mein Käfer, ist toll. Aber im Moment scheint sie ihre Tage zu haben, sie springt nicht an. Ich wollte mir gerade ein Taxi rufen.«

»Schön, dich kennenzulernen, Rosie. Ich bin Jonas«, sagte die Sahneschnitte und klopfte aufs Dach des Käfers. Dann schauten seine graubraunen Augen wieder zu Juliane. »Und wer bist du?«

»Juliane. Juliane Klawitter.« Sie hielt ihm die Hand entgegen.

Jonas schlug ein. »Freut mich.«

Seine Hand fühlte sich warm und ein wenig rau an. Viel zu schnell zog er sie wieder weg und nahm Juliane die nasse Tasche ab.

»Ich war auf dem Weg zur Unibibliothek, um Bücher abzugeben, aber ich glaube, das kann ich mir jetzt sparen.« Er hob die Ledertasche an.

»Wie gesagt, das zahle ich. Moment, ich gebe dir meine Karte.« Auf der Suche nach einer ihrer Visitenkarten kramte sie in den Taschen ihres Blazers. »Was studierst du, wenn ich fragen darf?«, meinte sie, um die Zeit zu überbrücken.

»Biochemie.«

»Das klingt für mich nach Höchststrafe«, entfuhr es Juliane, als sie hinter einer Packung Papiertaschentücher endlich eine ihrer Visitenkarten fand. Sie wollte sie gerade hervorholen, doch im letzten Moment entschied sie sich dagegen. Sobald der Student erfuhr, dass sie als promovierte Psychologin bei der Polizei arbeitete, würde die Vertraulichkeit zwischen ihnen flöten gehen. Die meisten Männer, die sie kennenlernte, nahmen bereits Abstand, wenn sie erfuhren, dass sie Psychologie studiert hatte, und falls sich doch mal einer für ein zweites oder drittes Date fand, verschwand er spätestens, sobald sie das LKA ins Spiel brachte. Also zuckte sie mit den Achseln und schüttelte den Kopf. »Ich muss die Karten im Büro gelassen haben. Warte, ich schreib dir meine Nummer auf.«

Sie beugte sich zum Beifahrersitz herunter, holte einen alten Parkschein und einen Kugelschreiber aus dem Handschuhfach und kritzelte ihren Namen und die Handynummer darauf. »Bitte sehr. Und wenn du willst«, sie deutete auf die Bäckerei, »lade ich dich in den nächsten Tagen als Entschädigung auf einen Kaffee ein. Jetzt habe ich leider keine Zeit, ich muss zu einem Termin.«

»Kein Problem.« Jonas steckte den Parkschein mit der Telefonnummer ein, anschließend klemmte er die Ledertasche zurück auf den Gepäckträger. »Bis dann, wir sehen uns.« Er winkte kurz, und ehe Juliane es sich versah, radelte er davon.

Während sie sich ein Taxi rief, blickte sie ihm nach und sinnierte darüber, dass der Tag möglicherweise doch nicht zu den beschissensten in ihrem Leben zählte.

Kapitel 8

Irgendwie kam es Falk unwirklich vor, über den geschlossenen Jahrmarkt mit seinen verrammelten Buden und den mit Planen verhüllten Fahrgeschäften zu laufen. Es fühlte sich an, als ginge er am Neujahrsmorgen durch die leergefegte Stadt. Die Party war zu Ende, und alles, was blieb, war ein Brummschädel und im Mund ein Geschmack wie von abgestandener Katzenpisse.

Da der Rummel erst in zwei Stunden für einen weiteren Tag seine Tore öffnen würde, begegneten ihm und Hartwick kaum Menschen. Nur hier und da regte sich bereits etwas. Mit lautem Dröhnen kroch eine Kehrmaschine den Hauptgang entlang und saugte die Hinterlassenschaften der gestrigen Besucher vom Beton. Ein junger Kerl im Hoodie stand auf einer Leiter in der Mitte des Autoscooters und schien etwas an dem unter der Decke hängenden Gitternetz zu reparieren, das die Boxautos während des Betriebs mit Strom versorgte. Dabei wippte sein Kopf zum Takt eines Rap-Songs, der aus einem am Boden stehenden Ghettoblaster schepperte.

Falk überlegte, ob der Mann ihnen bei der Suche nach Klaus Scheffler, dem Ehemann der Toten, weiterhelfen konnte. Letztendlich entschied er sich aber dafür, es lieber bei dem gemütlich wirkenden Kerl in der Grillbude am Ende des Gangs zu probieren, der in aller Ruhe mit einer Stahlbürste Fleischreste von dem an einer Kette hängenden Rost kratzte.

»Lass uns den da fragen. Vielleicht weiß er, wie wir zu Scheffler kommen«, sagte Falk zu Hartwick und steuerte die im Stil einer Schwarzwaldhütte lackierte Grillbude an.

Da Hartwick und er mit getrennten Autos vom Hafen nach Bornheim gefahren waren, wo der Festplatz gleich neben der Eissporthalle lag, hatte Falk bislang nicht die Möglichkeit gehabt, Hartwick zu informieren, dass

Hannah bei ihm aufgetaucht war. Während sie auf die Grillbude zugingen, grübelte Falk darüber nach, wie er am besten anfing. Er musste behutsam vorgehen, so viel stand fest. Hartwick reagierte ausgesprochen empfindlich, wenn es um seine Mutter ging.

Gerade als Falk meinte, den richtigen Einstieg gefunden zu haben, kam Hartwick auf die Geschehnisse in der Lagerhalle zu sprechen.

»Findest du nicht, dass du Juliane vorhin ein bisschen zu hart angefasst hast?«, fragte er. »Schließlich hat sie nichts falsch gemacht.«

Falk schnaubte, und vergessen war Hannah. »Nichts falsch gemacht?«, echote er. »Herrgott, Juliane hat sich von einem gottverdammten Kind die Pistole abnehmen lassen. Ihretwegen jagen wir nicht nur einen Killer, sondern auch noch einen bewaffneten Halbstarken mit dem IQ eines Kleinkindes.«

»So blöd scheint der Halbstarke, wie du ihn nennst, gar nicht zu sein, sonst hätte er uns nicht entwischen können. Außerdem hatte er die Größe und Statur eines Mittelgewichtsboxers. Juliane hatte keine Chance gegen ihn, und das weißt du. Du hättest doch auch nicht damit gerechnet, dass er durchdreht und sich zudem noch mit Waffen auskennt. Mensch, Bachmann, der Junge hat den Eindruck erweckt, er könne nicht bis zehn zählen, und dann so was.«

»Vielleicht erfahren wir gleich mehr über ihn. Ich glaube, dass er genau wie seine Schwester dem Rummel angehört, schließlich kannte er sich verdammt gut mit dem *Starfighter* aus.«

»Du nimmst ihm die Geschichte mit seiner Schwester ab?«

Falk nickte. »Ich bin mir sicher, dass er sie im Karussell gesehen und sich anschließend versteckt hat.«

»Meinst du, dass sie da schon tot gewesen war?«

Falk zuckte mit den Achseln. »Ich würde es nicht ausschließen.«

»Aber warum ist der Junge dann nicht zur Polizei gegangen?«

»Schwer zu sagen, wie jemand mit einer geistigen Beeinträchtigung reagiert. So wie er durchgedreht ist, als er die Uniformierten gesehen hat, ist es durchaus vorstellbar, dass er keine guten Erfahrungen mit Streifenpolizisten gemacht hat. Wäre er nicht abgehauen, hätte Juliane vielleicht mehr aus ihm herausbekommen. Aber so?«

»Trotzdem solltest du dich bei Juliane entschuldigen.«

Falk brummte etwas, doch da sie die Grillbude erreichten, blieb ihm eine Antwort erspart. »Guten Tag«, sagte er. »Wir suchen Klaus Scheffler. Wissen Sie, wo wir ihn finden können?«

Ohne die Arbeit an seinem verkrusteten Rost zu unterbrechen, musterte der Mann ihn und Hartwick, dann verschloss sich sein Gesicht. »Was will denn die Staatsmacht von Bogi? Hat er was ausgefressen?«

»Das würden wir gerne persönlich mit ihm besprechen«, antwortete Falk und wunderte sich. Er hatte nicht angenommen, dass man Hartwick und ihm den Bullen so leicht ansah. »Also, was ist nun, Kollege? Wo finden wir Scheffler?«

Der Dicke nickte in eine unbestimmte Richtung, während die Stahlbürste unentwegt weiter über den Grillrost kratzte. »Er betreibt den *Limbo Shaker* am Ende des Gangs.« Er warf einen flüchtigen Blick auf seine Armbanduhr. »Um die Zeit müsste er eigentlich in seinem Wohnwagen sein. Der steht direkt hinter dem Fahrgeschäft.«

»Ich dachte, Scheffler gehört der *Starfighter*, den der TÜV stillgelegt hat?«, hakte Falk nach.

Der Dicke zuckte desinteressiert mit den Achseln. »Scheffler ist gut im Geschäft. Ihm gehören nicht nur die beiden Mühlen. Er betreibt auch noch eine Schießbude. War's das?«

»Die Firma dankt«, sagte Falk und tippte sich an eine imaginäre Hutkrempe.

»Schon recht«, brummte der Dicke.

Wenig später hatten sie das kreisrunde, leicht geneigte Karussell mit den auf einer Drehscheibe angebrachten Zwei-Mann-Gondeln erreicht. Ein schmaler Gang zwischen dem Fahrgeschäft und der dicht daneben stehenden

Schießbude führte nach hinten zu den Caravans, Autos und abgestellten Zugmaschinen. Aufs Geratewohl ging Falk zu dem längsten Wohnwagen, der in etwa die Ausmaße eines ausgewachsenen LKW-Anhängers hatte, nahm die vier Stufen der vorgelagerten Metalltreppe und klopfte gegen die Tür.

»Ja?«, rief eine unfreundliche Männerstimme.

»Landeskriminalamt, wir sind auf der Suche nach Klaus Scheffler«, antwortete Falk.

Drinnen blieb es einen Moment still, dann vernahm Falk Schritte, und die Tür öffnete sich. Ein sehniger Kerl im Unterhemd von vielleicht Anfang fünfzig, dessen nach hinten gekämmte Haare unnatürlich braun wirkten – Falk nahm sich vor, gar nicht erst mit dem Färben anzufangen, sollten sich seine grauen Strähnen weiter ausbreiten –, schaute sie aus blutunterlaufenen Augen an. In seinem Mundwinkel klemmte eine brennende Zigarette.

Der Mann musste sich nicht vorstellen; Falk wusste auch so, dass sie richtig waren, denn nun begriff er, weshalb der Dicke am Grill ihn Bogi genannt hatte. Der Kerl wies eine gewisse Ähnlichkeit mit dem älteren Humphrey Bogart aus *African Queen* auf.

»Ich bin Hauptkommissar Bachmann, das ist mein Kollege Oberkommissar Hartwick. Wir sind vom Landeskriminalamt. Sind Sie Klaus Scheffler?« Falk hielt ihm seinen Ausweis unter die Nase und bemerkte, dass Hartwick das Gleiche tat.

Scheffler warf einen flüchtigen Blick auf die Plastikkarten, dann nickte er, doch sein Gesichtsausdruck blieb regungslos. »Worum geht's?«

»Wie wäre es, wenn wir das drinnen besprechen?«, schlug Falk vor.

»Wir machen um zwei auf, bis dahin gibt es noch eine Menge zu tun.« Scheffler zog an seiner Zigarette und stieß den Rauch durch die Nase wieder aus.

»Es dauert nicht lange«, entgegnete Falk. »Aber wenn es Ihnen lieber ist, können wir uns auch gerne in einem Verhörraum unterhalten. Die Frankfurter Kollegen sind so freundlich, uns für die Dauer der Ermittlungen Räumlichkeiten in der Adickesallee zur Verfügung zu stellen. Das erspart Ihnen eine Fahrt nach Wiesbaden.«

Scheffler verzog noch immer keine Miene, doch wenigstens trat er zur Seite und gab den Eingang frei.

»Vielen Dank.« Falk und Hartwick folgten ihm nach drinnen. »Nett haben Sie es hier«, sagte Falk und blickte sich um. Obwohl ihm die rustikalen Eichenholzschränke, die Gardinen vor den Fenstern und die mit schwarzem Leder bezogenen Polstermöbel etwas altbacken und verwohnt erschienen, nickte er anerkennend. Der Wohnwagen war riesig. Dagegen nahmen sich herkömmliche Caravans wie Schuhschachteln aus.

Scheffler zog erneut an seiner Zigarette und schnippte die Asche ins Edelstahlspülbecken der Küchenzeile. »Meine Herren, was wollen Sie? Sie sind doch mit Sicherheit nicht gekommen, um mit mir über meine Wohnsituation zu sprechen.«

Hartwick räusperte sich. »Wenn wir richtig informiert sind, dann gehört Ihnen der *Starfighter*, der zu Wartungszwecken in einer Lagerhalle am Hafen untergebracht ist.«

Scheffler nickte, zog ein letztes Mal an seiner Zigarette, ehe er den Stummel in einen Kaffeebecher neben dem Spülbecken warf. Es zischte leise. »Diesmal hat der TÜV uns einen Kontrolleur geschickt, der es ganz genau genommen hat«, sagte Scheffler, nahm ein achtlos über die Stuhllehne geworfenes Hemd und zog es an. »Der Erbsenzähler hat jede Schraube umgedreht und uns am Ende eine Mängelliste um die Ohren geknallt, die länger ist als eine Rolle Scheißhauspapier. Der *Starfighter* hat schon meinen Eltern gehört, und er tut nun seit über vierzig Jahren tadellos seinen Dienst. Nie ist irgendetwas passiert, kein Fahrgast ist je rausgeflogen, und plötzlich soll es wichtig sein, dass die Sicherheitsbügel mit einem zusätzlichen Mechanismus gegen unbeabsichtigtes Öffnen versehen werden.« Scheffler zog Rotz hoch, spuckte ihn aber nicht aus. »Die Bürohengste lassen sich jedes Jahr was Neues einfallen, um uns das Leben zur Hölle zu machen. Die sollten nur mal eine Saison lang ihr Geld auf dem Rummel verdienen müssen, anstatt ihre Finger in die Ärsche anderer Leute zu bohren, dann würden sie sehen, was richtige Arbeit bedeutet, bei der zudem am Ende des Tages kaum mehr als das Schwarze unter den Fingernägeln übrig bleibt. Die Schaustellerei geht seit Jahren nur noch den einen Weg: bergab.«

Falk hielt seinen Blick fest auf Scheffler gerichtet, denn er wollte sehen, wie der Mann auf das Folgende reagieren würde. »Vergangene Nacht hat es einen Todesfall im Zusammenhang mit Ihrem Fahrgeschäft gegeben.«

Zum ersten Mal, seit sie mit Scheffler sprachen, zeigte sein Gesicht einen anderen Ausdruck als Gleichgültigkeit. Erstaunt hoben sich seine Augenbrauen. »Das hat aber doch sicher nichts mit den Sicherheitsvorkehrungen an den Bügeln zu tun.«

Falk ersparte sich eine Erwiderung. »Ein Mann vom Wachschutz hat bunte Lichter in der Lagerhalle zucken sehen und daraufhin einen Blick hinein geworfen. Dabei hat er eine Frau entdeckt, die bei laufendem Karussell tot in einem der Wagen gesessen hat. Haben Sie eine Erklärung dafür?«

»Eine Frau?«, stellte Scheffler die Gegenfrage. »Tot, sagen Sie? Was für eine Frau?«

»Kennen Sie jemanden, der auf den Namen Savannah hört?«, schaltete Hartwick sich ein. »Sie müsste um die zwanzig sein.«

Schefflers Miene versteinerte sich wieder. »Ja, so heißt meine Frau. Das Alter kommt auch hin, sie ist vierundzwanzig.«

Falk versuchte, sich seine Überraschung nicht anmerken zu lassen.

»Sie glauben, dass die Tote Savannah ist?«, hakte Scheffler nach.

Falk und Hartwick wechselten einen raschen Blick. Damit wäre die Identität des Opfers mit aller Wahrscheinlichkeit geklärt.

Scheffler fischte eine weitere Zigarette aus der Packung, und als er sie anzündete, bemerkte Falk, wie ruhig die Hände des Schaustellers waren.

»Was halten Sie davon, wenn wir uns setzen?«, fragte Falk und deutete auf die Sessel.

Scheffler machte keine Anstalten, Platz zu nehmen, also blieben Falk und Hartwick ebenfalls stehen. Der Mann schien vom Tod seiner um Jahrzehnte jüngeren Frau nicht sonderlich berührt zu sein.

»Wann haben Sie Ihre Frau das letzte Mal gesehen?«, fragte Falk.

Scheffler zog an der Zigarette und überlegte kurz. »Das muss gestern Nachmittag gewesen sein. So gegen sechzehn Uhr. Da habe ich sie am *Limbo Shaker* abgelöst, weil sie noch einen Kuchen für Nepo besorgen musste. Nepo ist ihr Bruder.« Scheffler tippte sich mit dem Zeigefinger an den Kopf. »Er ist zwar beinahe erwachsen, tickt aber nicht ganz richtig. Man weiß nie, wie er reagiert, wenn er nicht bekommt, was er will. In der Beziehung ist er wie ein verdammtes Kleinkind. Daher habe ich Savannah für den Rest des Tages frei gegeben.«

Mit einer gewissen Genugtuung stellte Falk fest, dass ihn seine Menschenkenntnis nicht im Stich gelassen hatte. Nepomuks Geschichte stimmte. »Haben Sie sich keine Sorgen gemacht, als Savannah letzte Nacht nicht nach Hause gekommen ist?«

Scheffler schüttelte den Kopf. »Die kleine Geburtstagsparty für den Bekloppten sollte erst nach elf stattfinden, da macht die Dippemess während der Woche dicht. Marv und Nepo betreiben einen dieser Ramschstände auf dem Haushaltswarenmarkt, wobei ich nie kapieren werde, was T-Shirts und Handytaschen bei den Haushaltswaren zu suchen haben. Würde Savannah den beiden nicht jeden Monat etwas von meinem Geld zustecken, wären die Schmarotzer schon längst pleite. Hören Sie, Herr Kommissar, sollten Sie jemals gezwungen sein, billige Scheiße aus China auf dem Jahrmarkt zu verticken, dann wissen Sie, dass Sie ganz unten angekommen sind. Auf der Kirmes betrachten wir uns alle als eine große Familie, aber wie in den meisten Familien gibt es auch bei uns nichtsnutzige Parasiten. Marv und Nepo sind zwei davon.«

»Wer ist Marv?«, hakte Hartwick nach.

»Marvin Gerzner. Das ist Savannahs zweiter Bruder. Anders als Nepomuk ist er als Kind zwar nicht auf den Schädel gefallen, doch besonders helle ist er trotzdem nicht. Er macht nichts als Ärger. Gestern waren wegen ihm schon wieder die Bullen … äh, die Polizei auf dem Gelände. So langsam habe ich die Schnauze voll von der Brut. Wenn ich vor der Hochzeit geahnt hätte, dass ich mit Savannah auch ihre beiden Brüder an der Backe habe, hätte ich mir die Sache nochmal überlegt.« Seine Fingernägel kratzten über seine Schläfe. »Und Sie können mit Bestimmtheit sagen, dass es Savannah ist, die Sie gefunden haben?«

Falk machte eine unbestimmte Geste. »Sie werden nicht umhinkommen, Ihre Frau zu identifizieren, doch Nepo schien sich sicher zu sein.«

»Nepo?«

Falk nickte.

»Hat er etwas mit der Sache zu schaffen? Wie gesagt, er kann sehr aufbrausend sein«, sagte Scheffler.

»Nein, ich halte es für unwahrscheinlich, dass der Junge etwas mit dem Tod Ihrer Frau zu tun hat«, antwortete Falk. »Die Art, wie sie zu Tode gekommen ist, spricht nicht für das Werk eines Jungen mit einem geistigen Handicap.«

»Die Art, wie sie zu Tode gekommen ist?«, wiederholte Scheffler. »Was soll das heißen? Und was hat mein Fahrgeschäft damit zu tun?«

Falk wollte ihm gerade antworten, als die Tür zum Wohnwagen aufflog und ein Mann hineinstürmte. Zu einer verdreckten Sporthose und einem weiten T-Shirt trug er eine verkehrt herum aufgesetzte Schirmmütze. Mit beiden Händen hielt er den Griff eines Baseballschlägers so fest umklammert, dass die Knöchel an seiner Hand weiß hervortraten. Ohne Falk und Hartwick eines Blickes zu würdigen, stürmte der Typ, der höchstens zwanzig sein konnte, auf Scheffler zu und hob den Schläger.

»Du elendes Schwein! Dafür wirst du bezahlen! Ich weiß, dass du es warst, der dem Jugendamt gesteckt hat, dass es Ärger mit den Bullen gibt. Sie wollen uns Nepo wegnehmen, aber das lasse ich nicht zu. Savannah hat das verdammte Sorgerecht.«

»Savannah hat rein gar nichts mehr. Hast du es noch nicht mitbekommen? Die kleine Schlampe ist tot.«

Ganz plötzlich legte sich ein zufriedener Ausdruck auf Schefflers Gesicht, so als fiele ihm gerade ein Aspekt ein, den er bislang noch nicht in Erwägung gezogen hatte, und er sagte: »Das bedeutet, dass nun alles, was sie besessen hat, mir, ihrem Ehemann, gehört. Der Stand, der Wohnwagen, in dem du mit deinem bekloppten Bruder haust, der alte Mercedes, einfach alles.« Scheffler grinste zufrieden. »Bis morgen gebe ich dir Zeit, dann hast du deinen Kram gepackt und bist vom Platz verschwunden. Oder du wirst mich kennenlernen, du kleiner Scheißer. Und jetzt verpiss dich! Raus hier!«

Kapitel 9

Anna fühlte sich, als liefe in ihrem Kopf ein Straßenarbeiter mit einem Presslufthammer Amok. Durch ihren Schädel fraß sich ein Schmerz, der irgendwo im Bereich ihres Nackens seinen Ursprung nahm und sich von dort zu ihrer Stirn bohrte.

Nein, nein, nein, sie durfte nicht die Augen öffnen, denn dann würde ihre Angst zur Gewissheit werden. Sie war von einem maskierten Mann verschleppt worden. Im Gang vor der Tiefgarage der *City Mall* hatte er sie mit einer Waffe bedroht, sie gepackt und ihr ein mit einer chemischen Flüssigkeit getränktes Tuch auf Mund und Nase gepresst, bis sie das Bewusstsein verloren hatte.

Ihr Herz begann schneller zu schlagen, und die aufkommende Panik drängte ihre Schmerzen in den Hintergrund.

Ohne die Lider zu heben – *»Mädchen, mach die Augen auf! Gottverdammt, du kannst sie nicht andauernd vor deinen Problemen verschließen«*, hatte Dr. Bakovic, dieser schmierige Schnösel im weißen Kittel ihr während einer der endlosen Therapiesitzungen vor die Füße geknallt –, blieb sie ganz ruhig auf dem Rücken liegen. Lediglich die Arme bewegte sie vorsichtig.

Ihr Entführer hatte sie nicht gefesselt.

Wenigstens etwas.

Anna tastete ihre Umgebung ab und spürte das vertraute Gefühl von Holz unter den Fingern.

Ein Funke Hoffnung glomm in ihr auf. Möglicherweise hatte der Mann es gar nicht auf sie abgesehen, sondern sich die Falsche geschnappt. Das konnte doch sein, schließlich war alles so schnell gegangen. Gut möglich, dass er sie, als er seinen Irrtum entdeckt hatte, einfach in den nächstbesten Raum geworfen und auf dem Holzboden zurückgelassen hatte.

»Mach die Augen auf, Mädchen!«, hörte sie erneut Bakovic in ihrem Kopf, doch inzwischen klang er nicht mehr wie ihr Psychiater, sondern wie ein Irrer. *»Ich kann dir sagen, was der Kerl mit dir gemacht hat, als du wehrlos vor ihm gelegen hast: Er hat sein bestes Stück herausgeholt, dir das Höschen von deinem mageren Hintern gerissen und …«*

Anna sog die Luft ein, doch der wahnsinnige Irrenarzt gab keine Ruhe.

»… dich genommen. Er hat es dir besorgt. Dich durchgevögelt. Dir gezeigt, wo der Hammer hängt.«

»Halt die Klappe«, rief Anna der imaginären Stimme zu und riss die Augen auf.

Erschrocken zuckte sie zurück, denn bis auf grünlich leuchtende Buchstaben, die in der Dunkelheit über ihr zu schweben schienen, konnte sie nichts erkennen.

Du wirst in der Verdammnis enden, denn dein Bauch ist dein Gott.

(Philipper 3, 19)

Anna versuchte, sich nach hinten zu schieben, weg von den glühenden Buchstaben, doch sie schaffte es nur wenige Zentimeter, dann trafen ihre Schultern auf einen Widerstand. Gleichzeitig spürte sie auf ihrem nackten Bauch ein Kribbeln, aber in ihrer Panik nahm sie es kaum wahr.

»Bleib still liegen«, erklang unvermittelt eine elektronisch verzerrte Stimme. »Glaub mir, es ist besser für dich.«

Anna erstarrte. Aus unerfindlichen Gründen war sie davon ausgegangen, allein zu sein.

»Wer sind Sie?«, stieß sie aus. »Bitte lassen Sie mich gehen. Sie haben die Falsche erwischt.« Wärme breitete sich unter ihr aus, als die Blase ihren Dienst versagte.

»Du bist also nicht Anna Mattheis, Studentin der Volkswirtschaftslehre im vierten Semester? Und du bist auch nicht diejenige, die anderen Frauen sagt, wer oder was gut und schlecht für sie ist und wie sie auszusehen und ihr Leben zu leben haben?«

Anna schwieg, während der Hoffnungsfunke erlosch. Tränen rannen ihr über das Gesicht.

»Ich kann dich nicht hören«, sagte die Stimme. »Bist du Anna Mattheis?«

Sie nickte.

Offensichtlich verfügte der Mann über ein Gerät, das ihn trotz der Dunkelheit sehen ließ, denn er reagierte auf ihre Kopfbewegung. »Hervorragend, dann hätten wir das geklärt.«

»Warum tun Sie mir das an?« Annas Stimme war kaum mehr als ein Flüstern.

Anstelle einer Antwort schaltete sich ein gewaltiger Flachbildschirm ein, der an Ketten von der Decke hing, sodass Anna ihn sehen konnte, ohne den Kopf heben zu müssen. Die phosphoreszierenden Buchstaben, die direkt auf den Monitor gepinselt worden waren, verblassten unter dem eingeblendeten Foto von Simone Habelitz, ihrer Sozialarbeiterin. Der Mann musste das Bild von der Website der Selbsthilfegruppe haben, denn Anna hatte es dort gesehen. Auf dem Foto trug Simone keinen ihrer unförmigen Pullover, sondern eine beige Bluse mit braunen Tupfen, die sie wie ihre eigene Großmutter aussehen ließ.

Annas Gedanken rasten. Simone? Hatte sie etwas mit dieser Sache zu tun?

»Was soll das?«, wimmerte sie. »Ist es, weil ich heute nicht zu meiner Therapiesitzung gegangen bin? Es tut mir leid, es wird nicht wieder vorkommen. Ich …«

»Halt die Klappe«, unterbrach die Stimme sie. »Wenn du weiterleben willst, dann solltest du mir jetzt gut zuhören.«

Auf der Suche nach dem Mann irrte Annas Blick hin und her, doch sie entdeckte ihn nirgends in dem nun vom Monitor notdürftig erhellten Heizungskeller. Dann bemerkte sie die kleine Videokamera und begriff, dass ihr Peiniger nicht bei ihr im Raum war. Er beobachtete sie von irgendwo, seine Stimme kam aus den Boxen des Flachbildschirms.

Erleichtert atmete sie aus und versuchte sich aufzusetzen, doch wieder stießen ihre Schultern gegen etwas Hartes.

»Oh mein Gott«, murmelte sie, als sie erkannte, dass der Entführer sie in einer Kiste gefangen hielt, aus der nur ihre Arme und Beine sowie ihr Kopf herausragten. Über der sargartigen Kiste lag ein schwarzes Tuch, weshalb Anna an eine Zaubershow denken musste, in der ein Magier eine Frau zersägt, um sie dann wieder zusammenzusetzen.

Sie wollte nach dem Tuch greifen und es fortziehen, als sie neben sich ihr Handy liegen sah.

Ohne darüber nachzudenken, schnappte sie es sich. Das Display erwachte zum Leben, aber anstelle ihres gewohnten Sperrbildschirms erschien eine Nachricht.

Alle Funktionen auf diesem Gerät wurden gelöscht. Es gibt für dich nur einen Weg zu überleben. Ruf Simone an.

Von unten schob sich ein Ziffernblock ins Bild.

»Sehr gut, Anna, wie ich sehe, hast du dein Telefon gefunden. Und jetzt verrate ich dir, wie du dich aus deiner Lage befreien kannst. Es ist ganz einfach. Du hast drei Versuche, eine Nummer anzurufen, nämlich die deiner Sozialarbeiterin. Sie kennt den Code, der dich aus diesem Schlamassel befreit.«

»Was?« Fieberhaft dachte Anna nach. »Wie soll ich das anstellen? Ich kenne ihre Nummer nicht; ich weiß ja nicht einmal meine eigene auswendig.«

»Das ist nicht mein Problem«, entgegnete die Stimme kalt.

Die Panik kehrte zurück, und Anna begann, sich ruckartig zu bewegen. In der Hoffnung, die Kiste möge vom Tisch rutschen und beim Aufprall auf dem Boden irgendwie zerschellen, warf sie sich hin und her, doch das Teil bewegte sich nicht einen Millimeter.

Mit einem Mal bemerkte Anna wieder das Kribbeln auf ihrem Bauch, dieses Mal so stark, dass sie es nicht länger ignorieren konnte.

Kopflos griff sie nach dem Tuch, riss es herunter und blickte in zwei glühende Augen.

Eine Ratte! Auf Annas Bauch saß eine fette Ratte. Durch das Plexiglas, aus dem Annas sargartiges Gefängnis bestand, starrte das Tier sie an.

Aufgeschreckt begann die Ratte sich im Kreis zu drehen. Offensichtlich suchte sie nach einer Fluchtmöglichkeit, doch zwei vertikale Trennwände, eine auf der Höhe von Annas Hüfte, die andere unterhalb ihrer Brust, schränkten ihren Bewegungsspielraum auf Annas Bauch ein.

Anna kreischte vor Abscheu und Entsetzen. »Bitte lassen Sie mich gehen. Ich mache auch, was immer Sie wollen.«

»Siehst du das kleine Gerät mit der herausziehbaren Antenne zu deiner Linken?«, fragte die Stimme, ohne in irgendeiner Weise auf Annas Flehen einzugehen.

Sie nickte und fixierte das kleine schwarze Kästchen mit der Nummerntastatur.

»Nach deinem Anruf bei Simone tippst du dort den Code ein, dann bist du frei. Ein Ratschlag noch: Du solltest dir mit dem Anruf nicht zu viel Zeit lassen.«

Ein Klacken erklang. Kurz darauf flammte der Raum in orangerotem Licht auf, das von einer Lampe über Annas Körper ausging.

»Ich habe die Infrarotlampe, deren eigentlicher Zweck darin besteht, den Trocknungsprozess von lackierten Autoteilen zu beschleunigen, so eingestellt, dass sie im Laufe der nächsten Stunden immer heißer wird. Und das wird nicht nur dir zusetzen«, fuhr die Stimme fort.

Anna sah Lackspritzer in den unterschiedlichsten Farben auf dem Schwenkarm und dem Standfuß.

»Sobald es der Ratte zu heiß wird, setzt ihr Überlebensinstinkt ein. Sie versucht zu entkommen, und da sie sich nicht durch das Plexiglas beißen kann, wählt sie einen anderen vermeintlichen Fluchtweg: Sie frisst sich durch deinen Bauch und deine Eingeweide.«

Kapitel 10

Marvin hob den Baseballschläger, den er mit beiden Händen fest umklammert hielt, genau so, wie er es aus amerikanischen Filmen kannte, und holte aus. Scheffler, dieses miese Schwein, würde Zähne spucken.

Heute war der Tag der Abrechnung. Dieses Mal hatte Scheffler den Bogen überspannt. Dem Hurensohn, den die Speichellecker auf dem Platz Bogi nannten, reichte es nicht, ihnen das Jugendamt auf den Hals zu hetzen, jetzt zog er auch noch Savannah in den Dreck.

Sie sollte tot sein? Lächerlich.

Wahrscheinlich hatte sie nur endlich den Mut aufgebracht, ihren verfluchten Ehemann zu verlassen. Sie war durchgebrannt, und das wollte der eitle Fatzke nicht wahrhaben.

Marvin setzte zum Schlag an, doch irgendwer hinter ihm packte den Baseballschläger.

»Nimm das Ding runter, Junge«, hörte er eine befehlsgewohnte Stimme sagen, und erst in dem Moment nahm er die beiden Männer richtig wahr, die sich ebenfalls im Wohnwagen dieses Arschlochs aufhielten und zweifelsohne Bullen waren. Das sah Marvin ihnen an.

»Lassen Sie los, oder Sie sind der Nächste, dem ich den Schädel einschlage.« Tränen der Wut liefen über Marvins Wangen, und er kam sich wie ein verfluchtes Baby vor, aber er konnte nichts dagegen tun. »Der Kerl hat uns beim Jugendamt angeschwärzt, dafür wird er bezahlen.«

Gestern, nachdem die Vorstadtaffen an Marvins Stand Trouble gemacht hatten und die Kerle von der Security angerückt waren, hatte er Nepo angewiesen, abzuhauen und sich zu verstecken, bis die Sache geregelt war. Aber zu Marvins Leidwesen hatte Pickelfresse oder einer der anderen Idioten doch noch die Bullen gerufen, und natürlich hatten die nichts Besseres zu tun gehabt, als ihn mitzunehmen und eine Nacht in die Zelle zu stecken. Die Vorstadtbubis hatten sie hingegen laufen lassen. War ja klar. Genauso wie es ihn nicht im Geringsten überraschte, dass die Sache damit nicht ausgestanden war.

Als er vorhin zurück zu seinem Wohnwagen gekommen war, der eingeklemmt zwischen einer Zugmaschine und dem Schlafwagen der Pizzabude stand, in dem Angelo seine rumänischen Saisonarbeiter eingepfercht hielt wie Legehennen in einer Hühnerfarm, hatte er ein Schreiben vom Jugendamt im Briefkasten gefunden. Nie im Leben hätten die Bürohengste so schnell reagieren können, wenn nicht jemand vom Rummel den Denunzianten gespielt hätte. Und Marvin hatte sofort gewusst, wer dieser Jemand war: Klaus *Bogi* Scheffler, das Arschgesicht von Schwager.

»Lass los«, wiederholte Marvin und zog mit aller Kraft am Baseballschläger, worauf dem Bullen das glatt polierte Holz entglitt.

Sofort holte er wieder aus, doch da packte ihn der jüngere Polizist am Arm, und bevor Marvin wusste, was geschah, loderte ein höllischer Schmerz in seiner Schulter auf. Automatisch ließ er den Baseballschläger fallen.

Im nächsten Augenblick – Marvin hatte keine Ahnung, wie der Typ das bewerkstelligte – gaben seine Knie nach und er fand sich mit dem Gesicht im Teppich wieder.

»Ganz ruhig«, sagte der Jungbulle, wobei er weiter Marvins Arm nach oben bog, doch wenigstens den Druck verringerte, sodass Marvin nicht mehr das Gefühl hatte, seine Schulter stände kurz davor, aus ihrer Gelenkpfanne zu springen. »Sind Sie der Bruder von Savannah und Nepomuk?«

»Wer will das wissen?«, keuchte er und spuckte eine Fussel aus dem Mund.

»Oberkommissar Hartwick vom Landeskriminalamt. Ich muss mit Ihnen reden. Also beruhigen Sie sich und kommen Sie mit raus.«

»Ich wüsste nicht, was wir miteinander zu besprechen haben«, knurrte Marvin, worauf der Bulle den Druck auf seinen Arm wieder erhöhte.

Marvin gab sich geschlagen. »Okay, alles klar. Ich komme mit.«

Der Bulle – Hartwick – ließ seinen Arm los, und Marvin rappelte sich auf. Er verfluchte sich dafür, schon zum zweiten Mal binnen vierundzwanzig Stunden im Dreck gelegen zu haben.

Er wandte sich wieder Scheffler zu, doch sein Zorn hatte durch den Schmerz in seiner Schulter einen herben Dämpfer erfahren. »Wir beide sind noch nicht fertig miteinander«, knurrte er schließlich.

»Verpiss dich endlich, Marv«, entgegnete der alte Sack ungerührt und zog an seiner Zigarette.

Marvin wollte etwas entgegnen, da machte der junge Bulle Anstalten, ihn erneut am Arm zu packen. Ergeben hob Marvin die Hände. »Schon gut, schon gut. Ich komme ja.«

Gemeinsam gingen sie hinaus. Mit traumwandlerischer Sicherheit schlängelte Marvin sich zwischen den labyrinthartig angeordneten Caravans hindurch, die sich eng aneinander auf dem knapp bemessenen Platz hinter den Fahrgeschäften und Buden drängten, bis sie zu einem der blauen Trafohäuschen gelangten, die den Rummel mit Strom versorgten. Aus Sicherheitsgründen mussten die Stromkästen einigermaßen zugänglich sein, weshalb sie in einigem Abstand zu den mobilen Behausungen der Schausteller standen. Dadurch boten sie wenigstens ein Mindestmaß an Privatsphäre; Marvin hatte keine Lust, dass der halbe Platz mithörte, was er mit einem Bullen besprach.

»Also, was gibt's so Wichtiges?«, fragte Marvin, während er das demolierte Ohr des Bullen musterte. Wie es schien, betrieb der Kerl exzessiv Kampfsport, denn solche Verletzungen traten typischerweise auf, wenn man mit dem Ohr häufig auf die Matte knallte.

»Sie sind also Marvin Gerzner, der Bruder von Savannah?«, fing der Kommissar an, der nicht viel älter sein konnte als er selbst.

Trotz der angenehmen Frühlingstemperaturen wurde Marvin plötzlich kalt. Der verständnisvolle, nein, der mitleidige Tonfall in der Stimme des Polizisten reichte, um zu erkennen, dass Scheffler nicht gelogen hatte. Savannah war nicht mit ihrem neuen Lover durchgebrannt. Sie war tot.

Marvin schlang die Arme um seine Brust und kämpfte vergeblich gegen das Zittern an, das seinen schmächtigen Körper durchlief. »Was ist mit Savannah?«, fragte er tonlos.

Der junge Kommissar schien nicht zu wissen, wie er es ausdrücken sollte. Er senkte den Blick, räusperte sich und fuhr nervös über seinen Dreitagebart. »Es tut mir sehr leid«, begann er, »aber Ihre Schwester ist in der vergangenen Nacht zu Tode gekommen.«

Marvin musste sich am Sicherungskasten abstützen.

Das konnte nicht sein.

Das durfte nicht sein.

Savannah und Nepo waren alles, was er hatte. Und allein würde er sich niemals um seinen Bruder kümmern können. Schon gar nicht nach dem ganzen Ärger der letzten Zeit.

»Hatte sie einen Autounfall?«, fragte Marvin tonlos. »War ihr Freund bei ihr? Ist er ebenfalls tot?«

»Ihr Freund?«

Das Zittern wurde stärker. »Hast du eine Kippe?«, fragte Marvin, wobei er kaum bemerkte, dass er den Kommissar duzte.

Der Bulle schüttelte den Kopf. »Es tut mir leid, was mit deiner Schwester passiert ist. Nein, sie hatte keinen Autounfall. Aber warum glaubst du, dass sie bei einem anderen Mann war?«

Marvin zuckte mit den Achseln. »Als wir in Frankfurt mit dem Aufbau angefangen haben, hat Savannah jemanden kennengelernt. Danach war sie wie ausgewechselt. Keine Spur mehr von der schlecht gelaunten Bitch, zu der sie sich entwickelt hat, seit sie die Frau von Scheffler ist.«

»Und das hat sie dir erzählt, also ich meine das mit dem Freund?«

Marvin nickte. »Anfangs hat sie zwar so getan, als sei nichts, aber hey, ich weiß, wie meine Schwester tickt. Sie hat ihre Affären nie lange vor mir verheimlichen können. Wenn man beinahe sein ganzes Leben zusammen in einem Wohnwagen haust, der kaum größer als eine Packung

Cornflakes ist, lernt man sich zwangsläufig kennen, das kannst du mir glauben. Savannah hatte einen anderen. Was nicht unbedingt außergewöhnlich für sie war, doch dieses Mal schien es für sie um mehr als nur ums Vögeln zu gehen. Sie wollte mit ihm abhauen. Weg vom Rummel, weg von ihrem Mann.«

»Sie wollte Scheffler verlassen?«

Wieder nickte Marvin. »Der Flachwichser hat meine Schwester nicht verdient.«

»Kennst du den Mann, den sie getroffen hat? Weißt du, wie er heißt?«

»Nein, keine Ahnung. Sie hat ein Riesengeheimnis um die ganze Sache gemacht.«

Der Kommissar wirkte enttäuscht. »Und wo wollten sich die beiden treffen?«

Marvin zuckte mit den Achseln, doch dann kam ihm der seltsame Anruf in den Sinn. Im ersten Moment hatte ihm die elektronisch verzerrte Stimme einen ziemlichen Schrecken eingejagt, doch nachdem erst die Security und später die Streifenpolizisten aufgetaucht waren, hatte er sie vollkommen vergessen. Kurz hatte er noch einmal in seiner Zelle an den Anrufer gedacht, aber mit ein bisschen Abstand war ihm die Sache schon weit weniger bedrohlich vorgekommen. Marvin hatte angenommen, ins Visier eines Cyberkriminellen geraten zu sein, der reihenweise Leute anrief und ihnen eine Horrorstory auftischte, um anschließend Geld von ihnen zu erpressen. So einen Scheiß brachten sie doch ständig im Fernsehen. Nun aber stellte sich bei Marvin ein merkwürdiges Gefühl ein.

»Ist dir doch noch was eingefallen?«, fragte Hartwick, als könne er seine Gedanken lesen.

Marvin schluckte trocken, dann erzählte er ihm von dem Anruf.

»Jetzt mal ganz langsam«, sagte der Kommissar und holte sein Handy heraus, auf dem er sich Notizen machte. »Was genau hat die Stimme am Telefon gesagt?«

»Der Kerl, zumindest nehme ich an, dass es ein Mann war, hat gemeint, ich soll mir eine Ziffernfolge merken, falls ich Savannah lebend wiedersehen will. Er hat noch irgendetwas Religiöses gefaselt, etwas von Läuterung und Verdammnis.« Marvin musste schlucken, bevor er den nächsten Satz aussprechen konnte. »Meine Schwester ist ermordet worden, habe ich recht?«

»Was für Nummern?«, hakte der Kommissar nach, ohne auf die Frage einzugehen, doch das musste er auch gar nicht. Marvin las die Antwort vom Gesicht des Bullen ab.

»Keine Ahnung«, sagte Marvin, während die Gedanken durch seinen Kopf rasten. »Irgendwelche Zahlen eben. Drei, neun, fünf und so. Welche genau, weiß ich nicht mehr. Außerdem habe ich ihn schlecht verstanden. Der *Jetstream* macht einen Höllenlärm, und alles ist so schnell gegangen. Ich habe angenommen, der Typ erlaubt sich einen Scherz.«

Ohne vom Display seines Smartphones aufzublicken, fragte Hartwick: »Hat der Mann noch mehr gesagt? Denk nach, alles könnte wichtig sein.«

Marvin überlegte nicht, denn er wusste, dass er von der Polizei keine Hilfe erwarten konnte. Für die Bullen waren er und seinesgleichen nicht mehr als der Dreck unter den Sohlen ihrer Schuhe. Wenn er wollte, dass seiner Schwester Gerechtigkeit widerfuhr, dann musste er sich selbst darum kümmern.

Unvermittelt hörte das Zittern auf.

»Das ist alles, was ich weiß«, sagte er tonlos, während er in Gedanken den nächsten Schritt plante.

Er würde sich an Nepomuks Vater wenden. Avram Radu würde ihm helfen, doch das würde er nicht umsonst tun.

Marvin wusste, dass der Preis hoch sein würde, aber er war bereit, ihn zu zahlen.

Kapitel 11

Jan keuchte. Schweiß brannte in seinen Augen, doch er hielt sie trotzdem weit geöffnet, während er die Hände in den festen Stoff der Uwagi – so nannten die Japaner die traditionelle Jacke des Judoanzugs – seines Gegners krallte. Rasch machte er einen Schritt vor, packte unvermittelt mit der linken Hand den Ärmel seines Trainingspartners und setzte zu einem O-soto-otoshi an, doch der skandinavisch anmutende Typ mit den blonden Haaren, der breiten Nase und den blaugrünen Augen sah den Angriff kommen und tat etwas, mit dem Jan nicht gerechnet hatte. Er stellte sein linkes Bein aus, riss Jans Arm nach hinten und warf sich mit Jan auf die Gummimatte.

»Pass auf deine Knie auf, Hartwick«, rief Andreas, ein ehemaliger SEK-Beamter und seit ein paar Jahren stolzer Besitzer von *Andys Fight Gym*, doch es war zu spät. Der Blonde, der nicht älter als dreißig sein konnte, erwies sich als der würdigste Gegner, auf den Jan bislang im Gym getroffen war. Geschickt nagelte er mit seinem Bein Jans Unterschenkel am Boden fest.

Jan hieb zwei Mal mit der flachen Hand auf die Matte, was bedeutete, dass er sich geschlagen gab.

Diese Runde hatte er verloren.

Grinsend rappelte der Blonde sich auf, streckte Jan die Hand entgegen und half ihm hoch. »Bent Dahl«, stellte er sich vor. »Du bist gut, Mann. Echt gut.«

»Jan Hartwick. Danke, du bist auch nicht schlecht.« Jan zog den Gürtel um seine Uwagi fest und vermied es, die vom Training aufgepumpten Brustmuskeln oder das darunterliegende Sixpack seines Gegners anzublicken, das unter dessen offener Jacke zum Vorschein kam. Stattdessen starrte er auf eine der Pergamentrollen mit den japanischen Schriftzeichen, die an den Wänden hingen. Wenn man auf Männer stand, kapierte man schnell, dass die meisten

Heterokerle – egal, wie offen sie mit dem Thema umzugehen meinten – nicht darauf erpicht waren, mit einem Schwulen so eng auf Tuchfühlung zu gehen, wie es beim Judo nötig war.

Demonstrativ zog Jan die Schultern hoch und tat sein Möglichstes, nicht den Eindruck zu erwecken, er würde sich für irgendetwas anderes als für das Training interessieren.

Schutzschilde aktiviert.

»Alles okay mit dir?«, fragte der Blonde.

»Klar«, antwortete Jan einsilbig, und glücklicherweise kam Andreas auf sie zu, was Jan weitere Konversation ersparte.

»Hab ich dir zu viel versprochen, Hartwick?«, rief Andreas über den Trainingslärm hinweg, während er geschickt den anderen Judokas auswich, die den lediglich einssiebzig großen Mann mit den grauen Haaren allesamt überragten. »Dahl hat es drauf, was?«, sagte er, als er neben ihnen stand. »Ich bin froh, dass er den Weg in mein Studio gefunden hat.« Er legte dem Blonden kumpelhaft einen Arm um die Schulter. »Ich hoffe, du entscheidest dich für regelmäßiges Training. Polizisten bekommen einen Sonderpreis.«

Bent Dahl strich sich die halblangen, lockigen Haare zurück, ohne Anstalten zu machen, seine offene Jacke zu schließen. »Ich kann noch nicht sagen, wie lange ich in Frankfurt sein werde. Aber wenn wir das mit dem Vertrag monatsweise regeln, bin ich dabei.«

»Kein Problem«, sagte Andreas und tätschelte Bent spielerisch den Bauch. »Du bist gut im Training, das solltest du nicht schleifen lassen. Da stehen die Mädels drauf.«

Demonstrativ studierte Jan wieder die japanischen Schriftzeichen. Er wollte nur noch weg. Er hasste diese Spielchen unter Alphamännchen, und außerdem hatte er seinem Freund Timo versprochen, gegen sieben zurück zu sein.

»Wenn du mit dem Duschen fertig bist, regeln wir den Papierkram«, fuhr Andreas fort. »Und sprich mit Hartwick deine Trainingszeiten ab. Ihr beide seid auf dem gleichen

Level. Er ist übrigens auch ein Bulle.« Andreas nickte Jan zum Abschied zu, dann richtete er seine Aufmerksamkeit auf ein anderes Trainingspaar. »Verdammt, nimm die Arme hoch, Dietz! Herrgott, wann lernst du es endlich?«

»Ich muss los. Man sieht sich«, sagte Jan, zog noch einmal seine Jacke zurecht und machte sich auf den Weg zu den Umkleiden.

»Warte, ich komme mit«, rief Bent und folgte ihm.

Jan unterdrückte ein Seufzen.

»Du bist also ein Kollege? Freut mich, dich kennenzulernen. Welche Abteilung?«, fragte Bent, als er zu ihm aufgeschlossen hatte.

»LKA. Abteilung vier. Fallanalyse.«

»Ein Profiler, alle Achtung.« Bent schien sich an Jans Einsilbigkeit nicht zu stören. »Ich bin erst seit einigen Wochen hier in Frankfurt. Eigentlich arbeite ich für die Kripo Hamburg.«

Jan warf ihm einen beiläufigen Blick zu, während sie an den Geräten vorbeiliefen, an denen hauptsächlich Männer ihre Muskeln aufpumpten. In Andreas' Gym verirrten sich nicht viele Frauen. »Was verschlägt einen Polizisten aus dem Norden denn nach Hessen?«

Die Luft in der Umkleidekabine roch nach Männerschweiß, Deo und der feuchtwarmen Hitze, die von den Duschen hereinzog. Hier und da lagen Jeans und T-Shirts auf den Holzbänken, Schuhe standen auf dem Boden, Jacken hingen an den Haken, doch Jan hatte wie die meisten anderen sein Zeug in einem der Spinde deponiert.

Nachdem Bent den Raum mit raschem Blick gescannt und sich davon überzeugt hatte, dass sie allein waren, sagte er: »Ich arbeite verdeckt. Ich bin seit geraumer Zeit an einem Russen dran, der sein Tätigkeitsfeld kürzlich nach Frankfurt verlegen musste.«

»Ein Undercover-Einsatz. Das stell ich mir nicht einfach vor.« Jan starrte in seinen Spind und nestelte umständlich an seiner Sporttasche herum.

Bent hob die Schultern. »Wenn alles nach Plan läuft, können wir den Russen bald hochnehmen. Und was liegt bei euch an? Woran arbeitet ihr?«

»Wir müssen uns um eine echte Sauerei kümmern«, antwortete Jan ausweichend.

»Bist du an dem Karussellmord dran?«, fragte Bent.

»Woher weißt du davon?« Jan war aufrichtig erstaunt. Hatte die Sache schon die Runde gemacht?

»Mein Chef hat mich gebeten, Augen und Ohren offen zu halten. Auf der Straße erfährt man manchmal Dinge, die sich nicht bis zur Polizei herumsprechen.«

»Dann weißt du ja Bescheid«, entgegnete Jan und hoffte, dass Bent sich langsam in den Duschraum verzog.

»Sag mal, hast du Lust auf ein Bier, Kollege? Ich lade dich ein, was meinst du?«

»Tut mir leid, aber ich kann heute nicht«, antwortete Jan viel zu schnell. »Bin schon verabredet.«

Als Bent ihm einen irritierten Blick zuwarf und einen Schritt zurücktrat, merkte Jan, dass er zu harsch reagiert hatte. Nach kurzem Zögern sprang er über seinen Schatten und fragte: »Wie wäre es morgen Abend?« Dann drehte er sich zurück zum Spind, nahm seine Sporttasche und warf sie auf die Holzbank.

»Okay, aber ich weiß noch nicht, wann ich morgen wegkomme. Am besten schreibst du mir deine Nummer auf, dann rufe ich dich an.«

Jan holte sein Smartphone aus der Sporttasche und schaltete es ein. »Wenn du mir deine Nummer gibst, kann ich dir meine Kontaktdaten schicken.«

Bent schüttelte den Kopf. »Das geht nicht. Sollte der Russe oder einer seiner Männer mein Telefon filzen und eine Nummer vom LKA darauf finden, bin ich ein toter Mann.«

Jan unterdrückte ein Seufzen und suchte in seiner Sporttasche nach Stift und Papier, fand jedoch lediglich einen Kugelschreiber. »Tut mir leid, ich habe nichts, wo ich draufschreiben kann. Das Beste wird sein, wenn du einfach im Präsidium anrufst und dich zu mir durchstellen lässt«, schlug er vor, doch als er wieder aufschaute, hielt Bent ihm den Arm vor die Nase.

»Scheib deine Nummer da drauf. Ich pass auf, dass ich sie beim Duschen nicht abwasche.«

Jan schluckte. Ob der neue Kollege aus Hamburg vielleicht auch auf Männer …?

Unsinn. Er riss sich zusammen und verdrängte den Gedanken. Der Kerl war neu in der Stadt. Er kannte niemanden und wollte mit einem Trainingspartner ein Bier trinken gehen. Das war's.

Trotzdem zitterten Jans Finger leicht, als er seine Nummer auf Bents Unterarm kritzelte.

Als das Bild von Timo in seinem Kopf auftauchte, drängte er es rasch zur Seite.

Kapitel 12

Seit ich angefangen habe, wühlt mich vieles auf, und noch immer kämpfe ich mit Selbstzweifeln, doch als ich die Kirche betrete und mir der Geruch von Weihrauch und verbranntem Paraffin entgegenschlägt, fühle ich mich auf der Stelle besser.

Langsam laufe ich durch das Mittelschiff nach vorn, den Blick auf die mit biblischen Szenen verzierten Buntglasfenster über dem Altar gerichtet.

Verstohlen dreht die Frau mit den grauen Haaren, die in einer der vorderen Bänke kauert, sich zu mir um. Ich beachte sie nicht weiter, sondern greife in die Tasche meiner Jacke und fahre mit Daumen und Zeigefinger über den glasfaserverstärkten Griff des KM 2000, fast ein wenig so, als handele es sich um einen Rosenkranz und nicht um ein Kampfmesser mit siebzehn Zentimeter langer Tantoklinge aus rostfreiem Stahl.

Ich wende mich nach rechts zu den Beichtstühlen, die sich neben dem Ausgang zur Thorwaldsenstraße befinden, als mein Handy einen unaufdringlichen Signalton von sich gibt.

Sofort beschleunigt sich mein Pulsschlag.

Ohne die von meinem Überwachungsprogramm automatisch abgeschickte Nachricht lesen zu müssen, kenne ich ihren Inhalt, der, wenn auch anders formuliert, nur das eine besagt: Die Kleine hat es nicht geschafft, sich selbst zu befreien. Der Trojaner, den ich auf ihr Handy geschleust habe, hat das Gerät gerade unbrauchbar gemacht.

Meine Gedanken sind bei ihr. Jetzt muss sie stark sein, denn bevor sie Erlösung findet, warten unsagbare Qualen auf sie.

»Jeder bestimmt sein Schicksal selbst«, höre ich jemanden sagen, und obwohl ich die Stimme klar und deutlich vernehme, weiß ich, dass sie niemandem gehört, der mit mir in dieser Kirche steht.

Sie ist in mir.

Anfangs habe ich mich gegen sie aufgelehnt, habe versucht, sie mit Alkohol und Tabletten zu bekämpfen, doch mittlerweile habe ich sie akzeptiert.

»Ja, ich weiß«, flüstere ich als Antwort. »Das Leben zwingt uns manchmal, Wege einzuschlagen, denen man nicht folgen will.«

Im Halbdunkel der Kirche, die lediglich von dem wenigen Tageslicht und den Opferkerzen auf dem Metallständer an der Wand erhellt wird, hole ich mein Smartphone hervor. Ich starte die Spezial-App, die über ein extra gesichertes, von außen nicht zu entschlüsselndes Netzwerk mit einer Überwachungskamera verbunden ist, und im ersten Moment erkenne ich nichts bis auf das orangefarbene Glühen, das von den Röhren des Infrarotstrahlers ausgeht.

Durch ein Tippen auf die Bildschirmmitte justiert sich der Autofokus neu, wodurch die Konturen von Anna Mattheis sichtbar werden. Panisch wirft sie ihren dürren Körper, soweit es der beengte Platz in der Plexiglasbox zulässt, hin und her.

Ich zoome näher heran.

Auf Höhe ihres Bauches hat sich das Plexiglas an einigen Stellen bereits rot verfärbt, trotzdem erkenne ich die Ratte, die sich halb wahnsinnig vor Angst und Panik im Kreis dreht. Blut tropft von ihren Barthaaren.

Dann, im Versuch sich durch das Plexiglas zu beißen, reißt das Tier das Maul auf, doch seine scharfen Nagezähne rutschen von der glatten Fläche ab. Also senkt es seinen Kopf, um ihn im nächsten Augenblick in das blutige Loch zu graben, in das sich Anna Mattheis' Bauch verwandelt hat.

Obwohl ich mein Telefon auf stumm geschaltet habe, meine ich, sie schreien zu hören. Ihr hübsches Gesicht ist zu einer Fratze aus Angst und Schmerz verzerrt, die Haare kleben nass und strähnig an ihrem Kopf, nichts ist mehr übrig von der sich perfekt in Szene setzenden jungen Frau.

»Was tun Sie hier?«, höre ich eine Stimme, und dieses Mal kommt sie nicht aus meinem Kopf.

In einer fließenden Bewegung lasse ich das Handy in die Jackentasche gleiten, umklammere den Griff des Kampfmessers und drehe mich um, jederzeit bereit, demjenigen, der sich mir in den Weg stellt, mit einem gezielten Schnitt die Kehle durchzuschneiden.

Als ich sehe, dass es der junge Priester ist, der mit seinen kurzen Haaren, dem aus der Hose hängenden Hemd und der Hornbrille eher einem Artdirector als einem Geistlichen ähnelt, entspanne ich mich wieder. »Ach Sie«, sage ich und lasse den Griff des Messers los, behalte die Hand aber in der Jackentasche.

Im Grunde glaube ich nicht, dass von dem Priester eine Gefahr ausgeht – er ist schwach –, doch manchmal, wenn die Angst groß genug ist, wachsen selbst schwache Menschen über sich hinaus.

Er mustert mich mit unverhohlener Abscheu. »Was wollen Sie?«

»Ist das nicht offensichtlich? Ich bin gekommen, um zu beichten, *Vater.*« Bei dem letzten Wort kann ich nicht verhindern, dass sich ein spöttisches Grinsen auf meine Lippen legt. Das Milchgesicht als Vater zu bezeichnen, entbehrt nicht einer gewissen Komik.

Der Frischling, der erst vor kurzem die Gemeinde im Norden von Sachsenhausen übernommen hat, bleckt die Zähne. »Ich habe Ihnen doch gesagt, Sie sollen sich eine andere Kirche suchen. Hier ist kein Platz für Sie.«

»Ich möchte meine Sünden beichten, Vater«, wiederhole ich nun schärfer. »Also tun Sie Ihre Pflicht und verschwinden Sie in den Beichtstuhl.«

Kurz schließt er die Augen und atmet durch, dann resigniert er und geht zu einem der beiden Beichtstühle, wo er die für ihn vorgesehene Tür öffnet. Seine Lippen sind zu zwei dünnen Linien verzogen, als er sich eine purpurne Stola um den Hals legt, das Schild *Beichte, bitte nicht stören* anbringt und die Tür hinter sich wieder zuzieht.

Ich gebe ihm ein paar Sekunden, dann folge ich ihm und sinke hinter dem schweren Vorhang auf die Knie.

Dicht bringe ich mein Gesicht an das mit Schnitzereien verzierte Holzgitter, worauf der Priester auf der anderen Seite mit dem Herunterbeten seiner Floskeln anfängt.

Ungeduldig unterbreche ich ihn: »Seien Sie still, hören Sie mir zu. Es hat begonnen, und es lässt sich nicht mehr aufhalten.«

Kapitel 13

Falk, Juliane und Hartwick folgten dem uniformierten Beamten, einem milchgesichtigen Frischling, der wahrscheinlich gerade erst von der Polizeischule kam, hinunter in den Keller des abbruchreifen Einfamilienhauses. Je weiter sie die Treppe hinabstiegen, desto mehr wurde der typische Kellergeruch nach Moder und Schimmel von dem durchdringenden Gestank nach geschmolzenem Plastik überlagert, der Falk bereits beim Betreten des Hauses aufgefallen war.

Juliane rümpfte die Nase. »Wonach riecht es hier? Das ist ja kaum auszuhalten«, stöhnte sie.

»Das werden Sie verstehen, wenn Sie es sehen«, sagte der junge Beamte kryptisch und schaute auf ihre Füße. Wie immer trug sie hochhackige Schuhe, um ein paar Zentimeter größer zu sein.

»Passen Sie auf, dass Sie nicht stolpern, hier liegt ziemlich viel herum«, meinte er, als sie unten angekommen waren, und ließ den Lichtkegel seiner Stablampe über den gekachelten Boden gleiten, auf dem sich an etlichen Stellen bereits die ockerfarbenen Fliesen gelöst hatten.

Der Kriminaldauerdienst hatte Falk vor einer Stunde aus dem Bett geklingelt und ihn darüber in Kenntnis gesetzt, dass eine weitere Leiche gefunden worden war. Und da er als leitender Ermittler der neu gegründeten *Soko Starfighter* fungierte – Koruhn hatte die Sonderkommission nach dem Karussell benannt, in dem Savannah Scheffler zu Tode gekommen war –, hatte er sich zusammen mit Juliane und Hartwick auf den Weg nach Nied im Westen Frankfurts gemacht.

»Haben Sie die Leiche gesehen?«, fragte Falk und versuchte, sich gegen den Anblick zu wappnen, der sich ihm bieten würde.

Der junge Beamte nickte knapp. »Ja, meine Kollegin und ich waren als erste am Tatort. Unsere Nachtschicht war beinahe zu Ende, als der Einsatzbefehl einging.« Er musste schwer schlucken, bevor er weitersprechen konnte. »Ich wünschte, wir wären heute Nacht in einem anderen Stadtteil Streife gefahren.«

»Wer hat die Polizei verständigt? Hier wohnt doch mit Sicherheit schon seit längerem niemand mehr«, sagte Hartwick und unterdrückte ein Gähnen. Dunkle Ränder lagen unter seinen Augen.

Unwillkürlich fragte sich Falk, ob mit Hartwick alles in Ordnung war. Irgendwie kam er ihm in letzter Zeit ausgelaugt vor. Falk beschloss, bei der nächsten Gelegenheit ein ernstes Wörtchen mit Hartwick zu wechseln, so ein Von-Vater-zu-Sohn-Gespräch, und ihn zu fragen, was nicht stimmte.

Vielleicht würde Falk in dem Zuge auch Hannahs überraschendes Auftauchen erwähnen, vielleicht aber auch nicht. Sie hatte ihn nicht noch einmal kontaktiert; gut möglich, dass sich das Problem von ganz alleine löste.

»Haben Sie den Hähnchenwagen gesehen, der an der Ecke zur S-Bahn-Haltestelle steht?«, fragte der Schutzpolizist und lenkte Falks Aufmerksamkeit wieder auf den Tatort.

»Sie meinen den mobilen Grill vor dem Haus?«

»Ja, genau. Der Betreiber, ein gewisser Frank Roski, hat eine Vereinbarung mit dem Eigentümer des Hauses. Er, also besagter Herr Roski, schaut nach dem Rechten, damit keine Junkies oder Obdachlosen einbrechen. Im Gegenzug darf er hier seine Geschäfte erledigen.« Der junge Beamte räusperte sich. »Äh, ich meine, er darf die Toilette im Erdgeschoss benutzen, und da fiel ihm heute Morgen der widerwärtige Geruch auf. Ohne sich weiter nach der Ursache umzusehen, hat er den Besitzer verständigt. Dieser hat dann die Einsatzzentrale angerufen, worauf wir uns die Sache näher angeschaut haben.«

Nach ein paar Metern machte der Gang einen Knick, dahinter wurde es heller. Ein einzelner Scheinwerfer stand vor einer Tür, die von einer Polizistin in Uniform bewacht wurde. Als sie den Frischling kommen sah, nickte sie ihm gequält zu. Falk tippte darauf, die Partnerin des armen Kerls vor sich zu sehen, die ebenfalls das Pech gehabt hatte, kurz vor Feierabend auf eine Leiche zu treffen.

»Dann wollen wir mal«, sagte Juliane, in dem kläglichen Versuch, ein wenig Optimismus zu verbreiten. Sie reichte Falk und Hartwick einen der weißen Einmaloveralls, die zusammen mit Latexhandschuhen und Mundschutzmasken auf einem Klapptisch lagen.

Nachdem alle in die Schutzkleidung gestiegen waren, nickte Falk der Polizistin zu, die daraufhin die Kellertür aufzog.

Unwillkürlich hielt Falk den Atem an.

Er wusste nicht, ob es an dem bestialischen Gestank lag, der ihm entgegenschlug, oder an dem, was er unter dem erbarmungslos hellen Licht der Scheinwerfer zu sehen bekam.

Kapitel 14

Widerwillig trat Falk in den Kellerraum, über dessen Decke und Wände sich Kabel, Rohre und die Versorgungsleitungen einer Sprinkleranlage zogen. Peter McNish von der Spurensicherung, der mit einer Pinzette in der einen und einem durchsichtigen Plastikbeutel in der anderen Hand neben dem Brenner der Gastherme kniete, schaute auf. Obwohl vom Gesicht des Schotten lediglich die Augen zu sehen waren – der Rest versteckte sich unter der Kapuze des Overalls und dem Mundschutz –, erkannte Falk den ungläubigen Ausdruck darin. So etwas Widerwärtiges und Krankes schien McNish in seiner ganzen Dienstzeit noch nicht untergekommen zu sein.

Etwas abseits, den Blick demonstrativ auf die Druckanzeige eines Ventils gerichtet, als sei der auf null weisende Zeiger eines der interessantesten Dinge der Welt, standen Kriminaloberkommissar Faulhammer und sein vogelgesichtiger Partner Krysiak vom Kriminaldauerdienst. Bei Falks Eintreffen schauten die beiden zu ihm herüber.

Mit einer Geste bedeutete er ihnen, zurückzubleiben. Er wollte sich zunächst unvoreingenommen ein Bild von den Ereignissen machen.

Krysiak wirkte erleichtert. Er hielt sich Zeige- und Mittelfinger vor den Mund, um zu signalisieren, dass er sich für eine Zigarettenlänge nach draußen verzog.

»Wer tut so etwas?«, flüsterte Juliane neben Falk, hörbar durch den Mund atmend.

Falk ignorierte die rhetorische Frage und konzentrierte sich auf den Tisch in der Raummitte, der von drei Polizeischeinwerfern schattenlos ausgeleuchtet wurde. Darauf lag in einem sargartigen, blutverschmierten Kasten die grotesk zugerichtete Leiche einer Frau.

Als sein Magen rebellierte, dankte Falk im Stillen dafür, noch nicht gefrühstückt zu haben. Neben ihm entfuhr

Hartwick ein Keuchen, und Falk rechnete damit, dass sein Partner jeden Moment Krysiak nach draußen folgen würde, doch Hartwick blieb dicht bei ihm stehen.

Guter Mann.

Hinter dem massiven Holztisch, der wohl einmal als Werkbank gedient hatte, stand ein auf den Bauchraum der Toten ausgerichteter Infrarotstrahler. Als Falk das durch die Hitze verformte und an einigen Stellen geschmolzene Plexiglas entdeckte, verstand er, wo der beißende Gestank nach verschmortem Plastik herrührte.

Er trat dichter an die tote Frau heran und zwang sich, den Leichnam zu betrachten.

Dort, wo die Haut der Toten noch halbwegs intakt war, hatte sie Brandblasen geworfen, doch der Großteil des Bauchraums war eine einzige klaffende Wunde. Teile des Darms hingen wie Tentakel aus der blutigen Höhle und waren dort, wo sie dem Heizstrahler am nächsten lagen, schwarz verkrustet.

Die Infrarotlampe hatte die Frau gegrillt.

Dr. Di Carlo, die Gerichtsmedizinerin, befand sich hinter dem Tisch und beugte sich so tief über die Leiche, wie es der Plexiglaskasten zuließ. Ein Loch von der Größe eines Frühstückstellers, das die Hitze in den Deckel gebrannt hatte, ermöglichte es ihr, mit dem Arm hineinzugreifen. In der Hand hielt sie eine chirurgische Zange in Form einer Schere, die sie zwischen die Eingeweide schob und mit der sie etwas zu greifen versuchte. Das schmatzende Geräusch, das dabei entstand, ließ Hartwick ein weiteres Mal keuchen. Nun machte er doch auf dem Absatz kehrt und eilte aus dem Keller.

»Was ist hier passiert?«, fragte Falk, und seine Stimme klang heiser.

Die Gerichtsmedizinerin schaute auf. »Hauptkommissar Bachmann, Dr. Klawitter, ich grüße Sie«, sagte sie. Dann wandte sie sich wieder ihrer Arbeit zu, während sie weitersprach. »Alles deutet darauf hin, dass die Frau erst seit wenigen Stunden tot ist. Die Leichenflecken sind voll ausgeprägt, lassen sich jedoch noch wegdrücken.«

»Mein Gott, nach dem Karussellmord dachte ich, mich könnte nichts mehr schockieren«, stöhnte Juliane. »Die Kleine war doch kaum älter als ein Kind.«

Dr. Di Carlo machte eine vage Kopfbewegung. »Das täuscht. Während meiner ersten flüchtigen Untersuchung habe ich mir den Handwurzelknochen angesehen, er ist vollständig entwickelt. Auch die Fuge zwischen Brust- und Schlüsselbein ist geschlossen, was zusammen mit ihrer körperlichen Gesamtverfassung auf ein Alter zwischen Anfang und Mitte zwanzig hinweist. Dass die Frau jünger erscheint, ist ihrem Untergewicht geschuldet.«

»Litt sie an Anorexie oder Bulimie?«, fragte Juliane.

»Das kann ich erst sagen, nachdem ich sie gewogen, die Blutwerte bestimmt und den Zustand ihrer Organe in Augenschein genommen habe. Doch in der Tat tendiere ich dazu anzunehmen, dass sie an einer Essstörung gelitten hat. Vorausgesetzt, der Täter hat sie nicht über einen längeren Zeitraum festgehalten und hungern lassen.«

Falks Stirn furchte sich. »Aber an Unterernährung ist sie nicht gestorben«, stellte er das Offensichtliche fest.

Eine von Dr. Di Carlos perfekt geformten Augenbrauen hob sich. »Wovon Sie ausgehen können. Die junge Frau hat bis zu ihrem Ende unsagbare Schmerzen erleiden müssen.«

»Hat der Täter sie erst ausgeweidet und dann mit dem Heizstrahler gegrillt?«, fragte Falk.

Dr. Di Carlo schüttelte den Kopf, während sie konzentriert mit der Zange weiter im Bauchraum der Toten arbeitete. »Bislang weiß ich nicht mit Sicherheit, woher das Loch in ihrem Bauch rührt. Fest steht jedoch, dass die Wunde nicht durch Schnitte entstanden ist. Dazu sind die Ränder zu unpräzise. Wenn Sie genau hinsehen, werden Sie …« Plötzlich verstummte sie, dann spannte sie die Schultern an. »Habe ich dich endlich.«

Vorsichtig zog sie etwas aus den Eingeweiden der Toten hervor. Der Kadaver einer Ratte klemmte zwischen den Greifzähnen ihrer Zange. Blut tropfte vom nackten Schwanz und dem Fell des Tiers. »Hier haben Sie den

Grund dafür, weshalb ein Loch im Bauch der Toten klafft. Eine Ratte hat es hineingebissen.«

»Was?«, stieß Juliane ungläubig aus. »Warum sollte eine Ratte so etwas tun?«

»Der Überlebenswille«, erwiderte Dr. Di Carlo, während sie den Kadaver in einen Asservatenbeutel verfrachtete.

»Wie meinen Sie das?«, hakte Falk nach und verzog den Mund unter der Schutzmaske, als sein Blick auf die vom geronnenen Blut verkrusteten Überreste des Tiers fiel.

»Ganz einfach«, meinte die Gerichtsmedizinerin. »Der Killer hat die Ratte zusammen mit der Frau in dem Plexiglaskasten eingesperrt und anschließend den Infrarotstrahler auf das Tier gerichtet.«

»Er hat also versucht, das Vieh zu rösten?«, fragte Falk.

»Nicht direkt, aber warten Sie, dazu komme ich gleich. Vorher muss ich noch ein wenig ausholen. Gemeinhin gelten Ratten als ausgesprochen robuste Überlebenskünstler, was sie ja auch durchaus sind, doch dabei wird oftmals vergessen, dass diese Tiere empfindlich auf Hitze reagieren. Bereits Temperaturen von knapp über dreißig Grad können sie an einem Hitzschlag sterben lassen.« Sie deutete auf einen Aufkleber, der seitlich auf dem Ständer des Infrarotstrahlers klebte. »Laut dieser Tabelle kann das Gerät, das eigentlich für den industriellen Einsatz bestimmt ist, Temperaturen zwischen vierzig und einhundert Grad Celsius entwickeln. Schon die niedrigste Heizstufe reicht, um die Ratte binnen kürzester Zeit in Panik zu versetzen. Der Überlebensinstinkt lässt das Tier nach einer Fluchtmöglichkeit suchen, worauf es sich in Ermangelung an Alternativen nach unten *durchgräbt*, wenn man so will.«

»Durchgräbt?«, echote Juliane.

»Ganz recht«, antwortete Dr. Di Carlo. »Die Ratte kratzt und beißt sich durch den Bauchraum, was dem Opfer unvorstellbare Qualen zufügt.«

»Die Frau ist also nicht an ihren Verbrennungen gestorben?«, fragte Falk, der sich wie betäubt fühlte.

»Korrekt.« Dr. Di Carlo zeigte mit dem Finger zunächst auf das geschmolzene Plexiglas, anschließend auf die

Brandblasen der Toten. »Vermutlich hat der Täter nach und nach die Temperatur des Heizstrahlers erhöht. Anderenfalls wäre es der Ratte nicht gelungen, sich so tief in den Bauchraum durchzubeißen; sie wäre früher verendet. Das Opfer ist also entweder an den inneren Verletzungen gestorben oder an dem immensen Blutverlust.«

»Hat der Täter sich sexuell an ihr vergangen?«, fragte Falk.

Dr. Di Carlo schüttelte den Kopf. »Ich denke nicht. Wie bei Savannah Scheffler weist auch der Intimbereich dieses Opfers keine sichtbaren Verletzungen auf.«

Falk bedankte sich für ihre Ausführungen, als Hartwick zurück in den Heizungskeller trat. Sein Partner hatte sich den Mundschutz um den Hals gehängt, wodurch Falk dessen fahle Gesichtsfarbe erkennen konnte.

»Alles okay bei dir?«, fragte er, worauf Hartwick sich in die hinterste Ecke des Kellerraums verzog.

Falk versuchte sich an einem aufmunternden Lächeln, dann wandte er sich an Faulhammer, der noch immer die Druckanzeige zu studieren schien. »Danke, dass Sie uns informiert haben, aber mir ist nicht ganz klar, warum Sie davon ausgehen, dass wir es mit demselben Täter zu tun haben, der Savannah Scheffler ermordet hat.«

Bevor Faulhammer zu einer Erklärung ansetzen konnte, schaltete McNish sich ein. »Obwohl sich dieses Tötungsdelikt auf den ersten Blick nicht mit dem des Karussellmords vergleichen lässt, haben wir signifikante Übereinstimmungen gefunden, die nahelegen, dass wir es mit einem Serientäter zu tun haben.« McNish trat neben den Plexiglaskasten und legte ein kleines Gerät mit Nummerntastatur und ausziehbarer Antenne in einem durchsichtigen Plastikbeutel auf den Tisch. Der Apparat ähnelte dem, der am Schutzbügel des Karussells befestigt gewesen war. »Wir haben wieder eine Art Fernbedienung sicherstellen können. Sie hat in etwa hier gelegen, konnte also vom Opfer trotz der prekären Situation, in der es sich befunden hat, bequem mit der Hand erreicht werden. Auf der gegenüberliegenden Seite des Kastens, ungefähr an gleicher Stelle, lag das Handy der Toten. Genau wie bei dem Smartphone von

Savannah Scheffler scheint das Betriebssystem gehackt worden zu sein.«

Hartwick räusperte sich. »Wozu diente denn hier die Fernbedienung? Ein Karussell wie bei unserer ersten Toten musste die Frau ja nicht zum Stehen bringen.«

McNish deutete auf den teilweise geschmolzenen Deckel der Plexiglasbox. »Die Verschlussbolzen sind mit einer Elektronik versehen, die sich per Funk öffnen lässt. Hätte die Frau den Code gekannt, hätte sie genau wie Savannah Scheffler ihr Martyrium beenden können. Außerdem haben wir noch eine weitere Übereinstimmung mit dem Fall des Karussellmords. Wenn ich Ihre Aufmerksamkeit auf den Bildschirm lenken darf, der über dem Opfer hängt.«

Alle Augen richteten sich auf den an Ketten hängenden Flachbildschirm, neben dem eine Videokamera angebracht war.

»Hat der Täter sein Opfer gefilmt?«, fragte Falk.

»Nicht nur das. Dieses Kameramodell kann nicht nur Bilder über ein VPN an jeden beliebigen Ort der Welt mit Internetzugang übertragen, sondern in Kombination mit dem eingebauten Mikrofon und den Lautsprechern des Monitors auch Audiosignale ausgeben.«

»Heißt das, der Täter hat dem Opfer nicht nur beim Sterben zugesehen, sondern währenddessen auch mit ihm gesprochen?«, fragte Falk.

»Das wäre möglich, ja.«

»Können wir ihn dadurch ermitteln? Indem wir die IP-Adresse zurückverfolgen oder wie immer ihr Techniker das nennt?«

McNish schüttelte den Kopf. »Ich werde die Anlage im Labor von unseren Experten durchchecken lassen, aber ich befürchte, dass der Täter es uns nicht so einfach macht. Er ist technisch hoch versiert, und wie gesagt, das System arbeitet zudem mit einer besonders gesicherten Internetverbindung, die sich nicht entschlüsseln lässt.«

Falk fluchte. »Ist das alles, oder gibt es weitere Übereinstimmungen zum Karussellmord?«

»Wir haben noch mehr«, sagte der Schotte und wandte sich an einen seiner Mitarbeiter. »Leon, kannst du bitte die Scheinwerfer ausschalten?«

Einen Augenblick später erloschen die Strahler, und der Keller versank in Dunkelheit. Falks Augen brauchten einen Moment, bis sie sich an die neuen Lichtverhältnisse gewöhnt hatten, dann erkannte er den mit einer phosphoreszierenden Farbe auf den Bildschirm geschriebenen Bibelvers.

Du wirst in der Verdammnis enden, denn dein Bauch ist dein Gott.
(Philipper 3, 19)

Falk seufzte. Sie hatten es also tatsächlich mit einem Serienkiller zu tun.

Gerade wollte er dem Mann von der Kriminaltechnik zu verstehen geben, dass er das Licht wieder einschalten konnte, als unvermittelt der Flachbildschirm aufleuchtete und Falk seinen eigenen Namen las.

Kapitel 15

Kathy stöhnte übertrieben laut. »Paddy, mach schon«, rief sie ihrem Sohn zu. »Wenn ich dich nicht pünktlich in der Schule abliefere, bekommen wir einen Haufen Ärger. Die Gommel hat uns auf dem Kieker.«

Rasch kontrollierte sie noch einmal den Inhalt ihrer Umhängetasche. Laptop, Bürste, die kleine Dose Haarspray, Geldbeutel und das Wichtigste: der weiße Pappschnellhefter mit dem *AlphaNew*-Logo, in dem sie die fehlerhaften Abrechnungen des letzten halben Jahres aufbewahrte.

Gott, sie kapierte immer noch nicht, dass ihr die Unstimmigkeiten erst jetzt aufgefallen waren.

Sechs Monate. Sechs verdammte Monate.

Ihre Nachlässigkeit konnte sie sich nur damit erklären, dass sie im vergangenen halben Jahr bis zum Umfallen gearbeitet und nicht genügend Zeit für Papierkram gehabt hatte. Wenn Paddy und sie in Irland neu anfangen wollten, brauchten sie jeden Cent. Also hatte sie seit Herbst an fast jedem Abend in einem anderen Wohnzimmer irgendwo in Frankfurt gesessen und es nicht nur geschafft, einen Haufen schnatternder Frauen davon zu überzeugen, Allerweltsprodukte wie Haushaltsreiniger, Hundefutter oder Staubsaugerbeutel zu überteuerten Preisen zu kaufen, sie hatte sie auch glauben lassen, dass es sich ohne diesen Plunder nicht zu leben lohnte.

Als *AlphaNew*-Partys wurden diese Verkaufsveranstaltungen beworben, bei denen der Sekt meist in Strömen floss, doch Kathy nannte sie im Stillen Alles-überteuert-Besäufnisse. Sie war beileibe nicht stolz auf ihren Job, aber seriöse Firmen rissen sich nicht gerade um eine in Kürze geschiedene dreißigjährige Kunsthistorikerin mit zehnjährigem Sohn.

In Irland wird alles anders, dachte sie und strich sich die langen, dunklen Haare hinters Ohr.

»Paddy«, rief sie ein weiteres Mal, bevor sie sich den Autoschlüssel vom Küchentisch schnappte und in den schmalen Flur ihrer winzigen Wohnung trat.

Wo in aller Welt steckte der Kleine wieder? Sie wollte so schnell wie möglich los, denn sie konnte es kaum erwarten, sich auf den Weg nach Riederwald zu machen, um ihrer Bezirksleiterin die falschen Abrechnungen um die Ohren zu schlagen. Sie hegte keinen Zweifel daran, dass Waltraud mit voller Absicht versuchte, sie zu bescheißen.

»Aber nicht mit mir, du hinterhältige Natter. Ich werde es dir zeigen«, fluchte sie leise vor sich hin, während sie die Tür zu Paddys Zimmer öffnete und erstarrte.

Sofort schossen ihr Tränen der Hilflosigkeit in die Augen.

Nein, bitte nicht das auch noch. Nicht heute.

Paddy war zurück in seinen Schlafanzug geschlüpft und lag unter der mit Spiderman-Bettwäsche bezogenen Decke in seinem Bett, das inzwischen viel zu klein für einen Zehnjährigen war. In der Hand hielt er sein Handy, wild tippte er darauf herum. Mit Sicherheit spielte er wieder dieses Computerspiel. Dabei hatte sie ihm ihr altes Smartphone mit dem Riss im Display nur überlassen, um ihn im Notfall erreichen zu können.

»Ich fühl mich nicht gut«, sagte Paddy und schaute sie mitleidheischend aus seinen bernsteinfarbenen Augen an, die er von Norman hatte. »Wahrscheinlich brüte ich eine Grippe aus. Kannst du nicht in der Schule anrufen und mich krankmelden?«

Kathy stürmte aufs Bett zu, wobei sich ein verirrter Legostein schmerzhaft durch die Socke in ihre Fußsohle bohrte. »Au, verdammt«, fluchte sie und hüpfte den letzten Meter auf einem Bein. Mit einer Hand riss sie die Decke weg. »Zieh dich wieder an. Sofort!«

Sie fühlte sich elend, als sie merkte, dass sie ihren Sohn angeschrien hatte, doch er musste aufstehen. Er musste in die Schule. Frau Gommel, die Direktorin, hatte ihr unmissverständlich zu verstehen gegeben, dass sie Paddys ständiges Fehlen nicht länger hinnehmen und ihn, falls nötig, mit der Polizei abholen lassen würde.

»Nein«, brüllte Paddy zurück. »Ich will nicht. Ich hasse die Schule. Warum kannst du mich nicht in meine alte Schule bringen?«

»Das geht nicht, und das weißt du. Also steh jetzt auf.« Sie beugte sich zu Paddy hinunter und versuchte, ihn an den Schultern aus dem Bett zu ziehen, doch der Junge versteifte sich und wich vor ihr zurück.

»Ich meine es ernst«, rief Kathy. »Wenn du nicht …« Da sie nicht wusste, womit sie ihm drohen sollte, verstummte sie.

Wie hatte ihr Leben nach der Trennung nur dermaßen aus dem Ruder laufen können?

Nun liefen die Tränen ungehindert, und sie setzte sich auf die Bettkante.

»Mama«, sagte Paddy vorsichtig und richtete sich auf. »Was ist denn?«

»Gar nichts.« Beiläufig fiel ihr Blick zum Poster, auf dem Spiderman zu sehen war. Ganz der edle Superheld, hielt er sich an der Fassade eines Wolkenkratzers fest; im Licht der Abenddämmerung strahlte sein roter Anzug. Nur wer genauer hinsah, entdeckte, dass sein sich im Fenster spiegelndes Abbild vollständig schwarz gekleidet war.

Die Spiegelung als illusionäres Sinnbild der Dualität, hörte Kathy ihren ehemaligen Professor sagen. *Ein beliebtes Thema der Renaissance, das bis heute immer wieder aufgegriffen wird.*

Die Tränen flossen weiter. Was nutzte ihr dieser Ballast an Wissen? Warum hatte sie nichts Richtiges gelernt? Sie konnte Chagalls Frühwerk zwischen Kubismus und Realismus einordnen, brauchte aber ein verfluchtes halbes Jahr, um die Abrechnungstricks einer Bezirksleiterin mit Hauptschulabschluss zu durchschauen.

Sie schloss die Augen und atmete tief durch. »Bitte steh auf, Paddy. Ich weiß, dass du diese Schule hasst, aber es dauert doch nicht mehr lang, bis wir unsere Sachen packen und zu Oma ziehen. In Dublin wird es dir gefallen, da kannst du …«

Die Türklingel ließ sie verstummen. Sorgenvoll blickte sie auf ihre Armbanduhr, doch zu ihrer Erleichterung stellte sie fest, dass es erst Viertel vor acht war. Sie hatten noch fünfzehn Minuten, bis der Unterricht anfing; die Polizei konnte es also nicht sein.

Unschlüssig, was sie tun sollte, blieb sie im Zimmer stehen, als auf ein zweites Klingeln ein Hämmern gegen die Wohnungstür folgte.

»Katharina? Ich weiß, dass du da bist, ich habe dich gehört. Mach auf, ich muss mit dir reden«, drang die Stimme von Norman, ihrem Exmann, zu ihr und Paddy.

Angstvoll stöhnte Paddy auf und krallte seine Finger in die Decke.

Wieder klopfte es.

»Was auch passiert, du bleibst hier drin, okay?«, flüsterte sie ihm zu, worauf er nickte.

Leise schloss Kathy die Tür zum Kinderzimmer, dann ging sie zur Wohnungstür, legte die Kette vor und öffnete einen Spalt breit.

Wie üblich, seit er es ins gehobene Management der Unternehmensberatung geschafft hatte, trug Norman einen seiner sündhaft teuren Anzüge, die er ausschließlich auf der Goethestraße kaufte. In seinem Businessoutfit wirkte er in dem schäbigen Flur, dessen Wände mit diversen Gang-Tags beschmiert waren, völlig deplatziert.

Objektiv betrachtet, sah er immer noch gut aus, woran auch seine Geheimratsecken nichts änderten, doch die Zeiten, in denen Kathy sich von seinen hohen Wangenknochen, der ebenmäßigen Nase und dem weltmännischen Auftreten hatte blenden lassen, waren vorbei.

Mit dem Schwein war sie fertig.

»Hallo«, sagte er mit sanfter Stimme, doch Kathy ließ sich von seinem Bariton nicht mehr einlullen.

»Was willst du?«

»Kann ich kurz reinkommen? Ich muss mit dir reden, Katharina.«

Nur er nannte sie bei ihrem vollen Namen, und sie hasste es.

So wie sie alles an ihm hasste.

»Wir haben nichts mehr miteinander zu besprechen.«

Als hätte sie ihm ein Stichwort geliefert, brachte er seine hinter dem Rücken versteckten Hände nach vorn, in denen er einen Blumenstrauß und eine Pappschachtel mit dem Aufdruck *Nintendo Switch* hielt. Es war das erste Mal, dass Kathy die viel zu teure Spielekonsole, von der Paddy seit Monaten sprach, vor sich sah.

»Ein kleines Friedensangebot«, sagte Norman. »Bitte, Katharina. Mir ist klar, dass wir einige Differenzen hatten und …«

»*Differenzen?*«, brauste sie auf, senkte die Stimme aber sofort wieder. Sie wollte den Nachbarn keine Reality-Show bieten. Sollten die doch weiter RTL 2 glotzen. »Du hast mich geschlagen. Hau einfach ab, okay?«

Norman schloss für einen Moment die Augen. »Mir ist klar, dass ich Fehler gemacht habe, und es tut mir leid. Ich habe unter schrecklichem Druck gestanden, da sind mir die Nerven durchgegangen. Aber ich habe mir Hilfe geholt. Ich gehe jetzt in eine Gruppe, und dort zeigen sie mir, wie ich konstruktiv mit meinen Problemen umgehen kann. Ich habe mich geändert.«

Kurz sah Kathy wieder den charmanten, ein wenig überkorrekten BWL-Studenten vor sich, in den sie sich auf einer Erstsemesterparty Hals über Kopf verliebt hatte, doch sie beeilte sich, das Bild zurückzudrängen. Hätte sie jedes Mal einen Euro bekommen, wenn Norman ihr geschworen hatte, sich zu ändern, bräuchte sie sich um das Startkapital für Irland keine Gedanken mehr zu machen.

»Es ist mir scheißegal, was du hast«, zischte sie und starrte auf den Siegelring an seinem Finger. Automatisch griff sie sich mit der Hand an die rechte Seite kurz unterhalb ihres Rippenbogens, wo Norman ihr einmal einen derart harten Schlag gegen die Leber beigebracht hatte, dass sie mehrere Tage kaum aufrecht hatte gehen können. »Verschwinde aus meinem Leben, oder ich lasse meinen Anwalt doch noch ein Kontaktverbot gegen dich erwirken.«

Kathy meinte, einen Schatten über sein Gesicht huschen zu sehen, doch sicher war sie sich nicht. Vielleicht lag es nur daran, dass das Morgenlicht, das durch die Glasbausteine fiel, sich für einen Moment verdunkelte.

»Ich habe mich geändert«, wiederholte Norman mit gesenkter Stimme. »Und ich bin immer noch Patricks Vater.«

»Bitte hör auf. Das hatten wir doch alles schon«, sagte sie. »Wir wissen beide, wem das Gericht das Sorgerecht zusprechen wird.«

»Ich habe von den Problemen in der Schule gehört.«

»Willst du mir drohen?«

»Nein, nein«, ruderte er rasch zurück. »Ich möchte Patrick nur hin und wieder sehen. Von mir aus auch in deiner Wohnung und unter deiner Aufsicht.« Er hob die Spielekonsole an. »Ich könnte mit ihm Computerspiele zocken. Oder wir gehen alle zusammen zu *Ginos* und verdrücken die extra große Familienpizza. Das haben wir früher doch so gern gemacht.«

»Paddy und ich ziehen zu meiner Mutter nach Dublin«, sagte Kathy.

Nun war es raus.

Norman erstarrte. »Du gehst weg? Und nimmst Patrick mit?«

Kathy nickte, und sie sah, wie sein Gesicht sich verfinsterte.

Wieder dieser Schatten. Sie hatte ihn sich nicht eingebildet.

Die alte Angst kehrte zurück, und Kathy bereitete sich darauf vor, die Tür zuzuschlagen, sollte er auch nur einen Zentimeter dichter an sie herankommen, doch zu ihrem Erstaunen hoben sich seine Mundwinkel zu einem Lächeln. »Wann fahrt ihr?«

Verwirrt von seiner Reaktion, antwortete sie: »Wenn alles gut geht, sind wir in vierzehn Tagen weg.«

»So bald schon?« Er seufzte. »Es wäre schön, wenn ich Patrick vor eurer Abreise wenigstens noch einmal sehen könnte.« Er legte die Blumen und die Spielekonsole auf die Fußmatte. »Meine Handynummer ist immer noch die alte. Bitte ruf mich an.«

»Ich kann dir nichts versprechen.«

»Dann denk wenigstens darüber nach.«

»Mache ich.« Erleichtert drückte Kathy die Tür – der Vermieter hatte sie wegen ihres Eisenkerns und der Fünffachverriegelung als besonders einbruchsicher angepriesen – zurück ins Schloss und lehnte sich mit dem Rücken dagegen.

Erst jetzt merkte sie, dass ihr Puls raste und sie am ganzen Körper zitterte.

Hätte sie sich die Mühe gemacht, durch den Spion in den Hausflur zu schauen, anstatt zurück zu Paddy zu gehen, hätte sie gesehen, wie ihr Exmann sein Handy aus der Innentasche seines Sakkos nahm und eine Nummer anrief, die er nicht in seinen Kontakten gespeichert hatte.

Und vielleicht, ganz vielleicht, wenn sie still gewesen wäre, hätte sie ihn dann auch leise sagen hören: »Es ist schiefgelaufen. Sie will mit meinem Sohn nach Irland. Das kann ich nicht zulassen. Bitte, Sie müssen die Sache regeln.«

Kapitel 16

Falk starrte auf die Worte, die auf dem plötzlich zum Leben erwachten Flachbildschirm zu lesen waren.

Es hat begonnen, niemand kann es aufhalten. Sollten Sie es dennoch versuchen, Bachmann, werden Sie und jeder, der Ihnen etwas bedeutet, dafür bezahlen.

»Was soll die Scheiße?«, zischte Falk in McNishs Richtung. »Ich dachte, der Monitor hat keinen Strom mehr.«

Ungläubig nahm der Kriminaltechniker die Maske ab und legte sie beiseite. Dann trat er neben Dr. Di Carlo, streckte sich zur Decke, kurz darauf baumelte der Netzstecker des Flachbildschirms in seiner Hand. »Wie es aussieht, verfügt die Anlage über einen eingebauten Akku, der auch bei unterbrochener Stromzufuhr den Betrieb gewährleistet.«

»Haben Sie das nicht kontrolliert, Mann?«, fuhr Falk ihn an.

McNish wurde blass. »Das ist ein handelsüblicher Bildschirm, wie einige auch bei uns im Büro stehen. Bei diesen Geräten ist es unüblich …«, begann er, doch Falk unterbrach ihn.

»Dann hat der Kerl uns also die ganze Zeit bei den Ermittlungen beobachtet?«

McNish zog den Kopf ein. »Sofern die Videokamera ebenfalls über einen Akku verfügt, liegt das im Bereich des Möglichen.«

»So eine verdammte Schlamperei«, brauste Falk auf.

Juliane warf ihm einen scharfen Blick zu, der besagte: Reg dich ab.

Doch Falk ließ sich nicht beruhigen, er kochte vor Wut. Nicht so sehr wegen McNishs Fehler, sondern weil der Mistkerl, der Frauen zu Tode folterte, es tatsächlich wagte, ihm zu drohen.

Er blickte hinauf zur Videokamera. »Du willst Spielchen spielen, du feiger Wichser?«, rief er. »Dann komm doch her, und ich reiße dir den Arsch auf!«

Falls der Täter zusah und sie beobachtete, wovon Falk ausging, konnte er ihn vielleicht aus der Reserve locken.

Falk wartete auf eine Reaktion, doch es kam keine.

»Du bist ein Wicht«, stieß er aus. »Versteckst dich hinter jeder Menge Technik und wirren Bibelzitaten und glaubst, du würdest das Werk Gottes tun oder was für einen kranken Scheiß auch immer. Doch in Wirklichkeit bist du nur ein kleiner Psychopath, dem einer abgeht, wenn er Frauen quält.«

Unvermittelt schaltete sich der Flachbildschirm aus, worauf der Keller in Dunkelheit versank.

»Licht, wir brauchen Licht«, rief McNish, doch es blieb finster.

Dann erklang eine elektronisch verzerrte Stimme. »Da er noch redete, kam ein anderer und sprach: Das Feuer Gottes fiel vom Himmel.«

Als Falk noch zu begreifen versuchte, was der Kerl da faselte, vernahm er ein leises Zischen, als ströme Luft aus einem löchrigen Reifen, gefolgt von einem Plätschern. Im nächsten Moment traf ihn Wasser aus der Sprinkleranlage.

»Was zum Geier soll das?«, hörte er einen der Techniker rufen.

Instinktiv zog Falk den Kopf ein und wollte schützend seine Hand darüber halten, als er einen durchdringenden Geruch wahrnahm.

Er brauchte einen Augenblick, um zu verstehen, was hier vor sich ging, dann legte sich eine Faust um seine Eingeweide und krampfte sich zusammen.

Was auf ihn und sein Team herabregnete, war kein Wasser.

Es war Benzin.

»Raus hier«, rief er. »Hier fliegt gleich alles in die Luft.«

Kurz war es still, dann breitete sich Panik aus.

Falk stürzte in die Richtung, in der er den Ausgang vermutete, und lief dabei blind in jemanden hinein, worauf sie beide zu Boden gingen. Beim Aufprall biss er sich auf die Zunge; der Geschmack von Blut mischte sich mit dem von Benzin.

Hartwick rief etwas, danach ein Aufschrei, der sich nach Juliane anhörte.

Wann macht dieser verdammte Techniker endlich das Licht an?, dachte Falk, als die Kellertür aufging und der milchgesichtige Schutzpolizist hineinschaute. Der Lichtkegel seiner Taschenlampe durchschnitt die Dunkelheit.

»Gibt es ein Problem?«, fragte der Uniformierte.

Im Schein der zuckenden Taschenlampe rappelte Falk sich auf und half danach McNish, mit dem er zusammengestoßen war, auf die Beine. Sofort schob er den Schotten vor sich her in Richtung Ausgang, durch den Juliane und Dr. Di Carlo gerade auf den Flur verschwanden.

Dann passierte es. Der Brenner der maroden Heizungsanlage knackte, Gas flammte auf.

Whoosh.

Die kleine Lache Benzin, die sich vor dem Brennkessel gebildet hatte, entzündete sich, und in Windeseile fraß sich das Feuer weiter.

Falk hatte die Tür beinahe erreicht, als Flammen nach seinem Rücken griffen.

»Bachmann, du brennst«, rief Juliane ihm zu.

Falk dachte nicht mehr, sondern überließ sich seinen Instinkten. Mit einem Hechtsprung warf er sich nach vorn und zog den Reißverschluss des benzingetränkten Einmaloveralls herunter. Im Fallen versuchte er, sich von dem brennenden Ding zu befreien, doch als das nicht gelang, wälzte er sich über den Boden und erstickte so die Flammen. Dabei schnitt die Scherbe einer zerbrochenen Fliese durch sein T-Shirt und hinterließ am Rücken eine Wunde, doch das bemerkte er kaum.

Schwer atmend stemmte er sich auf die Beine und sah sich um. McNish und seine Leute von der Kriminaltechnik stürmten bereits zusammen mit den Schutzpolizisten über die Treppe nach oben ins Freie. Faulhammer vom KDD stand vornübergebeugt gegen die Wand gelehnt und spuckte. Dr. Di Carlo, die absurderweise noch den Asservatenbeutel mit der toten Ratte in der Hand hielt, hatte einen Arm auf Julianes Schultern gelegt.

Die Frauen schienen okay zu sein.

Doch wo war Hartwick?

»Jan?«, brüllte Falk. »Verdammt, Jan!«

Keine Reaktion.

Das konnte nur eins bedeuten: Hartwick war noch drinnen, wo das Hölleninferno tobte.

Falk rannte zurück in Richtung Heizungsraum, doch die Feuerwalze, die ihm aus der Tür entgegenschlug, ließ ihn den Arm hochreißen und zurückweichen.

Es war zu spät. Er hatte keine Chance mehr, Hartwick irgendwie da rauszuholen.

Kapitel 17

Marvin verließ die Zufahrtsstraße, aus deren rissigem Asphalt das Unkraut kniehoch wuchs, und parkte den alten Mercedes hinter einer Hecke aus wild wuchernden Brombeersträuchern. Er wollte nicht mit dem Wagen bei Nepos Vater und seiner fahrenden Sippe auftauchen, sondern das letzte Wegstück zu Fuß gehen.

Über dem Lokschuppen, der in einigen Hundert Metern Entfernung zwischen den verrottenden Gleisen lag, ging die Sonne auf und tauchte die mit Graffiti und Tags überzogenen Backsteinwände des halb verfallenen Gebäudes in warmes Licht. Auf dem Platz vor dem Lokschuppen, bei dem es sich seinem Namen zum Trotz weniger um einen Schuppen als vielmehr um eine gewaltige, annähernd kreisrunde Halle handelte, stand rund ein Dutzend Wohnwagen. Obwohl es erst kurz vor neun war, rannte bereits ein Rudel Kinder zwischen den Caravans umher; Frauen hängten Wäsche auf.

»Sieh mal«, sagte Nepo, der neben Marvin auf dem Beifahrersitz saß, und deutete auf vier oder fünf Kaninchen, die auf den sternförmig zum Lokschuppen hinführenden Gleisen umhersprangen.

»Das ist toll«, antwortete Marvin lahm und fragte sich, ob es eine gute Idee gewesen war, herzukommen.

Doch er musste etwas tun. Savannah war tot, und Nepo hatte sich in Teufelsküche gebracht, was bedeutete, dass auch er bis zum Hals in der Scheiße steckte. Zwar hatte Marvin noch immer nicht genau verstanden, was eigentlich passiert war – nach seinem Auftauchen hatte Nepo unverständliches Zeug von Schefflers schrottreifem *Starfighter*, jeder Menge Blut, Polizisten und Savannah gefaselt –, doch als sein Bruder ihm die Pistole gezeigt hatte, war Marvin klar geworden, dass das Jugendamt inzwischen ihr geringstes Problem darstellte.

Beiläufig öffnete er das Handschuhfach und vergewisserte sich, dass die Waffe unter der Straßenkarte nicht zu sehen war, bevor er es wieder zuknallte.

Nepo zuckte zusammen. »Was machen wir hier?«, fragte er.

»Wir müssen mit Avram sprechen«, antwortete Marvin. »Bis Gras über die Sache gewachsen ist und ich weiß, wie es weitergeht, musst du bei deinem Vater wohnen.«

Nepos Unterlippe begann zu zittern, was bei dem breiten, großen Kerl ausgesprochen bescheuert aussah.

Zorn flammte in Marvin auf. »Verdammt, reiß dich zusammen«, fuhr er Nepo an. »Fang jetzt bloß nicht an zu heulen. Du bist ein Mann und kein verfluchtes Kleinkind mehr. Wann geht das endlich in deinen Schädel?«

»Aber ich will nicht weg.«

Marvin musste alle Willenskraft aufbieten, um Nepo nicht am Kragen seines vor Dreck starrenden T-Shirts zu packen und ihn gehörig durchzuschütteln. »Auf dem Jahrmarkt kannst du nicht bleiben, dort suchen dich die Bullen.«

Außerdem hatte Scheffler seine Drohung wahrgemacht und ihnen sowohl den Stand als auch den Wohnwagen weggenommen, da beides offiziell auf Savannah zugelassen war. Doch das sagte Marvin seinem Bruder nicht. Er hätte es sowieso nicht kapiert.

Streng genommen gehörte Scheffler, dem Halsabschneider, auch der alte Mercedes. Aber den hatte Marvin kurzerhand geklaut, nachdem die Polizei ihn gestern Abend freigegeben und vorbeigebracht hatte.

»Komm jetzt«, sagte Marvin und stieg aus, doch als er sah, dass Nepo Anstalten machte, das Bilderbuch mitzunehmen, das Savannah ihm geschenkt hatte, beugte er sich zurück in den Wagen. »Das kannst du nicht mitnehmen. Leg es weg.«

»Was? Nein. Das ist mein Buch.« Ein harter Ausdruck trat in seine Augen, und Marvin kannte Nepo lange genug, um zu wissen, dass er in diesem Zustand nicht mit sich reden lassen würde.

Resigniert breitete Marvin die Arme aus. »Na schön, dann nimm es mit. Aber beschwer dich nicht bei mir, wenn es dir jemand wegnimmt.«

»Das kann mir niemand wegnehmen, weil es mir gehört. Savannah hat es mir geschenkt. Glaubst du, der Mann ist schuld daran, dass Savannah nicht mehr zurückkommt?«, fragte Nepo und stieg aus.

Marvin horchte auf. »Was für ein Mann?«

»Na der, der gestern mit ihr beim *Starfighter* gewesen ist.«

»Du hast einen Mann gesehen?«

Nepo hielt das Buch vor seinen Bauch, schaute zu den Kaninchen und schwieg. Als Marvin schon glaubte, die Gedanken seines Bruders, die ähnlich unberechenbar umherhoppelten wie die Karnickel auf den Gleisen, hätten sich bereits dem nächsten Thema zugewandt, sprach er doch noch: »Er hat Savannah dabei zugesehen, wie sie Karussell gefahren ist.«

Marvins Herzschlag beschleunigte sich, aber er musste ruhig bleiben. Mit Druck kam er bei Nepo niemals weiter.

»Kanntest du den Mann?«, fragte er vorsichtig.

Kopfschütteln.

»Wie hat er ausgesehen?«

Achselzucken.

»Konzentrier dich wenigstens einmal, denn das ist jetzt wirklich wichtig«, knurrte Marvin, weiter kam er jedoch nicht, da zwei breitschultrige dunkelhaarige Kerle in bunten Nike-Sporthosen und passenden Trainingsjacken auf sie zukamen.

Ihre angespannte Körperhaltung lockerte sich ein wenig, als sie Marvin und Nepo erkannten, doch der feindselige Ausdruck verschwand nicht aus ihren Gesichtern.

»Was willst du hier?«, fragte Igor, der kleinere der beiden Männer, der den Reißverschluss seiner Jacke so weit geöffnet hatte, dass eine goldene Panzerkette und seine durchtrainierte Brust unter einem weißen Unterhemd zu sehen waren.

»Ich muss mit Avram sprechen«, antwortete Marvin. »Ist er da?«

Während Igor ihn und Nepo musterte, ließ er seinen Kopf kreisen, worauf sein Nacken knackte. »Du hättest anrufen können.«

»Was ich mit Avram besprechen muss, kann ich nicht am Telefon klären.«

»Und was will der Schwachkopf mit seinem Bilderbuch?«, fragte Emilio, der andere Kerl, und grinste breit, wodurch er sein lückenhaftes Gebiss entblößte.

Marvin ballte die Hände zu Fäusten und wollte ihm eine Erwiderung entgegenschleudern, doch Igor brachte Emilio mit einem Hieb gegen die Brust zum Schweigen.

»Halt's Maul«, zischte er in Richtung seines Kumpels. »Wenn Avram mitbekommt, wie du über seinen Sohn herziehst, trinkst du dein Bier demnächst aus der Schnabeltasse.« Dann wandte er sich an Marvin. »Na los, kommt mit, aber beeilt euch.«

Avrams Männer liefen die Gleise entlang, Marvin und Nepo folgten ihnen mit einigem Abstand. Bereits von Weitem erkannte Marvin den Rockwood, den Avram bewohnte, denn allein seiner schieren Größe wegen hob er sich von den anderen Wohnwagen ab. Der Rockwood – Nepos Vater hatte ihn in den USA in Auftrag gegeben und ihn nach der Ankunft im Hamburger Hafen persönlich abgeholt – funkelte in der Morgensonne. Immer mal wieder hatte ihre Mutter mit Avram in dem Ungetüm gelebt, doch die Beziehung der beiden hatte man selbst beim besten Willen nie als stabil bezeichnen können.

Neugierig blickten die Frauen von ihrer Arbeit auf, als Marvin und Nepo zwischen den Wohnwagen entlanggingen, doch keine von ihnen grüßte, obwohl Marvin die meisten kannte. Lediglich Ilena, die zu einer dunkelhaarigen, ziemlich stark geschminkten Schönheit herangereift war, lächelte und sah Marvin tief in die Augen.

»Geh sofort rein«, befahl ihre Mutter, als sie Ilenas Blick bemerkte, und verscheuchte sie mit einem Klaps gegen den Hinterkopf.

Freilaufende Hunde sprangen um fünf Jungs herum, die sich im Kämpfen übten. Mit nackten Oberkörpern, wie es die Männer vormachten, traten zwei von ihnen gegeneinander an, während die anderen sie anfeuerten und der kleinste der Jungen aufgeregt den Schiedsrichter gab.

Als Kind hatte Marvin ebenfalls Kämpfer werden wollen, denn als erfolgreicher Fighter stand man in der Hierarchie der Sippe ganz weit oben. Seit jeher wurden in dieser verschworenen Gemeinschaft, die sich als große umherziehende Familie betrachtete, Streitigkeiten mit den Fäusten ausgetragen. Marvin war allerdings nie besonders gut darin gewesen. Ganz im Gegensatz zu Nepo.

»Hier entlang«, sagte Igor und deutete auf den Lokschuppen, da er offenbar mitbekommen hatte, dass Marvin den Rockwood ansteuerte.

Durch eine Seitentür betraten sie die runde Halle mit dem kuppelförmigen Dach und der verglasten Galerie auf halber Höhe. Die Sonne schien durch die von außen mit bunten Graffiti besprühten Fenster, was die mit einer krustigen Schicht aus Schmierereien, Schimmel und Vogelscheiße verdreckten Backsteinwände jedoch nicht besser aussehen ließ. Leitungen, Rohre und Industrielampen zogen sich einmal um die gesamte Halle, doch Marvin bezweifelte, dass noch irgendetwas von der Technik funktionierte.

Die Drehscheibe im Zentrum des Lokschuppens, die vor vielleicht hundert oder mehr Jahren Lokomotiven auf eines der Abstellgleise geführt hatte, war mit Eisenplatten verdeckt worden. Darauf tänzelten in einem provisorischen, durch Hanfseile abgetrennten Boxring zwei Männer mit erhobenen Fäusten und schweißüberströmten Oberkörpern. Ihre Hände schützte lediglich ein dünner Lederriemen, Blut lief beiden über das Gesicht. Ein tiefschwarzer Bluterguss ließ beinahe das gesamte rechte Auge des Kämpfers in der roten Hose zuschwellen, doch weder der übergewichtige Schiedsrichter noch der Kerl selbst schienen den Kampf abbrechen zu wollen, was die Männer an den Seiten des Rings mit Gebrüll und Klatschen honorierten.

Als Marvin und Nepo sich mit ihren Aufpassern im Schlepptau näherten, verstummten die Rufe.

Avram hob die Hand. »In Ordnung, das war's«, sagte er, worauf die Kämpfer die Arme sinken ließen und Abstand zwischen sich brachten. »Ihr habt euch gut geschlagen. Sorin, lass dir von deiner Frau Eis für dein Auge geben. Bis Samstag musst du wieder fit sein.« Dann erst richtete er seine Aufmerksamkeit auf die Neuankömmlinge.

Marvin wollte einen Schritt zurückweichen, zwang sich aber, stehenzubleiben und Avrams Blick zu erwidern. Seit er Nepos Vater vor ein paar Jahren das letzte Mal gesehen hatte, schien dieser um Jahrzehnte gealtert zu sein. Seine einst dunklen Haare hatten ihre Farbe verloren, graue Strähnen durchzogen seinen Bart, ein Bauch wölbte sich über seinen Hosenbund. Dennoch hatte Avram nichts von seiner Autorität eingebüßt.

Marvin bemühte sich, seiner Stimme einen festen Klang zu geben. »Guten Morgen«, sagte er, doch Avram ignorierte seinen Gruß und trat auf Nepo zu.

Dieser knetete den Einband seines Bilderbuchs, blieb jedoch stehen und zuckte auch nicht zurück, als Avram ihm eine seiner Pranken in den Nacken legte. »Wie geht es dir, mein Sohn?«

Nepos Adamsapfel hüpfte, bevor er sprechen konnte. »Ganz gut, schätze ich. Ich hatte Geburtstag, weißt du?«

»Natürlich weiß ich das«, antwortete Avram. »Wie könnte ich das vergessen? Ich habe sogar ein Geschenk für dich. Ich bin nur noch nicht dazu gekommen, es dir zu geben.«

»Echt?« Plötzlich strahlten Nepos Augen. »Was ist es denn?«

»Das kann ich nicht sagen. Es ist eine Überraschung.«

»Savannah hat mir ein Buch geschenkt.« Nepo hielt das Bilderbuch in die Höhe, dann erlosch das Strahlen in seinen Augen. »Aber jetzt ist sie tot. Genau wie Mama.«

Avrams Blick verhärtete sich. »Ich habe davon gehört. Das ist eine schlimme Sache.« Zum ersten Mal richtete er seine ganze Aufmerksamkeit auf Marvin. »Deshalb seid ihr nach all der langen Zeit zu mir gekommen, schätze ich.«

Marvin nickte. »Wir brauchen deine Hilfe. Ich will, dass du Savannahs Mörder findest. Er soll büßen für das, was er ihr angetan hat.«

Avram ließ Nepo los und trat auf Marvin zu. »Weshalb sollte ich dir helfen? Du gehörst nicht zur Familie, du bist ein Bastard.«

Marvin fühlte, wie Blut in seine Wangen schoss und seine Hände sich zu Fäusten ballten, doch er schluckte seine Wut hinunter. »Ich bin vielleicht keiner von euch, aber Savannah war es. Sie war deine Tochter.«

Avram seufzte. »Stell dich doch nicht dumm, Marvin. Du kennst die Tradition. Du weißt, dass sie mit der Familie gebrochen hat, als sie diesen Scheffler geheiratet hat.«

»Aber sie ist immer noch von deinem Blut«, platzte es aus Marvin heraus. »Irgendein feiges Arschloch hat sie umgebracht, und damit hat er auch einen Teil von dir getötet. Das kannst du doch nicht einfach hinnehmen.«

Avram zuckte mit den Schultern. »Darum wird die Polizei sich kümmern müssen.«

Die Endgültigkeit in seinen Worten trieb Marvin Tränen in die Augen. »Wenn dir schon Savannahs Tod egal ist, dann versteck wenigstens Nepo. Die Bullen suchen ihn.«

Avrams Stirn legte sich in Falten. »Du verlangst viel von mir, wir können uns keinen Ärger mit der Polizei erlauben. Wenn ich Nepo bei mir aufnehme, will ich eine Gegenleistung.«

»Was für eine Gegenleistung? Ich hab kein Geld, falls es das ist, worauf du aus bist.«

»Ich will kein Geld. Ich will, dass Nepo am Samstag kämpft.«

»Er soll in den Ring steigen?«

Avram nickte.

»Das geht nicht. Du weißt, dass er seine Kräfte nicht einschätzen kann. Wenn du das von ihm verlangst, bringt er vielleicht jemanden um.«

»Und wenn schon?« Avram streckte Marvin die Hand entgegen. »Haben wir eine Übereinkunft?«

Aus den Augenwinkeln bemerkte Marvin, wie Nepo nervös von einem Bein auf das andere trat und ihm ängstliche Blicke zuwarf, doch Marvin versuchte, ihn zu ignorieren. Wenn er ihn jetzt ansah, würde er einen Rückzieher machen, das wusste er. Deshalb konzentrierte er sich ganz auf Avram und sagte: »In Ordnung. Unter einer Bedingung. Du hörst dich nach Savannahs Mörder um.«

»Einverstanden.«

Marvin spannte die Schultern an. Er warf einen raschen Blick zu Nepo und hoffte inständig, sein Bruder würde ihn nicht hassen.

Dann schlug er ein.

Kapitel 18

Falk stützte sich mit den Händen auf den Oberschenkeln ab, während die Tasse Kaffee, die er vor einer gefühlten Ewigkeit als Frühstück heruntergestürzt hatte, sich unter Würgen ihren Weg auf den Asphalt des Vorplatzes bahnte. Ein letztes Mal krampfte sein Magen sich zusammen, er spuckte Galle, dann kam nichts mehr.

Keuchend richtete er sich wieder auf und blickte zu dem alten Haus, in dem sie die von einer Ratte zerfressene Frau gefunden hatten. Das Feuer hatte sich inzwischen ausgebreitet, dunkler Rauch quoll aus den Kellerfenstern und der offenen Haustür.

In der Ferne heulten Sirenen. Offenbar hatte jemand die Geistesgegenwart besessen, die Feuerwehr zu alarmieren, während Falk vergeblich versucht hatte, zu Hartwick in den Heizungsraum vorzudringen.

»Bist du in Ordnung?«, hörte er Juliane neben sich fragen.

»Passt«, antwortete er knapp und blickte in ihr blasses, an einigen Stellen rußverschmiertes Gesicht. Sie stank nach Benzin und Angst.

»Warum ist Jan nicht rausgerannt?«, murmelte er.

Julianes Augen wurden feucht. »Ich weiß es nicht. Alles ist so schnell gegangen.«

»So eine gottverdammte Scheiße«, rief Falk, als er spürte, dass ihm gleichfalls Tränen kamen, doch mit aller Macht hielt er sie zurück. Er konnte jetzt nicht anfangen zu heulen, er musste einen klaren Kopf bewahren.

»Wenn mein Ziehvater hört, wie du den Namen des Herrn in den Dreck ziehst, wird er dich umgehend ins Fegefeuer verbannen. Das ist dir hoffentlich klar, Bachmann.«

Ungläubig drehte Falk sich um. Schief lächelnd stand Hartwick hinter ihm, wobei die Zähne in seinem dreckigen Gesicht unnatürlich weiß wirkten.

»Was … wie … wo …?«, stammelte Falk. Im nächsten Moment schlang er seine Arme um Hartwick und zog ihn an sich.

Beiläufig bemerkte er die irritierten Blicke der umstehenden Kollegen, und ihm war klar, dass sie sich fragten, ob der harte Bulle langsam alt und rührselig wurde.

Falk ignorierte sie.

Sollten sie doch denken, was sie wollten.

Nur Juliane und McNish, den Falk vor ein paar Monaten gebeten hatte, Hartwicks DNA mit seiner eigenen abzugleichen, wussten, dass er Hartwicks Vater war.

»Wenn du mich noch lange umarmst, muss ich mich nicht mehr outen«, flüsterte Hartwick, doch Falk hörte das Lächeln in seiner Stimme.

»Wenn du nicht mein Sohn wärst, würde ich sofort was mit dir anfangen«, scherzte er und ließ ihn los. Dann wurde er ernst. »Wo warst du? Wie bist du aus dem Keller rausgekommen?«

»Schätze, ich hatte ziemliches Glück.« Hartwick kratzte sich am Kopf. »Als das Benzin auf uns herabgeregnet ist, bin ich in dem Durcheinander über ein Kabel gestolpert und gestürzt. Nachdem ich mich wieder aufgerappelt hatte, stand der ganze Raum bereits in Flammen, und vorn konnte ich nicht mehr raus.«

»Es gab einen Hinterausgang?«, fragte Falk.

»So was in der Art. Der Keller hat einen Kohlenschacht, der ins Freie führt. Vermutlich hätte ich ihn nicht entdeckt, wenn das Kabel, über das ich gestolpert bin, nicht dorthin geführt hätte.«

Feuerwehrleute sprangen aus dem Löschfahrzeug und begannen damit, einen Schlauch von der Dicke eines Oberarms abzurollen. Dann rannten sie auf das brennende Haus zu, vorbei an einem Techniker, der auf der Kante eines geöffneten Kofferraums saß und sich von Dr. Di Carlo die Hand verbinden ließ.

»Die Spurensicherung soll sich die Stelle hinterm Haus, an der ich rausgekommen bin, mal ansehen«, sprach Hartwick weiter. »Wenn mich nicht alles täuscht, stammt das Kabel von unserem Täter, denn es führt zu einem Sicherungskasten in der Nähe des Nachbarhauses. Jede Wette, dass der Killer dort den Strom abgezapft hat.«

Weitere Fahrzeuge mit eingeschaltetem Blaulicht kamen auf das Haus am Ende der Franz-Simon-Straße zugefahren, darunter auch der Dienstwagen ihres Chefs Dietmar Koruhn.

Dem Bären würden die Entwicklungen in diesem Fall nicht sonderlich zusagen. Vorsichtig ausgedrückt.

Die Spuren des zweiten Mordes und die überwiegende Zahl der sichergestellten Beweisstücke waren den Flammen zum Opfer gefallen. Wenn die Feuerwehr mit den Löscharbeiten fertig war, würden sie nur noch die verkohlte und mit einem Plexiglaskasten verschmolzene Leiche einer bislang unbekannten Frau bergen können.

So eine Scheiße. Falk und sein Team hatten sich wie verdammte Anfänger verhalten. Der Täter hatte sie nach allen Regeln der Kunst vorgeführt. Er hatte sie verarscht.

Erst jetzt wurde Falk richtig bewusst, wie knapp sie alle mit dem Leben davongekommen waren, und automatisch kehrte sein Blick zurück zu Hartwick. Es hatte nicht viel gefehlt, und er hätte zu Hannah fahren müssen, um sie vom Tod ihres Sohnes zu unterrichten.

Koruhn hievte seinen großen, massigen Körper von der Rückbank und wechselte mit seinem Fahrer ein paar Worte, dann steuerte er Falk, Juliane und Hartwick an.

»Kannst du mich und Jan einen Moment allein lassen, Juliane?«, fragte Falk. »Geh doch schon mal zu Koruhn, und sag ihm, dass wir gleich so weit sind.«

Juliane runzelte die Stirn, sagte aber nichts, sondern ging und stellte sich dem Bären in den Weg. Für einen Augenblick schien es, als würde der Kriminalrat einfach über die kleine Psychologin hinwegsteigen, doch dann blieb er stehen, und die beiden sprachen miteinander.

»Was ist los?«, fragte Hartwick.

Falk seufzte. »Wenn du den Schacht nicht gefunden hättest oder sein Ende zugemauert gewesen wäre, würden da unten zwei Leichen liegen. Himmel, Jan, es hat nicht viel gefehlt und du wärst draufgegangen.«

»Bin ich aber nicht. Und jetzt sollten wir uns wieder an die Arbeit machen. Ich will, dass wir den verdammten Dreckskerl schnappen.«

Falk ignorierte die Aufforderung. »Glaubst du nicht, dass es an der Zeit ist, ein paar Dinge in deinem Leben in Ordnung zu bringen?«

»Hä? Falls du auf mein Outing anspielst …«

»Darum geht es nicht«, unterbrach Falk ihn. »Ich meine das Verhältnis zu deiner Mutter. Ich finde, du solltest dich mit ihr aussprechen.«

»Was? Wie kommst du ausgerechnet jetzt auf meine Mutter?«

»Hannah stand gestern vor meiner Tür. Und sie hat wirklich fertig ausgesehen.«

Hartwicks Augen verengten sich zu Schlitzen. »Sie weiß, wo du wohnst?«

Falk nickte.

»Fuck! Hast du ihr auch gesagt, wo sie mich finden kann?«

»Was ist denn mit dir los? Ich habe ihr gar nichts gesagt, also komm wieder runter.«

»Hör auf, mir zu sagen, was ich tun soll.« Hartwick bohrte seinen Zeigefinger in Falks Brust. »Ich geb dir einen guten Rat, Bachmann: Halt dich von Hannah fern. Sie ist nicht die Frau, mit der du vor Urzeiten in die Kiste gesprungen bist. Wenn du sie zu dicht an dich heranlässt, wird sie dich und Zoe in den Abgrund ziehen.«

Kapitel 19

Ohne anzuklopfen, betrat Kathy das Büro von Waltraud Kaas, der Bezirksleiterin von *AlphaNew* für den Großraum Frankfurt und das südliche Hessen. Die rundliche Mittfünfzigerin mit den grauen Haaren, die sie zu einer an Stahlwolle erinnernden Wolke auftoupiert trug, schaute von ihrem Schreibtisch auf.

Als Kathy der Frau vor zwei Jahren auf einer Einführungsveranstaltung zum ersten Mal begegnet war, hatte sie ihr die mütterliche Art noch abgenommen, doch inzwischen sah sie in ihr lediglich eine kalte Rechenmaschine, die sich hinter einer matronenhaften Fassade verbarg.

»Kathy, wie schön, dich zu sehen«, sagte Waltraud wie gewohnt, sparte sich nach einem Blick in Kathys Gesicht aber, ihr Übliches *Mein Kind* anzuhängen. »Was kann ich für dich tun?« Routiniert knipste die Bezirksleiterin ihr Verkaufslächeln an, nahm die an einer Kette aus Weißgold hängende Lesebrille von der Nase und ließ sie vor ihrem üppigen Busen baumeln.

Am Rand des aufgeräumten Glasschreibtischs, auf dem sich neben einem Laptop lediglich einige Papiere und die drei meistverkauften Haushaltsreiniger von *AlphaNew* befanden, stand wie beiläufig abgestellt ihre Handtasche von Gucci im Retrostyle der späten 1950er-Jahre. Doch Kathy wusste, dass Waltraud nichts dem Zufall überließ. Geschickt arrangierte die Bezirksleiterin die Insignien ihres Erfolgs auf die Art, dass sie Besuchern unweigerlich ins Auge sprangen.

Kathy spürte, wie ihr Pulsschlag sich unter Waltrauds Blick beschleunigte und ihr der Hals eng wurde, doch sie zwang sich, ruhig zu atmen. Sie durfte im Gespräch mit diesem Drachen keine Schwäche zeigen. Sie musste einen kühlen Kopf bewahren.

»Gestern bin ich endlich dazu gekommen, mir die Zahlen der letzten Monate genauer anzusehen«, begann Kathy und kramte in ihrer Tasche, doch ihre Finger fühlten sich so taub an, dass sie ihren Schnellhefter mit den Unterlagen nicht zu fassen bekam. Es dauerte einige Sekunden, bis sie es schließlich schaffte, ihn herauszuholen. Ohne dazu aufgefordert zu werden, zog sie den Besucherstuhl zurück und setzte sich, bevor sie die Packung *AlphaNew Shine & Glow*, ein Scheuermittel mit patentierter Aktiv-Formel und neuem Frischeduft, beiseite schob und den Ordner auf den freigewordenen Platz legte. »Bei der Durchsicht der Unterlagen bin ich auf Unregelmäßigkeiten gestoßen.«

Der Mund der Bezirksleiterin verzog sich zu einem gequälten Schlitz, und ihr Lächeln erstarb so rasch, wie sie es aufgesetzt hatte. Mit spitzen Fingern setzte sie ihre Brille zurück auf die Nasenspitze.

»Dann wollen wir doch mal einen Blick auf diese vermeintlichen Irregularitäten werfen«, sagte sie und zog den Schnellhefter zu sich heran, bevor sie das Scheuermittel wieder an seinen Platz rückte.

»Ich habe die betreffenden Positionen gelb markiert«, meinte Kathy und bemerkte, dass sie viel zu schnell und mit viel zu heller Stimme sprach. Sie räusperte sich. »Da ich in den letzten sechs Monaten ein Drittel mehr Umsatz gemacht habe, müsste ich die gekennzeichneten Artikel zu einem günstigeren Einkaufspreis beziehen können. Tatsächlich habe ich aber den höheren Stückpreis bezahlt, den für Kleinstmengen.«

Waltraud faltete ihre Hände wie zum Gebet und berührte mit den Zeigefingern die Nasenspitze, während ihre Augen über die Zahlenkolonnen flogen. »Du hast wirklich gute Arbeit geleistet, mein Kind. Sogar die Anti-Aging-Sparte hast du mit einem Plus von zehn Prozent abgeschlossen, das schaffen nur die erfolgreichsten *AlphaNew*-Beraterinnen. Du glaubst gar nicht, wie viele schlaflose Nächte mir unsere neue Serie in letzter Zeit beschert hat. Mir ist es schleierhaft, warum Anti-Aging so schlecht angenommen wird. Vielleicht solltest du bei einer der nächsten Bezirksversammlungen einen Vortrag darüber halten, wie du die Kundinnen von den Innovationen dieser Linie überzeugst, sie an die Hand nimmst und bis zum Abschluss nicht mehr loslässt.« Sie nahm die Lesebrille ein weiteres Mal von der Nase und ließ sie auf ihre Seidenbluse im Leopardenmuster fallen, dann richtete sie sich auf, und wieder erstrahlte ihr falsches Lächeln. »Nur kann ich, abgesehen von deinen beeindruckenden Zahlen, beim besten Willen keine Unregelmäßigkeiten entdecken.«

Kathy schnappte nach Luft.

Sie hatte mit vielem gerechnet, nur nicht damit, dass Waltraud sich dumm stellte. Wie konnte sie behaupten, alles sei mit rechten Dingen zugegangen, wenn der Beweis ihrer Schlampigkeit schwarz auf weiß vor ihr lag?

»Was meinst du damit, du entdeckst keine Fehler?« Kathys Stimme bebte. »Schau dir doch meine Bestellungen an, und dann vergleich die Einkaufspreise mit denen der aktuellen *AlphaNew*-Preisliste, die ich hinten angeheftet habe.«

»Das muss ich nicht. Ich habe die Zahlen im Kopf, mein Kind.« Überflüssigerweise tippte sie sich an die Schläfe, wobei ihr Lächeln nicht um einen Millimeter verrutschte.

»Ich bin nicht dein Kind«, rief Kathy und sprang auf. »Ich bin eine erwachsene Frau, die sich nicht übers Ohr hauen lässt. Und ich will das Geld, das mir zusteht. Falls du wirklich die Mengenrabatte im Kopf hättest, würdest du auch ohne meine Markierungen auf einen Blick die Diskrepanzen bemerken.«

»Ja, das würde ich, wenn es denn welche gäbe.«

War das ihr Ernst? Wie konnte diese Frau nur so halsstarrig sein? Am liebsten hätte Kathy der alten Schachtel mit der Scheuerseife den Kopf eingeschlagen, doch sie beherrschte sich. Bemüht ruhig beugte sie sich vor und tippte auf den ersten Posten – sechsundfünfzig Flaschen *AlphaNew-BBQ Clean+Care, Grillreiniger mit unglaublichem und nachhaltigem Reinigungsergebnis* für knapp dreißig Euro Verkaufspreis –, den sie auf ihrer Liste markiert hatte. »Wenn ich mehr als fünfzig Flaschen hiervon einkaufe, dann bekomme ich eine Flasche für fünfzehn Euro, doch du hast mir neunzehn in Rechnung gestellt. Das sind vier Euro Differenz. Und so geht es weiter.«

Waltraud lehnte sich in ihrem Stuhl zurück. »Mein Kind …« Sie unterbrach sich und setzte noch einmal neu an: »Meine Liebe, du bist einem gedanklichen Fehler auferlegen, der vielen Anfängern unterläuft und vor dem einen auch ein Hochschulstudium nicht bewahrt.« Ihr Lächeln wurde breiter. »Als *AlphaNew*-Beraterin bist du Unternehmerin und deine eigene Firma in einer Person. Und als diese beziehst du die *AlphaNew*-Produkte exklusiv bei deiner Bezirksleitung, also bei mir. Selbstverständlich gewähren *AlphaNew* und ich dir Mengenrabatte, das ist korrekt. Aber diese Rabatte können wir dir nur einräumen, solange du die Gesamtmenge auf einen Schlag orderst. Das verstehst du doch, oder?«

Waltraud tippte einige Sekunden auf ihrem Laptop, dann drehte sie den Bildschirm so, dass Kathy ihn sehen konnte. »Sieh mal hier«, sagte sie mit honigsüßer Stimme. »Du hast nicht sechsundfünfzig Flaschen geordert, sondern einmal fünfundzwanzig und kurz darauf weitere einunddreißig Flaschen. Somit muss ich beide Bestellungen zum Flaschenpreis von neunzehn Euro abrechnen. Du siehst also, es hat alles seine Richtigkeit. Wie gesagt, dieser Fehler kommt häufiger vor, mein Kind.«

Plötzlich begriff Kathy, was hier gespielt wurde.

»Du falsche Schlange«, stieß sie aus. »Selbstverständlich weiß ich, welche Voraussetzungen erfüllt sein müssen, um einen Mengenrabatt zu bekommen. Und ich habe alle sechsundfünfzig Flaschen auf einmal bestellt. Aber du hast mir mitgeteilt, dass du sie nicht alle vorrätig hast und sie mir in zwei Teillieferungen schicken musst.«

Waltrauds Blick wurde hart. »Davon weiß ich nichts. Ich sehe in meiner Buchhaltung zwei sauber voneinander getrennte Bestellvorgänge nebst Rechnungen. Das Beste wird sein, wenn du mir deine Bestellbestätigung zeigst. Falls mir doch ein Fehler unterlaufen sein sollte, können wir die Sache rasch aufklären.«

Als Kathy verstand, wie Waltraud es angestellt hatte, sie zu hintergehen, wich alle Farbe aus ihrem Gesicht.

Den überwiegenden Teil ihrer Bestellungen tätigte Kathy regulär übers Internet, worauf das System automatisch eine E-Mail als Auftragsbestätigung schickte. Doch wenn es schnell gehen musste, hatte sie Waltraud in letzter Zeit immer häufiger direkt von unterwegs auf dem Weg zu einem Termin angerufen und ihr die fehlenden Produkte durchgegeben. Bis gerade eben hatte sie nie darüber nachgedacht, weswegen sie für diese telefonischen Bestellungen keine Bestätigung bekommen hatte.

Nun wusste sie, warum.

Weil Waltraud zwar ihrerseits den Mengenrabatt von *AlphaNew* kassierte, ihn aber nicht weitergab. Doch Kathy konnte es nicht beweisen, da sie nichts schriftlich und auch keine Zeugen hatte. Also stand, sollte es hart auf hart kommen, das Wort der kleinen Beraterin mit der abgegriffenen Handtasche von C&A gegen das der erfolgreichen Bezirksleiterin mit diversen Accessoires aus den Boutiquen der Haute Couture.

Tränen der Ohnmacht schossen Kathy in die Augen, doch sie bemühte sich, sie wegzublinzeln.

»Ich bin froh, dass wir das Missverständnis aus der Welt schaffen konnten«, säuselte Waltraud. »Wenn du mich jetzt bitte entschuldigen würdest.«

Kathy zuckte zusammen, als ihr Handy zu klingeln begann. Geistesabwesend holte sie es aus der Tasche.

Paddy ruft an.

Es konnte nichts Gutes bedeuten, wenn er um diese Zeit anrief, denn seine Schule untersagte ihren Schülern die Handynutzung auch in Pausen.

Ob er wieder abgehauen war?

»Paddy, was ist?«, meldete Kathy sich, doch es war nicht Paddy, der ihr antwortete.

»Kathy, gut, dass ich dich erreiche«, sagte eine verzerrte Stimme am anderen Ende der Leitung.

Die Angst traf sie mit einigen Herzschlägen Verspätung, dafür dann umso heftiger. »Wer spricht da? Wo ist Paddy? Warum haben Sie sein Handy?«

»Noch ist dein Sohn bei mir, aber schon bald wird er auf sich allein gestellt sein. Falls du ihn lebend wiedersehen willst, solltest du dir die folgenden Ziffern merken.«

Kathy verstand nicht, was der Mann – es musste ein Mann sein, der sie anrief; nur Männer entführten Kinder, oder? – von ihr wollte. »Lassen Sie mich sofort mit meinem Sohn sprechen«, schrie sie ins Telefon und sah sich hilfesuchend um, doch Waltraud tippte, demonstrativ in Arbeit versunken, auf ihr Laptop ein.

»Acht, eins, eins, drei«, entgegnete die Stimme.

Dann knackte es, die Leitung war tot.

Kapitel 20

Das Großraumbüro im obersten Stock des Polizeipräsidiums, das die Frankfurter Kollegen Falk und seiner Sonderkommission *Starfighter* eingerichtet hatten, stand wegen eines Wasserschadens seit geraumer Zeit leer und wartete darauf, dass die Stadt endlich die dringend benötigten Mittel zur Renovierung bewilligte. Falk, Juliane und Hartwick hatten sich die drei Schreibtische ganz hinten in einer dunklen Ecke gesichert, da sie am weitesten entfernt von der mit schwarzem Schimmel überzogenen Decke im vorderen Bereich lagen. Trotzdem zog Falk bei jedem Luftzug der modrige, faulige Geruch, der die Büroetage durchdrang, in die Nase.

»Wie weit ist die Feuerwehr mit dem Löschen des Brandes?«, fragte er und ließ seinen Blick gedankenverloren über die leeren, von halbhohen Aktenschränken abgetrennten Schreibtische wandern. Im Laufe des Tages würden weitere Beamte ihre Arbeit in der Sonderkommission aufnehmen, doch bis dahin hatten sie das riesige Büro für sich allein.

»Ich habe gerade mit McNish telefoniert«, antwortete Hartwick. »Er und seine Jungs von der Kriminaltechnik haben sich nur kurz umgezogen und sind bereits wieder vor Ort, doch der Brandmeister hat den Tatort noch nicht freigegeben. Die Feuerwehr muss sich erst davon überzeugen, dass keine tragenden Teile des Hauses beschädigt wurden. Das kann dauern. McNish hofft aber, in den nächsten Stunden in den Keller vorgelassen zu werden, um sich ein Bild von der Situation machen zu können.«

Falk warf die Akte, die er in der Hand hielt, auf seinen Schreibtisch, wo sie mit einem Klatschen aufkam und eine Staubwolke aufwirbelte. »Warum geht das nicht schneller? Wenn wir weiterkommen wollen, brauchen wir die Leiche. Es ist zum Verrücktwerden. Zwei tote junge Frauen, und wir haben nichts«, sagte er und drehte sich auf seinem Schreibtischstuhl zur Wand, wo ein Foto von Savannah Scheffler neben Aufnahmen ihrer Brüder Nepomuk und Marvin sowie ihres Ehemanns Klaus Scheffler hing.

Schweigen.

Falk entfuhr ein Seufzen, dann wandte er sich zurück zu seinen Kollegen. »Hast du wenigstens *etwas* Neues, Juliane? Sind Nepomuk und deine Dienstwaffe mittlerweile wieder aufgetaucht?«

Sie schüttelte mit dem Kopf. »Der Wohnwagen, in dem Marvin und Nepo leben, wird überwacht, doch da tut sich nichts. Inzwischen fehlt von beiden Brüdern jede Spur. Alles deutet darauf hin, dass Marvin ebenfalls untergetaucht ist.«

»Was ist mit den übrigen Schaustellern? Weiß keiner, wo die beiden stecken könnten?«

»Bei den Vernehmungen hat sich lediglich Savannahs Ehemann ein wenig kooperativ gezeigt. Die restlichen Befragten gaben vor, von nichts zu wissen, was mich allerdings nicht wundert; der Polizei gegenüber sind Leute vom Rummel verschlossener als eine Auster.« Juliane blätterte in der Akte vor sich. »Scheffler meint, dass Nepomuk Gerzner bei seinem Vater sein könnte.«

»Wenigstens ein Punkt, an dem wir ansetzen können. Ist da jemand dran?«, fragte Falk.

»Ja, Duhan Erdem kümmert sich darum.«

»Erdem? Das ist der Frankfurter Kollege vom K10, oder?«

Juliane nickte. »Er packt gerade unten in seinem Büro seinen Kram zusammen und kommt dann zu uns rauf. Doch erwarte nicht zu viel. Von Nepos Vater fehlt jede Spur.« Sie nahm ein Foto aus der Akte vor sich, ging zu den Aufnahmen an der Wand und heftete das Bild eines finster dreinschauenden, südländisch aussehenden Mannes mit dunklem Vollbart dazu. »Das ist Avram Radu, einundsechzig Jahre und der Vater von Nepomuk Gerzner sowie Savannah Scheffler. Gemeldet ist er in einem Dorf bei Sibu, das liegt in Siebenbürgen, irgendwo in der Einöde Rumäniens.«

»Er ist Rumäne?«, fragte Falk.

»Offiziell ja, doch den Großteil des Jahres zieht er mit seiner Sippe in Caravans durch Europa. Ganz ähnlich wie die Jenische und Pavee, die man auch als Irish Travellers kennt«, führte Juliane aus.

»Avram Radu ist also der Vater von Nepomuk, Marvin und Savannah«, fasste Falk zusammen.

Juliane schüttelte den Kopf. »Avram Radu ist nur der Vater von Savannah und Nepomuk. Den Vater von Marvin Gerzner hat die Mutter bei der Geburt als nicht bekannt angegeben. Wir konnten Radu noch nicht befragen, da wir seinen Aufenthaltsort nicht kennen. Doch wir haben Grund zur Annahme, dass er sich irgendwo in Deutschland aufhält, da jedes Jahr im Frühling und Sommer Zwangsräumungen und Platzverweise gegen ihn und seine Gemeinschaft anhängig sind.«

»Also wissen wir im Grunde genommen nichts.«

»Vielleicht ist da doch was«, sagte Juliane. »Bei meinen Recherchen zu den Traditionen der Pavee und Jenische bin ich immer wieder auf deren patriarchale Struktur und vor allem ihre stark ausgeprägte Religiosität gestoßen. Vielleicht ist das eine Verbindung zu unserem Killer.«

»Du meinst wegen der Bibelverse, die uns der Mörder hinterlässt?«, überlegte Falk und fand nach einigem Suchen schließlich ein Foto, auf dem das Zitat zu sehen war, das der Killer an die Plane unter dem Karussell gepinselt hatte. Er nahm eine Reißzwecke aus der kleinen Plastikschachtel und heftete die Aufnahme zu den anderen an die fleckige Raufasertapete.

Sie aber reinigte sich von ihrer Unreinheit und kehrte wieder zu ihrem Hause.
(2. Samuel 11, 4)

Er schaute Hartwick an. »Du bist doch einigermaßen bibelfest. Kannst du dich noch an den Vers erinnern, den unser Täter bei seinem zweiten Mord auf den Flachbildschirm geschrieben hat?«

Hartwick klappte sein Laptop auf und fing an, auf die Tastatur einzuhämmern. »Es war aus dem Brief an die Philipper, Kapitel drei Vers neunzehn. Den genauen Wortlaut weiß ich nicht mehr. Nur weil ich vom Pastor einer Freikirche großgezogen wurde, heißt das nicht, dass ich mich besonders gut auskenne. Während seiner Feuer-und-Schwefel-Predigten habe ich immer alles darangesetzt, meine Ohren auf Durchzug zu stellen.«

Ein letzter Schlag auf eine Taste, dann sagte Hartwick: »Hier ist es.« Er schrieb etwas auf eine Karteikarte und pinnte sie neben den anderen Bibelvers an die Wand.

»*Du wirst in der Verdammnis enden, denn dein Bauch ist dein Gott*«, las Juliane vor. »Die Tote war unterernährt. Dr. Di Carlo vermutet eine Essstörung. Vielleicht bezieht der Täter den Bibelspruch darauf. Kennst du den Kontext, in dem der Vers steht?«

Hartwick vergrub seine Finger in den Haaren. »Nein, keine Ahnung. Wir sollten einen Experten zu Rate ziehen.«

»Das übernehme ich«, sagte Falk. Er wollte gerade weitermachen, als die Tür aufging und eine resolute Beamtin in Uniform den Kopf reinsteckte.

»Hauptkommissar Bachmann?«, fragte sie.

»Ja. Was gibt's? Wir sind in einer Besprechung.«

»Entschuldigen Sie die Störung, aber wenn ich richtig informiert bin, leiten Sie die Soko, die sich mit den Serienmorden beschäftigt.«

Falk nickte unwirsch, was die Beamtin aber nicht einzuschüchtern schien.

»Vielleicht habe ich etwas für Sie«, fuhr sie fort. »Mich hat eine Sozialarbeiterin angerufen, die behauptet, sie wisse etwas, das im Zusammenhang mit den Morden stehen könnte. Vorausgesetzt, es stimmt, was im Internet zu lesen ist.«

Falk horchte auf. »Im Internet? Wovon sprechen Sie?«

»Na, die Story über den Irren, der Frauen umbringt, falls sie eine bestimmte Telefonnummer nicht auswendig kennen. *Karussellkiller* hat der *Frankfurter Morgen* den Mörder genannt. Außerdem stand da, dass der Täter Freunde oder Verwandte der Opfer anruft und ihnen irgendwelche Zahlenkombinationen durchgibt oder so ähnlich. Ich habe den Artikel nur überflogen. Jedenfalls behauptet die Frau, also diese Sozialarbeiterin, sie hätte einen solchen Anruf erhalten. Laut ihrer Aussage sollte sie ihrer Patientin einen Zahlencode durchgeben.«

Falk verstand kaum etwas von den wirren Ausführungen der Beamtin. »Was für eine Patientin? Welche Sozialarbeiterin?«

»Die Frau arbeitet für einen Verein, der Menschen mit Essstörungen begleitet, und sie kann ihre Patientin, eine gewisse Anna Mattheis, nicht erreichen. Nachdem sie die Artikel im Internet gelesen hat, macht sie sich Sorgen. Ich dachte, das würde Sie vielleicht interessieren. Soll ich die Zeugin herbestellen?«

Adrenalin flutete Falks Körper; er spürte, dass sie endlich weiterkamen. »Nein, nicht nötig, ich fahre zu der Frau. Danke, dass Sie mich informiert haben«, sagte er und wäre am liebsten sofort aufgebrochen, doch vorher musste er wissen, was über die Morde an die Öffentlichkeit gelangt war. Er klappte sein Notebook auf und gab *Karussellkiller* und *Frankfurt* in die Suchmaschine ein.

Gleich der erste Treffer brachte sein Blut zum Kochen. Er klickte auf den Eintrag, der zur Website des *Frankfurter Morgen* führte. Rasch überflog er den Artikel, dann fixierte er Hartwick.

»Ist was?«, fragte der nach einem Moment.

»Hast du interne Informationen rausgegeben?«

»Wie bitte?«

»Ich will wissen, ob du mit jemandem über unseren Fall gesprochen hast. Zum Beispiel mit Timo Falkenberg, Redakteur beim *Frankfurter Morgen* und zufällig dein Lebensgefährte.«

Hartwicks Augen zuckten. »Was wird das, Bachmann? Wenn du mir was zu sagen hast, dann sprich offen mit mir, und hör auf, mich von der Seite anzumachen.«

Falk drehte das Laptop so, dass Hartwick die Schlagzeile und das Datum lesen konnte.

Ratte frisst sich durch Frau.
Wer wird das nächste Opfer des Karussellkillers?

Zweites Opfer des Serienmörders aufgetaucht. Täter treibt Sonderkommission des LKA in Flammenhölle.

Exklusiv von Timo Falkenberg

»Also noch mal im Klartext«, sagte Falk, »hat Timo die Informationen von dir?«

Hartwick schluckte schwer und starrte auf den Computer.

Dann nickte er.

Kapitel 21

Sein Körper ist so klein, so zerbrechlich. Wie friedlich er daliegt. Unter dem Spiderman-T-Shirt hebt und senkt sich seine schmale Brust; offensichtlich hält die Wirkung des Chloroforms länger an, als ich dachte. Eingehüllt in seiner durchsichtigen Plastikhülle, erinnert er mich an eine Raupe im Kokon.

Mit dem Fuß bewege ich den Baustrahler, der von einem Generator mit Strom versorgt wird, wodurch das Licht auf das Gesicht des Jungen fällt.

Es ist blass wie das eines Toten.

Während ich ein reißfestes Netz, das eigentlich zur Ladungssicherung in Transportern dient, mit Industriekleber über die Einstiegsöffnung klebe, lausche ich dem gleichmäßigen Atem des Jungen, und obwohl ich weiß, dass er bereits gerettet ist, hoffe ich auf ein Wunder. Es ist grausam, Kinder für die Fehler ihrer Eltern büßen zu lassen, und ich verstehe nicht, wie *er* mich zwingen kann, diesen Jungen zu opfern.

In Momenten wie diesem wird mir bewusst, wie schwach ich bin. Maße ich mir wirklich an, über seine Beweggründe richten zu können?

Ich nehme den Viehtreiber, der in Griffweite neben mir liegt, und ramme mir die beiden spitzen Metallkontakte gegen den Oberschenkel. Eine Sekunde lang schießen fünftausend Volt durch mein Bein, dann schaltet sich das Gerät, dessen eigentliche Funktion darin besteht, fehlgeleitete Rinder zurück in den Stall zu führen, automatisch ab. Ich krümme mich unter Schmerzen auf dem schmalen glitschigen Sims, und das Backsteingewölbe wirft meine Schreie zurück, aber ich muss nicht befürchten, von jemandem gehört zu werden. Der alte Wasserspeicher tief unter Frankfurt wird schon lange nicht mehr für die Versorgung der Stadt genutzt, hierher verirrt sich kaum ein Mensch.

Obwohl der Junge noch nicht bei Bewusstsein ist, entfährt seiner Kehle ein kurzes, tiefes Stöhnen. Ich muss mich also beeilen.

Glücklicherweise härtet der Industriekleber schnell aus, was bedeutet, dass die Öffnung mit dem Netz gesichert ist. Aus eigener Kraft wird der Junge sich nicht aus seinem Plastikkokon befreien können, dazu ist das Material zu fest.

Gut. Alles verläuft nach Plan. Noch ein wenig Druckluft, dann ist meine Aufgabe erledigt.

Ich schalte den Kompressor ein, worauf ein Rattern durch das Gewölbe hallt. Und nun überkommen mich doch Zweifel, ob meine Vorsichtsmaßnahmen ausreichen. Sollte ein Mitarbeiter der Stadt ausgerechnet heute den Auftrag bekommen haben, die unterirdische Zisterne zu kontrollieren, wird er den Lärm hören.

Rasch beuge ich mich hinunter und setze dazu an, den Kompressor abzuschalten, als ich über den Krach hinweg eine vertraute Stimme höre.

»Mach weiter«, befiehlt sie.

Schlagartig ist der Schmerz in meinem Bein verschwunden, und ich fahre fort. Ich stecke das Schlauchende des Kompressors ins Ventil der Plastikhaut, worauf Druckluft in die Kammer des zweiwandigen Systems strömt und der eingefallene Kokon sich zu einer Kugel aufbläht.

Als der Junge seine Augen öffnet, bin ich fertig.

»Wo bin ich?«, fragt er.

Ohne ihm zu antworten, befördere ich die Kugel mit einem Stoß über den Beckenrand, wo sie mit einem Platschen auf der drei Meter tiefer liegenden Wasseroberfläche aufkommt und auf den künstlichen See hinaustreibt. Für einen Moment sehe ich Luftbläschen im Wasser. Sie entweichen dem Loch, das ich in die aus reißfestem Polyvinylchlorid bestehende Außenhaut gebohrt und mit einer Metallöse gegen unbeabsichtigtes Aufreißen gesichert habe. Dann aber dreht sich die Kugel um die eigene Achse, und das Loch verschwindet aus meinem Sichtfeld.

In seiner Panik schreit und strampelt der Junge, was die Kugel unkontrolliert über das Wasser tanzen und aus dem Lichtschein des Baustrahlers in die dahinterliegende Schwärze gleiten lässt.

Ich beschließe zu warten, bis der Junge sich einigermaßen beruhigt hat, dann werde ich ihm sagen, wie er sich befreien kann. Was im Grunde einfach ist. Neben seinem Handy habe ich ihm eine Stahlkassette dagelassen. Er hat drei Versuche, seine Mutter anzurufen und den Code zu erfragen, der das Nummernschloss der Stahlkassette öffnet. Mit dem darin liegenden Messer wird es für ihn ein Leichtes sein, die Polyvinylchlorid-Folie aufzuschneiden.

Wenn nicht, wird die Kugel nach zehn, elf Stunden jedoch wieder ein schlaffer Sack sein und ihn mit sich auf den Grund ziehen.

Kapitel 22

Jan schritt durch den gläsernen Korridor, der in zehn Metern Höhe über die Gutenbergstraße führte und den Altbau aus der Gründerzeit des *Frankfurter Morgen* mit den neuen Räumlichkeiten auf der gegenüberliegenden Straßenseite verband.

Zunächst hatte die Frau am Empfang ihn nicht durchlassen wollen, doch nachdem Jan ihr seine Polizeimarke auf die Theke geknallt und nach Timo Falkenberg gefragt hatte, hatte sie nachgegeben und ihm einen Besucherausweis ausgestellt. Dann war er an ihr vorbei und nach oben geeilt, obwohl sie ihn angewiesen hatte, unten auf Timo zu warten.

Gerade hatte er die gläserne Verbindungsbrücke zur Hälfte überquert, als Timo am anderen Ende auftauchte.

Besorgnis lag auf seinem Gesicht. »Alles in Ordnung? Ist was passiert?«

»Ob was passiert ist?«, knurrte Jan. Im nächsten Moment packte er Timo am Revers seines Sakkos und stieß ihn unsanft gegen die Glaswand. »Fragst du mich das im Ernst?«

»Hast du sie noch alle?«, keuchte Timo.

Eine Frau im dunkelblauen Businesskostüm, die in diesem Augenblick vorbeikam, blieb stehen. »Was ist denn hier los? Soll ich den Sicherheitsdienst rufen?«, fragte sie Timo.

Jan zog seinen Hoodie kurz ein Stück nach oben, sodass die Frau einen Blick auf die Dienstwaffe an seinem Gürtel erhaschen konnte. »Landeskriminalamt, bitte gehen Sie weiter«, sagte er, doch die Frau blieb, wo sie war.

»Das werde ich ganz sicher nicht tun. Und wenn Sie der Innenminister persönlich wären, hätten Sie nicht das Recht, einen unserer Redakteure tätlich anzugreifen. Noch leben wir nicht in einem Polizeistaat.« Mit geübten Bewegungen holte sie ihr Handy hervor.

»Schon in Ordnung«, sagte Timo. »Der Kommissar und ich kennen uns privat.« Er machte sich von Jan los, strich sein Sakko glatt und versuchte sich an einem Lächeln.

Die Frau warf Jan einen letzten skeptischen Blick zu, dann steckte sie das Handy wieder weg und ging weiter, wobei jeder ihrer Schritte vom Klacken ihrer hochhackigen Schuhe begleitet wurde.

Nachdem sie verschwunden war, erstarb Timos Lächeln. »Komm mit«, zischte er. »Gehen wir irgendwo hin, wo wir ungestört sind. Dann sagst du mir, was zum Henker mit dir los ist.«

Timo führte Jan in einen modern eingerichteten Besprechungsraum und steuerte direkt auf das Telefon am Kopfende des langen Konferenztisches zu. Er nahm den Hörer ab und wählte eine kurze Nummer. »Nadine, ich bin's. Mir ist ein Termin dazwischengekommen. Kannst du Meyer Bescheid geben, dass ich mich ein paar Minuten verspäte?« Schweigen. »Ja, ich weiß, dass es um die Titelseite geht, doch diese Sache kann nicht warten.« Dann legte Timo auf. »Also, was ist los? Aber mach's kurz, ich müsste längst auf dem Weg zur Redaktionskonferenz sein.«

Jan griff in die Gesäßtasche seiner Jeans und holte den Artikel hervor, den er im Büro ausgedruckt hatte. Hastig faltete er ihn auseinander und warf ihn vor Timo auf den Tisch.

»*Ratte frisst sich durch Frau. Wer wird das nächste Opfer des Karussellkillers?*«, spie er aus und hätte am liebsten die gerahmten Titelseiten des *Frankfurter Morgen*, die an den Wänden hingen, von ihren Haken gerissen und aus dem Fenster geschleudert.

»Verstehe, deshalb bist du hier«, sagte Timo, nachdem er einen kurzen Blick auf den Ausdruck geworfen hatte. Seine Stimme klang mit einem Mal geschäftsmäßig und ziemlich unterkühlt.

Jan schauderte.

»Ist das ein offizieller Besuch?«, fragte Timo.

»Worauf du dich verlassen kannst. Ich werde dir die verdammte Hölle heiß machen. Du hast streng vertrauliche Polizeiinterna zu einer laufenden Ermittlung veröffentlicht. Dafür kriege ich dich dran.«

»Dann könnte es ratsam sein, unseren Firmenanwalt hinzuzuziehen.«

Jan überging die Bemerkung. »Wie konntest du mich so verarschen? Ich habe dir vertraut.«

Timo machte einen Schritt auf Jan zu. »Beruflich stehen wir im Moment vielleicht nicht auf derselben Seite – du jagst einen Serienkiller, ich warne die Öffentlichkeit vor ihm –, aber das hat doch nichts mit uns zu tun.«

»Das hat nichts mit uns zu tun? Sag mal, geht's noch? Um ein Haar wäre ich bei einem Brandanschlag draufgegangen, dann komme ich nach Hause, springe unter die Dusche, um mir das Benzin vom Körper zu waschen, und erwische dich anschließend im Schlafzimmer beim Schnüffeln in den Ermittlungsakten. Und dann, ein paar Stunden später, lese ich deine Exklusiv-Story.« Er lachte humorlos auf. »Da bin ich aber wirklich froh, dass das nichts mit uns zu tun hat.«

Die Muskeln an Timos Wangenknochen arbeiteten. Er drückte den Rücken durch und strahlte mit einem Mal eine Härte aus, die Jan bisher verborgen geblieben war.

Demonstrativ schaute Timo auf seine Armbanduhr. »War es das? Bist du fertig? Ich muss los.«

»Ist das alles, was du dazu zu sagen hast?«, fragte Jan und baute sich so neben dem Konferenztisch auf, dass Timo nicht an ihm vorbeikam.

»Geh mir aus dem Weg, oder …«

»Oder was?«

»Sei nicht albern, und lass mich durch. Wir reden heute Abend, wenn du dich wieder beruhigt hast.«

Jan wollte etwas erwidern, doch in diesem Augenblick klingelte sein Handy.

Da er Bachmann versprochen hatte, telefonisch erreichbar zu bleiben, zog er es aus der Hosentasche.

Unbekannte Nummer.

»Ja?«, bellte er.

»Jan, bist du das?«, fragte die Stimme am anderen Ende, und Jan brauchte einen Moment, bis er sie dem Hamburger Undercover-Polizisten, seinem Trainingspartner aus dem Dojo, zuordnen konnte.

»Hey, Bent, schön, dass du anrufst, aber es passt gerade nicht. Kann ich zurückrufen?«

Timo machte Anstalten, sich an Jan vorbeizuschieben, doch dann blieb er stehen. Offenbar kramte er in seinem Gedächtnis, ob Jan ihm gegenüber jemals einen Bent erwähnt hatte.

»Du bist verdammt schwer zu erreichen«, entgegnete Bent. »Zurückrufen ist schlecht. Ich will auch nicht lange stören, sondern dich nur an unser Bier erinnern.«

»Biertrinken klingt gut«, sagte Jan betont laut.

»Prima. Heute Abend?«

»Klar, warum nicht?«, antwortete Jan, wohl wissend, dass er und Timo eigentlich zum Spanier wollten. »Wie wäre es um sieben im *Babel*? Das ist eine Kneipe bei mir um die Ecke. Kennst du die?«

»Nein, aber ich werde sie schon finden. Also dann, bis nachher.« Er legte auf; einige Sekunden später traf eine Textnachricht mit einem Screenshot von Google-Maps ein, auf dem das *Babel* rot markiert war. *Das erste Bier geht auf mich*, hatte Bent dazugeschrieben.

»Wer war das?«, fragte Timo.

Obwohl sich alles in Jan zusammenzog und er kurz davor stand, auf den hochflorigen Teppich des Besprechungsraums zu kotzen, zuckte er gleichgültig mit den Achseln.

»Das geht dich nichts mehr an.«

Kapitel 23

Falk passierte ein offenes Tor und parkte den BMW auf einem der zahlreichen freien Plätze vor dem zweigeschossigen, rechteckigen Gebäude, das in einem Industriegebiet mitten in Sossenheim lag.

Stirnrunzelnd blickte er auf den Kasten, der sich in seinem funktionalen Industriedesign kaum von dem daneben liegenden Fitnessstudio unterschied. Hätte ein Schild über dem Eingang nicht *CRC – Gott neu entdecken* verkündet, wäre Falk davon ausgegangen, die Adresse falsch in das Navigationssystem eingegeben zu haben. Die Kirche – falls man bei dem zweckmäßigen Bau überhaupt von einer solchen sprechen konnte – hatte nichts mit der imposanten St.-Jakobus-Kirche in Sachsenhausen gemein, wo Falk eine Stunde zuvor Simone Habelitz, die Betreuerin von Anna Mattheis, getroffen hatte. Die Sozialarbeiterin arbeitete hauptamtlich für einen von der Gemeinde finanzierten Verein, der Menschen mit Essstörungen half. Simone Habelitz, eine gemütlich wirkende Enddreißigerin, die mit ihren strähnigen langen Haaren und dem Strickpullover auf den ersten Blick dem Klischee der ökologisch bewussten Spaßbremse entsprach, hatte sich während des Gesprächs als scharfsinnige und ausgesprochen rationale Zeugin entpuppt. In knappen, präzisen Sätzen hatte sie Falk von dem Anrufer berichtet, der ihr mit verzerrter Stimme am Telefon eine Ziffernfolge genannt und sie dazu aufgefordert hatte, den Code Anna Mattheis durchzugeben, sollte sich diese bei ihr melden.

»Was hat der Anrufer denn genau gesagt?«, hatte Falk gefragt.

Die Sozialarbeiterin hatte ihre Haare zusammengefasst, sie zu einem Gebilde verdreht und mit Hilfe eines Holzstäbchens fixiert. »An den genauen Wortlaut erinnere ich mich nicht. Nur an die Ziffernfolge – zwei, neun, sechs, drei – und daran, dass sie, so der Anrufer, zwischen Annas Läuterung und ihrer Verdammnis steht.«

»Ist Ihnen das Gespräch nicht seltsam vorgekommen?«

»Selbstverständlich ist es das. Doch da ich kurz vorher mit Anna gesprochen hatte, hielt ich es im ersten Moment für einen Scherz.«

»Sie hatten am Tag von Annas Verschwinden noch Kontakt zu ihr?«, hatte Falk nachgehakt.

»Ja, ich hatte sie angerufen, um sie zu verwarnen, da sie nicht zur Gruppensitzung erschienen ist. Sie müssen wissen, Anna ist eines meiner Sorgenkinder, auch wenn sie mit fünfundzwanzig natürlich längst kein Kind mehr ist. Zum Krankheitsbild von Anna darf ich Ihnen keine Details nennen, nur so viel: Sie ist zwangsweise in stationärer Behandlung gewesen, und eine der Auflagen, die zu ihrer vorzeitigen Entlassung geführt haben, war die Verpflichtung, regelmäßig an unseren ambulanten Therapiestunden teilzunehmen. Als Anna nicht erschienen ist, habe ich mir Sorgen gemacht. Besonders angesichts der Tatsache, dass sie entgegen der Vereinbarung erneut ein Instagram-Profil erstellt hat.«

Offenbar war Simone Habelitz der fragende Ausdruck auf Falks Gesicht nicht entgangen, denn ungefragt hatte sie erklärt, dass die sozialen Medien eine nicht unerhebliche Schuld am gestörten Körperbild ihrer Patienten trifft und es daher Teil der Therapie ist, sich von diesen Medien fernzuhalten.

Falk hatte sich das Instagram-Profil von Anna Mattheis zeigen lassen, doch auf keinem der dort hochgeladenen Bilder war ihr Gesicht zu sehen gewesen. Zum Glück hatte die Sozialarbeiterin sich aber bereiterklärt, ihm einen Blick auf ein Foto aus der Krankenakte zu gewähren, und als er es gesehen hatte, hatte sich seine Vermutung, das zweite Opfer könne Anna Mattheis sein, bestätigt.

Unwillkürlich ballten sich Falks Hände zu Fäusten, während er mit großen Schritten auf den Eingang der *CRC*-Kirche zuging.

Manchmal hasste er seinen Job.

Mit einem Brummen kündigte sein Handy eine eingegangene SMS an.

Rasch schaute er nach. Die Nachricht stammte von Hartwick.

Es werden keine weiteren Informationen mehr an die Presse durchsickern. Ich habe das geklärt. Endgültig.

Als Falk das letzte Wort las, verzog er das Gesicht. Er hatte kein Recht, sich in die Beziehung seines Sohns einzumischen, und er hoffte, dass Hartwick in seiner Wut und Enttäuschung nicht unbedacht etwas kaputtgemacht hatte, das sich nicht mehr kitten ließ.

Falk schickte lediglich ein *Okay* als Antwort, dann steckte er das Handy zurück und betrat das schmucklose Gebäude, in dem die Kirche untergebracht war. Erstaunt blickte er sich in dem Eingangsbereich um, denn er hatte den Eindruck, in einem dieser hippen Studentencafés in Bockenheim gelandet zu sein. Zwar brannte keiner der in die Decke eingelassenen Punktstrahler, doch auch unbeleuchtet sah die aus rustikalen Eichenbrettern und Hochglanzelementen bestehende Theke ziemlich eindrucksvoll aus.

»Wir haben noch geschlossen«, sagte eine junge Frau, die hinter der Theke auftauchte. Obgleich sie einen Lappen und eine Plastikflasche mit irgendeinem Reinigungsmittel in den Händen hielt und ein kariertes, am Bauch verknotetes Flanellhemd und gelbe Gummihandschuhe trug, wirkte sie nicht wie eine Putzfrau, sondern wie eines der Models für Haushaltsreiniger, denen man nicht abnahm, dass sie jemals auch nur ein Staubkörnchen vom Boden aufwischten.

Falk holte seinen Dienstausweis hervor. »Mein Name ist Hauptkommissar Bachmann, ich bin vom LKA. Ich muss den Leiter dieser *Kirche* sprechen.«

Als die junge Frau hörte, dass er von der Polizei kam, verschloss sich ihre Miene. »Das geht nicht«, sagte sie kurz angebunden. »Michael ist beschäftigt.« Unmerklich huschte ihr Blick zu der zweiflügligen Tür auf der gegenüberliegenden Seite, an der ein Schild mit der Aufschrift *Gebetsraum* angebracht war. »Und wie gesagt, wir haben noch nicht offen. Wenn Sie um fünf wiederkommen, hat er bestimmt Zeit.«

Falk ignorierte die junge Frau und ging geradewegs auf die Tür zum Gebetsraum zu. »Ich bin mir sicher, dass er ein paar Minuten für mich erübrigen kann.«

»Warten Sie! Sie können da nicht einfach rein«, rief die Frau ihm nach, doch da hatte Falk die schwere Tür bereits aufgezogen und trat ein.

Er hatte keine Ahnung, was genau er erwartet hatte vorzufinden, aber keine fensterlose, sechs oder sieben Meter hohe Halle von den Ausmaßen einer mittelgroßen Konzerthalle. Gewaltige silberne Lüftungsrohre, Boxen und Strahler zogen sich an den Wänden entlang und liefen auf die Bühne an der Stirnseite des Saals zu. Ein einzelner Scheinwerfer der professionellen Lichtanlage, die sich dem ersten Eindruck nach nicht hinter denen von Rockbands verstecken musste, tauchte die Bühne in scharf umrissenes weißes Licht.

Unter einem mindestens zwei Meter hohen massiven Holzkreuz, das von kaum sichtbaren Drähten gehalten über der Bühne schwebte, kniete ein Mann. Die Hände hielt er zur Decke gestreckt, und sein Körper schwankte vor und zurück, während er Worte ausstieß, die Falk keiner Sprache zuordnen konnte. Schweißnass klebte dem Mann sein weißes Hemd am Körper, was seine hagere, ausgemergelte Figur sichtbar werden ließ. Im kalten Licht des Scheinwerfers wirkten seine nur wenige Millimeter kurzen Haare beinahe weiß.

Eine Hand im gelben Gummihandschuh legte sich auf Falks Schulter. »Was fällt Ihnen ein?«, flüsterte die junge Frau. »Sie dürfen hier nicht rein.«

»Michael Hartwick?«, rief Falk, ohne auf sie zu achten. Seine Stimme hallte von den hohen Wänden wider. »Mein Name ist Falk Bachmann, ich bin Hauptkommissar beim LKA. Ich muss mit Ihnen sprechen, es ist wichtig. Was wissen Sie über das zweite Buch Samuel, Kapitel elf, Vers vier?«

Der Mann wiegte seinen Körper weiter vor und zurück, die Hände hochgestreckt, doch die seltsamen Laute verstummten.

Falk fragte sich, was Hannah dazu veranlasst hatte, diesen religiösen Hardliner zu heiraten, und gleichzeitig stieg kalte Wut in ihm hoch, als er daran dachte, dass sein Sohn bei dem Kerl aufgewachsen war.

»Seien Sie still«, zischte die Frau, bevor Falk sich von ihr losmachte und nach vorn ging.

»Und der Brief an die Philipper?«, fragte Falk unbeirrt weiter. »Was können Sie mir darüber sagen? Steht der in irgendeinem Zusammenhang mit dem Buch Samuel oder dem Feuer Gottes, das vom Himmel fällt?«

Langsam ließ Michael Hartwick die Arme sinken und öffnete die Augen.

»Tut mir leid«, sagte die junge Frau. »Er hat sich nicht aufhalten lassen.«

»Schon gut, Marie«, antwortete Michael Hartwick. »Du kannst mit deiner Arbeit weitermachen. Ich kümmere mich um den Kommissar.« Mit einem Satz kam er auf die Beine, wodurch das Licht des Scheinwerfers ihn von hinten anstrahlte. Sein Schatten verband sich mit dem des Kreuzes und fiel überlebensgroß auf den Hallenboden.

Ohne ein weiteres Wort verschwand die junge Frau.

Falk durchquerte den Gebetsraum, der mit Sicherheit an die tausend Menschen fassen konnte, wenn nicht mehr, und fragte sich, weshalb er überhaupt hergekommen war. Vordergründig hatte er nach einem Theologen gesucht, der ihn bei der Exegese der an den Tatorten sichergestellten Bibelverse unterstützte, doch er wusste, dass er sich etwas vormachte. Wäre es ihm tatsächlich um eine Expertenmeinung gegangen, hätte er sich an einen der Spezialisten wenden können, die schon seit Jahren mit dem Landeskriminalamt zusammenarbeiteten.

Als Michael Hartwick keine Anstalten machte, von der Bühne herunterzukommen, beschloss Falk kurzerhand, zu ihm hinaufzuklettern. Mit den Händen ergriff er den Rand des Bühnenpodests, schwang sich hoch, und für einen Moment kniete er vor Michael Hartwick.

Da dessen Gesicht im Schatten lag, konnte Falk es nicht richtig erkennen, aber er meinte, Genugtuung im Blick des Predigers zu spüren.

Rasch stand Falk auf, dann zog er einen gefalteten Zettel aus der Innentasche seiner Jacke. »Im Zuge von Ermittlungen, auf die ich nicht näher eingehen kann, sind wir auf diese Bibelverse gestoßen ...«, begann er, doch Michael Hartwick unterbrach ihn.

»Sie sind also Falk Bachmann. Wie schön, dass wir uns nach so langer Zeit endlich kennenlernen.« Er sprach leise, ungerührt, doch seine ausgezehrte Brust hob und senkte sich schneller. »Aber Sie sind mit Sicherheit nicht gekommen, um mit mir über die Bibel zu sprechen. Worum geht es Ihnen wirklich? Um Jan Simon? Haben Sie entdeckt, was mit ihm los ist?«

Falk stöhnte. War ja klar, dass der Prediger, nur weil Jan ihm keine nette Schwiegertochter und einen Haufen bibeltreuer Enkel geschenkt hatte, irgendwann die Sündenkarte spielen würde. »Nein, ich bin nicht wegen Jan gekommen. Und ich weiß längst Bescheid, also verschonen Sie mich bitte mit Ihrer vorsintflutlichen Weltanschauung. Wann kommt ihr religiösen Fundamentalisten endlich im einundzwanzigsten Jahrhundert an und haltet euch aus den Schlafzimmern der Menschen raus? Es ist doch scheißegal, wer mit wem ins Bett geht, solange alle Bock drauf haben.«

»Das meine ich nicht.« Michael Hartwick griff in seine Hosentasche und holte ein Handy heraus. Eine Weile tippte er darauf herum, dann drehte er das Display in Falks Richtung und zeigte ihm ein Foto.

Falk brauchte einige Sekunden, um in dem Gesicht der misshandelten Frau das von Hannah zu erkennen. Blutergüsse lagen wie schwarze Halbmonde unter ihren Augen. Ein Riss zog sich über ihre rechte Wange, die Lippen waren geschwollen und krustig von getrocknetem Blut.

»Was soll das?«, stieß Falk kaum hörbar aus. Seine Kehle fühlte sich wie ein Reibeisen an. »Das hat nichts mit Jan zu tun.«

»Er hat es Ihnen also nicht erzählt«, stellte Michael Hartwick fest. Seine Stimme klang jetzt butterweich.

»Leck mich doch«, zischte Falk. »Ich hätte mir den Besuch besser gespart.«

Michael Hartwick lachte humorlos auf. »Vor der Wahrheit kann niemand die Augen verschließen.« In einer übertriebenen Geste, die ihm nach unzähligen Predigten auf dieser Bühne wahrscheinlich in Fleisch und Blut übergegangen war, breitete er die Arme aus, wobei er das Handy weiter mit dem Display in Falks Richtung hielt. »Fragen Sie Jan Simon, warum er seine Mutter so zugerichtet hat.«

»Den Teufel werde ich. Verrecken Sie an Ihren Lügen.« Falk wandte sich ab und sprang von der Bühne. Wütend über sich selbst – was hatte er sich bloß dabei gedacht, herzukommen? – durchquerte er die Halle.

»Mir ist es vollkommen gleichgültig, ob Sie meinen Worten glauben oder nicht«, rief Michael Hartwick ihm nach. »Mir geht es lediglich darum, Jan Simon vor sich selbst zu schützen. Er ist gefährlich. Erkundigen Sie sich in der Rechtsmedizin. Hannah hat die Misshandlungen zwar nicht zur Anzeige gebracht, aber ich konnte sie wenigstens davon überzeugen, sie dokumentieren zu lassen.«

Kapitel 24

Juliane reichte Katharina Behring ein Papiertaschentuch, womit diese sich die Augen tupfte. Dann nahm die zierliche Frau mit den langen dunklen Haaren das Glas Wasser, das Juliane ihr geholt hatte, und trank einen Schluck, bevor sie zum wiederholten Mal ihr Handy vom Tisch nahm und sich davon überzeugte, dass es erreichbar war.

»Die Fahndung nach Ihrem Sohn läuft auf Hochtouren«, sagte Juliane und war froh, mit Katharina Behring nicht in dem muffigen Großraumbüro, sondern in einem winzigen, dafür aber schimmelfreien Verhörraum zwei Stockwerke tiefer zu sitzen. Beiläufig schielte sie auf die Uhr an der gegenüberliegenden Wand und fragte sich, wo Falk blieb.

Wie üblich hatte der werte Herr Hauptkommissar es nicht für nötig befunden, ihr mitzuteilen, wohin er verschwunden war, und ihre Anrufe nahm er auch nicht entgegen. So langsam ging ihr sein Verhalten gewaltig auf die Nerven. Jan konnte sie ebenfalls nicht erreichen.

Wo zum Henker steckte ihr Team, wenn sie es brauchte?

»Ich bin mir sicher, dass Patrick bald schon unversehrt wieder zu Hause ist«, versuchte Juliane, die Mutter des Jungen zu beruhigen, und hoffte, sie hörte sich zuversichtlicher an, als sie sich fühlte.

Seit der *Frankfurter Morgen* erstaunlich detailliert über die Taten des Serienkillers berichtet hatte, standen die Telefone in der Einsatzzentrale der Polizei nicht mehr still. Witzbolde oder solche, die sich dafür hielten, riefen mit elektronisch verzerrter Stimme wahllos Menschen an und gaben ihnen Ziffernfolgen durch, begleitet von Drohungen, was zu einer regelrechten Hysterie in der Stadt führte. Daher waren auch drei wertvolle Stunden vergangen, bis die Kollegen Katharina Behring ernst genommen und die Fahndung nach ihrem Sohn eingeleitet hatten.

Die junge Mutter zuckte zusammen, als die Tür aufging und Falk ins Zimmer trat.

Juliane kannte ihren Kollegen lange genug, um zu sehen, dass etwas nicht stimmte, doch jetzt war nicht der richtige Zeitpunkt, um ihn darauf anzusprechen. Zunächst galt es herauszufinden, ob es wirklich ihr Täter war, der den Jungen entführt hatte. Alles andere musste warten.

»Hauptkommissar Falk Bachmann, Landeskriminalamt«, stellte er sich Katharina Behring vor und setzte sich auf die Kante des Tisches. »Ich leite die Sonderkommission, die sich mit den …«, er hielt kurz inne, »*Ereignissen* der vergangenen Tage befasst.«

Erleichtert registrierte Juliane, dass er im letzten Moment das Wort Tötungsdelikte umgangen hatte. Außerdem schien er von den Kollegen bereits über den aktuellen Ermittlungsstand informiert worden zu sein, sodass sie sich eine Zusammenfassung sparen konnte, was die weitere Befragung erleichterte.

»Bitte finden Sie meinen Sohn«, sagte Frau Behring mit erstaunlich fester Stimme. Sie schien stärker zu sein, als Juliane auf den ersten Blick vermutet hatte.

Erneut tippte die Frau auf den Einschaltknopf an ihrem Handy und überzeugte sich davon, dass es betriebsbereit war.

»Wir tun alles in unserer Macht Stehende«, sagte Falk. »Doch um ihn zu finden, sind wir auf Ihre Mithilfe angewiesen. Ich weiß, dass es schwer für Sie ist, aber können Sie mir ein paar Fragen beantworten?«

Sie nickte.

Falk schlug die dünne Akte auf, die er in der Hand hielt, und überflog die Aussage der Frau. »Wenn stimmt, was die Kollegen notiert haben, dann haben Sie Patrick heute Morgen zur Schule gebracht.«

»Ja, das ist richtig.«

»Doch laut seiner Klassenlehrerin ist er dem Unterricht ferngeblieben. Können Sie sich das erklären?«

Erneutes Nicken, dieses Mal zögerlicher. »Wir wohnen erst seit gut einem Jahr in Rödelheim. Vorher lebten wir im Westend bei meinem Mann. Na ja, eigentlich ist er quasi schon mein Exmann, die Scheidung läuft bereits. Jedenfalls war der Umzug für Paddy mit einem Schulwechsel verbunden, und seitdem besucht er nicht mehr besonders gern den Unterricht.« Stumm flossen weitere Tränen. »Was rede ich um den heißen Brei herum? Paddy hasst die neue Schule. Wahrscheinlich wird er von seinen Mitschülern drangsaliert, aber so genau weiß ich das nicht, denn er spricht nicht mit mir darüber. Seit wir in Rödelheim wohnen, macht er dicht. Immer öfter schwänzt er den Unterricht, und ich weiß nicht, was ich machen soll. Mir gelingt es einfach nicht, zu ihm durchzudringen. Ich hoffe, dass sich das ändert, wenn wir zu meiner Mutter nach Dublin ziehen.«

Falk warf Juliane einen raschen Blick zu. Die Information ließ das Verschwinden des Jungen in einem gänzlich neuen Licht erscheinen.

»Sie und Ihr Mann leben also getrennt«, stellte Falk fest. »Weiß er bereits, dass Patrick verschwunden ist?«

»Ich habe versucht, ihn in der Firma zu erreichen, aber dort hat man mir gesagt, er habe sich diese und nächste Woche freigenommen. Und an sein Handy geht er auch nicht. Dabei ist er heute Morgen noch bei mir vorbeigekommen.«

»Er war bei Ihnen?«, fragte Falk. »Hat er mit Patrick gesprochen?«

Katharina Behring schüttelte den Kopf. »Ich habe ihn nicht reingelassen. Mein Mann und ich …« Sie stockte und setzte neu an. »Norman ist ein schwieriger Mensch, was wahrscheinlich in seiner Kindheit begründet liegt. Die meiste Zeit ist er einer der einfühlsamsten und liebenswertesten Männer, die ich kenne, doch gelegentlich, wenn er unter Druck steht, kann er äußerst impulsiv sein. Allerdings meinte er, dass er seit einiger Zeit in eine Gruppe geht, die ihn im Umgang mit seinen Gefühlen unterstützt.«

Nun wurde Juliane einiges klar. Deshalb kam ihr Katharina Behring so verletzlich und gleichzeitig so stark vor. Sie hatte den Mut aufgebracht, ihren gewalttätigen Mann zu verlassen, und das obwohl die Trennung für sie und ihren Sohn einen finanziellen sowie sozialen Abstieg bedeutet hatte. Das schafften nur die wenigsten.

Unwillkürlich musste Juliane an eine Patientin denken, die sie während ihres Praxissemesters in der Psychiatrie betreut hatte. Die Frau war ungefähr in Katharina Behrings Alter gewesen, hatte aber keine andere Möglichkeit gesehen, sich von ihrem Mann zu trennen, als sich die Pulsadern aufzuschneiden. In buchstäblich letzter Sekunde hatte die Frau zwar gerettet werden können, für ihr Ungeborenes war jedoch jede Hilfe zu spät gekommen.

»Juliane?«, fragte Falk nachdrücklich.

Überrascht blickte sie auf. »Entschuldigung, was hast du gesagt?«

Falk schaute sie ärgerlich an. *Konzentrier dich.* »Ich wollte wissen, wer die Suche nach dem Jungen leitet.«

»Ach so, das macht Kommissar Krysiak. Er hat die Koordination übernommen.«

»Krysiak vom Kriminaldauerdienst?«

Juliane nickte. »Er hat sich freiwillig für die Mitarbeit in der Soko gemeldet, und da er die Fälle kennt, hat Koruhn nicht lange gezögert, ihn einzusetzen.«

»Verstehe. Dann soll Krysiak eine Streife ins Westend schicken. Gut möglich, dass der Junge bei seinem Vater ist. Und falls nicht, weiß Norman Behring vielleicht, wo sein Sohn sich aufhält.«

Katharina Behring hob abwehrend die Hände. »Ich glaube nicht, dass Norman etwas mit der Sache zu tun hat. Er ist Paddys Vater. Seinem Sohn würde er niemals etwas tun. Außerdem habe ich doch diesen Anruf erhalten.« Nun konnte sie ein Schluchzen nicht verhindern. »Ich sollte mir diese Zahlen merken und sie Paddy durchgeben, sobald er anruft. Aber Paddy ruft nicht an.« Instinktiv griff sie nach ihrem Handy, dann liefen wieder die Tränen.

Juliane reichte ihr ein weiteres Papiertaschentuch.

»Wissen Sie, ob Ihr Sohn Ihre Handynummer kennt?«, fragte Falk.

»Wieso? Was tut das denn zur Sache?«

»Aus ermittlungstaktischen Gründen dürfen wir Ihnen leider keine Einzelheiten nennen«, sagte Juliane. »Aber es wäre hilfreich zu wissen, ob Ihr Sohn Sie auch dann telefonisch erreichen kann, wenn beispielsweise etwas mit seinem Handy nicht in Ordnung ist.«

Katharina Behrings Blick huschte zwischen Juliane und Falk hin und her. »Nein, ich glaube nicht. Vor ein paar Wochen ist mein Handyvertrag ausgelaufen, und da habe ich die Gelegenheit genutzt, den Anbieter zu wechseln und mir eine neue Nummer geben zu lassen. Ich hatte Normans ständige Anrufe satt.«

Plötzlich schien sie zu begreifen, was hinter den Fragen steckte. Ihr Gesicht wurde aschfahl. »Hängt Paddys Leben von meiner verdammten Handynummer ab?«

Weder Juliane noch Falk sagten etwas, aber das Schweigen war Antwort genug.

Kapitel 25

Falk hatte das Gefühl, sein Gehirn hätte sich vom Körper abgekoppelt und führe ein Eigenleben. Es pulsierte, atmete, zog sich zusammen, dehnte sich aus. Dabei sandte es Wellen von Schmerz durch seinen Kopf, die bis hinunter in den Magen zogen.

So gut es ging, versuchte er, die Attacken zu ignorieren, und konzentrierte sich auf die Fotos an der Wand hinter seinem Schreibtisch. Die Kollegen der Sonderkommission hatten sich so im Großraumbüro verteilt, dass sie alle einen Blick auf ihn und die Ermittlungsergebnisse werfen konnten.

Mit einem Kugelschreiber deutete Falk auf das neu hinzugekommene Foto des zehnjährigen Patrick Behring. »Wissen wir schon, ob der Junge bei seinem Vater ist?« Er suchte nach Krysiak, doch der vogelgesichtige Kollege vom KDD, der die Zusammenarbeit mit dem Landeskriminalamt wohl dazu nutzen wollte, vom Kriminaldauerdienst wegzukommen und die Karriereleiter hochzuklettern, fehlte. »Wo ist Krysiak?«

Hartwick, der umgekehrt auf einem der Besucherstühle saß, räusperte sich. »Der lässt sich entschuldigen. Gemeinsam mit dem Staatsanwalt versucht er, einen Durchsuchungsbeschluss für die Wohnung von Norman Behring zu erwirken.«

»Also hat die Streife nichts entdeckt?«, fragte Falk.

»Nein. Der Mann ist nicht aufzufinden. Krysiak hat auch eine Ortung von Norman Behrings Handy beantragt, doch das läuft noch.«

»Was ist mit dem Telefon des Jungen? Haben wir dazu etwas?« Falk betrachtete Hartwick intensiver als notwendig. Er versuchte den netten, manchmal ein wenig zu ernsten Kerl, den er vor sich hatte, mit dem eines Mannes in Einklang zu bringen, der seine eigene Mutter krankenhausreif schlug, doch es gelang ihm nicht. Jetzt, wo Falk nicht mehr im Schatten des überdimensionierten Kreuzes dieser ominösen Kirche stand, kam ihm die Begegnung mit Michael Hartwick unwirklich vor.

»Zum letzten Mal war das Telefon des Jungen um kurz nach acht in einer Funkzelle nicht unweit seiner Schule eingeloggt«, antwortete Kriminaloberkommissar Duhan Erdem, ein türkischstämmiger Kollege, den Falk bereits von einer der letzten Ermittlungen kannte. »Danach verliert sich seine Spur.« Eine scharfe Falte bildete sich zwischen Erdems Augen. »Aber glauben Sie allen Ernstes, dass der Karussellkiller sich auch den Jungen geschnappt hat? Ein Kind, zudem noch ein männliches, passt doch überhaupt nicht zu seinen bisherigen Opfern. Ich denke, dass Patrick bei seinem Vater ist. Norman Behring ist mit dem Jungen abgehauen, als er erfahren hat, dass die Mutter ihn nach Irland schaffen will.«

»Und wie passt der anonyme Anruf, den Katharina Behring erhalten hat, in Ihre Theorie?«, meldete Juliane sich zu Wort.

»Ganz einfach, der Vater wollte eine falsche Spur legen, und da kam ihm unser Serienkiller gerade recht. In der Zeitung hat er von den Anrufen gelesen, also kopiert er seine Vorgehensweise. Wenn ich den Kerl in die Finger bekomme, der den Medien die Infos gesteckt hat, werde ich ihm höchstpersönlich den Arsch aufreißen.«

Falk bemerkte, wie Hartwick betreten zu Boden blickte.

»Danke, Kollege Erdem. Wir lassen keine Möglichkeit außer Acht und ermitteln in alle Richtungen«, sagte Falk und kniff sich mit Daumen und Zeigefinger in die Nasenwurzel. »Kommen wir nun zu den Bibelversen, die wir an den Tatorten gefunden haben. Meiner Meinung nach sind die Taten unseres Killers religiös motiviert.«

»Unsinn. Ich glaube, das ist nur Beiwerk«, wandte Duhan Erdem ein. »In Wirklichkeit geht dem Kerl gehörig einer ab, wenn er andere quält.«

»Ich kann keine sexuellen Motive erkennen«, wandte Juliane ein. »Die Opfer wurden nicht vergewaltigt, und auch ihren Geschlechtsteilen hat der Täter keine besondere

Aufmerksamkeit geschenkt. Spermaspuren gab es ebenfalls keine.«

»Das hat doch nichts zu bedeuten«, meinte Duhan Erdem. »Wahrscheinlich holt er sich zu Hause einen runter.«

An Julianes genervtem Seufzen erkannte Falk, dass sie es aufgab, Erdem von ihren Ansichten zu überzeugen.

Eine Beamtin um die vierzig in engen grauen Hosen und mit Schulterholster über der weißen Bluse hob kurz die Hand, bevor sie sprach. »Oberkommissarin Hattenberger vom K10«, stellte sie sich vor. Ihre grünen Augen standen leicht schräg, und die zu einem dienstkonformen Pferdeschwanz zusammengefassten dunkelblonden Haare wippten. »Ich würde es vielleicht nicht ganz so drastisch ausdrücken wie der Kollege Erdem, aber ich denke auch, dass der Killer einen Lustgewinn aus den Morden zieht. Dafür spricht die Kamera am Tatort der zweiten Leiche. Er will sich den Todeskampf immer wieder ansehen können.«

»Das mag alles richtig sein«, übernahm Falk das Wort. »Aber im Moment sollten wir die Beweggründe des Killers hintanstellen und stattdessen unser Augenmerk auf mögliche Verbindungen zwischen den Opfern richten. Wir müssen herausfinden, woher der Täter seine Opfer kennt. Wie wählt er sie aus? Wie kommt er an sie heran?«

»Anna Mattheis war auf Instagram aktiv«, warf Hartwick ein. »Kann doch sein, dass Savannah Scheffler dort ebenfalls einen Account hatte und unser Killer sich seine Opfer über diesen Weg sucht.«

»Das wäre eine Möglichkeit.« Falk wandte sich an McNish von der Kriminaltechnik. »Könnt ihr euch darum kümmern?«

McNish nickte und machte sich eine Notiz auf seinem Tablet.

»Und bezieh auch den Jungen, Katharina und Norman Behring mit ein«, ergänzte Falk. »Wie gesagt, im Moment will ich nichts ausschließen.«

»Wird gemacht.«

Das Telefon auf Julianes Schreibtisch klingelte, worauf sie aufstand und den Anruf annahm.

Falk machte weiter. »Erdem, schnappen Sie sich Hartwick, und durchkämmen Sie mit ihm das Umfeld der ermordeten Frauen. Ich will wissen, ob irgendjemandem in letzter Zeit etwas aufgefallen ist. Gab es Besonderheiten? Wer war der Freund von Savannah Scheffler? Wo halten sich ihre Brüder Marvin und Nepomuk auf? Warum hat Anna Mattheis gegen die Auflagen ihrer Ärzte verstoßen?«

Aus den Augenwinkeln erkannte Falk, wie Hartwick ungläubig den Kopf hochriss. Offensichtlich passte es ihm nicht, zum Erledigen der Fleißarbeiten verdonnert und zudem noch Duhan Erdem unterstellt worden zu sein. Doch da musste er nun durch. Falk konnte keine Rücksicht auf Hartwicks Befindlichkeiten nehmen, denn auch wenn dieser die Ermittlungsergebnisse nicht wissentlich weitergeleitet hatte, war es doch ihm zu verdanken, dass die Presse sich auf den Serienmörder stürzte. Hartwick konnte sich glücklich schätzen, nicht vom Fall abgezogen worden zu sein.

»Das war die Rechtsmedizin«, sagte Juliane, nachdem sie aufgelegt hatte. »Anhand des Zahnschemas konnte die Identität der Toten zweifelsfrei als die von Anna Mattheis bestätigt werden. Außerdem liegen die ersten Ergebnisse der Autopsie vor.«

Falks Pulsieren im Kopf ging in einen kontinuierlichen Schmerz über. »Danke, Juliane. Informierst du die Eltern?«

»Mache ich.«

»Gut, dann an die Arbeit. Der Rest kümmert sich um das Auffinden von Patrick Behring. Der Junge hat absolute Priorität.«

Er selbst würde die unliebsame Aufgabe übernehmen, in die Rechtsmedizin zu fahren. Vordergründig, um die Untersuchungsergebnisse abzuholen, doch eigentlich aus einem anderen Grund.

Er brauchte Antworten. Und die bekam er nur, wenn er einen Blick in eine Akte warf, zu der er auf legalem Wege niemals Zugang bekommen würde.

Kapitel 26

Noch während Falk die Apotheke verließ, öffnete er die Schachtel Ibuprofen, drückte zwei Tabletten aus dem Blister, warf sie ein und schluckte sie trocken hinunter. Dann ging er zu seinem Dienstwagen, den er kurzerhand vor einer Einfahrt geparkt hatte. Der Krach der sechsspurigen Stresemannallee feuerte das Hämmern in seinem Kopf weiter an.

Eine Frau, die zwei randvolle Tragetaschen mit dem Aufdruck des Discounters an der Ecke schleppte, eilte vor der einfahrenden Bahn über die Gleise, worauf sich das wütende Läuten des Fahrers in Falks Schädel bohrte.

Sehnsüchtig warf er einen Blick auf die Plakatwerbung an der Haltestelle. Im Schnee vor blauem Himmel war eine überlebensgroße durchsichtige Flasche Wodka abgebildet. Was würde er dafür geben, bei solch eisiger Kälte einen Schluck zu nehmen, um den bitteren Geschmack zu vertreiben, den die Tabletten auf der Zunge hinterlassen hatten. Vielleicht auch einen zweiten und dann einen dritten; das würde helfen, seine Nerven zu beruhigen und die Gedanken irgendwie zu ordnen.

Wie ferngesteuert bewegte er sich auf den Discounter zu, als sein Telefon klingelte.

Zoe ruft an.

Falk blieb vor dem Eingang stehen und nahm den Anruf entgegen.

»Passen Sie doch auf«, brummte der ältere Mann hinter ihm, der beinahe mit seinem Einkaufswagen in ihn hineingefahren wäre. Fluchend bugsierte er den Wagen um Falk herum.

»Maler- und Renovierungsservice Bachmann«, meldete Falk sich mit extra tiefer Stimme.

Einen Moment stutzte Zoe, doch dann schnaubte sie wütend, wobei Falk jedoch das Lächeln in ihrer Stimme hörte. »Sehr witzig, Bachmann. Ich würde mich nicht wundern, wenn du den diesjährigen Comedypreis gewinnst.«

Er lächelte ebenfalls und machte ein paar Schritte vom Eingang weg. »Unser Streit tut mir leid. Ich bin so ein Idiot«, sagte er rasch, denn egal, was Zoe von ihm wollte, er musste ihr zuvorkommen und sich bei ihr entschuldigen. »Ich habe keine Ahnung, was in mich gefahren ist. Natürlich kannst du tun und lassen, was du willst.«

Zoe stöhnte. »Schon okay. Vermutlich habe ich ebenfalls ein klitzekleines bisschen überreagiert. Monatliches Frauenproblem, wenn du verstehst, was ich meine«, sagte sie. »Aber falls du dieses Eingeständnis meinerseits bei einem unserer nächsten Streits gegen mich verwendest, schlag ich dir den Schädel ein, verstanden?«

Falk meinte zu spüren, wie seine Kopfschmerzen langsam besser wurden, was jedoch nicht an den Tabletten liegen konnte; die brauchten länger, um zu wirken. »Kannst du gerne machen, der platzt mir gerade ohnehin. Weshalb rufst du an?«

»Weil ich, nachdem ich die Nachrichten gehört habe, halb verrückt vor Sorge war«, polterte sie los, und plötzlich klang sie wütend. »Wann hattest du vor, mir zu sagen, dass mit dir alles in Ordnung ist? Dass du es lebend und ohne Verbrennungen aus dem Haus geschafft hast, in dem ein verrückter Serienmörder eines seiner Opfer verbrannt hat?«

»Es tut mir leid, aber wir hatten alle Hände voll …«

»Spar dir die Ausreden«, zischte sie. »Egal, wie viel ihr zu tun hattet, ein kurzer Anruf wäre drin gewesen.«

Die Kopfschmerzen flammten wieder auf. »Du hast recht. Ich bin ein Trottel, der nicht mehr dran gewöhnt ist, nicht allein zu sein. Du hingegen bist eine starke, kluge Frau, die trotz der ganzen Scheiße, die sie erlebt hat, ihr eigenes Leben lebt und ihre eigenen Entscheidungen trifft und einen jungen Punk bei sich wohnen lässt – was ich super finde, richtig gut, Ferret ist toll – und die nicht nachtragend ist und einem Idioten wie mir …«

»Hör auf«, unterbrach sie ihn, »deine Entschuldigungen waren schon immer zum Davonlaufen.«

»Wie wäre es, wenn ich dich heute Abend als Wiedergutmachung zum Portugiesen einlade und wir es uns danach gemütlich machen? Ich weiß schon gar nicht mehr, wie deine Tattoos aussehen.«

»Ich kann nicht. Silvia hat mich vorhin angerufen und gefragt, ob ich die Nachtschicht übernehmen kann.«

»Ich denke, du arbeitest nicht mehr nachts.«

»Es ist eine Ausnahme. Zwei Kolleginnen sind krank.«

Falk zwang sich, seinen Ärger herunterzuschlucken. Nachdem er sich eben erst entschuldigt hatte, konnte er nicht gleich wieder einen Streit vom Zaun brechen. Aber es passte ihm nicht, dass Zoe eine Nachtschicht übernahm. Nicht jetzt, wo ein Wahnsinniger in Frankfurt Frauen umbrachte. Zu leicht konnte man sich Zutritt zu dem nur dürftig gesicherten Pflegeheim verschaffen.

»Kennst du eigentlich meine Handynummer?«, fragte er vorsichtig. »Oder die von Ferret?«

»Was?«

»Nehmen wir mal an, du würdest dein Telefon verlieren. Könntest du mich dann von einem anderen Apparat aus anrufen? Mich oder Ferret oder sagen wir mal Silvia Töpfer, deine Chefin?«

»Was soll die Frage? Natürlich nicht. Ich habe alle Nummern im Adressbuch meines Handys abgespeichert. Ohne das Ding bin ich aufgeschmissen.«

Kapitel 27

Falk betrat die in der Kennedyallee gelegene Villa der Rechtsmedizin. Rasch durchquerte er die imposante Halle und trat auf die Pförtnerloge zu, wo Hikmet Uysal aufblickte. Als er Falk erkannte, legte sich ein breites Lächeln auf sein Gesicht.

»Hauptkommissar Bachmann, wie schön, Sie zu sehen. Ich grüße Sie. Falls Sie Dr. Di Carlo suchen, die ist unten im Sektionssaal.«

Vor einiger Zeit hatte Hikmet ihnen mit einem Tipp weitergeholfen, worauf Juliane ihm den Job in der Rechtsmedizin besorgt hatte. Eigentlich waren sie also quitt, doch Falk beschloss, diese Tatsache zu ignorieren und Hikmet um einen weiteren Gefallen zu bitten.

»Hallo, Hikmet. Zu Dr. Di Carlo gehe ich gleich, aber vorher habe ich eine Frage«, sagte er und vergewisserte sich, dass sie allein waren und auch niemand auf der Galerie im ersten Stock stand.

»Immer raus damit, dafür bin ich da. Wie kann ich Ihnen helfen?«

Falk räusperte sich und senkte die Stimme. »Es wäre schön, wenn das unter uns bliebe.«

Hikmets Lächeln verlor an Strahlkraft. »Natürlich«, sagte er, doch Falk bemerkte seine Vorsicht. Seit Hikmet dem LKA geholfen und seine Frau ein Kind bekommen hatte, ging er allem aus dem Weg, was nach Ärger roch.

»Was passiert, wenn jemand, der Opfer von Gewalt wurde, herkommt, um seine Verletzungen rechtsmedizinisch untersuchen zu lassen?«, fragte Falk.

»Meinen Sie Frauen, die von ihren Männern geschlagen wurden?«

Oder von ihren Söhnen, ergänzte Falk im Stillen, sagte aber: »Ja, zum Beispiel.«

»Das kommt nicht so oft vor, denn die wenigsten Frauen wissen, dass sie Verletzungen bei uns dokumentieren lassen können, ohne den Mann anzeigen zu müssen. Dabei sollten sie das Angebot annehmen, denn wenn sie das Arschloch später doch bei den Bullen … äh, bei der Polizei melden, haben sie Beweise in der Hand.«

»Ja, ich weiß«, sagte Falk ungeduldig. »Aber wie läuft das konkret ab?«

»Also, die meisten Frauen kommen allein, tragen auch an regnerischen Tagen dunkle Sonnenbrillen und sind ziemlich eingeschüchtert«, erklärte Hikmet. »Ich beeile mich dann, eine der Assistentinnen oder der dafür ausgebildeten Studentinnen zu holen.«

»Und weiter?«

»Was dann genau gemacht wird, weiß ich nicht, schließlich bin ich nur der Pförtner. Jedenfalls werden die Frauen in einen der Untersuchungsräume im ersten Stock gebracht, und später kommt dann Dr. Di Carlo oder eine andere Medizinerin und sichert die Spuren.«

»Ist es auch schon vorgekommen, dass Frauen begleitet werden?«, fragte Falk.

»Klar. Manchmal ist eine Freundin dabei, ab und zu auch die Tochter oder der Sohn.«

»Und der Ehemann?«

Hikmet schaute Falk an, als sei er nicht ganz dicht. »Meinen Sie das ernst? Das wäre ja so, als würde ein Dieb den Ladenbesitzer zur Polizei fahren, nachdem der ihn beklaut hat.« Hikmet stockte. »Obwohl … jetzt, wo Sie es sagen: Einmal ist es doch vorgekommen, dass ein Ehemann seine Frau hergebracht hat. Das war, als ich gerade hier angefangen habe.«

Falk zog sein Handy aus der Tasche, rief das Bild von Hannah und Michael Hartwick auf, das er von der Website der *CRC* heruntergeladen hatte, und hielt es Hikmet hin. »Waren das die beiden?«

Der Pförtner studierte das Bild. »Also an den Mann kann ich mich erinnern, ja. Aber die Frau? Da bin ich mir nicht sicher. Sie hatte üble Verletzungen im Gesicht.«

Falk steckte das Telefon wieder ein. »Danke, du hast mir sehr geholfen. Und kein Wort zu Dr. Di Carlo oder sonst jemandem.«

»Geht klar.«

Falk nahm die Treppe hinunter in die Katakomben, wo sich die Sektionssäle befanden. Er musste einen Blick in Hannahs Akte werfen, denn je länger er darüber nachdachte, desto weniger glaubte er Michael Hartwick. Wer immer Hannah so zugerichtet hatte, Jan hatte nichts damit zu tun, und das würde er beweisen. Kurz erwog er, Dr. Di Carlo um Hilfe zu bitten, doch schnell verwarf er den Gedanken wieder. Niemals würde die Gerichtsmedizinerin vertrauliche Unterlagen herausgeben, das konnte er vergessen.

Unten angekommen, ließ er die mit einem Milchglaseinsatz versehene Tür, auf der *Betreten nur für Berechtigte* stand, hinter sich zufallen, holte sein Handy wieder hervor und vergewisserte sich, dass es noch Empfang hatte.

Zwei Balken. Nicht perfekt, aber zum Telefonieren sollte es reichen. Er rief Juliane an.

»Ja?«, meldete sie sich grußlos.

»Falk hier. Bist du noch bei den Eltern von Anna Mattheis?«

»Nein, ich bin schon auf dem Heimweg, und die Befragung hat auch nichts ergeben. Nachdem ich die beiden vom Tod ihrer Tochter unterrichtet habe, waren sie nicht mehr vernehmungsfähig. Ich habe sie für morgen ins Präsidium bestellt. Gibt es sonst noch etwas? Ich habe es nämlich ziemlich eilig.«

»Ich bin in der Gerichtsmedizin und brauche deine Hilfe.«

»Bitte nicht. Wenn ich jetzt noch in die Kennedyallee fahre, kann ich meine Verabredung vergessen.«

»Du hast ein Date?«

Schweigen.

»Keine Sorge«, meinte Falk, »du musst nicht herkommen. Es reicht, wenn du in fünf Minuten Dr. Di Carlo anrufst und sie in ein Gespräch verwickelst. Ihr versteht euch doch recht gut. Erzähl ihr irgendetwas, das nicht für meine Ohren bestimmt ist. Du könntest beispielsweise deine Verabredung erwähnen oder von irgendeinem Frauending berichten.«

»Von irgendeinem *Frauending*? Was redest du da? Hast du getrunken?«

»Juliane, bitte mach es einfach«, entgegnete Falk und legte auf. Er schaltete sein Handy in den Flugmodus, dann folgte er dem Gang bis zu seinem Ende und klopfte.

»Ja, bitte?«

Falk schob die schwere Tür zur Seite und hielt im nächsten Augenblick den Atem an, denn ihm schlug der Geruch nach Desinfektionsmitteln und verbranntem Menschenfleisch entgegen. Er brauchte einige Sekunden, dann betrat er den weiß gekachelten Raum, in dem auf einem von drei Edelstahltischen die verkohlten Überreste von Anna Mattheis lagen. Daneben in der Ecke saß an einem kleinen Schreibtisch Dr. Di Carlo und tippte etwas in den Computer ein.

»Hauptkommissar Bachmann?«, fragte sie skeptisch. »Waren wir verabredet?«

Falk schüttelte den Kopf, tunlichst darauf bedacht, nicht noch einmal zu den Edelstahltischen zu schauen, doch wie von selbst streifte sein Blick immer wieder zu Anna Mattheis. Beziehungsweise zu dem, was von ihr übrig geblieben war. Das Feuer musste so heiß gewesen sein, dass es die Haut, das darunterliegende Fettgewebe sowie die Muskeln regelrecht karbonisiert hatte. Unter einer verkohlten Schicht sah man direkt auf schwarze Knochen, und obgleich Dr. Di Carlo und die Kriminaltechniker zwischenzeitlich einen Großteil des Plexiglassargs hatten von der Leiche trennen können, ragten noch immer Plastikteile aus dem verbrannten Fleisch.

»Mir läuft die Zeit davon, deshalb bin ich hier. Haben Sie den Obduktionsbericht für mich?«

Dr. Di Carlo nahm ihre Brille ab und legte sie neben die Tastatur. »Ich bin so gut wie fertig. Wie Sie sicher bereits wissen, konnte ich anhand der Röntgenbilder, die der Zahnarzt der Toten mir dankenswerterweise zur Verfügung gestellt hat, die Identität bestimmen.«

Falks Kopfschmerzen, die das Ibuprofen bis gerade eben ganz gut in Schach gehalten hatte, drängten sich wieder nach vorn. Für einen Moment schloss er die Augen und atmete durch.

»Alles in Ordnung mit Ihnen? Vielleicht sollten Sie langsam Feierabend machen, heute war ein langer Tag.«

»Geht schon«, brummte Falk, als Dr. Di Carlos schnurloses Festnetztelefon zu klingeln begann.

»Di Carlo«, meldete sie sich. »Dr. Klawitter, wie schön. Ihr Kollege Bachmann ist gerade bei mir. Was kann ich für Sie tun?«

Falk blickte an Dr. Di Carlo vorbei auf den Computer. Noch hatte der Bildschirmschoner, der mit Sicherheit mit einem Passwort versehen war, sich nicht eingeschaltet.

Komm schon, Juliane, dachte er.

»Er ist was? Biochemiker?«, hörte er Dr. Di Carlo fragen. Sie lachte, dann wurde sie wieder ernst und wandte sich an Falk. »Wenn Sie mich eine Minute entschuldigen würden, Herr Hauptkommissar, ich bin gleich zurück.«

Falk nickte, worauf die Gerichtsmedizinerin von ihrem rollbaren Hocker aufstand und den Sektionssaal verließ.

Sofort sprang Falk auf, stürzte zum Computer und hämmerte wahllos auf irgendeine Taste, um zu verhindern, dass sich der Bildschirmschoner doch noch einschaltete. Dann zog er den Hocker heran, setzte sich und minimierte mit einem Mausklick das offene Fenster, in dem Dr. Di Carlo ihren Bericht geschrieben hatte.

Da er sich mit der Software, die in der Rechtsmedizin genutzt wurde, nicht auskannte, brauchte er ein paar Anläufe, bis er zu einer Suchmaske gelangte. Rasch gab er *Hannah Hartwick* ein, während er gleichzeitig die Edelstahltür im Auge behielt.

Ein oder zwei lange Sekunden tat sich nichts, dann erhielt er einen Treffer. Sofort klickte er darauf. Langsam baute sich ein Bild von Hannah auf, ganz ähnlich dem, das Michael Hartwick ihm gezeigt hatte.

Rasch scrollte Falk nach unten und überflog das dazugehörige Untersuchungsergebnis.

Hämatome … Risse zweiten Grades … Einblutungen im Lidbereich … Spuren von Fremd-DNA gesichert und ausgewertet.

Falk klickte auf den letzten Punkt, wobei sein Blick immer wieder zur Tür huschte, doch noch tat sich nichts. Die grafische Auswertung einer DNA-Probe, ein Elektropherogramm, erschien. Grüne, rote, schwarze und blaue Kurven schlängelten sich über diverse Skalen. Unter vereinzelten Spitzen, sogenannten Peaks, standen Nummern.

Ohne lange zu überlegen, holte Falk sein Handy hervor, fotografierte den Bildschirm und schloss die Fallakte. Hektisch suchte er mit der Maus nach dem verkleinerten Fenster und vergrößerte es wieder, als am oberen Bildschirmrand der Hinweis auf das Eintreffen einer E-Mail auftauchte.

Als Falk den Namen des Absenders und die Betreffzeile las, erstarrte er.

Avram Radu:
Wir müssen uns sehen, es ist wichtig.

Avram Radu? Was zum Henker hatte Dr. Di Carlo mit dem Vater von Savannah und Nepomuk zu schaffen?

Gerade als er die E-Mail öffnen wollte, wurde die metallische Schiebetür mit einem Ruck zurückgezogen.

Kapitel 28

Juliane schleppte das alte Hollandrad, ein mörderisch schweres schwarzes Ding mit Weidenkorb am Lenker, die Kellertreppe hoch und schnaufte, als sie oben ankam. Kritisch hob sie den Arm und inspizierte den Stoff ihres dunkelblauen Pullovers, unter dem sie eine karierte Bluse trug.

Alles noch trocken. Doch das würde sich bis zu ihrer Ankunft im *Sindgi* ändern, schließlich war sie seit Ewigkeiten nicht mehr mit dem Rad gefahren.

Herrgott, warum hatte sie sich kein Taxi gerufen?

Du weißt, wieso, raunte eine innere Stimme ihr die Antwort zu, während sie das Rad in den Hof hievte. *Weil Rosie in der Werkstatt ist und du dachtest, es hätte etwas Jugendliches, Lässiges, mit dem Rad beim Inder vorzufahren. Außerdem hast du dir ausgemalt, dass Jonas ebenfalls mit dem Rad kommt und ihr nach dem Essen gemeinsam wo auch immer hinfahrt.*

Bereits nach fünf Minuten, als sie an der Galluswarte durch die Unterführung fuhr, hechelte Juliane wie ein Mops beim Joggen. Als in der Frankenallee ihr Handy zu läuten begann, trat sie erleichtert in die Rücktrittbremse und hielt auf der Höhe eines Sonnenstudios. Nach dem sechsten oder siebten Klingeln fand sie ihr Telefon unter den Fachbüchern, die sie für Jonas besorgt hatte.

Falk ruft an.

»Was?«, fragte sie, und ihr Tonfall machte keinen Hehl daraus, dass Bachmann nahe dran war, den Bogen zu überspannen.

»Ist eure Verabredung schon so weit gediehen, dass du nach Luft schnappst?«

Juliane stöhnte gequält. »Sorry, Bachmann, aber ich frage mich manchmal wirklich, wie Zoe es mit dir aushält.

Was willst du noch? Ich habe Dr. Di Carlo angerufen. Du schuldest mir mehr als einen freien Abend.«

Falk ging nicht auf ihre Bemerkung ein. »Ich brauche McNishs private Nummer. Kennst du die?«

»Was? Wozu willst du ihn um diese Uhrzeit anrufen? Kann das nicht warten? Reicht es nicht, dass du mir den Feierabend versaust?«

»Ich würde dich nicht anrufen, wenn es nicht wichtig wäre. Also was ist jetzt? Hast du die Nummer?«, bellte Falk.

Manchmal konnte Bachmann ein echtes Arschloch sein. Unter anderen Umständen hätte Juliane vielleicht eine Diskussion mit ihm angefangen, doch sie war spät dran und hatte noch ein gutes Stück mit dem Fahrrad vor sich. Deshalb lenkte sie ein. »Ja, ich habe seine Nummer. Und ich schicke sie dir, aber nur unter der Bedingung, dass du mich jetzt in Ruhe lässt. Keine Anrufe mehr.«

»Geht klar.«

Juliane unterbrach die Verbindung und schickte Bachmann die Kontaktdaten von McNish. Dann fiel ihr Blick auf die gebräunte Schönheit im apricotfarbenen Badeanzug, die auf dem Plakat im Schaufenster des Sonnenstudios ihre Haare zurückwarf. Obgleich die Psychologin in ihr sofort die Mechanismen hinter der wenig subtilen Werbung verstand – schlanke Silhouette, makellose Haut, symmetrische Gesichtszüge (idealerweise bestand der Abstand zwischen Augen und Mund sechsunddreißig Prozent der Gesichtslänge) –, fühlte sie sich unattraktiv, klein und alt.

Sie bemühte sich, ihren Selbstzweifeln die Stirn zu bieten, und beeilte sich, weiter in die Innenstadt zu fahren.

Das *Sindgi* befand sich im Erdgeschoss eines für Frankfurter Verhältnisse bescheidenen achtgeschossigen Hochhauses, das im Schatten des Wolkenkratzers der *DekaBank* lag. Juliane stellte ihr Fahrrad an den nächsten Baum und kettete es an das Gitter, das den Stamm vor Beschädigungen schützte. Dann schulterte sie ihre Tasche, brachte mit den Fingern ihre kurzen Haare notdürftig in Form und hoffte auf dem Weg zum Eingang, dass ihre Wangen nicht so rot leuchteten, wie es sich anfühlte.

Stimmengewirr, Sitar-Musik und der Duft nach Curry schlugen ihr entgegen, als sie das Restaurant betrat. Sofort gab ihr Magen ein Knurren von sich, das sich jedoch in der allgemeinen Betriebsamkeit verlor.

Da das *Sindgi* nicht nur für seine Küche, sondern auch für die hervorragenden Cocktails bekannt war, setzte die Inneneinrichtung nicht auf den üblichen Kitsch aus Shivastatuen, Taj-Mahal-Wandteppichen und reich verzierten unbequemen Stühlen, sondern auf modernes Industriedesign. Zu den dunkel gestrichenen Wänden in Betonoptik und den offen unter der Decke hängenden Rohren der Belüftungsanlage schufen die senfgelben Sitzbänke und rustikalen Holztische einen gelungenen Kontrast. Über den Tischen und der Bar hingen Glühbirnen im Retrodesign, deren heruntergedimmte Leuchtfäden ein gemütliches Licht schufen.

Juliane sah sich um und brauchte einen Augenblick, um Jonas zu entdecken. Er saß an einem der hinteren Tische, wo es nicht so hektisch wie im vorderen Teil des Restaurants zuging, und winkte ihr zu.

»Entschuldige, ich bin zu spät. Ich hoffe, du wartest noch nicht lange«, keuchte Juliane, als sie bei Jonas ankam. Unentschlossen, wie sie ihn begrüßen sollte, streckte sie ihm die Hand entgegen.

Jonas stand auf, lächelte, dann schlug er ein, zog sie näher zu sich heran und hauchte ihr je einen Kuss auf die linke und die rechte Wange.

Nun war sich Juliane sicher, dass sie in Flammen stand.

»Ich bin auch gerade eben erst gekommen«, antwortete er. »Das Restaurant ist toll. Ich war noch nie hier.«

Juliane stellte ihre Tasche auf einen freien Stuhl und nahm Jonas gegenüber Platz. »Ich bin einmal mit einer Arbeitskollegin hier gewesen. Das Essen ist hervorragend.« Hektisch wühlte sie in ihrer Umhängetasche und zog die Bücher heraus, dann legte sie die druckfrischen Exemplare vor Jonas auf den Tisch.

»Hier hätten wir als erstes *Organikum.*« Sie schob eines der Bücher näher zu Jonas heran, dann deutete sie auf den daneben liegenden Schinken, ein absolutes Standardwerk, wie der Buchhändler sie ungefragt aufgeklärt hatte. »Außerdem im Angebot: *Stryer Biochemie*, der Klassiker in neuer Auflage«, meinte sie. »Und zu guter Letzt: *Molecular Biology of the Cell.* Ich muss schon sagen, alle Titel klingen richtig spannend und machen Lust auf mehr«, fügte sie augenzwinkernd hinzu. »Wie auch immer, ich hoffe, du hattest nicht allzu viel Ärger mit der Bibliothekarin. Während meines Studiums habe ich die Erfahrung gemacht, dass jede Bibliothek mindestens einen Drachen hat, mit dem man sich besser nicht anlegen sollte.«

Unauffällig musterte Juliane ihr Gegenüber. Jonas' Versuch, seine von Natur aus welligen Haare zu zähmen, war nicht sonderlich von Erfolg gekrönt. Unwillkürlich fragte sie sich, wie es sich wohl anfühlte, mit der Hand durch seine dichten Haare zu fahren. Oder über den Dreitagebart, der seine kantigen Wangen betonte. Die obersten beiden Knöpfe seines hellblauen Hemdes hatte er geöffnet, und soweit sie es erkennen konnte, trug er darunter kein Unterhemd oder T-Shirt. Jonas' Schultern waren nicht so breit wie beispielsweise die von Hartwick, trotzdem schien er gut in Form zu sein. Viel besser als sie selbst, das stand außer Frage, denn bereits jetzt merkte Juliane, dass sie morgen vor Muskelkater kaum aus dem Bett kommen würde.

Jonas lachte. »Der Drache hat zwar ein wenig Dampf abgelassen, aber ich konnte ihn davon abhalten, Feuer zu spucken.« Seine graubraunen Augen schauten interessiert. »Du hast gesagt, du bist schon einmal mit einer Kollegin hier gewesen. Was arbeitest du eigentlich?«

Ein Kellner trat zu ihnen an den Tisch, worauf Juliane einen Prosecco und Jonas ein Bier bestellte. Die kurze Unterbrechung verschaffte Juliane ein wenig Zeit, über eine Antwort nachzudenken. Sie wollte schon ihr Übliches ›*Ich arbeite für den öffentlichen Dienst und pendle zwischen Wiesbaden und Frankfurt hin und her*‹-Blabla von sich geben, doch im letzten Moment entschied sie sich dagegen.

Sie hatte es satt, eine Verabredung mit einer Lüge oder Halbwahrheit zu beginnen.

Auch Dr. Di Carlo hatte ihr davon abgeraten, als Juliane sie auf Bachmanns Drängen hin angerufen hatte.

»Seien Sie einfach Sie selbst«, hatte die Gerichtsmedizinerin gemeint. »Und vertrauen Sie mir, wenn ich Ihnen sage, dass ein Mann, der mit Ihnen essen geht, auch mit Ihnen ins Bett will. Vorausgesetzt, er ist nicht schwul. Also schalten Sie Ihren Kopf aus, sorgen Sie für Kondome, und haben Sie Spaß.«

Juliane räusperte sich. »Ich arbeite als Kriminalpsychologin beim Landeskriminalamt in Wiesbaden«, sagte sie und beobachtete Jonas aufmerksam, doch sie konnte keine Abwehrhaltung erkennen. Er beugte sich nicht zurück, wandte nicht den Blick ab und fing auch nicht an, am Bierdeckel zu knibbeln. Stattdessen fragte er nach, zeigte sich interessiert und blickte ihr im Laufe des Abends immer länger und immer tiefer in die Augen.

Je mehr Zeit verstrich, desto lockerer wurde Juliane.

Vielleicht hatte Dr. Di Carlo ja tatsächlich recht. Wenn es ihr gelang, ihre Selbstzweifel weiter in Schach zu halten, würde der Abend sich mit etwas Glück zum nettesten der letzten Monate entwickeln.

Anstelle eines Desserts – Juliane hatte viel zu viel gegessen, als dass sie noch eine Nachspeise vertragen hätte – bestellten sie einen Cocktail an der Bar.

»Bist du eigentlich schwul?«, rutschte es ihr heraus, nachdem sie einen großen Schluck von ihrem Little Bandit genommen hatte.

Überrascht hoben sich seine dichten Augenbrauen, dann verzogen seine Lippen sich zu einem Grinsen. »Denkst du, nur weil ich einen Cocktail mit Schirmchen trinke, stehe ich auf Männer? Haben Sie etwa Vorurteile, Frau Psychologin?« Wie zufällig rutschte seine Hand auf ihre zu, und im nächsten Moment schlossen seine Finger sich um ihre.

Juliane schluckte schwer, zog die Hand aber nicht zurück.

Langsam beugte sich Jonas vor, bis seine Lippen dicht an ihrem Ohr lagen. »Vielleicht können wir ja noch woanders hingehen, was meinst du?«, fragte er. »Dann kannst du dir selbst ein Bild davon machen, worauf ich stehe.«

Juliane überkam ein wohliger Schauer, wobei sie an die Kondome denken musste, die sie auf Dr. Di Carlos Geheiß hin gekauft und in ihrem Nachttisch deponiert hatte.

Dann nickte sie.

Kapitel 29

Seit geschlagenen zwei Stunden wartete Falk nun schon in seinem Dienstwagen vor der Rechtsmedizin und behielt Dr. Di Carlos mintgrünen Fiat 500 mit der lädierten Stoßstange im Auge, als die Gerichtsmedizinerin endlich die Villa in der Kennedyallee verließ. Ihren OP-Kittel hatte sie gegen einen eleganten dunklen Hosenanzug mit weißer Bluse getauscht, eine riesige Sonnenbrille steckte in ihren langen schwarzen Haaren. Mit einem Druck auf ihren Schlüssel öffnete sie das Auto, dann warf sie die Aktentasche auf den Beifahrersitz, stieg ein und setzte den Wagen energisch zurück, was ihr das böse Hupen eines Audifahrers einbrachte.

Falk ließ den Motor an und folgte Dr. Di Carlo, wobei er gleichzeitig McNish anrief. Nachdem Juliane ihm dessen private Nummer geschickt hatte, hatte er schon drei Mal vergeblich versucht, ihn anzurufen, und auch jetzt forderte die säuselnde Computerstimme der Mailbox ihn wieder dazu auf, nach dem Signalton eine Nachricht zu hinterlassen. Was er nun auch tat. »McNish, ich bin's, Falk Bachmann. Die Nummer habe ich von Dr. Klawitter. Ich schicke Ihnen gleich das Bild eines Elektropherogramms. Können Sie die darauf abgebildete DNA-Sequenz mit der von Jan Hartwick abgleichen? Seine DNA müssten Sie noch von meinem Vaterschaftstest haben. Ich wäre Ihnen sehr verbunden, wenn die Sache unter uns bleibt. Egal, was dabei herauskommt, kein Wort zu irgendjemandem. Vor allem nicht zu Hartwick. Sie haben was gut bei mir. Rufen Sie mich an, wenn Sie das Ergebnis haben. Danke.«

Dr. Di Carlo fuhr am Schwanheimer Ufer entlang und bog am alten Friedhof auf die B40 ab. Sie überquerte den Main und verließ auf der anderen Seite gleich wieder die vierspurige Schnellstraße.

Falk achtete darauf, immer genügend Abstand zu dem Fiat einzuhalten, ohne ihn aus dem Auge zu verlieren, was dazu führte, dass er mehr als einmal eine rote Ampel überfuhr. Auch wenn diese Aktion ihn im aktuellen Fall vielleicht nicht weiterbringen würde, wollte er dennoch wissen, wohin Dr. Di Carlo unterwegs war. Möglicherweise würde sie ihn auf die Spur von Avram Radu und damit auch auf die von Nepomuk bringen.

Beiläufig blickte Falk auf die Uhr am Armaturenbrett. Kurz vor sieben. Mit etwas Glück würde er Krysiak noch erreichen.

Nach dem dritten Läuten nahm der Kollege vom KDD den Anruf an.

»Bachmann hier«, sagte Falk und kam direkt zur Sache. »Was hat die Durchsuchung der Wohnung von Norman Behring ergeben?«

Falk meinte, an der Stimme des jungen Kollegen zu hören, wie er Haltung annahm. Offensichtlich wollte Krysiak einen positiven Eindruck beim LKA hinterlassen. »Guten Abend, Herr Hauptkommissar. Wir sind vor einer halben Stunde abgerückt. Ich habe den Bericht so gut wie fertig getippt und werde Ihnen eine Kopie auf den Schreibtisch legen.«

Falk unterdrückte ein Seufzen, denn übereifrige Karrierebullen konnte er nicht ausstehen, auch wenn sie manchmal ganz nützlich waren. »Ja und weiter? Geben Sie mir ein Update, aber fassen Sie sich kurz.«

An der Feuerwache vor der Kreuzung zur Mainzer Landstraße hatte sich ein kleiner Stau gebildet, der Dr. Di Carlo dazu zwang, stehenzubleiben, was Falk die Gelegenheit gab, wieder zu ihr aufzuholen.

»Wir haben Norman Behring nicht angetroffen«, entgegnete Krysiak. »Aber das Fehlen von zwei Koffern sowie einem Teil seiner Garderobe deutet darauf hin, dass er verreist ist. Oder untergetaucht.«

»Haben Sie die Flughäfen und die Bundespolizei am Hauptbahnhof informiert?«

»Selbstverständlich, das habe ich sofort erledigt, nachdem Sie Norman Behring zur Fahndung ausgeschrieben haben. Doch bislang ohne Ergebnis. Der Mann und sein Sohn sind nicht auffindbar.«

Die Autoschlange vor der Ampelkreuzung kam nur langsam voran, da ein liegengebliebener Kleintransporter einen Teil der Linksabbiegerspur blockierte.

»Weiten Sie die Fahndung aus. Inzwischen ist so viel Zeit vergangen, dass Behring sich mit seinem Sohn ins benachbarte Ausland abgesetzt haben könnte«, wies Falk ihn an.

»Jawohl, Herr Hauptkommissar.«

Ohne eine Erwiderung unterbrach Falk die Verbindung. Inzwischen hatten Dr. Di Carlo und er die blockierte Kreuzung passiert und bogen in eine enge, an vielen Stellen ausgebesserte Straße ein. Heruntergekommene Altbauten, teils mit Satellitenschüsseln und oberirdisch verlegten Leitungen an den Fassaden, zogen an Falk vorbei, und er fragte sich, was die Gerichtsmedizinerin hierher verschlug.

Da außer seinem Dienstwagen und dem Fiat kein weiteres Fahrzeug durch die Einbahnstraße fuhr, die seinem Navigationssystem nach Kasinostraße hieß, ließ er sich wieder zurückfallen.

Als unvermittelt die Bremslichter des mintgrünen Wagens aufleuchteten, befürchtete Falk schon, Dr. Di Carlo hätte ihn bemerkt, doch dann fuhr sie links ran und parkte hinter einem Müllcontainer. Falk passierte eine Shisha-Bar, in deren offener Tür zwei junge Araber standen und sich rauchend unterhielten, und stellte den BMW ein Stück weiter in die Be- und Entladezone.

Mit der Aktentasche in der Hand stieg Dr. Di Carlo aus und überquerte rasch die Straße. In ihrem eleganten Hosenanzug wirkte sie vollkommen deplatziert in dieser miesen Gegend. Nachdem sie sich flüchtig umgesehen hatte, betrat sie das kleine Lebensmittelgeschäft, über dessen Eingang ein ausgeblichenes Schild *Bukarest – rumänische Spezialitäten* verkündete.

Automatisch griff Falk nach seinem Handy und wollte Hartwick anrufen, um ihm seinen Standort durchzugeben und ihn zu informieren, dass er einer Spur nachging, doch dann hielt er inne. Er konnte ihm unmöglich sagen, dass er sich Zugang zu vertraulichen Untersuchungsergebnissen der Rechtsmedizin verschafft hatte und dabei auf eine Verbindung zwischen Dr. Di Carlo und Avram Radu gestoßen war.

Also stellte er das Telefon auf lautlos, steckte es ein und stieg aus. Während er sich vergewisserte, dass die Straße frei war, traf sein Blick den der beiden Araber. Sofort schnippten die Männer ihre Zigaretten weg und zogen sich in die Bar zurück. Offensichtlich hatten sie ein Näschen für Bullen.

Kurz schaute Falk ihnen hinterher, dann ging er auf den rumänischen Supermarkt zu, der die untere Etage eines kleinen dreigeschossigen Nachkriegsbaus einnahm. Vorsichtig spähte er durch das Schaufenster, was gar nicht so einfach war, da es mit handgeschriebenen Pappschildern und riesigen Klebebuchstaben – *Fisch & Fleisch, Obst & Gemüse, original Spezialitäten aus Rumänien, Ungarn und Polen* –, fast vollständig verdeckt war.

Eine gebückt gehende alte Frau, die ein Einkaufswägelchen hinter sich herzog, verließ den Laden. Bevor die Tür zufiel, warf Falk einen Blick ins Innere und sah gerade noch, wie Dr. Di Carlo neben den Kühltruhen hinter einer Schwingtür verschwand, die vermutlich in einen Abstellraum oder ein Lager führte.

Falk ließ alle Vorsicht außer acht. Mit einem Griff an seinen Hosenbund vergewisserte er sich, dass seine Heckler & Koch in ihrem Holster am Gürtel saß, dann betrat er den Laden.

Die Kassiererin, eine Brünette in einem Kittel mit tiefem Ausschnitt, die hinter einer Holztheke stand und Preise mit der Hand in eine altmodische Registrierkasse eintippte, blickte auf. »Kann ich helfen?«, rief sie Falk zu, während die einzige Kundin im Laden ihn wie einen Außerirdischen anstarrte.

»Nein, vielen Dank. Ich schaue mich nur um«, gab er zurück und ging zielstrebig in den hinteren Teil des Ladens, der kaum größer als sein Wohnzimmer war. Das Angebot der Obst- und Gemüseabteilung beschränkte sich auf drei Sorten Äpfel in Pappkisten; Bier, Wodka und andere Spirituosen hingegen füllten mehrere Regalreihen.

Falk ließ die Äpfel, den Schnaps und die sich anschließenden Konserven links liegen und eilte zu den Kühltruhen. Rasch schob er den Deckel zurück, nahm aufs Geratewohl etwas heraus – *Mititei, würzige Hackfleischröllchen* – und gab vor, sich für die Inhaltsstoffe zu interessieren, während er aus den Augenwinkeln die Schwingtür beobachtete.

Nichts tat sich. Bis auf das Piepsen der Registrierkasse und den rumänischen Wortschwall, der zwischen der Kassiererin und ihrer Kundin hin und her ging, war es still.

Verdammt, wenn er wissen wollte, ob Dr. Di Carlo sich mit Radu traf, musste er ins Lager.

Er warf die Hackfleischröllchen zurück in die Kühltruhe, als sich von hinten etwas metallisch Hartes in seinen Rücken bohrte, das sich nach dem Lauf einer Pistole anfühlte.

»Wenn du ganz ruhig bleibst, keine hektischen Bewegungen machst und ich deine Hände sehen kann, wird dir nichts passieren«, sagte eine tiefe Stimme mit osteuropäischem Akzent.

Im nächsten Moment hatte der Mann ihm seine P30 abgenommen.

»Da rein«, sagte er und schob Falk in Richtung Lager.

Kapitel 30

Das Bier vor Jan auf dem Tresen, von dem er erst einen Schluck getrunken hatte, sah aus wie warme Hundepisse, und inzwischen schmeckte es bestimmt auch so.

Zum wiederholten Mal kontrollierte er die Uhrzeit auf seinem Handy.

Zwanzig vor acht.

Bent hatte ihn versetzt, was der perfekte Abschluss für diesen beschissenen Tag war, dachte Jan, nippte ein zweites Mal an seinem Bier und verzog das Gesicht.

Der Barkeeper, ein junger Kerl in löchriger Jeans und schwarzem T-Shirt, auf dem das Logo des *Babel* prangte, schaute zu ihm herüber. »Willst du etwas anderes?«, fragte er über den Lärm der Bar hinweg.

»Nein, danke. Ich zahle«, entgegnete Jan und klemmte einen Fünf-Euro-Schein unter den Bierdeckel. »Stimmt so.« Dann rutschte er vom Hocker und verließ die Bar.

Die frische Luft an diesem schönen, vielleicht etwas kalten Frühlingsabend tat gut. Jan zog die Schultern hoch und beschloss, zurück zu seiner Wohnung zu gehen, die zwei Straßen weiter leer und verlassen auf ihn wartete. Die kommende Nacht würde die erste seit langem sein, in der er allein ins Bett ging.

Die Enttäuschung über Timos Verrat, die er in den letzten Stunden mehr oder minder erfolgreich im Zaum gehalten hatte, traf ihn nun mit solcher Wucht, dass er einige Augenblicke brauchte, um sich zu fassen. Nie hätte er gedacht, dass Timo ihre Beziehung für eine Story opfern würde.

Auf dem von alten Bäumen und Hecken gesäumten Grünstreifen, der die Frankenallee durchschnitt, kam Jan ein Mann im Trainingsanzug entgegen, der seinen Dackel spazieren führte und dabei Bier aus der Dose trank. Jan erwiderte das kurze Nicken des Hundebesitzers und wich zwei Joggerinnen aus, die schwatzend nebeneinander herliefen, als sein Handy klingelte.

Timo, war sein erster Gedanke, und seltsamerweise spürte er neben dem Groll auf diesen Scheißkerl ein warmes Gefühl in der Magengegend, das er jedoch gleich wieder zurückdrängte.

Mit Timo war er fertig.

Hastig zog er sein Handy aus der Jeans und wollte ihm genau das mitteilen, als er *Unbekannte Nummer* auf dem Display las.

»Ja?«, fragte er.

»Hey, Bent hier.« Seine Stimme klang gehetzt, und wegen der lauten Musik im Hintergrund konnte Jan ihn kaum verstehen. »Sorry, dass ich es nicht geschafft habe, aber mir ist etwas dazwischengekommen. Etwas Wichtiges.« Da Bent sich offensichtlich von den stampfenden Beats wegbewegte, wurden seine Worte deutlicher. »Gromow trifft sich heute Abend mit einem Geschäftspartner, und dazu nimmt er den Administrator mit. Das tut er sonst nie. Das ist meine Chance, an die Daten zu kommen, aber ich brauche jemanden, der mir hilft. Ich habe versucht, meinen Verbindungsmann beim K60 zu kontaktieren, doch ich erreiche ihn nicht, und außer dir kenne ich niemanden in Frankfurt, dem ich traue. Kannst du ins *Neon* kommen?«

Obwohl Jan kaum etwas von Bents Ausführungen verstand, nickte er. »Klar.«

»Wie lang dauert es, bis du hier bist?«

Jan dachte nach. Bis zu seiner Wohnung und seinem Mini Clubman brauchte er fünf Minuten, und wenn er anschließend aufs Gas trat und über die Camberger Straße fuhr, würde er es in einer Viertelstunde bis zum *Neon* schaffen, was er Bent auch sagte.

»Prima, das ist gut. Komm, so schnell du kannst.« Damit legte Bent auf.

Zwölf Minuten später stellte Jan seinen Wagen auf den Taxis vorbehaltenen Seitenstreifen direkt vor dem *Neon* ab, wo so früh am Abend lediglich ein Taxi mit laufendem Motor stand und auf Fahrgäste wartete.

»Hier kannst du nicht stehenbleiben«, rief der Taxifahrer Jan aus dem offenen Fenster zu. »Sieh zu, dass du weiterkommst.«

Jan suchte nach seinem Dienstausweis, jedoch vergeblich. Der lag zusammen mit seiner Waffe in dem kleinen Tresor in seiner Wohnung. »Ich bin gleich wieder weg«, sagte er daher. »Dauert nicht lange.«

»Nein, auf gar keinen Fall«, rief der Taxifahrer und unterstrich seine Worte mit einem Kopfschütteln. »Wo kommen wir denn da hin, wenn jeder macht, was er will?«

Jan unterdrückte den Impuls, dem Mann den Mittelfinger zu zeigen, und betrat das Gelände der ehemaligen Farbenfabrik hinter dem Hauptbahnhof. Zielstrebig lief er auf das *Neon* zu, das in einer mit Graffiti besprühten Lagerhalle lag. Selbst hier draußen hörte man das monotone Wummern harter Technobeats, doch da vor dem Club nur drei junge Typen abhingen und sich rauchend mit dem Türsteher unterhielten, schien nicht viel los zu sein.

Als Jan sich ihnen näherte, verstummte ihr Gespräch, und sie starrten ihn an.

»Alles klar?«, fragte Jan und vergrub die Hände in den Hosentaschen, während er sich an ihnen vorbeischob und den Eingang ansteuerte.

»Stopp«, hielt ihn der Türsteher, ein Russe oder Tschetschene mit Stiernacken und Tattoos auf Hals und Fingern, zurück. »So, wie du aussiehst, kommst du hier nicht rein.«

Demonstrativ musterte Jan die Halbstarken in ihren schwarzen Trainingshosen von Adidas oder Nike, den weißen Turnschuhen und den Basecaps. »Es sieht für mich nicht danach aus, als würde hier der Opernball stattfinden«, sagte er.

Der Türsteher verschränkte die Arme vor der breiten Brust. »Mir gefällt deine Visage nicht, Kleiner. Was hältst du davon, wenn du dich einfach verpisst?«

Vor seinem geistigen Auge sah Jan, wie er den Russen oder Tschetschenen an seiner schwarzen Bomberjacke packte, sich nach hinten fallen ließ und ihn mit einem gezielten Tritt über sich hinwegschleuderte, als sich die schwere Eingangstür öffnete und Bent heraustrat.

»Lass ihn rein, Markov. Er gehört zu mir«, sagte er.

Der Türsteher, Markov, drehte sich zu Bent um. Plötzlich schien die Luft sich statisch aufzuladen, und Jan meinte zu spüren, wie sich die Härchen an seinen Armen aufstellten.

»Was willst du hier draußen? Juri hat dir doch deutlich zu verstehen gegeben, dass du drinnen für Ordnung sorgen sollst«, zischte Markov.

»Ich habe alles im Griff, also spiel dich nicht auf, mein Freund«, konterte er. Dann legte er Jan eine Hand in den Nacken und zog ihn mit sich Richtung Eingang.

»Das wird Juri nicht gefallen«, knurrte Markov.

Bents Blick wurde hart. »Er muss es ja nicht erfahren.«

Bevor der Türsteher etwas erwidern konnte, stand Jan mit Bent in einem dunklen Vorraum, dessen Backsteinwände unter den darauf klebenden Veranstaltungsplakaten kaum zu sehen waren. Sofort wurde die Musik lauter. Muffige, nach verschüttetem Bier und Pisse stinkende Luft schlug Jan entgegen. Hinter der Garderobe, die an diesem Abend auch als Kasse diente, lümmelte eine Blondine im knappen Kleid und starrte auf ihr Handy. Gelangweilt schaute sie zu Jan, doch schon eine Nanosekunde später wandte sie sich wieder ihrem Telefon zu.

Bent schenkte ihr keine Beachtung, sondern eilte den schmalen Korridor entlang.

»Dein Anruf klang ziemlich mysteriös«, sagte Jan. »Worum geht's?«

»Nicht hier«, entgegnete Bent. »Lass uns nach hinten gehen.«

Bunte Lichter zuckten zum Rhythmus der Musik, die aus gewaltigen, unter der Decke hängenden Boxen dröhnte. Der DJ hielt sich mit einer Hand einen Kopfhörer ans Ohr, während er die andere in der Luft kreisen ließ, was jedoch keinen der wenigen Gäste dazu animierte, die verwaiste Tanzfläche zu stürmen.

Ohne seine Schritte zu verlangsamen, strebte Bent auf den hinteren Teil der Halle zu. Erst vor einer Stahltür, auf der *Zutritt nur für Personal* stand, blieb er stehen. Er holte einen gewaltigen Schlüsselbund aus seiner Hosentasche und schloss auf.

Jan folgte ihm in einen weiß getünchten Gang, der von Neonröhren, die im Abstand von einem Meter unter der Decke hingen, in gleißend helles Licht getaucht wurde. Die Musik verstummte schlagartig, als die Brandschutztür hinter ihnen zufiel.

»Was ist so wichtig?«, fragte Jan, den zunehmend ein unbehagliches Gefühl beschlich.

»Was weißt du über Juri Gromow?«, stellte Bent die Gegenfrage, während sie dem Gang um eine Ecke folgten.

Jan zuckte mit den Achseln. »Nichts Genaues. Lediglich, dass er Teil der Russenmafia ist.«

Bent nickte. »Er gehört einer halbautonomen Brigade an, der Solnzewskaja, die sich zunehmend in der Frankfurter Unterwelt breitmacht.«

»Welche Geschäfte betreibt er denn? Drogen, Mädchen?«

Bent machte eine vage Geste, dann blieb er vor einer weiteren massiven Stahltür stehen. »Im Drogenhandel ist er ein kleines Licht, auch wenn er das *Neon* als Umschlagplatz für Partydrogen aller Art nutzt. Das große Geld macht er mit etwas anderem.« Bent zog einen Plastikchip aus der Tasche und hielt ihn gegen den Sensor, worauf ein leises Summen verriet, dass die Tür entriegelt wurde.

Schnell zog er sie auf, und sie betraten das dahinterliegende fensterlose Büro, das wohl auch als Schnapslager diente, da an der Wand ein bis unter die Decke reichendes Regal mit russischem Wodka stand. Auf der gegenüberliegenden Seite befand sich ein Schreibtisch, über dem mehrere Monitore hingen. Bilder diverser Überwachungskameras zeigten das Geschehen im und vor dem Club. Auf einem entdeckte Jan den Türsteher, der seine Unterhaltung mit den Halbstarken wieder aufgenommen hatte, auf einem anderen konnte er die Zufahrt zum *Neon* so weit überblicken, dass er sogar noch die Kühlerhaube seines Minis sah.

»Also, womit verdient Gromow seine Kohle?«, hakte Jan nach.

Bent ging zum Regal, in dem die Wodkaflaschen lagerten, und machte sich daran zu schaffen. »Er betreibt im großen Stil illegales Glücksspiel. Poker, Black Jack, Roulette, Wetten aller Art«, erklärte er, während er irgendeinen versteckten Mechanismus betätigte. Im nächsten Moment schwang das Regal, getragen von unsichtbaren Rollen, zur Seite und gab den Blick auf eine dahinter verborgene Panzertür frei. Ein mechanisches Zahlenschloss, wie Jan es von Tresoren kannte, sicherte den Zugang. Bent beugte sich hinunter und stellte die Kombination ein, wobei das Schloss mit jeder Drehung leise klickte.

Nach einer Weile richtete Bent sich wieder auf, dann drückte er den Riegel herunter und zog die Tür mit beiden Händen auf.

Kalte, klimatisierte Luft schlug Jan entgegen, und seine Augen brauchten einen Moment, um sich an das Zwielicht zu gewöhnen, dann erkannte er mannshohe mit Glastüren versehene Metallschränke, vollgestopft mit Computerservern. Bunte Lämpchen blinkten an flachen Hochleistungsrechnern, die durch unzählige Kabel miteinander verbunden waren; das Rauschen der Lüfter vereinigte sich mit dem der Klimaanlage zu einem Dröhnen.

»Gromows größte Einnahmequelle ist ein illegales Online-Casino«, sagte Bent. »Zwar stehen die Server, die man vom Internet aus erreicht, auf Antigua und damit außerhalb des Zugriffs durch die Behörden, doch das gesamte System wird von hier aus gesteuert.« Bent zog sein T-Shirt hoch, worauf Jan einen flüchtigen Blick auf seinen flachen Bauch erhaschte, und brachte eine im Bund seiner Hose versteckte tragbare Festplatte zum Vorschein. »Normalerweise hängt Tag und Nacht ein Programmierer hier herum und kontrolliert den reibungslosen Ablauf, doch aus irgendwelchen Gründen hat Gromow den Typen heute mit zu seinem Termin genommen. Das ist meine Chance, sämtliche Nutzerdaten und Zahlungstransfers zu kopieren. Wenn ich die habe, kann ich den Russen hochnehmen.«

Jans Herzschlag beschleunigte sich. »Moment, Moment«, sagte er und bemerkte, dass er zu flüstern angefangen hatte. »Warum besorgst du dir keinen Durchsuchungsbeschluss?«

Bents Augen verengten sich. »Scheiße, Mann, was glaubst du? Wenn ich einen bekommen würde, hätte ich mir längst einen geholt. Seit fast einem Jahr bin ich an Gromow dran, und bislang konnte ich ihm nichts nachweisen.« Er blickte Jan eindringlich an, dann legte er ihm eine Hand auf die Schulter. »Du bist doch auch Bulle und weißt, dass wir manchmal unorthodoxe Wege gehen müssen, wenn wir weiterkommen wollen.«

Jan spürte die Wärme seiner Finger durch sein T-Shirt.

»Komm schon, lass mich nicht hängen«, sagte Bent. »Du musst nur den Gang im Auge behalten, während ich reingehe und die Daten kopiere. Falls jemand auftaucht, rufst du, dann hauen wir ab.«

Unschlüssig trat Jan von einem Bein auf das andere. Was Bent von ihm verlangte, war nicht nur illegal, es konnte ihn mehr als seinen Job kosten. Andererseits hatte er sein ganzes Leben lang versucht, sich an Regeln zu halten, besonders an die, die sein Ziehvater im Namen Gottes gepredigt hatte. Und was hatte es ihm gebracht?

Er biss die Zähne zusammen und rief sich in Erinnerung, dass er nicht von Michael Hartwick, sondern von Falk Bachmann abstammte. Und was Falk an seiner Stelle tun würde, wusste er.

Entschlossen nickte Jan.

»So gefällst du mir.« Bent drückte noch einmal Jans Schulter, dann ließ er ihn los und verschwand zusammen mit der mobilen Festplatte im Serverraum.

Wenig später hörte Jan von irgendwo weiter hinten Tastaturgeklapper. Unruhig setzte er sich auf den Bürostuhl und starrte dermaßen angestrengt auf die Monitore, dass seine Augen zu tränen begannen. Eine Viertelstunde tat sich nichts, dann tauchte ein Abschleppwagen auf und hielt vor seinem Mini. Ein Mann stieg aus und machte sich daran, Jans Auto mitzunehmen.

Jan drehte sich in Richtung Serverraum: »So eine gottverdammte Scheiße, der Taxifahrer lässt mein Auto abschleppen! «

»Was?«

»Wie lange brauchst du noch?«

»Hab's gleich.«

Wütend drehte Jan sich zurück zu den Monitoren und erstarrte.

Ein fetter Kerl, auf dessen blank polierter Glatze sich das Licht der Neonröhren spiegelte, lief neben einem dürren Mann den Gang zum Büro entlang. Dicht hinter ihnen folgten zwei russische Schläger, gekleidet in denselben Bomberjacken, wie Markov sie trug.

Jan sprang so schnell auf, dass der Drehstuhl nach hinten wegrollte. »Da kommt jemand! Wir müssen weg.«

»Eine Sekunde noch.«

Die Männer näherten sich der Stelle, wo der Gang einen Knick machte.

»Bent!«, rief Jan so laut und eindringlich, wie er glaubte, es verantworten zu können. »Raus hier! Jetzt!«

»Okay, ich hab's.« Im nächsten Moment stürzte Bent aus dem Serverraum und warf ihm etwas zu.

Bevor Jan richtig begriff, setzten seine Reflexe ein, und er fing die Festplatte aus der Luft.

»Du musst sie für mich aus dem Club schaffen, ich kann hier nicht weg«, keuchte Bent, während er die Panzertür schloss und das Regal zurück an seinen Platz schob.

Unschlüssig betrachtete Jan die mobile Festplatte, die in etwa die Größe eines Handys aufwies, dann kehrte sein Blick zurück zu den Monitoren der Überwachungskameras. Als er die Russen um die Ecke biegen sah, hob er seinen Hoodie an und schob die Festplatte wie Bent zuvor in den Bund seiner Hose. »Wir kommen hier nicht mehr ungesehen raus. Was machen wir jetzt?«

Im nächsten Moment hörte Jan schwere Schritt auf dem Gang.

»Behalt die Nerven«, zischte Bent, dann schob er Jan an das Regal mit den Wodkaflaschen und baute sich dicht vor ihm auf. »Mach einfach, was ich sage, und halt die Klappe.« Er fischte ein braunes Fläschchen aus seiner Hosentasche und drehte die Verschlusskappe ab. Dann ballte er eine Hand zur Faust und kippte eine Prise von einem weißen Pulver auf die Haut zwischen Daumen und Zeigefinger.

Einen Augenblick später summte der Türöffner; die Männer traten ein.

»Was ist hier los?«, fragte der Dicke, und sein Misstrauen war beinahe mit Händen zu greifen.

Bent drehte sich um. »Juri. Warum bist du schon zurück? Bist du versetzt worden?«

Die Schweinsaugen des Dicken verengten sich so weit, dass sie in seinem Gesicht zu verschwinden schienen. »Wer ist das?«, fragte er und deutete auf Jan.

»Ein alter Kumpel aus Hamburg. Er ist heute überraschend aufgetaucht, deshalb feiern wir ein bisschen.«

Bent streckte Jan seine Faust mit dem weißen Pulver entgegen. Eindringlich blickte er ihn an.

Zieh, oder wir sind tot, sagten seine Augen.

Jans Herz hämmerte. Sein Blick huschte von Bents Hand zu dem fetten Russen und zurück. Dann beugte er sich vor und sog mit einem tiefen Atemzug das Kokain in seine Nase.

Kapitel 31

Falk hielt die Hände so, dass der Mann hinter ihm sie sehen konnte, während er durch die Schwingtür ins Lager des rumänischen Supermarktes trat. Zwischen Kisten und Kartons, die sich bis unter die Decke stapelten, stand Dr. Di Carlo einem Mann gegenüber, den Falk als Avram Radu identifizierte, auch wenn der Vater von Savannah Scheffler und Nepomuk Gerzner älter aussah als auf dem Bild, das in Falks vorübergehendem Büro an der Wand hing.

»Der Kerl hat sich im Laden rumgedrückt. Ich glaube, er hat versucht, an der Tür zu lauschen«, sagte der Mann hinter Falk.

»Hauptkommissar Bachmann?« Die Gerichtsmedizinerin schaute ihn zunächst erstaunt an, dann flackerte Ärger in ihrem Blick auf. »Was tun Sie hier?«

Falk machte einen Schritt von dem Mann weg, der ihm nach wie vor die Mündung einer Pistole ins Kreuz drückte.

»Warte, nicht so schnell«, sagte der kleine Kerl mit der goldenen Panzerkette um den Hals, dessen Trainingsjacke wohl nur zu dem Zweck offen stand, seine Muskelberge zu präsentieren.

»Schon gut, Igor«, pfiff Avram Radu seinen Wachhund zurück, bevor er sich an Falk wandte. »Ein Hauptkommissar? Was verschafft mir die Ehre?«

Dr. Di Carlos braune Augen wirkten im Licht der drei nackten Glühbirnen, die in dem schmucklosen Lagerraum unter der wasserfleckigen Betondecke hingen, beinahe schwarz, während sie Falk weiter anfunkelten. »Allem Anschein nach ist mir der Hauptkommissar gefolgt«, sagte sie mit kaum verhohlener Wut.

Falk beschloss, Dr. Di Carlos Befindlichkeiten fürs Erste zu ignorieren und zum Angriff überzugehen. »Wie schön, Sie zu sehen, Herr Radu. Wir wollten Sie ohnehin zu einem Gespräch aufs Präsidium bitten, doch Sie waren nirgendwo aufzutreiben.«

Avram Radu fuhr sich mit der Hand durch den schwarzen, an vielen Stellen mit grauen Strähnen durchzogenen Bart. »Wie Ihnen vielleicht bekannt ist, hält es mich nie lange an einem Ort.«

»Sie gehören zum fahrenden Volk, ich weiß. Umso besser, dass ich Sie nun antreffe, denn ich habe einige Fragen zum Tod Ihrer Tochter. Und zum Verbleib Ihres Sohnes Nepomuk. Wissen Sie, wo der Junge sich zurzeit aufhält?«

Das Bedauern, das sich auf Radus Gesicht legte, nahm Falk ihm nicht ab.

»Tut mir leid«, sagte Radu. »Ich habe Nepo seit über zwei Jahren nicht gesehen, daher kann ich Ihnen in diesem Punkt nicht weiterhelfen. Nepomuks Mutter und ich hatten nie das beste Verhältnis, müssen Sie wissen. Und nach ihrem Tod ist das Sorgerecht für Nepo seiner Schwester Savannah und Klaus Scheffler zugesprochen worden.« Als er den Namen von Savannahs Ehemann aussprach, verzog er das Gesicht. »Auch zu Savannah hatte ich seit Jahren keinen Kontakt mehr, daher kann ich Ihnen bei der Aufklärung ihres Todes nicht behilflich sein. Am besten halten Sie sich an ihren Ehemann.« Wieder das Verziehen des Gesichts.

»Es scheint mir, Sie und Klaus Scheffler haben nicht das beste Verhältnis«, stellte Falk fest.

»Herr Bachmann«, schaltete Dr. Di Carlo sich ein, »ich denke nicht, dass dies der geeignete Rahmen für eine Befragung ist.«

»Ach nein?«, zischte Falk. »Bei allem Respekt, Frau Doktor, lassen Sie mich meine Arbeit machen, schließlich rede ich Ihnen auch nicht in Ihre rein. Vielleicht erklären Sie mir erst einmal, was Sie hier treiben? Warum springen Sie, sobald ein Mann nach Ihnen pfeift, dessen Tochter Sie auf dem Seziertisch hatten und der darüber hinaus von der Polizei gesucht wird?« Er deutete auf die Akte in der Hand der Rechtsmedizinerin. »Was ist das?«

»Haben Sie etwa meine E-Mails gelesen?«, empörte sich Dr. Di Carlo und gab sich gleich darauf selbst die Antwort. »Natürlich, daher sind Sie mir gefolgt. Sie waren an meinem Computer, als ich mit Dr. Klawitter telefoniert habe. Hat Ihre Kollegin mich deshalb angerufen? Damit Sie mir hinterherschnüffeln können?«

»Unsinn«, beeilte Falk sich zu sagen. »Als Sie den Sektionssaal verlassen haben, um mit Juliane zu sprechen, habe ich mir kurz den Bericht auf Ihrem Computer angesehen, der ohnehin für mich bestimmt war. Beim Überfliegen des Textes habe ich zufällig den Hinweis auf den Eingang der E-Mail von Avram Radu bemerkt, das ist alles. Von Herumschnüffeln kann nicht die Rede sein.«

Falk sah, dass Dr. Di Carlo ihm die Lüge nicht abnahm.

»Ich denke, dass wir hier fertig sind«, schaltete Avram Radu sich ein.

»Wann wir fertig sind, bestimme immer noch ich«, knurrte Falk und machte einen Schritt auf Radu zu, worauf dessen Bodyguard, der Muskelzwerg, mit erstaunlicher Kraft Falks Oberarm umklammerte und ihn zurückzog.

»Lass sofort los, oder …«, rief Falk, doch Radu brachte ihn mit einer Handbewegung zum Schweigen.

»Es ist an der Zeit, mit den Spielchen aufzuhören«, sagte er. »Als jemand, der zum fahrenden Volk gehört, wie Sie es so schön ausgedrückt haben, kenne ich gezwungenermaßen meine Rechte. Ich habe schon Polizeiwillkür erlebt, da haben Sie noch in die Windeln geschissen. Wenn Sie mich mitnehmen wollen, müssen Sie mich verhaften.« Obgleich er zu wissen schien, dass Falk nichts gegen ihn in der Hand hatte, machte er eine Pause. Als Falk sich nicht rührte, legte sich ein Lächeln auf sein Gesicht, das jedoch weit unterhalb seiner Augen endete. »Gut, dann werde ich jetzt gehen. Sollten Sie noch einmal mit mir sprechen wollen, vereinbaren Sie bitte vorher einen Termin. Ich lasse Valentina die Telefonnummer meines Anwalts zukommen.« Er nickte zu Dr. Di Carlo.

Wut kochte in Falk hoch.

Mit einem Ruck befreite er sich aus dem Griff des Muskelzwergs, dann hob er den Finger drohend in Radus Richtung. »Fühlen Sie sich nicht zu sicher. Sollte ich Nepomuk bei Ihnen finden, buchte ich Sie ein, das verspreche ich Ihnen.«

Avram Radu zuckte nicht mal mit der Wimper.

»Vielen Dank, dass du so kurzfristig Zeit hattest, Valentina«, sagte Radu zu Dr. Di Carlo. Dann wandte er sich an seinen Lakaien. »Igor, gib dem Mann seine Waffe zurück.«

Der Muskelzwerg zog die P30 aus dem Bund seiner Sporthose und ließ seine eigene Pistole in seiner Trainingsjacke verschwinden.

Falk überlegte, ob er Igor nach einem Waffenschein fragen sollte, der ihn zum verdeckten Tragen einer Schusswaffe berechtigte, doch dann seufzte er nur. Den Handlanger einzulochen, würde nichts bringen. Der Kerl hielt die Klappe, das war sicher. Außerdem würde ihn die Verhaftung bei den laufenden Ermittlungen keinen Schritt weiterbringen.

Falk musste sich eingestehen, dass er nichts hatte. Gar nichts.

Ohne ein weiteres Wort drehte er sich um, hieb so kräftig gegen die Schwingtür, dass diese krachend aufflog, und trat zurück in den kleinen Supermarkt.

Wahllos nahm er sich eine Flasche Wodka vom obersten Regal, zog einen zerknitterten Zehn-Euro-Schein aus der Hosentasche und warf ihn im Vorübergehen der Kassiererin auf die Theke, bevor er aus dem Laden stürmte.

Auf seinem Weg zum Dienstwagen bemerkte er schon von Weitem die zerstochenen Reifen. »So eine verdammte Scheiße«, rief er und trat gegen eine der Alufelgen mit dem blau-weißen BMW-Logo.

Er zog sein Handy aus der Hosentasche und wollte gerade Krysiak anweisen, die nächste verfügbare Streife in die Kasinostraße zu schicken – vielleicht würde sie sich an Radus Versen hängen und ihn bis zu seinem Unterschlupf verfolgen können –, als das Telefon zu läuten begann.

Ein Blick auf die Nummer verriet ihm, dass es jemand vom Präsidium war.

»Was?«, bellte er.

»Spreche ich mit Hauptkommissar Bachmann?«

»Am Apparat.«

»Ich habe einen Norman Behring in der Leitung, der behauptet, der Vater des verschwundenen Jungen zu sein«, meldete sich eine Beamtin. »Ich wollte ihn an den zuständigen Kollegen weiterleiten, doch der Anrufer besteht darauf, mit Ihnen zu sprechen.«

»Stellen Sie ihn durch.«

Es klickte, dann folgte ein Rauschen.

»Ja?«

»Sind Sie der leitende Ermittler, der nach Patrick sucht?«, fragte eine aufgeregt klingende Stimme.

»Ja, das ist korrekt. Hauptkommissar Bachmann hier. Und Sie sind Norman Behring, der Vater des Jungen?«

»Bitte, Sie müssen Patrick finden«, sagte der Mann.

»Ihr Sohn ist also nicht bei Ihnen?«

»Nein, es ist alles schiefgelaufen. Ich hab das nicht gewollt, das müssen Sie mir glauben.« Die Worte verloren sich in einem Schluchzen.

»Was haben Sie nicht gewollt?« Fieberhaft überlegte Falk, wie er den Mann dazu bringen konnte, weiter mit ihm zu sprechen. »Reden Sie mit mir. Haben Sie Patrick vor der Schule abgefangen, um zu verhindern, dass er mit seiner Mutter nach Irland geht?«

»Nein, Sie verstehen nicht. Wenn Sie nach mir fahnden, dann vergeuden Sie wichtige Ressourcen. Ich bin Unternehmensberater, ich weiß, dass man seine Betriebsmittel zielgerichtet einsetzen muss, um Erfolg zu haben.«

»Warum stellen Sie sich dann nicht einfach?«, wollte Falk wissen und hoffte, dass die Beamtin aus der Einsatzzentrale so geistesgegenwärtig war, das Handy des Mannes orten zu lassen. »Sagen Sie mir, wo Sie sind, dann hole ich Sie persönlich ab. Gemeinsam finden wir Ihren Sohn.«

»Ich kann nicht. Wenn ich nicht vorsichtig bin, tötet er mich, und dann kann Patrick nicht gefunden werden. Der

Kerl ist wahnsinnig. Er hält sich für einen Auserwählten Gottes.«

»Wer will Sie töten? Von wem sprechen Sie?«

»Ich melde mich wieder, wenn ich in Sicherheit bin. Finden Sie Patrick.«

Kapitel 32

»Na dann mal guten Durst«, sagte der Taxifahrer und zwinkerte Falk im Rückspiegel zu.

Der Wodka, der Falks Kehle hinunterrann, hinterließ ein angenehmes Brennen. Sofort entfaltete der Alkohol seine Wirkung und ließ Falk zum ersten Mal seit Tagen ein wenig entspannen. »Fahren Sie bitte einfach, mir ist nicht nach Konversation«, sagte er, bevor er einen weiteren kräftigen Schluck nahm. Dann zwang er sich, die Flasche zuzudrehen.

Er lehnte den Kopf zurück und schloss die Augen.

Die Einsatzzentrale hatte das Handy, mit dem Norman Behring angerufen hatte, zwar im Brückenviertel in der Nähe der Bodenstedtstraße lokalisieren können, doch trotz des sofort eingeleiteten Großeinsatzes hatten sie Patricks Vater nicht festnehmen können.

Der Kerl ist wahnsinnig. Er hält sich für einen Auserwählten Gottes.

Das passte zwar zu ihrem Serienkiller, doch da der *Frankfurter Morgen* dank Hartwick in allen Einzelheiten über die Mordfälle berichtet hatte, war jeder Einzeller zu einer solchen Beschreibung fähig. Es lag also immer noch im Bereich des Möglichen, dass Norman Behring seinen Sohn entführt hatte und lediglich versuchte, von sich abzulenken.

Als Falk die Augen wieder öffnete, fuhr das Taxi über den Zubringer in Richtung Innenstadt. Die Außenkanten der dreigeteilten Pyramide, die den Messeturm krönte, leuchteten grün am dunkler werdenden Abendhimmel. Falk drehte die Verschlusskappe von der Wodkaflasche und nahm doch noch einen Schluck. Eine angenehme Schwere breitete sich in ihm aus, während er versuchte, seine Sorge um den Verbleib des zehnjährigen Patrick Behring für diesen Abend in den Hintergrund zu drängen.

Es war ein verdammt langer Tag gewesen. Wenn er weiter funktionieren wollte, musste er eine Nacht Ruhe finden, wobei ihm die *Medizin*, die er im rumänischen Supermarkt erstanden hatte, helfen würde.

Erneut klingelte sein Handy, und er rechnete damit, dass es Hartwick war, den er mit einer Nachricht auf der Mailbox um einen Rückruf gebeten hatte. Doch der Anruf kam von Krysiak.

Falk seufzte. Der übereifrige Kollege ging ihm auf die Nerven. »Krysiak, was gibt's?«

»Ich wollte Ihnen mitteilen, dass der Abschleppdienst Ihren Wagen in die Werkstatt gebracht hat. Er sollte morgen im Laufe des Tages fertig sein.«

»Dafür hätten Sie mich nicht stören müssen«, entgegnete Falk und meinte, im selben Moment Julianes Stimme zu vernehmen, die ihn ermahnte, den Kollegen nicht so anzuschnauzen. Also bemühte Falk sich um einen versöhnlicheren Tonfall. »Gibt es sonst noch etwas?«

»Die Fahndung nach Norman Behring hat noch immer nichts gebracht. Auch von seinem Sohn fehlt weiterhin jede Spur. Falls sich heute Nacht etwas Neues ergibt, werde ich Sie umgehend informieren.«

»Danke, gute Arbeit«, entgegnete Falk und legte auf.

Inzwischen waren sie im Westend angekommen und durchquerten die Straßenschluchten zwischen den Wolkenkratzern. Hier und da lagen Obdachlose auf Lüftungsgittern, ansonsten verirrte sich nach Büroschluss kaum ein Mensch in diesen Teil der Stadt.

Das änderte sich, als der Fahrer in die Taunusstraße abbog. In den rund um die Uhr geöffneten Spielhallen, Dönerbuden und Sexläden herrschte reges Treiben. Finster stierte ein bulliger Türsteher, der auf einem Barhocker neben dem Eingang einer Tabledance-Bar saß, auf die vorbeilaufenden Passanten. Ein aufgemotztes schwarzes Mercedes Cabrio mit offenem Verdeck näherte sich ihm, wobei die atonale türkische Popmusik, die aus den Boxen heulte, den Lärm des röhrenden Auspuffs übertönte. Grüßend hob der Fahrer seine Hand, was der Türsteher mit einem knappen Nicken kommentierte.

»Da wären wir«, stellte der Taxifahrer fest und parkte in der Elbestraße auf der Höhe des hässlichen mehrgeschossigen Altbaus, in dem Falk wohnte.

Umständlich zog Falk seine Brieftasche hervor, wobei er merkte, dass ihm der Schnaps bereits zu Kopf stieg. Wahrscheinlich wäre es klug gewesen, wenigstens eine Kleinigkeit zu essen.

»Stimmt so«, sagte er, gab dem Fahrer vierzig Euro und machte sich daran auszusteigen.

»Vielen Dank auch, Meister«, meinte dieser und wartete, bis Falk die Tür schloss, dann verschwand das Taxi in Richtung Taunusstraße.

Mit der Wodkaflasche in der Hand überquerte Falk die Straße, als er in einer Hofeinfahrt die Glut einer Zigarette aufleuchten sah. Einen Moment später trat eine Gestalt aus dem Schatten.

»Hallo«, war alles, was Hannah sagte.

Für einen Moment meinte Falk, im Halbdunkel zwischen Einfahrt und Straßenlaterne die junge Hannah stehen zu sehen, in die er sich vor einer Ewigkeit verliebt hatte. Vielleicht lag es an den kurzen Haaren, die sie noch wie damals trug, auch wenn das dunkle Blond inzwischen wahrscheinlich aus der Flasche stammte. Vielleicht lag es aber auch am verletzlichen Ausdruck in ihren Augen, der schon immer den Beschützerinstinkt in ihm geweckt hatte.

»Hallo«, entgegnete er.

Sie zog an ihrer Zigarette und deutete auf die Flasche in seiner Hand. »Bekomme ich einen Schluck? Mir ist ziemlich kalt, da ich schon eine ganze Weile auf dich warte.«

Im Scheinwerferlicht eines vorbeifahrenden Autos verschwand das Bild der jugendlichen Hannah und machte dem einer Frau in den Vierzigern Platz. Dunkle Schatten lagen unter ihren Augen, Falten begannen sich um Mund und Nase einzugraben, doch trotz der Zeichen, die das Älterwerden mit sich brachte, kam Falk nicht umhin, festzustellen, wie attraktiv Hannah noch immer war. Wortlos drehte er die Verschlusskappe von der Flasche und reichte sie ihr.

Sie nahm einen großen Schluck, verzog das Gesicht und wischte sich mit dem Ärmel ihrer Jacke über den Mund, bevor sie Falk die Flasche zurückgab.

Müde lächelte sie. »Weißt du noch, wie du deinem Vater den Jägermeister geklaut hast und wir uns heimlich betrunken haben?«

Falk verzog keine Miene. »Was tust du hier? Warum lauerst du mir mitten in der Nacht auf?«

»Ich habe meinen Mann verlassen.«

»Ich weiß.«

Hannahs Brauen hoben sich. »Woher …«, begann sie, aber Falk winkte ab.

»Das tut nichts zur Sache. Sag einfach, was du von mir willst. Falls es um die kaputte Beziehung zwischen Jan und dir geht, bin ich der falsche Ansprechpartner. Das müsst ihr unter euch klären.«

Während Falk darauf wartete, dass sie etwas dazu sagte, nahm er einen Schluck Wodka und reichte ihr erneut die Flasche. Ganz wie in alten Zeiten, hielt sie ihm im Gegenzug die Zigarette hin.

Hannah trank, er rauchte.

»Es geht um Jan«, sagte sie so leise, dass Falk Mühe hatte, sie zu verstehen. »Aber es ist nicht so, wie du denkst. Er hat …« Während sie nach Worten suchte, schwankte sie leicht, sodass Falk sich beeilte, sie zu stützen.

Wie es aussah, vertrug Hannah keinen Alkohol mehr. Unter dem Stoff ihrer dünnen Jacke spürte Falk ihr Zittern. Obwohl sie wieder sicher stand, hielt er sie weiter fest. Hannah legte den Kopf in den Nacken und sah zu ihm auf.

Gegen seinen Willen beschleunigte sich sein Herzschlag, und er war froh, als er das Ping vernahm, mit dem sein Handy den Eingang einer Textnachricht verkündete. Falk ließ Hannah los und rückte einen Schritt von ihr ab.

Die SMS stammte vom Leiter der Spurensicherung.

McNish:

Ich habe getan, worum Sie mich gebeten haben, aber nur damit wir uns richtig verstehen: Normalerweise schnüffel ich

Kollegen nicht hinterher. Diesen Gefallen habe ich Ihnen nur getan, weil ich im Keller Scheiße gebaut und die Akkus in der Videokamera und dem Monitor übersehen habe. Das nur vorweg. Doch nun zu Ihrer Anfrage. Die DNA, die Sie mir geschickt haben, stimmt mit der von Jan Hartwick überein.

Falk las die Nachricht ein zweites Mal, dann warf er Hannah einen durchdringenden Blick zu. »Was ist zwischen Jan und dir vorgefallen?«

Kapitel 33

Mit angewinkelten Beinen, die Arme um die Schienbeine geschlungen, lag Patrick in dem nach Gummi stinkenden Ball und machte sich ganz klein. Lautlos trieb sein schwimmendes Gefängnis auf dem unterirdischen See, wobei es gelegentlich gegen eine Wand oder an einen der Stützpfeiler stieß, die in regelmäßigen Abständen wie steinerne Bäume aus dem Wasser ragten.

Von seiner Umgebung hatte Patrick eine vage Vorstellung, da das leuchtende Display seines Handys zumindest eine Zeitlang genügend Licht gespendet hatte, um einen winzigen Teil jenseits des Zorb-Balls erkennen zu können.

Stumme Tränen liefen über seine Wangen, als er daran dachte, wie er im letzten Urlaub, den seine Eltern und er als Familie verbracht hatten, zusammen mit seinem Vater in einem ähnlichen Ball wie diesem den Abhang in einem Vergnügungspark heruntergerollt war.

»Das Ding heißt Zorb-Ball«, hatte sein Vater ihm zuvor erklärt. »Eigentlich besteht der Ball aus zwei Kugeln; einer kleinen innen liegenden, die von einer größeren umschlossen wird. In die äußere wird Luft gepumpt, und wenn du hineinkriechst, ist es, als würdest du in einer riesigen luftgepolsterten Blase stecken.«

»Erstickt man denn nicht, wenn man da reingeht?«, hatte Patrick gefragt und den Ball skeptisch gemustert.

Sein Vater hatte versucht, sich seinen Ärger über die Ängstlichkeit nicht anmerken zu lassen, doch Patrick hatte den unterdrückten Zorn trotzdem gespürt und sich gewünscht, er hätte die Frage nicht gestellt.

»Natürlich nicht«, hatte sein Vater geantwortet. »Sieh dir doch den breiten Einstiegskanal an, der die beiden Kammern verbindet; da kommt mehr als genügend Luft durch. Zorbing kam übrigens aus Neuseeland zu uns. Weißt du, wo Neuseeland liegt?«

»Irgendwo neben Australien?«, hatte Patrick geraten.

»Ganz genau. Und da fliegen wir hin, sobald ich zum Partner in der Firma aufgestiegen bin.«

Sein Vater hatte kurz vor einer Beförderung gestanden, und obwohl Patrick nicht begriffen hatte, was daran so toll sein sollte, hatte er etwas anderes sehr wohl kapiert: dass sie weder nach Neuseeland noch nach Australien fliegen würden. Tief im Inneren hatte er gespürt, dass seine Familie am Ende war.

Patrick schob die Gedanken weg und dachte über seine Möglichkeiten nach, hier rauszukommen. Zwar hatte der Mann ihm neben seinem Handy auch ein Messer dagelassen, mit dem er sich befreien konnte, doch das lag in einem Kasten, der mit einem Zahlenschloss gesichert war. Seine Mutter, so hatte der Mann gesagt, würde den Code kennen, mit dem die Box sich öffnen ließe. Er müsse sie nur anrufen.

Drei Mal hatte er eine falsche Telefonnummer eingegeben, dann hatte sich das Handy ausgeschaltet, und seitdem ließ es sich nicht wieder starten. Trotzdem klammerte Patrick sich an das Ding wie an einen Rettungsanker. Mit aller Kraft hielt er es fest, denn es gab ihm das Gefühl, seiner Mutter wenigstens ein bisschen nah zu sein. Schließlich hatte es vor nicht allzu langer Zeit noch ihr gehört.

Mit jeder verstreichenden Minute verlor die Plastikhaut, die ihn umgab, an Stabilität und wurde weicher, runzliger, so wie die Haut von seiner Großmutter. Zwar war trotz des Lochs, das der Mann in die Außenhaut gebohrt hatte, noch genügend Luft im Ball, doch selbst mit seinen zehn Jahren wusste Patrick, dass es nur eine Frage der Zeit war, bis es sich änderte.

Zum ersten Mal schaffte er es nicht mehr, den Gedanken zu verdrängen, dass er seine Mutter niemals wiedersehen und hier unten sterben würde. Panik wallte in ihm auf – nie zuvor hatte er eine solche Angst verspürt – , und sein Herz begann zu rasen.

»Hilfe, ich bin hier gefangen«, rief er, und seine Stimme hallte von den Backsteinwänden wider. Ohne das Handy loszulassen, sprang er auf und hämmerte mit den Fäusten gegen die Plastikhülle.

Sofort hüpfte die Kugel über die Wasseroberfläche, bis sie von einem der Pfeiler abprallte und wie eine Billardkugel in die entgegengesetzte Richtung schoss.

Patrick verlor das Gleichgewicht; das Handy fiel ihm aus der Hand, dann wurde er zusammen mit dem Kasten, in dem das Messer lag, herumgeschleudert. Panisch krallte er seine Finger in die Plastikhaut und zerrte daran, doch sie gab lediglich ein wenig nach und ließ sich nicht zerreißen.

Wild hüpfte der große Ball weiter übers Wasser, bis er abermals auf etwas traf und es einen Knall gab, der wie das Geräusch klang, das der Schlauch in Patricks Fahrradreifen gemacht hatte, als er letzten Sommer über einen Stein gefahren war. Schlagartig gab der Boden unter Patricks Füßen nach, als der Ball in sich zusammenfiel. Irgendetwas, vielleicht ein hervorstehender Nagel oder eine scharfe Mauerkannte, hatte die Außenhaut aufgeschlitzt.

Patrick brüllte, weinte und wollte sich irgendwo festhalten, doch bis auf Plastik bekam er nichts zu fassen. Wasser drang durch die Ausstiegsluke, und bereits nach wenigen Sekunden stand es ihm bis zum Bauch.

Verzweifelt ruderte er mit den Armen und versuchte, die Plastikfolie von seinem Gesicht fern- und sich über Wasser zu halten. Kurz gelang es ihm, schnell aber geriet er mit dem Kopf immer wieder unter die Oberfläche und schluckte Wasser.

Seine aufgerissenen Augen brannten, die Welt schien kein Oben und kein Unten mehr zu haben. Dann, als geschähe es in Zeitlupe, spürte er, wie sich etwas um seine Beine legte. Eine lange Sekunde passierte nichts, schließlich aber zog und zerrte es an ihm.

Er trat danach, doch mit Schrecken musste er feststellen, dass nichts da war, was er hätte treffen können. Seine Füße hatten sich in der Plastikhaut verfangen, und je stärker er strampelte, desto mehr zog sie sich um ihn zusammen.

Ein letztes Mal sog Patrick Luft in seine Lungen, einen Herzschlag später umspülte das Wasser ihn von allen Seiten.

Er zappelte, strampelte, er wehrte sich, doch es dauerte nicht lang, bis seine Bewegungen an Kraft verloren, ihn eine unbekannte Ruhe überkam und ein Licht vor ihm erschien. Eines wie in dieser Serie übers Sterben, die er sich heimlich angesehen hatte.

Kapitel 34

Trotz der klimatisierten Luft im Hinterzimmer des *Neon* brach Jan der Schweiß aus, während das Kokain durch sein Gehirn jagte.

»Mir ist scheißegal, was du dir mit deinem Kumpel reinziehst«, knurrte Gromow und bedachte Bent mit einem finsteren Blick. »Aber sieh zu, dass du am Samstag clean bist. Ich brauche dich topfit, denn ich traue Radu nicht. Er ist ein gerissener Hund.«

Jan wurde hellhörig. Sprach Gromow von Avram Radu, dem Vater von Nepomuk?

»Geht klar, Boss«, entgegnete Bent, bevor er Jan kumpelhaft gegen die Brust schlug. »Komm, lass uns nach vorn gehen. Ich brauche einen Drink.«

Jan nickte, wobei er Gromow nicht aus den Augen ließ, doch der dicke Russe schien das Interesse an ihnen verloren zu haben und wandte sich dem dürren Kerl zu. »Bist du dir sicher, dass die Übertragung der Kämpfe störungsfrei über die Bühne geht?«, wollte er von ihm wissen.

Der Dürre nickte, aber Jan sah ihm an, dass er sich alles andere als sicher war. »Da draußen haben wir eine hervorragende Anbindung an das 5G-Netz. Damit können wir in HD streamen.«

Eigentlich hätte Jan gern mehr gehört – vielleicht brachte Gromow ihn auf die Spur von Nepomuk –, doch Bent schob ihn sanft, aber bestimmt vor sich her.

Sie hatten die Tür, die noch immer von den Bodyguards flankiert wurde, fast erreicht, als der Russe sie zurückrief. »Wartet mal.«

Jans von der Droge ohnehin schnell schlagendes Herz begann zu rasen, und plötzlich schien sich das Gewicht der Festplatte, die in seinem Hosenbund klemmte, zu verdoppeln.

Gromow baute sich vor Jan auf. Ein ranziger Geruch ging von dem Dicken aus.

»Kann es sein, dass wir uns schon einmal über den Weg gelaufen sind?«, fragte Gromow. »Du kommst mir bekannt vor.«

Aus den Augenwinkeln sah Jan, wie Bent sich verkrampfte.

»Nicht dass ich wüsste«, entgegnete Jan. »Ich bin heute zum ersten Mal hier.«

»Wie war noch mal dein Name?«

»Mohr«, antwortete Jan rasch. »Jan Mohr.« Auf die Schnelle war ihm kein anderer Familienname als der Mädchenname seiner Mutter eingefallen.

»Wie gesagt, Jan ist ein alter Kumpel aus Hamburg«, schaltete Bent sich ein. »Vielleicht seid ihr euch mal auf dem Kiez über den Weg gelaufen.«

Gromow beachtete Bent nicht, seine Schweinsaugen ruhten weiter auf Jan. »Ja, kann sein.«

Inzwischen lief der Schweiß auch an Jans Oberkörper entlang, wodurch die Festplatte in seinem Hosenbund ins Rutschen kam. Mit aller Kraft zwang Jan sich, seinen Blick nicht abzuwenden.

Die Pranke des Russen griff nach Jans Kinn, und er drehte Jans Gesicht in das Licht der Monitore. Für einen Moment herrschte vollkommene Stille, dann entspannte der Russe sich und verzog den Mund zu etwas, das er wohl für ein Grinsen hielt. »Deine Pupillen sind groß wie Untertassen. Hör zu, ich geb dir einen guten Rat. Leg eine Pause ein, bevor du dir wieder etwas reinziehst.«

Jan musste sich räuspern. »Klar. Mache ich.«

»Und jetzt verpisst euch.«

Wie auf ein Stichwort hin öffnete einer der Gorillas die Tür, und Jan beeilte sich rauszukommen. Dicht hinter ihm folgte Bent.

Beiläufig zog Jan den Bund seiner Hose hoch, worauf die Festplatte wieder an ihrem Platz saß. Dabei knurrte er: »So eine Scheiße.«

»Nicht jetzt«, entgegnete Bent und schob ihn weiter.

Als sie zurück in den Hauptraum des Clubs traten, schienen Jan die harten Bässe und das zuckende Licht genauso einzuhüllen wie der Kunstnebel, der von der Tanzfläche herüberwaberte. Überdeutlich nahmen seine durch das Koks geschärften Sinne jedes Detail wahr: den DJ, der noch immer versuchte, die wenigen Gäste zum Tanzen zu animieren; die gelangweilte wasserstoffblonde Prostituierte im knappen Rock, der auch als breiter Gürtel hätte verkauft werden können; die drei Halbstarken, die vom Rauchen zurück waren und nun in einer der Nischen am Rand der Tanzfläche abhingen.

Bent bugsierte Jan zum hinteren Teil der Bar, wo er zwei Flaschen Budweiser bestellte. Nachdem der Barkeeper ihnen die Getränke gebracht hatte und außer Hörweite war, legte Bent seine Hand in Jans Nacken und zog ihn so dicht zu sich heran, dass seine Stirn die von Jan berührte. »Ich wusste, dass ich mich auf dich verlassen kann. Gut gemacht, Kollege.«

Jan fuhr mit der Zunge über seine trockenen Lippen, als sein Handy vibrierte. Rasch rückte er von Bent weg und überflog die eingegangene Nachricht, die von Falk stammte.

»Alles okay?«, fragte Bent, nachdem er das Bier in einem Zug zur Hälfte geleert hatte.

Jan legte das Handy weg. »Wie man's nimmt. Der Killer hat ein Kind entführt, und wir haben keine Ahnung, wo wir nach dem Jungen suchen sollen. Der Vater scheint in der Sache irgendwie mit drinzustecken, davon geht mein Chef zumindest aus, denn er hat vorhin mit dem Mann telefoniert.« Jan steckte das Handy wieder ein, wobei seine Hand die Festplatte unter dem Hoodie streifte. »Was machen wir jetzt mit dem Ding?«, fragte er mit einem Nicken Richtung Bauch.

»Schaff sie raus, und bring sie irgendwohin, wo sie sicher ist. Sobald ich kann, hole ich sie ab.«

Jan stimmte zu und trank von seinem Bier. »Von welchem Radu hat Gromow eigentlich gesprochen? Von Avram Radu?«

»Du kennst ihn?«

»Kennen wäre zu viel gesagt. Wir suchen nach ihm.«

Bent runzelte die Stirn. »Wegen des Jungen?«

»Nein, aber es könnte sein, dass die Fälle zusammenhängen. Weißt du, wo Radu sich aufhält?«

»Keine Ahnung. Gromow trifft sich seit ein paar Wochen regelmäßig mit ihm, doch er nimmt mich niemals mit.«

»Und was will der Russe von ihm?«

Bent nahm die Bierflasche, trank jedoch nicht. »Radu veranstaltet illegale Kämpfe. Dabei fließt nicht nur jede Menge Blut, sondern auch Geld. An einem guten Abend macht Radu, der das Wettgeschäft organisiert, mehr Kohle, als du und ich im Jahr verdienen. Steuerfrei versteht sich.«

»Und was hat Gromow davon?«

»Er will die Kämpfe live auf seiner Website streamen und Online-Wetten über sein Casino anbieten. Ich schätze, deshalb hat er heute Abend auch Nino, das ist der Programmierer, mit zu Radu genommen. Damit Nino vor Ort die technischen Möglichkeiten checkt, denn die ganze Sache soll am Wochenende starten.«

Jan überlegte einen Moment. »Kannst du rausbekommen, wo die Kämpfe stattfinden?« Obwohl er mit einem Haufen geklauter Daten in der Höhle des Löwen saß, fühlte er sich gut.

»Na klar. Ich werde sehen, was ich tun kann«, antwortete Bent. »Eine Hand wäscht die andere.«

Der Barkeeper warf Jan einen kurzen musternden Blick zu, worauf Jan spürte, wie sich seine Nackenhaare aufstellten.

Hatte Gromow herausgefunden, dass sie in seinen Serverraum eingedrungen waren? Hatte er den Barmann beauftragt, sie im Auge zu behalten, bis die Gorillas kamen?

Jan nahm sein Bier und tat so, als würde er trinken, während er in Wahrheit über die Flasche hinweg den Barkeeper im Auge behielt. Dieser schaute immer wieder zu ihm rüber.

Bent, dem offensichtlich nicht entging, dass etwas nicht stimmte, folgte Jans Blick. »Entspann dich«, meinte er, bevor er mit einem knappen Nicken auf den Barkeeper deutete, der gerade dabei war, mit einem Tuch über die Theke zu wischen. »Es ist nichts. Außer dass du scheinbar Louis' Typ bist.« Bent verdrehte die Augen. »Beachte ihn nicht weiter, der Kerl ist eine Schwuchtel.«

Alles in Jan verkrampfte sich. »Was hast du gesagt?«

Verwundert runzelte Bent die Stirn. »Er ist ein warmer Bruder. Ein Homo.«

Unter normalen Umständen hätte Jan den Kopf eingezogen und das Thema gewechselt, doch das Koks ließ ihn die Bierflasche auf den Tresen knallen. »Ich hab die Schnauze voll.« Heiße, viel zu lange unterdrückte Wut wallte in ihm auf.

»Äh, was ist denn plötzlich los mit dir?«, fragte Bent.

Aus den Augenwinkeln bemerkte Jan, wie jetzt nicht nur der Barkeeper, sondern auch die Halbstarken zu ihnen herübersahen, und er begriff, dass er gerade alles daran setzte, sich in große Schwierigkeiten zu bringen. Also zwang er sich, ruhig zu atmen.

»Ich muss los«, sagte er und verzog den Mund zu einem falschen Lächeln. »Wir sehen uns.« Dann beugte er sich vor und senkte die Stimme. »Ruf mich nicht mehr an, okay? Und such dir am besten auch gleich noch einen neuen Trainingspartner, *Kumpel.*«

Kapitel 35

Das Brummen ihres Handys, das mit leuchtendem Display Pirouetten auf ihrem Nachttisch drehte, riss Juliane aus dem Schlaf. Mit halbem Auge schielte sie auf den Wecker. Viertel vor eins.

Neben ihr regte sich etwas.

Sie fuhr herum, und erst da wurde ihr bewusst, dass sie nicht allein im Bett lag.

Jonas hob den Kopf, dann blinzelte er.

»Schlaf ruhig weiter«, sagte Juliane, griff ihre Decke und schlang sie sich um, bevor sie ihr Handy nahm und ins angrenzende Wohnzimmer schlich. Zwar gab es nichts an ihr, das Jonas in den letzten Stunden nicht schon unbekleidet zu Gesicht bekommen hatte – der Sex mit ihm war großartig gewesen –, trotzdem konnte sie sich nicht dazu durchringen, nackt vor ihm herumzulaufen. Diese Art der Intimität ging für sie zu weit.

Nach wie vor brummte ihr Handy, während sie darüber nachdachte, wie sie es fand, neben einem Mann, neben Jonas, aufzuwachen. Auf Anhieb fielen ihr tausend Gründe ein, weshalb sie die Affäre sofort wieder beenden sollte. Wenn herauskäme, dass sie einen wesentlich jüngeren Freund hatte, würde man sie für eine dieser Frauen halten, die sich einen Toyboy hielten. Außerdem trennten Jonas und sie nicht nur viel zu viele Jahre, sondern auch Erfahrungswelten. Er studierte noch, während sie bereits seit einer gefühlten Ewigkeit arbeitete und auf eigenen Beinen stand.

Als die Schlafzimmertür hinter ihr ins Schloss fiel, schaltete sie die Stehlampe neben ihrem Lesesessel ein und blickte auf das Display ihres Telefons. Die angezeigte Nummer stammte aus Frankfurt, doch sie passte zu keinem der Kontakte, die sie abgespeichert hatte.

»Klawitter hier«, sagte sie knapp.

»Hallo, Juliane. Ich bin's, Zoe. Ich rufe von der Arbeit an. Hier im Pflegeheim ist etwas passiert. Wir haben einen Toten.«

»Langsam, Zoe, wenn du so schnell sprichst, verstehe ich dich kaum.«

Hinter sich hörte Juliane das Quietschen von Scharnieren. Nackt und ungeniert stand Jonas im Türrahmen. Er sah zu ihr herüber und fuhr sich gähnend durch die Haare.

Juliane schirmte das Telefon mit der Hand ab. »Ein Notfall«, sagte sie zu Jonas. »Falls du ins Bad oder in die Küche willst, weißt du ja, wo du hinmusst.«

Jonas nickte und schlurfte an ihr vorbei, wobei Juliane es sich nicht verkneifen konnte, einen Blick auf seinen Hintern zu werfen. Dann nahm sie die Hand vom Mikrofon.

»Jetzt noch mal ganz von vorn«, sagte sie. »Was ist los?«

Sie hörte, wie Zoe versuchte durchzuatmen. »Also, ich habe Nachtschicht im Seniorenheim, und auf meinem Rundgang durch die Zimmer habe ich einen toten Mann gefunden.«

Juliane runzelte die Stirn, denn sie wusste, dass Zoe nicht erst seit gestern in der Pflege tätig war. Mit Sicherheit hatte sie nicht wenige Menschen sterben sehen, das brachte der Beruf zwangsläufig mit sich.

Dann verstand sie. »Der Tote ist keiner der Bewohner?«

»Nein. Ich meine … ja genau. Er ist viel zu jung, um in einem Altenheim zu wohnen. Alles ist voller Blut. Und es steht etwas an der Wand.«

Juliane hörte ein stetiges Geräusch, ein Klicken, wahrscheinlich spielte Zoe mit einem Feuerzeug.

»Bleib ganz ruhig«, sagte Juliane. »Was steht an der Wand? Und hast du Bachmann schon informiert?«

»Ich habe keine Ahnung, wo er steckt. Er geht nicht an sein Telefon, dabei ist die Nachricht an der Wand für ihn bestimmt.«

Kapitel 36

Ein Übelkeit erregender Gestank nach Blut und Fäkalien raubte Juliane fast den Atem. Trotzdem machte sie einen weiteren Schritt auf die Leiche zu, die in dem Pflegeheimzimmer mit der Nummer 334 am Boden kniete.

Der Tote war nackt. Eine am Galgen des Krankenbetts angebrachte Kette hielt seine gefesselten Handgelenke über dem Kopf. Im spärlichen Licht der Nachtbeleuchtung wirkte der lange, vertikale Schnitt, der sich vom Hals des Mannes bis zu seinem Bauch zog, beinahe schwarz. Der Griff eines Schwertes oder Säbels – mit den Bezeichnungen von Stichwaffen kannte Juliane sich nicht sonderlich gut aus – ragte aus seinem Unterleib.

»Geh nicht weiter«, sagte sie und hinderte Zoe mit einer Geste daran, zu ihr aufzuschließen.

Zoe tat wie ihr geheißen. Ohne den Blick von dem Toten zu nehmen, blieb sie im Türrahmen stehen und schlang ihre tätowierten Arme um den Oberkörper. »Hast du Falk erreicht?«, flüsterte sie.

Juliane schüttelte den Kopf. »Ich habe ihm eine Nachricht auf der Mailbox hinterlassen. Aber Jan müsste jeden Moment hier sein.« Da Juliane sich erst selbst ein Bild von der Lage machen wollte, hatte sie lediglich ihre engsten Kollegen informiert.

Sorgsam darauf achtend, nicht versehentlich in das Blut am Boden zu treten, ging sie in die Knie und richtete den Schein ihrer Handytaschenlampe auf die Leiche.

Dem Toten war der Kopf auf die Brust gefallen, doch Juliane sah den Silikonball, den der Täter ihm in den Mund gesteckt und mit einem Lederriemen am Hinterkopf befestigt hatte. Jeder gute Profiler kannte solche Knebel, die sich in der BDSM-Szene großer Beliebtheit erfreuten. Sie erstickten qualvolle Schreie ausgesprochen effizient und waren darüber hinaus einfach zu beschaffen.

Obwohl die Gesichtszüge des Mannes sich im Todeskampf zu einer grotesken Maske aus Schmerz verzogen hatten, erkannte Juliane ihn.

»Tut mir leid, dass ich so spät bin, aber irgendein Idiot hat meinen Wagen abschleppen lassen. Ich musste mir ein Taxi nehmen«, hörte sie Jan hinter sich sagen, dann stieß er ein überraschtes Keuchen aus. »Gott, was ist das denn für eine Sauerei?«

Erstaunt hob sich eine von Julianes Augenbrauen. Ihr sonst so besonnener Partner klang heute auffällig nach Bachmann.

»Wenn mich nicht alles täuscht, hat unser Killer wieder zugeschlagen«, sagte Juliane. »Und es ist wohl kein Zufall, dass er sein Opfer in dem Altenheim umgebracht hat, in dem Zoe heute Nacht Dienst tut.« Sie nickte zu der mit Blut geschriebenen Nachricht an der Wand.

Bist du weiter ungehorsam, Bachmann, so sollst auch du vom Schwert gefressen werden. (Jesaja 1, 20)

»Fuck«, stieß Hartwick aus und fuhr sich mit den Händen durch die kurzen Haare, bevor sein Blick zurück zu dem nackten Mann am Boden glitt. »Was die Todesursache angeht, müssen wir wohl nicht auf Dr. Di Carlo warten. Wie es aussieht, hat der Killer dem Opfer mit nur einem Schnitt den gesamten Brustkorb geöffnet. Die Klinge muss verdammt scharf sein. Aber eins ist seltsam.«

Juliane blickte ihren Kollegen fragend an.

»Wenn das hier wirklich das Werk des Täters ist, der auch Savannah Scheffler und Anna Mattheis getötet hat, dann hat er sein Vorgehen komplett geändert.«

Juliane verstand, worauf Jan hinauswollte. »Du meinst, weil er seinem Opfer nicht die Chance eingeräumt hat, sich mit einem Telefonanruf zu retten.«

»Exakt. Außerdem geht er ein ziemlich großes Risiko ein, das Opfer an einem zumindest teilweise öffentlichen Ort umzubringen, denn in einem Altenheim kann man selbst nachts nicht davon ausgehen, ungestört zu sein. Und dann die Botschaft. Sie weist auf kein Vergehen des Opfers hin, sondern dient als Warnung für Falk.«

Jan ging neben Juliane in die Knie, worauf sie ihre Handytaschenlampe wieder auf das Gesicht des Opfers richtete.

»Scheiße, das ist doch …«, begann Jan.

»Ganz recht«, bestätigte Juliane. »Norman Behring, der Vater des verschwundenen Jungen.«

Kapitel 37

Gegen drei Uhr saß Juliane endlich auf der Rückbank eines Streifenwagens und ließ sich zusammen mit Zoe und Jan, der vorn auf dem Beifahrersitz kauerte, von einem Polizisten der Bereitschaft in die Stadt fahren.

Zoe trug noch immer ihren Schwesternkittel, dazu ein Paar weiße Doc Martens, und nach den Ereignissen der letzten Stunden – Auffinden einer Leiche, erste Befragungen, Rücksprache mit der Heimleitung – sah sie so müde aus, wie Juliane sich fühlte.

Nach knapp zwanzig Minuten, in denen keiner etwas sagte – Jans ungewöhnlicher Redefluss schien versiegt zu sein –, hielt der Schutzpolizist den Streifenwagen vor dem Haus, in dem Falks Wohnung lag.

Inständig hoffte Juliane, Falk anzutreffen, denn sie hatten ihn noch immer nicht erreicht, und Koruhn würde ihn durch die Mangel drehen, wenn er sich nicht wenigstens kurz am Tatort blicken ließ.

»Warten Sie hier, wir sind gleich zurück«, sagte sie zu dem Polizisten, bevor sie Zoe und Jan auf die Straße folgte.

Um diese nachtschlafende Zeit brannte in kaum einem der Häuser Licht, lediglich die Fenster von *Elfi's Ecke,* einer üblen Säuferkneipe, waren noch erleuchtet. Juliane blickte hinauf zu Falks Wohnung. Ebenfalls alles dunkel.

Gemeinsam gingen sie auf die Haustür zu. Julianes Finger lag bereits auf der Klingel, doch Zoe schüttelte den Kopf.

»Ich habe einen Schlüssel«, sagte sie und sperrte auf.

Als das Licht im Treppenhaus aufflammte, kniff Jan die Augen zusammen, was Zoe nicht verborgen blieb.

»Du siehst echt beschissen aus«, meinte sie. »Deine Augen sind so rot wie die eines Albinokaninchens. Kommst du von irgendetwas runter?«

»Quatsch«, zischte Jan und drehte sich von ihr weg. »Bis auf die Tatsache, dass ich eigentlich im Bett liegen sollte, ist alles okay mit mir.«

Zoe zuckte mit den Achseln und stieg die Treppe hinauf. Oben angekommen, schloss sie die Wohnungstür auf, warf den Schlüssel in eine Schale auf dem Sideboard und betrat den mit Zeitungspapier und Folie ausgelegten Flur. Es roch nach Farbe.

»Wir stecken mitten in Renovierungsarbeiten«, erklärte sie. »Falls euch in nächster Zeit langweilig sein sollte, wisst ihr jetzt, wo ihr mit anpacken könnt.« Sie versuchte sich an einem Lächeln, das jedoch auf ganzer Linie scheiterte. »Falk?«, rief sie, während sie das Wohnzimmer ansteuerte.

»Der ist mit Sicherheit im Bett«, meinte Jan auf dem Weg zum Schlafzimmer.

»Warte mal«, sagte Juliane und folgte ihm, um ihn aufzuhalten. »Du kannst doch nicht einfach so …«

Weiter kam sie nicht, denn Jan riss bereits die Tür auf, schaltete das Deckenlicht ein und blieb wie angewurzelt stehen.

Das Erste, was Juliane auffiel, war die leere Wodkaflasche auf dem Teppich vor dem Bett. Dann glitt ihr Blick zu dem leise schnarchenden Falk und zu der Frau mit den kurzen dunkelblonden Haaren neben ihm. Ihr Kopf ruhte auf Falks nackter Brust, ein Arm lag auf seiner Taille.

»Das glaube ich jetzt nicht«, stieß Jan aus. »Was ziehst du hier für eine Scheiße ab, Mutter?«

Verschlafen hob die Frau den Kopf, und nach einer Schrecksekunde setzte sie sich auf.

»Jan …?«, keuchte sie.

Ruckartig drehte Jan sich um, und hätte Juliane nicht eilig einen Schritt zur Seite gemacht, hätte er sie über den Haufen gerannt.

Dann trat Zoe vom Flur ins Schlafzimmer.

Kapitel 38

Die Luft in der an das Hauptschiff der Kirche angrenzenden Sakristei riecht muffig und abgestanden. Vermutlich wird das Sprossenfenster, das kaum größer als eine Schießscharte ist, nur selten geöffnet. Wozu auch? Der Raum mit der Gewölbedecke dient lediglich dazu, das Brimborium für die Messe bereitzuhalten.

Ich trete ans Fenster und ziehe die Vorhänge zu.

»Warum hören Sie nicht endlich mit dem Wahnsinn auf?«, fragt der Priester. Er sitzt auf einer mit Schnitzereien verzierten Sedile, einem lehnenlosen Stuhl. Links und rechts stehen goldene Leuchter, die weiße Kerzen halten. »Stellen Sie sich der Polizei, dann wird man Ihnen helfen.«

Das Zittern in seiner Stimme entgeht mir nicht. Langsam knöpfe ich mein Hemd auf und lege es auf die Anrichte neben das Kreuz und den Viehtreiber, den ich bereits darauf abgelegt habe. Die Augen des Priesters folgen jeder meiner Bewegungen.

Ich gehe nicht auf seine Worte ein, sondern entgegne: »Sie sind Teil von etwas Großem und sehen es nicht. Wann akzeptieren Sie endlich Ihre Rolle?« Ruhig nehme ich den Viehtreiber und lege die Kontakte auf die nackte Haut an meiner Brust. Sie fühlen sich kalt an.

Dann stoße ich zu, wodurch sich das Gerät einschaltet und knisternd Strom durch meine Nervenbahnen jagt.

Während mein Mund sich zu einem tonlosen Schrei öffnet, springt der Priester auf. Ich werfe den Kopf in den Nacken, blicke zur Gewölbedecke, dann knicken meine Beine ein, ich sinke auf die Knie.

Schlagartig hört das Knistern auf, und mit einem Poltern fällt der Viehtreiber zu Boden, während mir der Schweiß in Strömen über den nackten Oberkörper läuft. Langsam kippe ich nach vorn, rechne damit, auf dem altertümlichen Fliesenboden aufzukommen, doch plötzlich spüre ich, wie mich Hände halten.

Kein weiterer Schmerz, kein Aufprall, allerdings bekomme ich keine Luft mehr.

»Atmen Sie«, sagt der Priester und klopft mir mit erstaunlicher Kraft auf den Rücken. »Verdammt, atmen Sie!«

Ein, zwei Sekunden passiert nichts, dann sauge ich geräuschvoll Luft ein. Noch immer kniend, stütze ich mich mit einer Hand am Boden ab, während ich mit der anderen dem Priester zu verstehen gebe, dass ich okay bin.

Er tritt einen Schritt zurück, wobei er die Hände vom Körper weghält, so als hätte er sie beschmutzt. »Wann begreifen Sie endlich, dass Sie Hilfe brauchen? Sie leiden unter Wahnvorstellungen. Es gibt keinen Gott, der Ihnen Befehle erteilt, das ist alles Teil einer Psychose. Wenn Sie nicht zur Polizei wollen, gehen Sie in ein Krankenhaus. Ich bitte Sie.«

Ich ignoriere den Pfarrer und konzentriere mich auf meine Atmung, als unvermittelt die Stimme meinen Kopf ausfüllt, lauter und deutlicher, als ich sie je zuvor vernommen habe. Obwohl kein Luftzug den Vorhang vor dem Fenster bewegt und niemand ein Licht einschaltet, wird es heller um mich herum.

Endlich sehe ich klar.

Der Priester hat seinen Glauben verloren.

Blitzschnell ergreife ich den Viehtreiber. Ich springe auf, und noch bevor der Pfarrer einen Schritt zurück machen kann, bin ich bei ihm und ramme den Elektroschocker gegen seinen Hals.

Es knistert, im nächsten Moment liegt der Mann am Boden.

Kapitel 39

»Nachdem Norman Behring ermordet wurde, können wir ihn von der Liste der Tatverdächtigen streichen«, richtete Falk das Wort an die Beamten seiner Sonderkommission. Zu seinem Erstaunen hielten sich die Nachwirkungen des Wodkas in Grenzen, anders hätte er den moderigen Geruch in dem Großraumbüro nicht ausgehalten. Dafür setzten ihm seine Gedanken, die in einer Endlosschleife um Zoe und Hannah kreisten, umso mehr zu.

»Gilt es als gesichert, dass Norman Behring in der Seniorenresidenz umgebracht wurde?«, fragte Kommissarin Lea Rölke, eine engagierte Mittdreißigerin vom K10, deren blasse Haut sie irgendwie blutleer wirken ließ.

»Daran besteht kein Zweifel«, antwortete Falk.

»Aber warum hat er das gemacht?«

»Ich denke, der Killer will uns zeigen, dass er uns immer einen Schritt voraus ist. Er hält sich für unbesiegbar, und daher ist er auch bereit, Risiken einzugehen. Er schnappt sich Norman Behring und tötet ihn nicht irgendwo, sondern bringt ihn in das Seniorenheim, in dem meine Lebensgefährtin arbeitet und mein Vater vor einigen Monaten gestorben ist. Damit provoziert er mich. Er fordert mich, stellvertretend für den gesamten Polizeiapparat, heraus.« Falk räusperte sich. »Aber darauf werden wir nicht eingehen. Wir behalten einen kühlen Kopf und widmen uns der vordringlichsten Aufgabe: Wir suchen Patrick Behring.«

»Glauben Sie, der Junge lebt noch?«, fragte Lea Rölke weiter.

Was für eine unnötige Frage. Woher sollte er das wissen? Laut sagte er: »Wir müssen die Suche nach dem Jungen mit Nachdruck fortsetzen. Ich will jeden verfügbaren Mann und vollen Einsatz, ist das klar?«

Falks Blick fiel auf Juliane, die auf der Kante ihres Schreibtischs saß und ihn finster anstarrte.

Er wusste, dass er ihre Verachtung verdiente. Gott, was war er für ein Scheißkerl.

Jetzt, im grellen Licht der Deckenlampen, war es ihm schleierhaft, wie es so weit hatte kommen können, dass er mit Hannah im Bett gelandet war. Am liebsten hätte er die Schuld dem Alkohol zugeschrieben, doch Tatsache war, dass er von Anfang an diese alte Vertrautheit zwischen sich und Hannah gespürt hatte. Der Schnaps hatte lediglich seinen Verstand ausgeschaltet. Unter dem Vorwand, über Hartwick reden zu wollen, war Hannah mit zu ihm in die Wohnung gekommen, doch geredet hatten sie nicht. Zumindest nicht lange und nicht über die Misshandlungen. Stattdessen waren sie …

Verdammt. Er zwang sich, seinen privaten Müll zu vergessen. Es wurde Zeit, sich mit voller Kraft dem Fall zu widmen. Schließlich hatte der Killer ihm eine zweite Warnung hinterlassen, die er nicht ignorieren konnte.

»Juliane, ich möchte, dass du im Anschluss an die Besprechung zu Katharina Behring fährst und sie möglichst schonend über die Ermordung ihres Mannes in Kenntnis setzt«, sagte Falk. »Und versichere ihr, dass wir alles in unserer Macht Stehende tun, um ihren Sohn zu finden. Auch wenn sie das mit Sicherheit nicht sonderlich beruhigen wird.«

Ganz entgegen ihrer sonstigen Art quittierte Juliane die Anweisung nur mit einem knappen Nicken.

Falk trat an die Wand hinter seinem Schreibtisch, an der die Fotos der Opfer und Verdächtigen hingen, nahm den Abzug von Norman Behring und befestigte ihn an einer freien Stelle rechts von den Aufnahmen, die Savannah Scheffler, Anna Mattheis und Patrick Behring zeigten. »Auch wenn die Art der Ermordung von Norman Behring nicht ins bisherige Schema passt, können wir uns trotzdem ziemlich sicher sein, es mit demselben Täter zu tun zu haben.«

Hartwick, der so beschissen aussah, wie Falk sich eigentlich fühlen sollte, schaute ihn zum ersten Mal seit dem Beginn der Besprechung direkt an.

Als Falk die Verachtung auf dessen Gesicht bemerkte, stellten sich ihm die Härchen an den Armen auf. Schuldbewusst senkte er den Blick und betrachtete das Ding (eine mobile Festplatte, wenn ihn nicht alles täuschte), mit dem Hartwick schon die ganze Zeit herumspielte.

»Ist dieser Schluss nicht ein wenig voreilig, Herr Hauptkommissar?«, fragte Hartwick, wobei die Provokation in seiner Stimme nicht zu überhören war. »Sollten wir nicht besser in alle Richtungen ermitteln, anstatt uns auf eine festzulegen?«

Unmut regte sich in Falk. »Natürlich dürfen wir nichts außer Acht lassen«, sagte er und zwang sich, Hartwick wieder in die Augen zu blicken. »Deshalb möchte ich, dass du dich in der Unternehmensberatung umhörst, in der Norman Behring gearbeitet hat. Finde heraus, ob er Feinde hatte. Gab es Neider, die ihm seine Karriere missgönnten? Ist er einem Kollegen oder Kunden auf die Füße getreten?«

Die Festplatte in Hartwicks Händen rotierte schneller. »Zu Befehl«, sagte er knapp.

Anschließend wandte Falk sich wieder an alle Anwesenden. »Was haben wir über den Background der Opfer? Gibt es etwas, an dem wir ansetzen können?«

Kriminaloberkommissar Duhan Erdem stand von seinem Platz auf und baute sich neben Falk auf. »Ich habe mir die Nacht um die Ohren geschlagen und das Umfeld der Opfer überprüft. Dabei bin ich vielleicht auf etwas gestoßen.« Erdem deutete auf das Bild von Anna Mattheis. »Wie wir wissen, besuchte das zweite Opfer mehr oder minder regelmäßig eine Selbsthilfegruppe für Menschen mit Essstörungen. Die Gruppe trifft sich jeden Dienstag in einem Seminarraum, der ihr von der Kirchengemeinde St. Jakobus in Sachsenhausen zur Verfügung gestellt wird.« Er nahm einen mitgebrachten Ausdruck, auf dem die aus Backsteinen errichtete Kirche mit der goldenen Uhr an der Spitze des Turms zu sehen war, und pinnte sie unter die Fotos der Opfer. Danach nahm er einen Filzschreiber von

Falks Schreibtisch und malte auf die stockfleckige Tapete eine Verbindungslinie zwischen Anna Mattheis und dem Bild der Kirche.

Falk nickte, denn er kannte die Örtlichkeiten von seinem Besuch bei Simone Habelitz, der Sozialarbeiterin, die Annas Verschwinden gemeldet hatte. Ihr Büro lag in dem Gemeindehaus neben dem Kirchenschiff.

»Von Katharina Behring wissen wir, dass ihr Mann Hilfe wegen seiner aggressiven Phasen in Anspruch genommen hat«, fuhr Erdem fort. »Die Nachforschungen haben mich etwas Zeit gekostet, aber schließlich habe ich herausgefunden, dass Norman Behring tatsächlich seit ein paar Wochen an einer Gruppentherapie teilnimmt, die sich *Gewaltberatung für Männer* nennt.« Der Filzschreiber wirkte winzig in Duhan Erdems Hand, als er einen zweiten Strich auf die Tapete malte und so das Foto von Norman Behring mit dem des Kirchengebäudes verband. »Diese Gruppe trifft sich ebenfalls in den Räumlichkeiten der Gemeinde.«

Unvermittelt beschleunigte sich Falks Puls, und ein altbekanntes Gefühl, das er nie richtig fassen oder benennen konnte, dem er in all den Jahren seiner Arbeit aber zu vertrauen gelernt hatte, breitete sich in ihm aus.

Er spürte, dass sie endlich einen Schritt weiterkamen.

Kapitel 40

»Verdammt gute Arbeit«, sagte Falk und nickte Duhan Erdem anerkennend zu. Es drängte ihn, die Besprechung zu beenden und der neuen Spur nachzugehen.

Gerade wollte er ein paar letzte Anweisungen erteilen, als die Tür aufging und ein breitschultriger Mann in Zivil eintrat, der mit seinen halblangen blonden Haaren und den blaugrünen Augen etwas Skandinavisches an sich hatte.

»Moment mal«, rief Falk. »Was fällt Ihnen ein, hier einfach hereinzuplatzen? Wer sind Sie überhaupt?«

Der Mann holte einen Ausweis hervor und hielt ihn hoch. »LKA Hamburg. Entschuldigen Sie die Störung, aber ich muss mit Jan Hartwick sprechen.«

Überrascht wandte sich Hartwick um, und Falk entging nicht, wie er die mobile Festplatte, mit der er die ganze Zeit herumgespielt hatte, unauffällig in der obersten Schublade seines Schreibtischs verschwinden ließ.

»Warten Sie draußen, bis wir fertig sind«, bellte Falk.

Der Hamburger Kollege machte keine Anstalten, das Büro zu verlassen. »Es dauert nur eine Minute«, sagte er unbeeindruckt und trat näher.

»Nein, jetzt nicht«, blaffte Falk ihn an.

Es war nicht ungewöhnlich, dass die Landeskriminalämter auf Beamte anderer Bundesländer zurückgriffen, daher wunderte Falk sich nicht, auf einen Hamburger LKA-Mann zu treffen. Allerdings platzte niemand einfach so in eine seiner Dienstbesprechungen.

Der Beamte mit dem skandinavischen Aussehen setzte zu weiterem Protest an, fügte sich dann aber. Offenbar erkannte er Falks Entschlossenheit. Ergeben hob er die Hände. »Okay, okay. Ich warte draußen, kein Ding. Gott, was für ein abgefucktes Büro«, murmelte er, bevor er die Tür von außen schloss.

Falk atmete tief durch, danach verteilte er die restlichen Aufgaben und erklärte die Besprechung für beendet. »An die Arbeit, Leute.«

Ein allgemeines Rascheln und Stühlerücken erklang. Alle beeilten sich, aus dem schimmeligen Büro zu kommen.

»Warte mal«, sagte Falk zu Hartwick, als der ebenfalls verschwinden wollte.

»Was willst du?«

»Ich muss mit dir reden. Die Sache mit deiner Mutter, ich meine mit Hannah … also …« Falk verschränkte die Hände hinterm Kopf und sah zur Decke. Viele der quadratischen Faserplatten, mit denen sie abgehängt war, wiesen gelbstichige, braune oder schwarze Wasserflecken auf. Es konnte nicht gesund sein, sich hier aufzuhalten. In diesem Punkt musste Falk dem Norddeutschen zustimmen: Das Büro war das Letzte.

»Du musst mir nichts erklären«, entgegnete Hartwick. »Mir ist es scheißegal, was du tust, schließlich bist du alt genug. Aber halt mich künftig aus deinem Privatleben raus.«

Falk nahm den Blick von der Decke und richtete ihn wieder auf Hartwick, wobei ihm erneut auffiel, wie fertig er aussah. »Mensch, Jan, komm schon. Ich habe einen Fehler gemacht. Das hätte nicht passieren dürfen, das weiß ich. Aber ich kann es nicht rückgängig machen. Und die Sache ändert nichts zwischen uns.«

»Wenn du das glaubst, liegst du so was von falsch. Es ändert alles. Aber ich will nicht, dass der Job darunter leidet. War's das?«

Bevor Falk antworten konnte, ging erneut die Tür auf und der Norddeutsche kam zurück.

»Was soll das?«, fauchte er, während er auf Jan zustürmte. »Ich kann nicht noch länger hier herumhängen. Oder willst du, dass ich auffliege?«

»Ich habe dich nicht gebeten, herzukommen«, meinte Hartwick ungerührt.

Falk verstand kein Wort. »Hauptkommissar Bachmann«, stellte er sich vor. »Kann mir mal jemand sagen, was hier los ist?«

»Kriminaloberkommissar Bent Dahl«, gab der Norddeutsche zurück. »Ihr Kollege hat etwas, was mir gehört. Ich bin nur gekommen, um es abzuholen, dann bin ich auch schon wieder weg.« Er wandte sich an Hartwick. »Also, wo ist die Festplatte?«

Angriffslustig schob Hartwick das Kinn vor. »Die ist an einem sicheren Ort.«

»Willst du mich verarschen?«

»Na, na, na, Kollege«, fuhr Falk dazwischen. »Kommen Sie mal wieder runter.«

Bent Dahl ignorierte ihn und fixierte weiter Hartwick. »Wenn es wegen dem ist, was ich gestern über den Barkeeper gesagt habe, dann entschuldige ich mich. Ich konnte ja nicht ahnen …« Er warf Falk einen Seitenblick zu, so als wüsste er nicht, wie viel er vor ihm preisgeben durfte.

»Lass gut sein«, entgegnete Hartwick. »Deine Einstellung Schwulen gegenüber interessiert mich nicht. Ich habe nur keine Lust, einem homophoben Arschloch einen Gefallen zu tun, ohne eine Gegenleistung zu bekommen. Sobald du rausgefunden hast, wo wir Avram Radu finden, gebe ich dir die Festplatte. Und jetzt hau besser ab, bevor Gromow oder einer seiner Leute dich noch sieht.«

Kapitel 41

Während Falk auf das triste dreigeschossige Eckhaus mit den weißen Sprossenfenstern zuging, das im Schatten der neben ihm aufragenden St.-Jakobus-Kirche lag, dachte er darüber nach, in was um alles in der Welt Hartwick verwickelt war. Was verband ihn mit dem Hamburger Kollegen? Selbstverständlich hatte Falk ihn danach gefragt, doch nachdem Bent Dahl abgezogen war, hatte Hartwick ihn mit einigen unverständlichen Erklärungen über die Russenmafia abgespeist und sich dann verpisst. Kurz hatte Falk in Erwägung gezogen, den Vorgesetzten herauszukehren und Hartwick zurückzupfeifen, aber schließlich hatte er ihn gehen lassen. Auch wenn Falk nicht für sein diplomatisches Geschick bekannt war, hatte er in dem Moment begriffen, dass es klüger war, klein beizugeben, falls er die Beziehung zu seinem Sohn nicht vollends in den Sand setzen wollte.

»Kann ich Ihnen helfen?«, riss eine tiefe Stimme Falk aus seinen Gedanken. Sie gehörte einem Mann mit dunklem Haar, den Falk auf höchstens dreißig schätzte. Er stand, einen Autoschlüssel in der Hand, neben einem in die Jahre gekommenen roten Campingbus mit Hochdach. Zu Jeans, Sneakern und einem verwaschenen schwarzen Poloshirt trug er ein Halstuch, was Falk angesichts der angenehmen Frühlingstemperaturen affektiert vorkam.

Falk holte seinen Ausweis hervor. »Guten Tag, mein Name ist Falk Bachmann. Ich arbeite beim LKA und bin auf der Suche nach Simone Habelitz.«

Der Mann furchte die Stirn und warf einen raschen Blick auf den Dienstausweis. »Haben Sie einen Termin?«, fragte er.

»Warum wollen Sie das wissen?«

Der Mann lächelte. »Oh, Entschuldigung, ich habe mich noch gar nicht vorgestellt. Mein Name ist Dirk Schusser, ich leite die Gemeinde.«

Falk nahm die ihm dargebotene Hand und schüttelte sie.

»Sie sind der Pastor?«, fragte er, wobei sein Gegenüber ihm das Erstaunen offensichtlich ansah, denn das Lächeln verwandelte sich in ein breites Grinsen, das dem Mann etwas Jungenhaftes verlieh. Mit einem Mal sah er aus, als würde er noch die Schulbank drücken und nicht einer Gemeinde vorstehen.

»Ja, der bin ich. Nach dem Priesterseminar hat man mich nach Sachsenhausen versetzt, und ich muss sagen, Frankfurt ist eigentlich ganz nett. Aber zu Ihrer Frage nach Simone: Falls Sie keinen Termin mit ihr vereinbart haben, wird sie nicht mehr hier sein. Freitags kommt sie immer nur kurz für die Teambesprechung rein und fährt dann zurück nach Offenbach.«

Der Pfarrer wandte sich ab und wollte seinen Bus aufschließen, doch Falk hielt ihn zurück. »Vielleicht können Sie mir ja weiterhelfen. Kannten Sie Anna Mattheis, die junge Frau, die vor einigen Tagen tot aufgefunden wurde?«

Dirk Schusser stutzte und ließ den Autoschlüssel sinken. »Was mit ihr passiert ist, tut mir aufrichtig leid. Das ist schrecklich. Doch ich wüsste nicht, wie ich Ihnen weiterhelfen könnte. Ich bin Anna Mattheis ein oder zwei Mal über den Weg gelaufen, aber wenn ich ehrlich bin, kann ich mich kaum an sie erinnern. Selbst nach einem Jahr ist noch alles ziemlich neu für mich; ich muss mir so viele Gesichter merken.«

Nur wenige Autos fuhren über die Holbeinstraße, und die Fußgänger liefen überwiegend auf dem mit Robinien gesäumten Mittelstreifen, womit sie sich außer Hörweite befanden. Trotzdem hatte Falk nicht vor, den Fall hier auf dem Parkplatz vor dem Gemeindehaus zu besprechen. »Können wir woanders hingehen? Sie haben doch mit Sicherheit ein Büro.«

Dirk Schusser entfuhr ein leises Stöhnen und sah auf seine Armbanduhr. »Eigentlich bin ich auf dem Sprung.«

Er hielt die Ledermappe in seiner Hand hoch, als würde das irgendetwas erklären.

»Es dauert auch nicht lang«, meinte Falk und deutete auf die beiden spitz zulaufenden Bögen, die dem Eingangsportal vorgelagert waren. »Kommen Sie.«

Das Innere des Gemeindehauses machte einen verlassenen, trostlosen Eindruck. Die Kugellampen, die an langen Stangen in etwa zwei Metern Abstand von der hohen Decke hingen, waren ausgeschaltet. Lediglich durch die Milchglaseinsätze der verschlossenen Bürotüren drang etwas Licht in den schmalen Gang. Während Falk dem Pfarrer in den hinteren Gebäudeteil folgte, knarrte das gewienerte Parkett unter ihren Schritten.

»Bitte sehr«, sagte Dirk Schusser, nachdem er eine Tür am Ende des Gangs aufgesperrt hatte.

Falk betrat einen eher kleinen Raum, in dem ein ziemliches Durcheinander herrschte. Wild gestapelte Aktenordner brachten sämtliche Regalböden dazu, sich zu biegen. Der Schreibtisch versank unter Papier, das selbst vor der nur halb sichtbaren Computertastatur nicht Halt machte. Einzig der Bildschirm und das Festnetztelefon trotzten der Papierflut. Hätte an der Wand neben dem Sprossenfenster, vor dem eine ausladende Eiche stand, kein Kruzifix gehangen, hätte nichts darauf hingedeutet, dass sie sich im Büro eines Geistlichen befanden.

»Setzen Sie sich doch«, sagte Dirk Schusser und wies auf einen der Besucherstühle vor seinem Schreibtisch, bevor er sich in den Drehstuhl dahinter fallen ließ. »Ich würde Ihnen gerne etwas anbieten, aber es ist Freitag, da ist die Teeküche um diese Zeit bereits geschlossen, und ich habe keinen Schlüssel.«

»Schon in Ordnung«, sagte Falk und nahm Platz.

»Also, was kann ich für Sie tun?« Dirk Schusser schaute ihn ausdruckslos an, wobei er keine Anstalten machte, die Deckenlampe einzuschalten.

Falk fühlte sich unwohl in dem düsteren Loch, also beeilte er sich anzufangen. »Ich bin nicht in erster Linie wegen Anna Mattheis hergekommen. Vielmehr geht es mir um einen Mann, der ebenfalls an einer Ihrer Selbsthilfegruppen teilgenommen hat.«

Da das Gesicht des Pfarrers im Schatten lag, konnte Falk es kaum erkennen, doch er meinte zu sehen, wie es sich weiter verschloss.

»Wen meinen Sie?«, fragte Dirk Schusser im sanften Ton eines Mannes, der bereits vielen Besuchern gegenübergesessen und sich ihre Anliegen angehört hatte.

»Norman Behring. Kennen Sie ihn?«

Der Priester legte die Daumen unters Kinn und tippte sich mit den Zeigefingern an die Nase, während er überlegte. »Norman Behring«, wiederholte er. »Nein, ich glaube, der Name sagt mir nichts.«

Falk beobachtete den Mann auf der anderen Seite des Schreibtisches genau, und obwohl er nicht wusste, woran er den Eindruck festmachte, war er sich doch sicher, dass der Pfarrer nicht die Wahrheit sagte. »Norman Behring hat seit einiger Zeit die Gewaltberatung für Männer besucht. Darüber müssen Sie doch etwas wissen, schließlich finden diese Treffen in Ihrem Gemeindehaus statt.«

Noch immer klopfte Dirk Schusser gedankenversunken mit den Fingern gegen seine Nase. »Tut mir leid, aber dazu kann ich Ihnen aus verschiedenen Gründen nichts sagen. Wie bereits erwähnt, kenne ich nur die wenigsten Teilnehmer der Selbsthilfegruppen persönlich. Das liegt nicht an mangelndem Interesse meinerseits, sondern daran, dass die Gemeinde zwar die Räume bereitstellt und einen Teil der Kosten für die Therapeuten und Sozialarbeiter übernimmt, sich ansonsten aber aus der Arbeit raushält. Alle Gruppen sind überkonfessionell. Und selbst wenn mir Einzelheiten bekannt wären, dürfte ich nichts sagen, da ich zur Verschwiegenheit verpflichtet bin.«

Das hatte Falk befürchtet. Der Pfarrer machte dicht. »Norman Behring ist tot«, sagte er und verlor langsam die Geduld. »Er wurde ebenfalls ermordet, und alles deutet darauf hin, dass sein Mörder auch der von Anna Mattheis ist. Beide Opfer haben Selbsthilfegruppen Ihrer Kirche besucht. Das ist doch kein Zufall. Kommen Sie, geben Sie mir etwas.«

Dirk Schusser nahm die Hände herunter, legte sie auf die Armlehnen seines Drehstuhls und hielt sich daran fest. Trotzdem bemerkte Falk das leichte Zittern.

Der Mann wusste etwas.

»Tut mir wirklich leid«, wiederholte der Priester und versuchte, seiner Stimme einen ruhigen, beherrschten Tonfall zu geben, »aber meine Verschwiegenheitspflicht und das Beichtgeheimnis gelten auch über den Tod hinaus. Mir sind die Hände gebunden.«

Nur mühsam gelang es Falk, seine Ungeduld im Zaum zu halten. Er hatte nicht übel Lust, Dirk Schusser an seinem albernen Halstuch zu packen und durchs Büro zu schleifen, bis er den Mund aufmachte, beherrschte sich jedoch. Er durfte nicht die Nerven verlieren.

»Zwei Frauen und ein Mann sind tot. Und der zehnjährige Patrick Behring, der Sohn des ermordeten Norman Behring, wird vermisst«, zischte er. »Vielleicht lebt der Kleine noch, und wir haben eine Chance, ihn zu retten. Doch dazu brauche ich einen Anhaltspunkt, wo ich ihn oder den Täter finden kann. Also machen Sie den Mund auf. Jede Kleinigkeit kann wichtig sein. Was wissen Sie?«

Dirk Schusser begann, an seinem Halstuch herumzunesteln. Die Äste der Eiche vor dem Fenster bewegten sich im Wind, wodurch ein Sonnenstrahl es ins Zimmer schaffte. Falk bemerkte den Schweißfilm auf der Stirn des Pfarrers.

»Hören Sie auf, mich zu bedrängen.« Demonstrativ schaute der Priester wieder auf seine Armbanduhr. »Außerdem bin ich mittlerweile sehr spät dran.« Er sprang auf, und als er um den Schreibtisch herumkam, um Falk zum Gehen zu bewegen, verrutschte sein Halstuch.

Falk stutzte, stand auf und griff nach dem Stoff, worauf Dirk Schusser überrascht einen Schritt zurücktrat, doch es war zu spät.

Falk hatte die beiden roten Male seitlich an dessen Hals entdeckt. »Was ist das?«, fragte er, obwohl er bereits wusste, was er sah.

Dirk Schusser zog das Halstuch wieder fest, Angst blitzte in seinen Augen auf. »Das ist nichts. Ich habe mich beim Rasieren geschnitten.« Er wollte zur Bürotür gehen, doch Falk baute sich vor ihm auf und versperrte ihm den Weg.

»Wer hat Sie angegriffen?«, fragte er, denn die roten Male waren Verletzungen, wie sie zurückblieben, wenn ein Elektroschocker auf nackter Haut zum Einsatz kam.

»Niemand. Und jetzt lassen Sie mich durch!«

Falk ignorierte die Aufforderung und bohrte weiter. »War er es? Hat der Mann, der in der Presse als Karussellkiller, Heimsucher oder Rattenmann bezeichnet wird, Sie mit einem Taser angegriffen?«

»Nein. Bitte fragen Sie nicht weiter.«

Falk trat näher auf Dirk Schusser zu, der sichtlich mit seinem Gewissen rang.

»Patrick Behring ist zehn Jahre alt«, redete Falk auf ihn ein. »Wollen Sie wirklich, dass er stirbt, bevor sein Leben richtig angefangen hat?«

»Aber ich weiß doch nichts.«

»Mensch, Junge, mach endlich dein Maul auf, oder ich vergesse mich!«

»Das Jerusalem-Syndrom.«

»Was?«

»Das Jerusalem-Syndrom«, sagte der Pfarrer ein zweites Mal. Dann schob er sich irgendwie an Falk vorbei und stürzte aus dem Zimmer.

Kapitel 42

Jan verließ das vollverglaste Büro von *Dehnhardt & Partner*, der Unternehmensberatung, für die Norman Behring gearbeitet hatte, und ging zu den Aufzügen. Während er darauf wartete, dass eine der Kabinen zu ihm in den zwanzigsten Stock hoch rauschte, schaute er aus den bodentiefen Fenstern. Die Autos tief unter ihm, die sich zur Mittagszeit in einem nicht enden wollenden Strom durch die Schluchten Frankfurts schlängelten, wirkten wie Miniaturen.

Rastlos wippte er mit dem Fuß. Normalerweise fiel es ihm nicht schwer, ruhig stehen zu bleiben, heute aber hatte er das Gefühl, eine Armee von Ameisen marschiere durch ihn hindurch. Zudem reichte ein schiefer Blick, um ihn aus der Haut fahren zu lassen. Gerade eben bei der Befragung, die keinerlei neue Erkenntnisse gebracht hatte, war er drauf und dran gewesen, dem schmierigen Consultant die goldene Golfball-Trophäe ins Gesicht zu donnern, die auf dessen Schreibtisch gestanden hatte.

»Na komm schon«, knurrte Jan, als er zum wiederholten Mal auf den Fahrstuhlknopf hämmerte.

Er hatte eindeutig den falschen Beruf gewählt. Während er und seine Kollegen die Ermittlungen von einem schimmeligen Loch aus erledigten, arbeitete die Finanzelite in hypermodernen Luxusbüros. Jan wollte gar nicht wissen, wie viel allein die Monatsmiete für die Büroräume im Nextower, dem Wolkenkratzer mit der geknickten Glasfassade auf dem Thurn-und-Taxis-Platz, verschlang. Mit Sicherheit mehr, als er in einem Vierteljahr verdiente.

Mit einem dezenten Klingeln öffnete sich endlich eine der Kabinen, worauf Jan eintrat und den Knopf für die Tiefgarage drückte.

»Warten Sie, ich fahre mit«, rief jemand. Im nächsten Moment streckte Lukas Paasch, der Consultant, sein Bein vor, womit er die Lichtschranke durchbrach. Die sich schließende Fahrstuhltür stoppte und glitt geräuschlos wieder auf.

Jan trat einen Schritt zurück, um dem Mann, der ungefähr in seinem Alter sein musste, Platz zu machen. Lukas Paasch, der so selbstbewusst auftrat, als wäre er bereits im Anzug zur Welt gekommen, trat ein.

Die Wolke aus Eau de Toilette, die mit ihm in den Fahrstuhl schwebte, bereitete Jan Übelkeit. Während der Ausbildung hatte er gelernt, was es bedeutete, von Koks runterzukommen, aber es war etwas völlig anderes, die Symptome am eigenen Leib zu spüren. Er schloss die Augen und atmete flach.

Lukas Paasch, in dessen Büro Jan bis vor wenigen Minuten gesessen hatte, warf einen Blick auf die verspiegelte Seitenwand, dann fuhr er sich mit einem Finger über eine Augenbraue und verzog die Lippen zu einem Lächeln. Dem Yuppie schien zu gefallen, was er sah.

Eitler Fatzke.

»Nach dem Schreck brauche ich erst mal eine Kippe«, sagte er, griff in die Innentasche seines Jacketts und holte ein silbernes Zigarettenetui hervor.

»Ich hatte nicht den Eindruck, als ginge Ihnen der Tod Ihres Kollegen besonders nah«, rutschte es Jan heraus.

Lukas Paasch machte eine ausweichende Geste. »Ich habe ja keine Ahnung, wie es sich bei der Polizei verhält, aber in der freien Wirtschaft ist jeder Kollege in erster Linie eine Bedrohung für die eigene Karriere. Und dabei spielt es keine Rolle, auf welcher Ebene der Hierarchie er steht. Ein Chef kann Sie feuern; ein Untergebener überholt Sie; jemand, der Ihnen gleichrangig ist, wird versuchen, Sie zu demontieren.«

»Ist das so? Vorhin betonten Sie doch noch, dass in Ihrer Firma flache Hierarchien vorherrschen und anstehende Aufgaben gemeinschaftlich im Team gelöst werden.«

Paasch lachte. »Also im Beisein von Dr. Wenzel rede ich mich doch nicht um Kopf und Kragen. Der Anwalt leitet jedes Wort direkt an unsere Seniorpartner weiter. Aber unter uns: Teamwork? Flache Hierarchien? Alles nur leere

Worte, leere Versprechungen, mit denen hirnlose Arbeitstiere ausgebeutet werden. Teamwork bedeutet doch nichts anderes, als dass der Teamleiter die Lorbeeren für Erfolge einheimst, während sein Team für Fehler ordentlich eins drauf kriegt. Und flache Hierarchien? Kommen Sie, an den Bullshit glaubt doch heute keiner mehr.« Lukas Paasch zwinkerte Jan zu. »Sobald davon die Rede ist, hat man das mittlere Management geschasst und lässt dessen Arbeit die schlechter bezahlten Mitarbeiter machen. Zusätzlich, versteht sich.«

Jan sah zur Stockwerksanzeige, auf der die Elf der Zehn Platz machte. »Dann sind Sie und Norman Behring doch nicht so gut miteinander klargekommen, wie Sie gesagt haben?«

Lukas Paasch nahm eine Zigarette aus dem Etui, klemmte sie sich zwischen die Lippen und ließ die silberne Dose wieder in der Sakkotasche verschwinden. »Ich bin nicht der Einzige, der Probleme mit Normans Art hatte.« Der Fahrstuhl hielt im Erdgeschoss, die Türen gingen auf, doch Lukas Paasch stellte sich in die Lichtschranke. »Norman war ein Soziopath. Ohne ihn ist die Welt besser dran«, sagte er und gab den Aufzug wieder frei.

Bevor die Fahrstuhltüren sich ganz schlossen, sah Jan, wie Lukas Paasch, anstatt auf den Ausgang zuzustreben, durch eine Seitentür im Treppenhaus verschwand. Kurz fragte er sich, wohin der Consultant ging, doch als der Fahrstuhl in der Tiefgarage ankam, hatte er Lukas Paasch bereits wieder vergessen.

Auf dem Weg zu seinem Dienstwagen holte Jan den Autoschlüssel aus seiner Hosentasche und überlegte, ob die Verwahrstelle mittags geöffnet hatte. Er konnte es nicht erwarten, seinen Mini zurückzubekommen. Gerade als er den Audi erreichte, hörte er eilige Schritte, und noch bevor er sich umdrehen konnte, traf ihn etwas hart in den Kniekehlen.

Er brüllte auf, dann knickten seine Beine ein, und einen Sekundenbruchteil später lag eine Drahtschlinge um seinen Hals. Mit einem surrenden Geräusch wurde sie zugezogen.

Jan versuchte, seine Finger zwischen Hals und Schlinge zu schieben, bekam den dünnen Draht aber nicht zu fassen.

Panisch sog er Luft ein, als ihm ein feuchtes Tuch auf Mund und Nase gepresst wurde.

Sofort nahm er den stechenden Geruch wahr.

Äther. Das Tuch ist mit Äther getränkt, war das Letzte, was Jan dachte, bevor sein Körper erschlaffte und er das Bewusstsein verlor.

Kapitel 43

Die Absätze von Julianes Pumps klapperten auf dem Parkettboden, während sie von ihrer Küche ins Schlafzimmer eilte. Normalerweise zog sie die Schuhe in ihrer Wohnung aus, doch sie war spät dran. Sie wollte sich nur kurz eine frische Bluse überziehen und dann gleich weiter ins Präsidium.

Als sie an den Schrank ging, in dem sie ihre Garderobe aufbewahrte, fiel ihr Blick auf das ungemachte Bett.

Ein Lächeln legte sich auf ihr Gesicht.

Auch wenn der gestrige Abend durch Zoes Anruf ein so abruptes Ende genommen hatte und Jonas bei ihrer Rückkehr bereits in seine Studentenwohnung zurückgefahren war, fand sie, dass ihre Verabredung alles in allem ganz gut gelaufen war.

Zwar fühlte sie sich ein wenig verrucht – entgegen ihrer sonstigen Art war sie recht forsch gewesen –, aber wie hieß es in *Schöner knattern*, dem Podcast, den Juliane abonniert hatte, so oft? Das Leben ist zu kurz für schlechten Sex.

Sie öffnete das bodentiefe Schlafzimmerfenster und trat auf den kleinen Balkon, wo an einem Klapptisch von IKEA lediglich ein einsamer Holzstuhl stand. Vielleicht sollte sie sich beizeiten einen zweiten Stuhl zulegen, überlegte sie. Außerdem musste der wilde Wein, der das halbe Haus an der südwestlichen Seite einrahmte, dringend geschnitten werden. Eigentlich schickte ihr Vermieter gegen Ende des Winters immer ein Team von Gärtnern, um das Ungetüm in Schach zu halten, doch noch war niemand aufgetaucht.

Juliane nahm sich vor, dem Hausbesitzer, der im Grunde ganz in Ordnung war, mit zunehmendem Alter jedoch ein wenig kauzig wurde, eine Erinnerungsnachricht zu schicken.

Gerade als sie zurück ins Schlafzimmer gehen wollte, bemerkte sie eine tote Libelle. Das schillernde Insekt lag neben dem mit Grünspan überzogenen Tontopf, in dem eine vertrocknete Geranie steckte. Wie es aussah, hatten beide den letzten Sommer nicht überlebt. Juliane nahm sich vor, am nächsten freien Wochenende ihren Balkon auf Vordermann zu bringen. Mit dem Fuß schob sie die Libelle unter der Brüstung durch, und während sie ihr mit einem leichten Schaudern beim Zu-Boden-Fallen zusah, entdeckte sie Falk. Er stieg gerade aus seinem Dienstwagen und ging zielstrebig auf das Haus zu. Verwundert lehnte Juliane sich auf das verzierte Jugendstilgeländer. »Sind wir verabredet?«

Falk brauchte einen Moment, bis er sie auf dem Balkon im zweiten Stock entdeckte. »Ich muss mit dir sprechen.«

»Hättest du nicht anrufen können? Und überhaupt, hat das nicht Zeit, bis ich wieder im Präsidium bin?« Nach dem, was Falk sich gestern geleistet hatte, hatte Juliane nicht vor, so zu tun, als wäre alles in Ordnung.

»Nein, es kann nicht warten, sonst wäre ich nicht hier«, brummte Falk.

Juliane verzog den Mund. Wie sie Falk kannte, würde er nicht eher verschwinden, bis sie ihn hereinließ oder zu ihm herunterging. »Also gut«, sagte sie, lief zurück in ihren Flur und drückte auf den Türöffner. Kurz darauf hörte sie, wie unten die Haustür aufgestemmt wurde.

»Was weißt du über das Jerusalem-Syndrom?«, fragte Falk anstelle einer Begrüßung, als er schwer atmend ihren Flur betrat.

Juliane stöhnte genervt, dann imitierte sie Falks tiefen Bariton. »Danke, dass ich reinkommen durfte, Juliane. Wirklich nett von dir. Ich hoffe, die Begegnung mit Katharina Behring, bei der du ihr von der Ermordung ihres Mannes berichtet hast, ohne ihr einen Erfolg bei der Suche nach ihrem Sohn zu vermelden, war nicht allzu aufreibend.« Ihre Stimme nahm wieder ihren normalen Klang an. »Es ist lieb, dass du nachfragst, Bachmann, aber ehrlich gesagt war der Termin die Hölle. Die Frau hat mich nicht gerade diplomatisch darüber aufgeklärt, was sie von unserer

Arbeit hält, bevor sie zusammengebrochen ist. Erst nachdem ich den Rettungswagen gerufen habe und ein Arzt ihr zehn Milligramm Diazepam gespritzt hat, wurde es besser. Die Frau ist jetzt in der Klinik, aber ansonsten war mein Vormittag so richtig schön.«

Unwirsch winkte Falk ab. »Mein Besuch in der Kirchengemeinde war auch nicht gerade amüsant. Ich habe nur den Pfarrer, der kaum aus den Windeln raus ist, angetroffen, und der hat den Mund nicht aufgemacht. Dabei weiß er etwas; da bin ich mir sicher.«

Juliane horchte auf. »Willst du damit sagen, er kennt den Killer?«

»Keine Ahnung. Er beruft sich auf das Beichtgeheimnis und ist mit nichts rausgerückt. Nur das Jerusalem-Syndrom hat er mir vor den Latz geknallt. Also, was kannst du mir darüber sagen?« Wie so oft, wenn Falk nachdachte, fing er an umherzulaufen.

Juliane schaute an sich hinab und vergewisserte sich, dass sie die Bluse richtig zugeknöpft hatte. »Es ist verdammt lang her, dass ich am Rande einer Vorlesung davon gehört habe, also leg meine Worte nicht auf die Goldwaage.«

»Schieß los.«

»Also gut«, sagte Juliane und schob Falk ins Wohnzimmer. »Aber setz dich um Himmelswillen hin, dein Herumgeschleiche macht mich wahnsinnig.«

Falk nahm auf der Lehne ihres Lesesessels Platz.

»Danke«, sagte Juliane und setzte sich ihrerseits auf die Kante des Esstisches. »Wie du wahrscheinlich weißt, nimmt Jerusalem innerhalb der monotheistischen Religionen eine zentrale Stellung ein. Die Stadt wird sowohl von Christen als auch von Juden und Muslimen als heilige Stadt verehrt, und in diesem Kontext treten bei einer nicht geringen Anzahl an Besuchern religiöse Wahnvorstellungen auf, die in der Psychologie als Jerusalem-Syndrom bezeichnet werden.«

»Was für Wahnvorstellungen?«

»Psychosen unterschiedlichster Art, doch sie alle laufen auf eins hinaus: Die Betroffenen identifizieren sich entweder mit einer biblischen Gestalt oder erleben sich als von Gott gelenkt.«

»Du meinst, jemand fährt nach Jerusalem und hält sich mit einem Mal für Jesus?«

»Nicht unbedingt für Jesus, aber ja, das trifft es recht gut und kommt öfter vor, als man vielleicht denken mag. Außerdem ist es alles andere als harmlos. In beinahe der Hälfte der Fälle müssen die Betroffenen stationär behandelt werden. Sie leiden unter schweren Halluzinationen, werden von Stimmen mit imperativem Charakter beherrscht und zu Handlungen gezwungen, die sie sonst niemals tun würden. Mein Professor hat von einem Mann berichtet, der sich während seines Aufenthalts in Jerusalem im Wahn mit einer Rasierklinge verstümmelt hat.«

»Aber was hat das mit unserem Killer zu tun? Wir sind in Frankfurt, nicht in Jerusalem.«

Nun war es Juliane, die aufstand und durch das Zimmer lief. »Das weiß ich nicht. Hast du den Pfarrer nicht danach gefragt?«

»Wie gesagt, aus dem war nichts rauszukriegen. Wäre es denn denkbar, dass ein Besuch in Jerusalem bei unserem Killer eine Psychose ausgelöst hat, die bis heute anhält?«

Juliane nickte. »Dazu muss er noch nicht einmal nach Israel gereist sein. Ähnliche Krankheitsbilder treten auch bei Menschen auf, die in Florenz, Rom oder in vergleichbaren Städten mit kultureller oder religiöser Überhöhung sind beziehungsweise waren. Im Grunde kann schon der Besuch einer einzelnen heiligen Stätte oder eines Sakralbaus religiösen Wahn auslösen.«

Das Klingeln von Falks Handy ließ sie verstummen. Falk streckte sein rechtes Bein vor und nahm das Smartphone aus der Tasche.

»Ja?«

Juliane hörte nicht, was am anderen Ende der Leitung gesprochen wurde.

»Ich weiß weder, wo Hartwick sich gerade rumtreibt, noch, wo die Festplatte ist«, bellte Falk nach einem Moment. »Warum rufen Sie überhaupt mich und nicht ihn an? Wissen Sie inzwischen, wo sich Radu aufhält?«

Stille.

»Wir suchen Avram Radu im Zusammenhang mit drei Morden und dem Verschwinden eines Jungen. Also machen Sie den Mund auf, wenn Sie nicht wollen, dass ich Ihnen gehörig in den Hintern trete.« Falk nahm das Handy vom Ohr, offenbar hatte sein Gesprächspartner unvermittelt aufgelegt. »So ein Penner«, zischte er.

Fragend sah Juliane zu ihm herüber.

»Das war der Kerl vom LKA Hamburg«, erklärte er. »Ich habe keine Ahnung, was er und Hartwick am Laufen haben, aber es gefällt mir nicht.«

Unwillkürlich hob sich eine von Julianes Augenbrauen. »Zwischen den beiden läuft etwas?«

»Nicht was du denkst«, antwortete Falk. Er stand auf, legte das Handy auf den Beistelltisch und fischte eine Packung Lucky Strike aus der Hose. »Hartwick hat dem Kollegen bei einer nicht ganz astreinen Sache geholfen, und im Gegenzug will Dahl ihm Informationen über den Aufenthaltsort von Avram Radu liefern.« Falk nahm eine Zigarette und klemmte sie sich in den Mundwinkel. »Ich geh mal kurz auf deinen Balkon.«

Juliane stellte sich ihm in den Weg. Sie baute sich so dicht vor ihm auf, dass sie den Kopf in den Nacken legen musste, um ihn ansehen zu können. Die letzten Tage hatten Spuren auf Falks Gesicht hinterlassen. Es wirkte verquollen, die Falten um Mund und Nase waren tiefer geworden, dunkle Tränensäcke lagen unter den Augen.

»Mir ist klar, dass der Fall dich mitnimmt und du unter gewaltigem Druck stehst«, sagte sie. »Aber warum stößt du, wenn du Dampf ablassen musst, alle von dir? Ich kapier das nicht. Hast du mit Zoe gesprochen?«

Eine Falte erschien zwischen Falks Augenbrauen, und er machte einen Schritt von Juliane weg. »Fang jetzt bloß nicht auch noch an, mir Vorwürfe zu machen. Es reicht, dass Hartwick mich wie einen Aussätzigen behandelt. Ja, ich habe einen Fehler gemacht, geschenkt. Aber ich werde nicht vor euch zu Kreuze kriechen.«

Falk trat um sie herum und verschwand im Flur.

»Du machst es dir verdammt einfach«, rief Juliane ihm nach. »Zoe ist das Beste, was dir seit Jahren passiert ist. Sie tut dir gut. Und wie revanchierst du dich? Bei der erstbesten Gelegenheit steigst du mit einer anderen ins Bett. Merkst du eigentlich noch was? Herrgott, ich dachte, es sei ein Klischee, aber ihr Kerle denkt wirklich nur mit eurem Schwanz. Und wenn du rauchen willst, geh gefälligst nach unten.«

Sie folgte Falk und sah, wie er in ihrem Schlafzimmer verschwand, um doch auf dem Balkon zu rauchen. »Welchen Teil von ›Geh nach unten‹ hast du nicht verstanden?« Mit in die Hüften gestemmten Armen stellte sie sich in den Türrahmen. Und erschrak.

Falk stand neben ihrem Bett und hielt mit spitzen Fingern den Streifen Kondome, den Juliane auf Dr. Di Carlos Anraten hin gekauft hatte und von dem seit gestern zwei der Gummis fehlten, in die Höhe. »Wie ich sehe, bin ich nicht der Einzige, der mit jemandem im Bett gelandet ist«, sagte er mit einem wissenden Ausdruck in den Augen.

»Du kannst so ein furchtbarer Idiot sein«, fauchte sie und wollte Falk den Cellophanstreifen aus der Hand reißen, hielt aber plötzlich inne.

Die Kondome, die von der durch die Balkontür fallende Nachmittagssonne beschienen wurden, waren allesamt mit Löchern von der Größe einer Nadelspitze übersät.

Kapitel 44

Ein Schwall Wasser ergoss sich über Jan, und er riss die Augen auf.

»Da bist du ja wieder«, hörte er Markov, den Türsteher aus dem *Neon*, mit starkem osteuropäischen Akzent sagen, und selbst in seinem angeschlagenen Zustand begriff er, in welcher Lage er sich befand. Gromow hatte ihn in der Tiefgarage des Nextower überfallen, betäubt und verschleppt. Bent und er waren aufgeflogen.

Markov warf den Plastikeimer, den er in der Hand hielt, auf den Boden und ließ die Fingerknöchel knacken. »Wir werden viel Spaß miteinander haben.« Sein breites Grinsen entblößte zwei Reihen schiefer, gelber Zähne.

»Ich freue mich schon«, keuchte Jan und versuchte sich zu orientieren. Gehalten von einem Seil, das seine Handgelenke über dem Kopf an einen mit Taubendreck überzogenen Balken fesselte, stand er in einer runden, abrissreifen Halle. Jeder Muskel seines Körpers schmerzte.

»Hältst dich wohl für einen Komiker?«, fragte Markov. »Dann verrat ich dir mal was: Ich kann Scherzbolde nicht ausstehen.« Markov legte sein gesamtes Gewicht in einen Schwinger, der Jan unterhalb der Schläfe traf und seine Wange in einen brennenden Ball aus Schmerz verwandelte.

»Das reicht«, rief jemand von weiter hinten.

Jan spuckte Blut und wandte sich der Stimme zu.

Juri Gromow, der dicke Russe mit den Schweinsaugen, saß auf einem Stuhl in der Mitte eines von einfachen Hanfseilen abgegrenzten Boxrings. Mehrere Reihen Holzbänke, wie Jan sie aus Bierzelten kannte, waren sternförmig um den Ring herum aufgebaut. Alles wirkte provisorisch, lediglich die hochmodernen LED-Scheinwerfer, die an Aluminium-Traversen unter der Decke hingen und den Boxring in gleißend helles Licht tauchten, sahen kostspielig aus und passten nicht ins Bild. Etwas abseits von Juri

Gromow, außerhalb des Rings, standen seine beiden Bodyguards gegen übereinandergestapelte Alukisten gelehnt und rauchten.

Wie es aussah, hatte Jan den Ort, an dem Avram Radu seine illegalen Kämpfe veranstaltete, auch ohne Bents Hilfe gefunden.

Schwerfällig hievte der Russe seinen fetten Leib vom Holzstuhl, worauf einer der Bodyguards seine Zigarette wegschnippte und zu ihm eilte. Er hob das Seil an, sodass Gromow seinen Kopf kaum senken musste, während er aus dem Ring trat.

Gemächlich schritt er auf Jan und Markov zu.

Trotz des kalten Wassers, das Jan nach wie vor vom Körper tropfte, brach ihm der Schweiß aus.

»Wo sind sie?«, fragte Gromow, wobei seine Stimme beinahe schnurrend klang.

»Wo ist wer?«, stellte Jan sich dumm.

Gromows angedeutetes Nicken bemerkte Jan kaum, Markovs Schlag in die Nierengegend spürte er dafür umso heftiger. Sein Brüllen hallte von den Wänden wider, was einige verirrte Tauben aufstieben ließ. Jans Beine gaben nach, doch die am Dachbalken festgemachte Fessel hielt ihn weiter aufrecht. Hilflos baumelte er hin und her.

Als er wieder einigermaßen selbstständig stehen konnte, trat Gromow so dicht an ihn heran, dass Jan dessen stinkenden Atem auf seinem von Wasser und Blut nassen Gesicht spürte.

»Einmal ist es dir gelungen, mich zu ficken, aber versuch es nicht ein zweites Mal, Bulle. Es wird dir nicht bekommen. Du hast eine kleine, eine winzig kleine Chance, lebend aus dieser Sache rauszukommen. Also noch einmal: Wo sind sie? Bent und die Festplatte?«

»Verdammt, Gromow, Sie glauben doch nicht, dass Sie damit durchkommen?«, keuchte Jan. »Sie haben einen Polizeibeamten entführt und misshandelt, dafür werden wir Sie drankriegen.«

»Falsch«, entgegnete Gromow und schnippte mit dem Finger, worauf ihm einer seiner Bodyguards ein iPad reichte. Gromow tippte auf den Touchscreen und drehte das

Display des Tablets so, dass Jan das darauf laufende Video sehen konnte.

Hochaufgelöst und gestochen scharf zeigte es, was sich im Hinterzimmer des *Neon* abgespielt hatte. Jan, wie er nervös zwischen der offenen Tür zum Serverraum und den Monitoren hin und her blickte; Bent, der ihm die Festplatte zuwarf; dann das Koks.

Jan verfluchte den Tag, an dem er Bent über den Weg gelaufen war. Warum hatte der Stümper das Büro nicht nach versteckten Überwachungskameras abgesucht?

»Nicht ich gehe in den Knast, sondern du«, fuhr Gromow fort. »Die Dienstaufsicht wird sich brennend für einen koksenden Bullen interessieren. Zumal der obendrein ohne jede rechtliche Grundlage in die Räumlichkeiten eines unbescholtenen Geschäftsmanns eingedrungen ist und dort Firmenunterlagen gestohlen hat.«

»Dann gehen Sie doch zur Internen, zeigen Sie mich an.«

Gromow packte Jan mit einer Hand bei den Haaren und riss seinen Kopf hoch. »Ich habe eine bessere Idee. Du besorgst mir die Festplatte und bringst mir Bent, dafür darfst du weiterleben.«

Jan musste nicht lange überlegen, schließlich war es ja nicht so, als würde ihm irgendeine Wahl bleiben. Trotzdem ließ er sich mit der Antwort Zeit. »Einverstanden«, sagte er, ohne jedoch ernsthaft in Erwägung zu ziehen, auf Gromows Angebot einzugehen. Sobald der Russe ihn gehen ließ, würde er auf direktem Weg in Koruhns Büro spazieren und ihn über alles informieren. Sollte doch der Bär entscheiden, wie es mit ihm und der vertrackten Sache weiterging.

Gromow ließ von Jans Haaren ab, väterlich tätschelte er ihm die Wange. »Guter Junge.« Erneut nickte er in Markovs Richtung, und Jan wappnete sich schon gegen einen neuerlichen Schlag, doch der blieb aus. Stattdessen machte Markov sich an dem Seil zu schaffen, das Jan an die Decke fesselte. Es dauerte nicht lang und es gab nach, worauf Jan wie eine Marionette mit durchschnittenen Schnüren auf den Boden knallte. Dreck und Taubenscheiße blieben an seinen nassen Sachen kleben, während er sich mit den Händen aufstützte und langsam aufrichtete.

Gromow reichte seinem Bodyguard das iPad und gab ihm auf Russisch Anweisungen, worauf der Gorilla nickte und verschwand.

Als er kurz darauf zurückkam, brauchte Jan einen Moment, um das Bild vor seinen Augen als real zu begreifen.

Markov hatte Hannah. Er hatte ihren Mund mit einem Streifen Packband zugeklebt und ihre Hände vor dem Bauch gefesselt.

»Damit du nicht auf dumme Gedanken kommst«, sagte Gromow. »Ich muss sichergehen, dass du niemandem von unserem kleinen Arrangement erzählst. Also habe ich mir erlaubt, ein zusätzliches Pfand von dir zu nehmen, das unsere Übereinkunft absichert.«

Als Jan die Verzweiflung in den Augen seiner Mutter sah, spielte alles, was zwischen ihnen vorgefallen war, plötzlich keine Rolle mehr.

»Also, was ist?«, fragte Gromow. »Haben wir eine Vereinbarung, Oberkommissar Hartwick?«

Jan presste seine Kiefer so stark aufeinander, dass es schmerzte.

Dann nickte er.

Kapitel 45

Gegen halb vier parkte Juliane den knallroten, ziemlich verbeulten Toyota Yaris unerlaubterweise auf einem Anwohnerparkplatz und hoffte, dass Frankfurts Armee aus Politessen in den nächsten Stunden einen Bogen um die Fürstenbergerstraße machte. Aus alter Gewohnheit verriegelte sie den Wagen, indem sie den Schlüssel ins Schloss des Türgriffs steckte, als ihr einfiel, dass selbst diese Blechschüssel mit einer funkgesteuerten Zentralverriegelung ausgestattet war. Den Toyota hatte sie Mölli, ihrem verschrobenen Mechaniker und Inhaber der gleichnamigen Schrauberwerkstatt, nach langem Gezeter als Mietwagen abgeschwatzt.

Auch wenn Juliane es sich nicht eingestehen wollte, sie vermisste Rosie. Sie hätte ihre alte Freundin aus Blech jetzt gut gebrauchen können, denn sie fühlte sich vollkommen ausgelaugt.

Während sie darauf wartete, dass die Traube aus aufgeregt plappernden Studentinnen an ihr vorüberzog, holte sie ihr Telefon hervor und wählte zum wiederholten Mal Jonas' Nummer, doch er ging nicht ran. Seit sie Falk den Streifen Kondome aus der Hand gerissen und ihn aus der Wohnung geworfen hatte, versuchte sie vergeblich, Jonas zu erreichen.

Gerade als sie den Studentinnen auf ihrem Weg zum Norbert-Wollheim-Platz folgte, wo in der ehemaligen Zentrale der I.G.-Farben das Hauptgebäude der Universität untergebracht war, klingelte Falks Handy, das er bei ihr hatte liegen lassen.

Sie war sich nicht sicher, ob sie rangehen sollte, doch als sie sah, dass es Zoe war, nahm sie ab. »Hallo, ich bin's, Juliane. Ich weiß, du willst eigentlich mit Bachmann sprechen, aber der ist nicht da. Er hat sein Handy bei mir vergessen.«

»Ach du bist es.« Zoe klang erleichtert und gleichzeitig enttäuscht.

»Wie geht es dir? Hast du schon deine Aussage aufnehmen lassen?«

»Nein, aber um drei habe ich einen Termin bei einem Kriminaloberkommissar Duhan Erdem.«

Juliane verzog das Gesicht. »Verstehe, das ist ein Kollege vom K10. Er ist Teil der Sonderkommission, aber nicht der angenehmste Zeitgenosse. Feinfühligkeit gehört nicht zu seinen herausragendsten Eigenschaften. Wenn ich mich reinhänge, schaffe ich es vielleicht, gegen drei zurück im Präsidium zu sein. Dann können wir einen Kaffee trinken. Was hältst du davon?«

Zoe zögerte. »Okay, aber ich kann nicht lange bleiben.«

»Prima, ich freue mich. Soll ich Falk etwas von dir ausrichten, wenn ich ihn sehe?«

»Er soll meine Sachen zusammenpacken. Ferret kommt die Tage, um sie abzuholen.«

Während Juliane überlegte, wie sie Zoe davon abhalten konnte, sich in ihrer Enttäuschung leichtfertig von Falk zu trennen, betrachtete sie das monumentale neungeschossige und mit Sicherheit an die zweihundertfünfzig Meter breite Universitätsgebäude. Die hellen Steinplatten nahmen dem leicht gebogenen, von sechs Querflügeln unterbrochenen I.G.-Farben-Haus etwas von seiner einschüchternden Wuchtigkeit, trotzdem kam Juliane sich im Schatten dieses Monstrums klein und schwach vor.

»Ich will Falk ja nicht in Schutz nehmen, aber du weißt doch, wie er ist, wenn er zu viel getrunken hat«, begann Juliane und merkte, wie ihre freie Hand in der Manteltasche mit dem Streifen Kondome spielte, den sie vorhin kopflos eingesteckt hatte.

Sie zermarterte sich das Hirn darüber, ob ihr in der Drogerie, wo sie die Präservative besorgt hatte, vielleicht irgendetwas ungewöhnlich vorgekommen war. Hatte der Deckel des Kartons einen kleinen Knick gehabt oder etwas in der Art, was einen Hinweis darauf hätte geben können, dass sich jemand am Inhalt zu schaffen gemacht hatte? Juliane fiel nichts dergleichen ein. Aber sie hatte die Verpackung auch nicht einer kriminaltechnischen Untersuchung unterzogen, Herrgott nochmal. Sie hatte die Gummis, zugegebenermaßen ein wenig verschämt, halb unter einer Packung Müsli und einem überteuerten Shampoo mit der Essenz des Granatapfels versteckt – warum fiel sie immer wieder darauf herein, wenn die Flasche traumhaftes Volumen für feines Haar versprach? –, und sie nach dem Bezahlen in Rekordzeit in ihrer Einkaufstasche verschwinden lassen.

Sie hätte die Kondompackung genauer inspizieren müssen. Dann wäre ihr mit Sicherheit aufgefallen, dass sich jemand einen üblen Streich erlaubt hatte. Vor ihrem geistigen Auge sah sie einen elf- oder zwölfjährigen Rotzlöffel, wie er vorsichtig die Packung öffnete, sich nach allen Seiten umschaute, bevor er jedes der Präservative mit einer Nadel perforierte, den Deckel wieder schloss und die Kondome zurück ins Regal stellte.

So oder so ähnlich musste es gewesen sein.

Ob sie schwanger war?

»Juliane, bist du noch dran?«

»Äh, ja. Hast du was gesagt?«

»Ich meinte, dass Bachmann sich seine Sauferei als Ausrede sparen kann.« Zoe klang plötzlich weniger verärgert als vielmehr besorgt. »Alles in Ordnung mit dir? Du hörst dich gar nicht gut an.«

Gegen Julianes Willen wurden ihre Augen feucht, wodurch die Lettern an der Oberkante der Säulenhalle, die *Johann Wolfgang Goethe-Universität* verkündeten, verschwammen. Ärgerlich schüttelte Juliane den Kopf. Dann erzählte sie Zoe von Jonas und den Kondomen.

»Ach du Scheiße, aber es wird schon nichts passiert sein«, meinte Zoe, nachdem Juliane geendet hatte. »Sicherheitshalber gehst du in die nächste Apotheke und besorgst dir die Pille danach.«

Juliane seufzte. Zoes Vorschlag klang vernünftig. Nach ihrem Termin im Fachbereich für Katholische Theologie, bei dem sie sich von Professor Ehrentreich detaillierte Informationen über das Jerusalem-Syndrom geben lassen wollte, würde sie in eine Apotheke gehen.

»Danke fürs Zuhören, das war echt nett von dir«, sagte sie schließlich, während sie die Stufen erklomm, die hinauf zur Säulenhalle führten. »Eigentlich hätte ich für dich da sein sollen.«

»Ich komm schon klar«, wiegelte Zoe ab, aber Juliane ließ sich von ihrem aufgesetzten Optimismus nicht blenden. Einen grausam zugerichteten Toten zu finden und in derselben Nacht seinen Freund mit einer anderen im Bett zu erwischen, steckte niemand so einfach weg.

Juliane betrat die imposante Eingangshalle der Universität, wo geschäftiges Treiben herrschte, und blickte sich suchend um. »Ich muss jetzt Schluss machen«, sagte Juliane. »Wir sehen uns nachher auf der Wache.«

Doch da irrte sie sich.

Sie sollte Zoe niemals wiedersehen.

Kapitel 46

Jan rutschte über den sandigen Boden und versuchte, den Stoffsack, den Markov ihm übergestülpt hatte, vom Kopf zu bekommen oder etwas zu finden, mit dem er die Kabelbinder durchschneiden konnte, die seine Hände auf den Rücken fesselten. Gelegentlich stieß er gegen ein Hindernis, einen Busch oder Strauch, doch er fand nichts, womit er sich befreien konnte.

Die verfluchten Russen hatten ihn, nachdem sie Hannah aus der Halle geschafft hatten, blind und gefesselt in einen Lieferwagen gestoßen, eine Zeitlang durch die Gegend gefahren und schließlich irgendwo auf einer verlassenen Straße wieder hinausbefördert.

»Du hast Zeit bis morgen Abend«, hatte Gromow gesagt. »Falls ich bis zum Gongschlag des ersten Boxkampfs nichts von dir gehört habe, werde ich deine Mutter Markov überlassen. Und halt deine Kollegen raus. Meine Kontakte zu den Bullen sind hervorragend. Sobald du singst, erfahre ich es.«

Inzwischen war Jan sich sicher, dass es eine undichte Stelle in ihren Reihen gab; anders hätte Gromow ihn und seine Mutter niemals so schnell aufspüren können.

Blind robbte Jan weiter über den unbefestigten Weg, bis er mit der Schulter gegen etwas Hartes stieß, das dem Geruch nach zu urteilen ein frisch gefällter Baumstamm war. Fluchend schob er sich an dem Hindernis vorbei.

»Nicht weiter, da vorn ist ein Graben«, hörte er einen Mann sagen und hielt inne. Die Stimme kam ihm bekannt vor.

Kies knirschte, als der Mann dichter an Jan herantrat, dann hörte er, wie die Klinge eines Springmessers aus ihrem Heft glitt. Im nächsten Moment wurden die Kabelbinder an Jans Handgelenken durchtrennt, und als er sich den Sack vom Kopf riss, sah er ins hagere Gesicht von

Marvin Gerzner, dem Bruder von Nepomuk und Savannah, ihrem ersten Opfer.

»Du? Was machst du hier?«, fragte Jan, während er aufstand. »Wie hast du mich gefunden?«

Marvin ließ die Klinge zurück ins Heft gleiten. »Ich habe gesehen, wie die Russen dich durch die Mangel gedreht haben«, sagte er und verstaute das Springmesser in der Tasche seiner Sporthose. »Als sie dich später weggeschafft haben, bin ich ihnen gefolgt.«

Jan massierte seine Handgelenke und schaute sich um. Gromows Männer hatten ihn irgendwo in der Einöde am Rand eines Waldes aus dem Auto geworfen. In einiger Entfernung lag ein verlassener Bolzplatz, neben dem Savannah Schefflers alter Mercedes parkte. Damit musste Marvin gekommen sein.

»Danke für deine Hilfe«, sagte Jan. »Hast du gesehen, was Gromows Gorillas mit der Frau gemacht haben? Haben Sie sie auch weggebracht?«

Marvin schüttelte den Kopf. »Keine Ahnung, was sie mit der angestellt haben. Als ich dir nach bin, war sie noch im Lager.«

»So eine gottverdammte Scheiße.« Jan verschränkte die Hände hinterm Kopf und überlegte, wie er es schaffen sollte, Hannah zu befreien, als er nicht unweit des gefällten Baums, gegen den er gestoßen war, sein Handy entdeckte. Zusammen mit seiner Waffe und dem Dienstausweis lag es auf einem großen Stein. Eilig kontrollierte er sein Telefon und die Pistole – beides war in Ordnung –, dann verstaute er alles in seiner Jeans, die vom Wasser, das Markov ihm ins Gesicht geschüttet hatte, immer noch feucht war.

Als Jan vorsichtig über die Stelle an seiner Wange glitt, wo der Russe ihn getroffen hatte, fuhr er zusammen. »Du hast nicht zufällig ein paar trockene Klamotten im Auto? Und einen Verbandskasten?«

Marvin zuckte mit den Achseln. »Eine Hose und ein Shirt kann ich dir geben, aber ob Savannah einen Verbandskasten hat, weiß ich nicht.« Er schluckte schwer. »Hatte, meine ich.«

Jan nickte, und während sie auf den alten Mercedes zuliefen, überlegte er, wie er weiter vorgehen sollte. Verstärkung konnte er nicht anfordern, das war zu riskant. Aber ganz allein konnte er es auch nicht mit den Russen aufnehmen.

Er beschloss, zunächst ins Präsidium zu fahren und die Festplatte zu holen. Anschließend würde er weitersehen. »Kannst du mich in die Stadt bringen?«, fragte er.

Marvin beugte sich über den offenen Kofferraum und nahm eine Sporthose und ein T-Shirt aus einer Tasche. Er reichte Jan die Klamotten, dann zog er sich die Basecap vom Kopf und fuhr sich durch die Haare. »Das könnte ich schon machen, aber …«

»Aber?«, hakte Jan nach, während er seinen nassen Hoodie auszog.

»Wenn ich dir helfen soll, will ich eine Gegenleistung. Wir müssen Nepo von Avram wegschaffen, und ich will das Sorgerecht für ihn.« Er setzte die Mütze wieder auf, wobei der Schirm dieses Mal nach vorn zeigte.

Jan seufzte. Gerne hätte er Marvin das Blaue vom Himmel versprochen, doch er konnte ihn nicht anlügen. Nepo von Avram Radu wegzubringen, würde er vielleicht noch hinbekommen, aber das Sorgerecht? Das Jugendamt würde sich vollkommen unbeeindruckt von den Bitten eines Oberkommissars zeigen.

Gerade als er zu einer Antwort ansetzte, klingelte sein Telefon. »Ja?«

»Jan Hartwick?«, kam die Gegenfrage einer elektronisch verzerrten Stimme.

»Am Apparat.« Das Blut rauschte in Jans Ohren, als er begriff, dass er mit dem Killer sprach.

»Falls du Bent Dahl lebend wiedersehen willst, solltest du dir die folgende Ziffernfolge merken.«

»Was? Bent? Wo ist er? Ich will mit ihm sprechen.«

»Vier, neun, acht, zwei«, fuhr der Killer ungerührt fort.

Mit der Spitze seines Schuhs schrieb Jan die Zahlen in den Sand neben dem Schotterweg.

Vier, neun, acht, zwei.

»Dann sagen Sie mir wenigstens, wo wir Patrick finden. Er ist doch noch ein Kind!«, rief Jan, aber statt einer Antwort vernahm er lediglich ein Klicken.

Der Killer hatte aufgelegt.

Kapitel 47

»Haben Sie in Ihrer Kindheit selbst Gewalt erfahren?«, fragte Karsten Neubert, während seine wachen Augen, die hinter der runden Brille unnatürlich groß wirkten, Falk aufmerksam studierten.

Falk hatte den Eindruck, der Sozialarbeiter blicke ihm direkt in den Schädel, und wieder wusste er, weshalb er um Seelenklempner einen großen Bogen machte. Selbst als Becky, seine Exfrau, ihm gegen Ende ihrer Ehe die sprichwörtliche Pistole auf die Brust gesetzt und gedroht hatte, ihn aus der gemeinsamen Wohnung zu werfen, wenn er nicht einer Paartherapie zustimmte, hatte er die Obdachlosigkeit bevorzugt und war ins Hotel gezogen.

Um Zeit zu gewinnen, knetete Falk seine Hände und starrte auf die stumpfen Terrakottafliesen, mit denen der Boden des Gemeinderaums ausgelegt war. Kurz erwog er, dem Sozialarbeiter irgendeine Geschichte aufzutischen, doch dann entschied er sich für die Wahrheit, denn er spürte, dass er dem alten Hasen, der seine grauen Haare noch immer auf Hippielänge trug, nicht so einfach etwas vormachen konnte. Wenn er verdeckt in der Anti-Gewalt-Gruppe für Männer ermitteln wollte, die Norman Behring besucht hatte, musste er in diesem Vorgespräch glaubwürdig erscheinen. Und das tat er nur, wenn er sich zumindest ein Stück weit öffnete. »Ich denke schon«, sagte Falk. »Aber ist das wichtig?«

Karsten Neubert beugte sich auf dem Holzstuhl vor, stützte die Ellenbogen auf den Oberschenkeln ab und legte seine Hände unters Kinn. »Was glauben Sie? Ist es wichtig?«

»Wahrscheinlich schon«, brummte Falk. »Meine Mutter ist abgehauen, als ich siebzehn war. Danach hat mein Vater uns, also meinen Bruder und mich, allein großgezogen. In einem reinen Männerhaushalt geht es manchmal etwas ruppiger zu.«

»Was bedeutet *ruppig* für Sie?«

Falk fühlte sich unwohl, und sein Mund war plötzlich so ausgedörrt wie sein verdammter Kaktus, der in seinem Badezimmer einen langsamen Tod starb. Zwar stand ein Becher Tee vor Falk, doch das Gesöff würde die Trockenheit nicht vertreiben. Das konnte nur ein Drink. »Mein Vater hat ziemlich viel getrunken, und wenn er besoffen war, hielt er Schläge für ein adäquates Mittel der Erziehung.«

Karsten Neubert richtete sich wieder auf, schob seine Brille hoch und studierte das vor ihm liegende Papier. Offensichtlich hatte er sich darauf die wenigen Informationen notiert, die Falk ihm vor einer Stunde vom Festnetzanschluss eines Cafés aus durchgegeben hatte.

»Wenn ich Sie vorhin richtig verstanden habe, dann haben Sie eine Tochter«, sagte der Sozialarbeiter. »Ist Ihnen ihr gegenüber einmal die Hand ausgerutscht?«

Falk knetete seine Finger fester. Er wusste, dass nun der Punkt gekommen war, wo er Karsten Neubert etwas vorspielen musste. Er musste ihm glaubhaft vermitteln, dass er sich zu dem Monster entwickelt hatte, das sein Vater gewesen war.

Nein, das konnte er nicht.

Niemals.

Unvermittelt sprang er auf. »Es tut mir leid, aber ich glaube, es war ein Fehler, herzukommen. Vielen Dank, dass Sie sich die Zeit genommen haben.«

Karsten Neubert erhob sich ebenfalls. »Sie müssen sich für nichts entschuldigen, und wenn Sie wollen, können Sie gerne an der Sitzung teilnehmen. Dann bekommen Sie ein Gefühl dafür, ob diese Art der Aufarbeitung etwas für Sie ist. Und keine Angst, niemand muss sich zu Wort melden, wenn er das nicht möchte.« Er schaute auf seine Armbanduhr. »Ich denke, dass die ersten Männer bereits draußen auf dem Flur warten. Wir fangen in einer Viertelstunde an.«

»Nein, danke«, gab Falk zurück. Falls es wirklich einen Zusammenhang zwischen den Morden und diesem Gemeindezentrum gab, würde er ihn auf eine andere Art in Erfahrung bringen.

Hastig ging er an den in der Raummitte zu einem Kreis aufgestellten Stühlen vorbei zum Ausgang, riss die Tür auf und stürzte in den Gang. Im Gegensatz zu heute Nachmittag, als er mit Dirk Schusser, dem Pfarrer, gesprochen hatte, brannten im Flur die Deckenlampen, dennoch wirkte das Gebäude nach wie vor entsetzlich trostlos.

Falk beeilte sich, aus dem Gemeindehaus zu kommen, und atmete erleichtert durch, als er auf dem Parkplatz neben dem Campingbus des Pfarrers stand.

Gerade als er sich auf den Weg zu seinem Dienstwagen machen wollte, den er zwei Straßen weiter geparkt hatte, sah er am anderen Ende des Parkplatzes einen Mann aus einem blauen Tesla steigen und zielstrebig auf das Gemeindehaus zugehen.

Wie normal und unscheinbar doch diese Schweine aussehen, die ihre Frauen und Kinder schlagen, schoss es Falk durch den Kopf, und er wollte sich bereits abwenden, als ihn etwas stutzen ließ.

Er kannte den Mann.

Automatisch versank seine Hand auf der Suche nach dem Handy in der Hosentasche, als ihm einfiel, dass es noch bei Juliane lag.

»Verdammt.« Er brauchte ein Telefon.

Sofort.

Kapitel 48

Knapp zwei Stunden nach ihrer Ankunft verließ Juliane die Universität wieder und ärgerte sich über die vertane Zeit. Zwar hatte Professor Ehrentreich ihr ausführlich den schmalen Grat zwischen biblischer Prophetie und religiösem Wahnsinn erläutert und war gegen Ende seines Monologs kurz auf das Phänomen des Jerusalem-Syndroms eingegangen, doch wirklich Neues war dabei nicht herausgekommen. Der Professor, der es an einem Freitag offenbar nicht besonders eilig hatte, nach Hause zu kommen, hatte lediglich bestätigt, was Juliane bereits gewusst hatte: dass bei einer nicht unerheblichen Anzahl an Besuchern heiliger Stätten religiöse Psychosen auftraten, die unterschiedlich stark ausfielen, jedoch in den allermeisten Fällen spätestens mit dem Ende der Reise abklangen.

Zigarettenrauch von einigen Studenten, die sich um einen steinernen Standaschenbecher scharten und sich unterhielten, zog Juliane in die Nase. Unvermittelt wurde ihr übel, was seltsam war; normalerweise störte sie sich nicht daran, wenn im Freien jemand rauchte.

Sofort dachte sie an die durchlöcherten Kondome. Konnten das bereits Anzeichen einer Schwangerschaft sein?

»Das ist völlig ausgeschlossen«, murmelte sie vor sich hin und schüttelte wie zur Bestätigung den Kopf. Selbst wenn Jonas einen Volltreffer gelandet hatte, wäre es für eine schwangerschaftsbedingte Übelkeit zu früh.

Erst als die junge Frau, die in ihrem Businesskostüm aussah, als käme sie aus einem der Bankentürme und nicht aus einer Vorlesung an der Uni, Juliane fragend anschaute, begriff sie, dass sie laut gesprochen hatte.

»Kann ich Ihnen helfen?«, fragte die Studentin.

»Nein, alles in Ordnung«, entgegnete Juliane schief lächelnd, bevor sie noch einmal vergeblich versuchte, Jonas zu erreichen.

Sie stöhnte und beschloss, zurück ins Präsidium zu fahren, als sie umdisponierte. Da sie sich bereits auf dem Campus befand, bot es sich doch an, vorher einen kleinen Abstecher zur Universitätsbibliothek zu machen, die nicht weit entfernt in der Bockenheimer Landstraße lag.

Zwanzig Minuten später katapultierte der Geruch nach alten Büchern und menschlichen Ausdünstungen Juliane zurück in ihre Studienzeit, als sie Tage und Wochen hier zugebracht hatte, um sich auf Prüfungen vorzubereiten. Wie viele Stunden hatte sie im Glauben, die Welt würde ihr offen stehen, wohl in diesem Mief gesessen? Damals war sie voller Pläne gewesen, voller Tatendrang. Sie hatte sich vorgestellt, nach ihrer Promotion eine Weile durch Lateinamerika zu reisen, um im Anschluss als Psychologin in einer Klinik anzufangen oder eine kleine Praxis zu eröffnen. Manchmal, wenn es spät geworden war und eine Durchsage darauf hingewiesen hatte, dass die Bibliothek in Kürze schloss, waren ihr sogar ein Mann und ein oder zwei Kinder in den Sinn gekommen. Doch nichts von alledem war zu Julianes Wirklichkeit geworden, weswegen sie heute so manches Mal dachte, dass ihr etwas fehlte.

»Ja, bitte?«, fragte die burschikose Frau im grauen Pullover an der Ausleihe, wobei sie den Kopf ein wenig vorschob, was Juliane an eine Schildkröte erinnerte, die den Hals aus ihrem Panzer streckte.

»Guten Tag«, antwortete Juliane und beugte sich hinunter. »Ich bin hier, weil ich neulich einen kleinen Unfall hatte.« Sie machte eine Pause, doch als die Schildkröte keinerlei Reaktion zeigte, fuhr sie mit weicher Stimme fort: »Es ist nichts Schlimmeres passiert, aber bedauerlicherweise sind Bücher aus Ihrem Bestand in Mitleidenschaft gezogen worden.«

Sofort zog die Schildkröte den Kopf wieder ein, rollte mit dem Drehstuhl ein Stück nach links und förderte von irgendwo unterhalb des für Juliane einsehbaren Bereichs einige Formulare zutage, die sie anschließend auf die helle, an vielen Stellen stumpfe und verkratzte Holztheke knallte. »Füllen Sie diese Verlustmeldungen aus«, wies sie Juliane an. »Für jedes Buch ist eine separate Anzeige notwendig, anders kann Ihr Anliegen nicht bearbeitet werden.« Wie in einer Zaubershow tauchte plötzlich aus dem Nichts ein Kugelschreiber in ihrer Hand auf. »Sie müssen die Verantwortung für den Schaden übernehmen.«

Energisches Umkreisen des Punktes mit dem Kugelschreiber.

»Geben Sie unbedingt die vollständige Standortnummer an.«

Kugelschreiberkreis.

Ausrufezeichen.

»Sofern vorhanden, Verfasser, Titel und Erscheinungsjahr vermerken.«

Kugelschreiberkreis.

Kugelschreiberkreis.

Kugelschreiberkreis.

Dann blätterte sie auf die nächste Seite. »Nehmen Sie auch Paragraf drei der Benutzungs- und Ausleihordnung zur Kenntnis, der Sie zu Ersatz verpflichtet, selbst wenn Sie keinerlei Verschulden trifft. Das mag in Ihren Augen ungerecht erscheinen, doch der Bibliothek ist es nicht möglich, Regress gegenüber Dritten einzufordern. Pro Medieneinheit erheben wir eine Bearbeitungsgebühr von zwanzig Euro, die zusammen mit den übrigen Beschaffungskosten zu Lasten Ihres Kontos gehen. Und vergessen Sie nicht, hier zu unterschreiben.«

Kugelschreiberkreis.

»Abschließend muss ich Sie darauf hinweisen …«

»Moment«, unterbrach Juliane den Redefluss der Frau, »Sie verstehen mich falsch. Nicht ich habe die Bücher ausgeliehen, sondern einer Ihrer Studenten; ich bin schuld an dem Unfall.«

Der Schildkröte entfuhr ein Seufzen, worauf das oberste Formular in den Papierkorb und der Rest wieder unter der Theke verschwand. »Warum sagen Sie das nicht gleich? Wie schon erwähnt, halten wir uns an den Ausleiher, nicht an den Verursacher, daher weiß ich nicht, was ich für Sie tun kann. Ausgleichszahlungen für den durch Sie entstandenen Schaden müssen Sie mit der gegnerischen Unfallpartei klären, nicht mit uns.«

Das war Julianes Stichwort. Sie setzte ihr, wie sie hoffte, charmantestes Lächeln auf. »Das würde ich ja gerne, aber ich erreiche den Studenten nicht. Daher dachte ich, Sie könnten mir vielleicht seine Adresse geben, damit ich ihm neben den Büchern auch die Bearbeitungsgebühren erstatten kann. Die Ersatzbücher habe ich ihm besorgt; die müssten bereits wieder bei Ihnen sein.«

Der ohnehin schon abweisende Gesichtsausdruck der Schildkröte verschloss sich weiter, während ihr Hals sich gänzlich in den Panzer zurückzog. »Wie stellen Sie sich das vor? Das ist unmöglich. Der Datenschutz erlaubt keinerlei Weitergabe personenbezogener Daten.«

»Ich bitte Sie«, redete Juliane auf die Bibliothekarin ein. »Machen Sie eine Ausnahme. Mir ist wirklich daran gelegen, dem armen Kerl Ärger zu ersparen. Ich habe selbst studiert; ich weiß, mit wie wenig Geld man auskommen muss.«

»Wenn Sie keine weiteren Anliegen haben, darf ich Sie bitten, den Platz zu räumen.« Ungeduldig trommelte die Frau mit den Fingern.

Am liebsten hätte Juliane ihr den Dienstausweis vom LKA auf die Theke geknallt und ihr mitgeteilt, dass sie mit ihrer Sturheit die Arbeiten einer laufenden Ermittlung behinderte, doch sie beherrschte sich. Die Bibliothekarin würde sich Einschüchterungsversuchen gegenüber als resistent erweisen, dessen war sich Juliane sicher. Also sagte sie lediglich: »Vielen Dank für Ihre Hilfe und die ausgesprochen freundliche Art.«

Frustriert wandte sie sich dem Ausgang zu, als sie jemanden rufen hörte. »Juli, bist du das? Juli Klawitter, das donnernde Gewitter?«

Juli Klawitter, das donnernde Gewitter. Wie lange hatte sie diese spätpubertäre Reimkunst, die von einem unterentwickelten Lehramtsstudenten mit lyrischen Ambitionen während einer WG-Party ersonnen und anschließend bis zu ihrer Promotion immer wieder rezitiert worden war, nicht mehr gehört?

Sie drehte sich nach der Quelle um.

Eine brünette, ziemlich hagere Frau, die eine lange Bernsteinkette um den Hals trug, schob gerade einen leeren Bücherwagen hinter die Ausleihtheke und strahlte sie mit erwartungsvollen Augen an.

»Erkennst du mich nicht mehr? Ich bin's doch, die Leni.«

Leni?

Juliane kramte in ihrem Gedächtnis, aber erst nach einigen Sekunden konnte sie den Namen zuordnen.

»Leni, natürlich«, sagte sie. »Leni Schröder.«

»Nein, nicht mehr Schröder«, entgegnete Leni, die eine Weile mit Juliane studiert hatte, bis sie durch eine ganze Reihe Prüfungen gerasselt war, was das Ende ihres Psychologiestudiums bedeutet hatte. Notgedrungen hatte sie sich umorientiert und war nach Darmstadt gezogen, wo sie ein Studium der Bibliothekswissenschaft aufgenommen hatte. Danach hatten Juliane und sie sich aus den Augen verloren.

»Inzwischen bin ich verheiratet und heiße Sachs«, erklärte Leni. »Was für ein Zufall. Schön, dich zu sehen. Wie geht es dir? Bist du bei Psychologie geblieben?«

Juliane nickte, wobei sie sich irgendwie schuldig fühlte, da sie es geschafft hatte, sich durch das Studium zu beißen. »Ich bin immer noch Seelenklempnerin«, sagte sie lapidar. »Und du? Bist du zurück in Frankfurt?«

Leni bejahte die Frage und nahm Juliane zur Seite, bevor sie von einem Mann, zwei Kindern und der Halbtagsstelle in der Universitätsbibliothek berichtete.

Eine Viertelstunde später – die beiden hatten gerade ihre Handynummern ausgetauscht und sich versichert, möglichst bald gemeinsam einen Kaffee oder Wein trinken zu gehen – befand Juliane, dass sie Leni um einen kleinen Gefallen bitten konnte. Erneut erzählte sie von ihrem Missgeschick und den ruinierten Büchern und schloss damit, dass sie den Studenten nicht erreichen konnte.

Verstohlen blickte Leni zum Stuhl ihrer Kollegin, doch inzwischen war der Platz verwaist. »Ulrike macht gerade Pause, das ist gut.« Dann setzte Leni sich an den nächsten

Computer und zog die Tastatur zu sich heran. »Also, wie heißt der Student?«

»Pätzold. Jonas Pätzold. Er studiert Biochemie.«

»In Ordnung, warte. Das haben wir gleich.« Leni tippte, dann runzelte sie die Stirn und buchstabierte den Nachnamen, worauf Juliane bestätigend nickte.

»Und was für Bücher sollen bei dem Unfall beschädigt worden sein?«

Juliane nannte ihr die Titel der Fachbücher, die sie Jonas besorgt hatte, was jedoch nur dazu führte, dass die Furchen in der Stirn ihrer ehemaligen Kommilitonin tiefer wurden. »Tut mir leid, ich kann nichts finden. In letzter Zeit wurde keines der Bücher, von denen du sprichst, als beschädigt oder verloren gemeldet. Weder hier noch in der *BNat*, das ist unsere Zweigstelle der Naturwissenschaften in Riedberg. Ich kann auch keinen Jonas Pätzold finden. An der gesamten Uni ist kein Student mit diesem Namen eingeschrieben.«

Kapitel 49

Während Marvin seinen alten Mercedes wie einen Panzer mit defekten Stoßdämpfern über die Darmstädter Landstraße in Richtung Innenstadt lenkte, rief Jan bei Falk an, doch als nach dreimaligem Klingeln abgenommen wurde, hatte Jan zu seinem Erstaunen Juliane dran.

»Der Killer hat ein neues Opfer. Er hat Bent Dahl, den Kollegen aus Hamburg verschleppt«, kam Jan gleich zur Sache. »Gib mir Bachmann.«

»Ich weiß nicht, wo er steckt«, antwortete Juliane und klang gehetzt. »Ich kann ihn auch nicht erreichen. Er hat sein Telefon bei mir vergessen.«

»Verdammt. Bist du im Präsidium?«

Jan hörte, wie Juliane am anderen Ende der Leitung herumdruckste. »Nein, ich bin noch in der Universität, aber ich fahre gleich zurück. Woher weißt du von dem neuen Opfer?«

»Der Killer hat mich angerufen. Ich soll Dahl die Ziffernfolge durchgeben. Alles Weitere im Büro. Ich leg jetzt auf, damit die Leitung frei ist.«

Als Jan die Verbindung unterbrach, fiel sein Blick auf die Akkuanzeige seines Handys. Zwanzig Prozent. Er hatte angenommen, sein Telefon über Nacht aufgeladen zu haben, aber wie es aussah, hatte das Teil nicht richtig auf der Station gelegen.

»Kann ich mal dein Aufladekabel haben?«, fragte er Marvin und deutete auf das weiße Kabel, das mit dem Zigarettenanzünder verbunden war.

»Klar, bedien dich.«

Mit einem Brummen quittierte das Telefon die Stromzufuhr, während sie den Südfriedhof passierten.

Eine halbe Stunde später stellte Marvin den Mercedes in eine Parkbucht gegenüber des Polizeipräsidiums an der

Polizeimeister-Kaspar-Straße, nicht unweit des Hessischen Rundfunks.

Jan zog das Aufladekabel ab und steckte sein Handy ein, dann öffnete er die Tür, stieg aber nicht aus. »Du bleibst im Wagen, bis ich zurückkomme«, sagte er.

»Den Teufel werd ich«, gab Marvin zurück und befreite sich von seinem Gurt. »Wer weiß, wann du wieder auftauchst. Ich komme mit.«

Jan entfuhr ein resigniertes Stöhnen, dann willigte er ein, und gemeinsam betraten sie das Polizeipräsidium. Nachdem Marvin vom Pförtner einen Besucherausweis bekommen hatte, machten sie sich auf den Weg nach oben.

»Riecht echt übel hier«, stellte Marvin fest und rümpfte die Nase, als sie über den langen Gang auf das Großraumbüro zusteuerten.

»Du hättest ja nicht mitkommen brauchen«, knurrte Jan und nickte dem Kollegen in Uniform zu, der gerade aus dem Büro trat.

Der Beamte erwiderte den knappen Gruß, wobei er Marvin und Jan im Vorbeigehen einer kritischen Musterung unterzog.

»Kollege, eine Frage«, rief Jan ihm nach.

Der verhärmt wirkende Mann, an dessen Namen Jan sich nicht mehr erinnerte, stockte und drehte sich um. »Ja?«

»Ist Hauptkommissar Bachmann inzwischen eingetroffen?«

»Nicht dass ich wüsste. Warum?«

»Schon gut«, winkte Jan ab. Er hatte nicht vor, einem Schutzpolizisten auf dem Gang die aktuelle Entwicklung darzulegen, zumal der Beamte wirkte, als wäre er gedanklich bereits im Wochenende.

»Setz dich hier hin«, sagte Jan zu Marvin und deutete auf die Besucherstühle neben der Tür. »Ich muss ein paar Dinge regeln, danach überlegen wir, wie es weitergeht.«

Bevor Marvin Protest einlegen konnte, ließ Jan ihn stehen und betrat das Büro.

Für einen späten Freitagnachmittag war viel los, die Sonderkommission arbeitete unter Hochdruck. Oberkommissarin Hattenberger hatte den Hörer ihres Telefons zwischen Kopf und Schulter geklemmt und kritzelte etwas auf einen Block. Duhan Erdem, der ihr gegenübersaß, hämmerte mit seinen Pranken auf die Tastatur seines Computers ein. Als Jan sich Erdems Schreibtisch näherte, verfinsterte sich dessen Gesicht. Seit Jan sich bei ihrer Zusammenarbeit nicht gerade durch besonderes Engagement hervorgetan hatte, war Erdem nicht gut auf ihn zu sprechen.

»Was ist denn mit dir passiert, Hartwick? Hast du dich mit einem fahrenden Güterzug angelegt?« Erdem grinste.

Jan wusste, dass er beschissen aussah, und betastete das Pflaster auf seiner Wange, das er im verstaubten Verbandskasten von Marvins Auto gefunden hatte. Er ignorierte die Spitze und fragte: »Gibt es neue Hinweise zum Verbleib des Jungen?«

»Fehlanzeige. Und ganz ehrlich: Wir sollten die Suche aufgeben und uns auf den Täter konzentrieren. Mir gefällt es nicht, welche Prioritäten Bachmann setzt. Wo steckt er überhaupt?«

Bevor Jan antworten konnte, begann sein Handy zu klingeln. Rasch nahm er den Anruf an.

»Ich bin's, Falk. Wo bist du?«, meldete sich sein Partner.

Jan trat ein Stück zur Seite und senkte die Stimme. »Wo *ich* bin? *Ich* bin im Präsidium. Wo bist *du*?«

»Später«, sagte Falk. Er klang atemlos. »Kannst du reden? Bist du allein?«

Inzwischen war Jan an seinem Schreibtisch angekommen. Akten türmten sich neben dem aufgeklappten Notebook; offensichtlich hatte ihm jemand Arbeit dagelassen. »Nein, ich bin im Präsidium, und es wäre gut, wenn du auch bald auftauchst. Der Killer hat mich angerufen. Er hat ein neues Opfer.« *Außerdem ist Hannah von den Russen verschleppt worden, und ich weiß nicht, was ich tun soll,* fügte Jan im Stillen an, was er unter keinen Umständen im Beisein der Kollegen sagen durfte. Zu groß war die Gefahr, dass jemand mithörte und Gromow informierte.

»Unser Killer hat dich angerufen?«, wiederholte Falk. »Wann?«

»Vor gut einer Stunde. Er hat …«

»Halt, warte. Das sollten wir nicht besprechen, wenn du nicht allein bist. Schnapp dir Juliane, und komm mit ihr in die Stadt. Wir treffen uns dort.«

»Sie ist noch unterwegs«, antwortete Jan und setzte sich auf seinen Schreibtischstuhl. Er rollte ein wenig zurück und warf einen Blick in die oberste Schublade.

»Dann komm allein. Es ist wichtig. Ich bin in der Diesterwegstraße in einem Café, ganz in der Nähe der St.-Jakobus-Kirche. Wir …«

Alles Weitere hörte Jan nicht mehr. Er war viel zu sehr damit beschäftigt, sich durch die nun bis zum Anschlag aufgerissene Schreibtischschublade zu wühlen. Aufgeregt schob er die von der Feuchtigkeit wellig gewordenen Papiere hin und her und hob sie nacheinander an, doch von der Festplatte fehlte jede Spur. Sie war weg.

Kapitel 50

Nervös fuhr Juliane sich durch die Haare und nahm die Sonnenbrille ab, während sie die Apotheke in der Leipziger Straße, einer mit Kopfstein gepflasterten und von Altbauten umgebenen Einkaufsstraße in der Nähe der Universitätsbibliothek, betrat.

Die Messingglocke unter der Tür, die bei ihrem Eintreten ein leises Klingeln von sich gab, passte hervorragend zu der nostalgischen Einrichtung. Bauchige Flaschen mit einfachen Etiketten standen in den Regalen der aus dunkler Eiche gefertigten Apothekerschränke.

»Guten Tag«, sagte der Apotheker, ein älterer Herr mit Halbglatze und Lesebrille auf der Nase. »Was kann ich für Sie tun?«

Verstohlen blickte sich Juliane um und atmete erleichtert auf, als sie sah, dass sie die einzige Kundin war.

»Ich brauche …«, begann sie und senkte die Stimme. Eigentlich sollte es ihr egal sein, was der Apotheker dachte, trotzdem merkte sie, wie ihr Hitze ins Gesicht stieg. »Die Pi … da … na«, murmelte sie.

»Wie bitte?« Der ältere Herr schaute sie fragend an.

Für einen kurzen Moment schloss Juliane die Augen.

Himmel, das war doch keine große Sache.

Energisch räusperte sie sich und sprach nun deutlicher: »Die Pille danach.«

»Ach so, verstehe.« Auf das Gesicht des Apothekers legte sich ein väterlicher Ausdruck, auf den Juliane gerne verzichtet hätte. »Vielleicht wollen Sie mir in den Beratungsraum folgen, dann kann ich Ihnen die Wirkweise und die Art der Einnahme erläutern.« Er deutete auf eine Seitentür.

»Ich glaube, das wird nicht nötig sein. Geben Sie mir einfach das Mittel.« Ihr Handy gab einen Warnton von sich, worauf der Apotheker missbilligend aufschaute, während er etwas in den Computer eingab.

Juliane sah auf ihr Telefon. Eine Textnachricht von Jan.

Wo steckst du? Der Killer hat wieder zugeschlagen. Ich bin gerade vom Präsidium aufgebrochen, um mit Bachmann das weitere Vorgehen zu besprechen. Du sollst auch kommen. Aber kein Wort zu einem der Kollegen! Ich schick dir gleich den Treffpunkt. Beeil dich.

Einige Sekunden später traf eine zweite Nachricht mit einem Link ein, der zu Google Maps führte.

»… vergangen?«, hörte Juliane den Apotheker sagen.

»Wie bitte?«, fragte sie und riss den Blick vom Display ihres Handys los.

Nun lag echte Verärgerung im Blick des älteren Herrn, und Juliane meinte, seine Gedanken über den Verfall der Sitten und die Unhöflichkeit mancher Kunden, besonders derer mit einem liederlichen Liebesleben, lesen zu können.

»Ich habe gefragt, wie lange der Vollzug des Geschlechtsverkehrs zurückliegt.«

»Ist das wichtig?«

»Davon hängt die Wahl des Notfallkontrazeptivums ab. Es gibt …«

»Einen Tag«, schob Juliane rasch dazwischen, denn sie hatte kein Interesse, in die Tiefen der Pharmakologie einzusteigen. Sie wollte nur diese verdammte Pille und dann nichts wie raus hier.

Zehn Minuten später saß sie in ihrem Mietwagen und ließ die Innenstadt hinter sich. Da sie so geistesgegenwärtig gewesen war, die Handyhalterung von ihrem Käfer in den Toyota zu packen, klemmte ihr Telefon nun in dem schwarzen Plastikteil, das mit einem Saugnapf an der Windschutzscheibe klebte.

»Dem Straßenverlauf folgen«, wies das Navigationssystem sie an und leitete sie über die A5 zur anderen Mainseite in Richtung Schwanheim. Hinter der Lärmschutzwand aus Betonplatten, die nur an wenigen Stellen von Efeu berankt wurde, ging langsam die Sonne unter, doch um diese Jahreszeit würde es noch mindestens eine Stunde dauern, bis es dunkel war. Immer wieder schielte Juliane zum Beifahrersitz, wo die grüne Schachtel mit der Pille lag, und überlegte, ob sie die Sache heute noch hinter sich bringen oder lieber bis morgen warten sollte.

Das Klingeln ihres Handys ließ sie zusammenzucken.

Jonas, dachte sie und nahm den Anruf an.

»Wo zum Teufel steckt die Leitung unserer Sonderkommission?«, schallte die Stimme von Duhan Erdem aus dem Lautsprecher.

»Ich bin auf dem Weg nach …«, begann sie, doch dann erinnerte sie sich an Jans Nachricht.

Kein Wort zu einem der Kollegen.

»Ja?«, hakte Erdem nach.

»Ich bin auf dem Weg zu einer Zeugin«, improvisierte sie.

»Wie schön für Sie. Aber ich habe keine Lust, mir das Wochenende um die Ohren zu schlagen, während die werten Kollegen vom Landeskriminalamt die Füße hochlegen.«

Wieder fiel Julianes Blick auf die Tablettenschachtel. Ärgerlich griff sie danach und warf die Packung zu Bachmanns Telefon ins Handschuhfach. »Niemand legt die Füße hoch«, blaffte sie Erdem an und traf eine Entscheidung. »Ich habe einen Job für Sie. Überprüfen Sie die Handynummer, die ich Ihnen gleich schicke. Sie gehört einem gewissen Jonas Pätzold. Ich brauche die Adresse und nach Möglichkeit den Ort, wo sich das Handy im Moment befindet.«

»Haben Sie einen Beschluss?«, fragte Erdem.

»Gefahr in Verzug«, log sie. »Ich reiche die richterliche Anordnung nach. Hängen Sie sich rein, und rufen Sie mich an, sobald Sie die Informationen haben.« Ohne eine Antwort abzuwarten, legte sie auf. Dann suchte sie nach Jonas' Nummer und schickte sie Erdem.

Kurz vor dem Flughafen fuhr Juliane von der Autobahn ab und ließ das Steigenberger sowie das Main Airport Center, einen gläsernen Bürokomplex, links liegen. Einige Kilometer weiter schien sie die Zivilisation verlassen zu haben. Nichts erinnerte mehr an die Großstadt, als sie der schmalen, durch einen Wald führenden Schwanheimer Landstraße folgte. Nicht einmal vom Lärm des nahegelegenen Flughafens war etwas zu hören. Juliane fragte sich, was Jan und Falk hier draußen suchten.

Kurz vor der Ortseinfahrt Schwanheim forderte das Navigationssystem sie auf, rechts in den Wald abzubiegen, anschließend habe sie ihr Ziel erreicht. Juliane setzte den Blinker und fuhr auf ein offenstehendes Tor zu, das die Einfahrt in ein eingezäuntes Stück des Waldes bildete.

Während sie das Tor passierte, bemerkte sie ein halb abgerissenes Plakat am Zaun, auf dem lediglich *Stoppt das* zu lesen war, der Rest fehlte. Vorsichtig folgte Juliane den von schweren Maschinen gegrabenen Furchen im Waldboden, bis der Weg nach einer Biegung an einem halb fertiggestellten Gebäude endete. Vor dem Rohbau mit dem Flachdach und dem aus zwei Edelstahlrohren bestehenden großen Schornstein stand neben einem Bagger Jans Mini.

Juliane fuhr in dessen Richtung, stellte den Toyota ab und nahm das Smartphone aus der Halterung.

Während sie ausstieg, ließ sie ihren Blick über die verwaiste Baustelle wandern. Die moderne Bauhausarchitektur der eingeschossigen Villa mit der integrierten Garage war beeindruckend, wobei der überdimensionierte Schornstein die Harmonie ein wenig störte. Wer immer vorhatte, sich hier draußen niederzulassen, musste über eine Menge Geld verfügen und zudem die Abgeschiedenheit mögen.

Kurz überlegte sie, ob sie sich vorstellen könnte, hier zu leben, kam aber zu dem Schluss, dass sie den Trubel der Stadt vermissen würde. Anders würde die Sache vielleicht aussehen, wenn sie eine Familie hätte, doch sie schob den Gedanken rasch beiseite und rief nach ihren Kollegen. »Bachmann, Jan, wo steckt ihr?«

Nichts.

Also trat Juliane an die Baustellentür, auf der ein gelbes Warnschild *Betreten verboten – Eltern haften für ihre Kinder* verkündete, und drückte die Klinke. Die Scharniere knarrten, als die Tür nach innen aufschwang.

Vorsichtig setzte Juliane ihren Fuß auf die Kante der provisorischen Stufe, die aus zwei übereinandergelegten Holzpaletten bestand, und achtete darauf, sich nicht ihre Schuhe zu ruinieren. Sie hielt sich an der Mauerkante fest, zog sich hoch und ging hinein.

Trotz der Fenster wirkte das Innere des Rohbaus dunkel und abweisend. Gerüste standen vor den unverputzten Wänden, in einer Ecke lag Bauholz, in einer anderen stapelten sich Zementsäcke. Der Geruch nach frischem Mörtel und gegossenem Beton hing in der Luft.

»Bachmann? Jan?« Julianes Stimme hallte von den Wänden wider, doch abermals bekam sie keine Antwort.

Bauschutt knirschte unter ihren Füßen, als sie weiterlief und in einen fensterlosen Raum trat, in dessen Rückwand eine gut drei Meter hohe und ähnlich breite Platte aus poliertem Edelstahl eingelassen war. Am Boden liefen Führungsschienen auf die Platte zu.

Auch wenn Juliane nicht wusste, woran sie es festmachen sollte, hatte sie plötzlich nicht mehr den Eindruck, sich im Wohnhaus eines Eremiten zu befinden.

Irgendetwas stimmte hier nicht.

Sie beschloss, nicht länger durch die Baustelle zu stolpern, sondern stattdessen Jan anzurufen. Das hätte sie von Anfang an tun sollen.

Eilig holte sie ihr Handy hervor und atmete erleichtert auf.

Vier ausgefüllte Balken. Das Funknetz war hier draußen mindestens so gut wie in der Stadt.

Gerade als sie dazu ansetzte, das Telefon zu entsperren, gab das Gerät einen Warnton von sich, den Juliane nie zuvor gehört hatte. Dann erwachte der Bildschirm zum Leben.

Alle Funktionen auf diesem Gerät wurden gelöscht. Es gibt für dich nur einen Weg, diese Nacht zu überleben: Ruf Dr. Di Carlo an.

Julianes Puls hämmerte, ihr Herz raste. Hastig blickte sie sich um, doch sie konnte niemanden entdecken.

Ein Surren ließ sie herumfahren.

Langsam, beinahe geräuschlos glitt die Edelstahlplatte nach oben und gab den Blick auf einen dahinterliegenden vielleicht vier Quadratmeter großen fensterlosen Raum frei. Darin befand sich etwas, das in Form und Größe an ein steinernes Doppelbett erinnerte.

Juliane riss die Augen auf, als das Doppelbett sich unvermittelt in Bewegung setzte und auf den im Boden verankerten Metallschienen langsam auf sie zu glitt.

Weg hier!, dachte sie und wollte flüchten, als sich von hinten ein Arm um ihren Hals legte. Panisch rang sie nach Luft und versuchte sich loszureißen, doch sie schaffte es nicht. Ohne den Druck auf die Luftröhre zu verringern, stieß ihr Angreifer sie bis zu dem fahrbaren, steinernen Ding.

Mit aller Kraft krallte Juliane ihre Fingernägel in den Unterarm, der sie umklammert hielt, und zog und zog, aber ihr Gegner war zu stark. Ihre Bewegungen wurden immer unkontrollierter, kraftloser. Schließlich gaben ihre Beine nach, und das Handy fiel ihr aus der Hand, doch bevor es auf dem Boden aufschlagen konnte …

Kapitel 51

… fange ich das Smartphone auf. Dann nehme ich das Tuch vom Gesicht der inzwischen bewusstlosen Psychologin und lege sie auf den mit Schamottsteinen verkleideten Wagen. Den dünnen Hochglanzprospekt positioniere ich so, dass er ihr nach dem Aufwachen direkt ins Auge fällt.

Die Vorkehrungen, die ich getroffen habe, könnten nicht besser sein, und es erfüllt mich mit einem gewissen Stolz, mein Werk zu sehen. Einen Moment betrachte ich die Psychologin, deren Brust sich regelmäßig hebt und senkt, dann hole ich die Fernbedienung aus meiner Manteltasche und drücke den Knopf.

Beinahe lautlos gleitet der Wagen zurück in den winzigen Raum, wenige Sekunden später senkt sich die Edelstahltür und schließt die Polizeipsychologin ein.

Kapitel 52

»Bist du bescheuert? Warum bringst du einen Zeugen mit?«, zischte Falk, nachdem er Hartwick an der Schulter gepackt und ihn zu der aus Recyclingholz errichteten Theke des Cafés bugsiert hatte.

Etwas abseits, auf weiß lackierten und mit Polstern und Kissen ausgelegten Europaletten, saß Marvin Gerzner und starrte sie an, worauf Falk seine Stimme weiter senkte. »Wie siehst du überhaupt aus? Wer hat dich so zugerichtet? Und wo steckt Juliane?«

Verstohlen blickte Hartwick sich in dem selbst in den Abendstunden noch gut besuchten Café in der Diesterwegstraße um. »Keine Ahnung, wo Juliane ist. Als ich sie vorhin am Telefon hatte, war sie total seltsam. Vielleicht hat sie ihre Tage. Aber das ist im Moment auch zweitrangig. Ich sitze in der Scheiße. Der Killer hat mich angerufen, die Festplatte ist weg, und die Russen haben Hannah«, flüsterte er zusammenhanglos. »Ich kann ihnen nichts zum Tausch anbieten, und wenn das Video an die Öffentlichkeit gerät, bin ich geliefert.«

Falk verstand kein Wort. »Moment mal, ganz langsam. Sprichst du von unserer Hannah, deiner Mutter?«

Jan nickte.

»Wo ist sie?«

»Gromow hat sie. Er erpresst mich. Im Austausch für Hannah soll ich ihm die Festplatte und Bent liefern. Doch an Bent komme ich nicht ran. Der Killer hat ihn verschleppt. Außerdem ist die Festplatte weg.« Hartwick fuhr sich durchs Gesicht, wobei er kurz den Mund verzog, als er das Pflaster auf seinem Jochbein berührte. Auf Falk machte er den Eindruck, als würde er jeden Moment durchdrehen.

»Ich bin so bescheuert«, fuhr Hartwick fort. »Wie konnte ich die hochsensiblen Daten ungesichert in meinem Schreibtisch liegen lassen? Und dann die Sache mit dem Hamburger Kollegen. Ich hätte längst eine Großfahndung nach Dahl einleiten sollen, stattdessen stehe ich hier und verschwende wertvolle Zeit.«

Noch immer verstand Falk nicht in allen Einzelheiten, was Hartwick mit Gromow zu schaffen hatte, doch allmählich setzten die Puzzlestücke sich zu einem Gesamtbild zusammen. Offensichtlich konnten die Daten auf der Festplatte, an die Hartwick und Dahl auf nicht ganz legale Weise gelangt waren, Gromow und seiner Organisation schaden. Also hatte der Russe sich jemanden aus Hartwicks Umfeld geschnappt, um sie wiederzubekommen.

Unvermittelt zog Hartwick sein Handy aus der Jeans. »Ich gebe jetzt die Fahndung nach Bent Dahl raus. Ich kann den Kerl zwar nicht ausstehen, doch er ist immer noch ein Kollege.«

»Einverstanden. Aber lass mich vorher etwas überprüfen. Bei meinem Besuch im Gemeindehaus bin ich vielleicht auf eine Spur gestoßen.« Nun war es Falk, der sich verstohlen nach etwaigen Mithörern umsah, doch die Frau hinter der Theke klopfte gerade lautstark das Kaffeepulver aus dem Siebträger, und ansonsten befand sich niemand in der Nähe, der über das Stimmengewirr und die Musik hinweg ihr Gespräch hätte mitanhören können. »Du glaubst nicht, wen ich vor dem Gemeindehaus gesehen habe«, sagte er schließlich, doch bevor er Hartwick seine Beobachtung mitteilen konnte, fing dessen Handy an zu läuten.

Hartwick ging ran, lauschte einen Augenblick, dann erschienen auf seinen Wangen rote Flecken. »Es ist Dahl«, flüsterte er.

Falk stellte sich so dicht neben Hartwick, dass er mithören konnte.

»… dann hat er mich gefesselt und ist abgehauen«, sagte Dahl.

Falk hörte deutlich, welche Kraft es den norddeutschen Kollegen kostete, seine Panik niederzuringen.

»Kannst du nähere Angaben zum Täter machen?«, fragte Hartwick.

»Scheiße, nein, der Kerl war maskiert, und im Moment habe ich echt andere Sorgen. Über mir schwebt ein mannshohes Holzkreuz. Es hängt an einem Seilzug mit elektrischer Winde und senkt sich langsam immer tiefer auf mich herab.« Bevor Dahl weitersprechen konnte, musste er Luft holen, wodurch etwas zu hören war, das wie Kreissägen im Leerlauf klang. »Der Irre hat am Querbalken Knochensägen angebracht. Es dauert nicht mehr lang und sie trennen mir die Arme ab.« Seine Stimme hallte, woraus Falk schloss, dass Dahl sich in einer Lagerhalle befinden musste.

Oder in einer Kirche.

»Er hat gesagt, ich soll dich anrufen. Du würdest den Code kennen, mit dem sich dieses … dieses Höllending stoppen lässt.«

»Ja, ich weiß Bescheid. Warte!« Hartwick nahm das Handy vom Ohr, schaltete die Lautsprechfunktion an und öffnete seine Bildergalerie.

»Keine Angst, ich lauf nicht weg«, entgegnete Dahl sarkastisch.

Hartwick tippte auf ein Foto, das einen sandigen Weg zeigte. Erst auf den zweiten Blick erkannte Falk die in den Schmutz geschriebenen Ziffern.

»Vier, neun, acht, zwei«, sagte Hartwick.

»Was kann ich euch bringen?«, fragte die junge Frau hinter der Theke, eine trendige Mittzwanzigerin mit asymmetrischem Kurzhaarschnitt und Krähentattoo auf dem Unterarm.

»Nicht jetzt«, schnauzte Falk sie an und versuchte, sie mit einer Handbewegung zu verscheuchen, doch sie blieb, wo sie war.

»Wir sind ein Café, keine Wartehalle, Freunde. Ich habe dich mein Telefon benutzen lassen und nichts gesagt, als du dich die ganze Zeit an einem einzigen Kaffee festgehalten hast. Aber was ihr jetzt bringt, ist zu viel. Du kannst mit deinen Kumpels nicht einen Tisch besetzen, und niemand von euch bestellt etwas.« Sie nickte in Marvins Richtung.

Falk holte seinen Dienstausweis hervor und hielt ihn der renitenten Bedienung wortlos unter die Nase, während er weiter dem Telefongespräch zwischen Hartwick und Dahl lauschte.

Die Frau murmelte etwas, das sich wie »Schurwolle« anhörte, vermutlich jedoch »Scheißbulle« hieß, wandte sich dann aber wieder ihrer Kaffeemaschine zu, während Falk am anderen Ende der Leitung mehrere Pieptöne vernahm. Offenbar tippte Dahl die Ziffern, die Hartwick ihm durchgegeben hatte, in einen Nummernblock ein.

»Vier … neun …«, kommentierte Dahl seine Eingaben, und Falk konnte sich vorstellen, wie dessen Finger zitterten. Dieses Mal hatte das Opfer eine reelle Chance, dem Killer zu entkommen, was ihnen vielleicht das entscheidende Puzzlestück zur Lösung ihres Falls einbrachte.

»Acht … zwei«, gab Dahl die letzten beiden Ziffern ein.

Erst als Falk zischend ausatmete, bemerkte er, dass er die Luft angehalten hatte.

Kurz war es bis auf das Summen der Knochensägen still am anderen Ende der Leitung, dann drang ein verzweifelter Schrei durch den Lautsprecher des Handys. »Es funktioniert nicht! Das Kreuz senkt sich weiter ab.«

Falk sah sich noch einmal das Foto an. Die Zahlen stimmten. »Hauptkommissar Bachmann hier«, meldete er sich zu Wort. »Ich stehe neben Hartwick und habe alles mit angehört.«

»Ich kapier das nicht.« Dahls Stimme überschlug sich. »Er hat gesagt, wenn ich den Code kenne, bin ich frei.«

»Ich weiß, es ist schwer, aber versuchen Sie, einen klaren Kopf zu behalten«, sprach Falk beruhigend auf ihn ein. Die Anspannung führte dazu, dass die Musik, die Stimmen der Gäste und die zischende Kaffeemaschine an Intensität zuzunehmen schienen. »Vielleicht haben Sie bei der Eingabe einen Fehler gemacht.«

»Ich habe keinen verfluchten Fehler gemacht!« Nun hörte man Dahls Panik überdeutlich.

»Versuchen Sie es noch einmal.«

Jetzt war Falk derjenige, der die vier Ziffern durchgab, und dieses Mal ließ Dahl sich mit dem Eingeben mehr Zeit. Die Pieptöne folgten in größeren Abständen.

»Und?«, fragte Falk nach der letzten Ziffer.

»Nichts! Es geht nicht! Das Kreuz senkt sich immer weiter ab.«

Kapitel 53

»Jeremia eins: Ich kannte dich bereits, lange bevor ich dich im Mutterleibe bereitete«, drang die verzerrte Stimme aus dem Lautsprecher. Seit Juliane in ihrem Verlies wieder zu Bewusstsein gekommen war, spulte sich die Nachricht in einer Endlosschleife ab.

Sie presste sich die Hände auf die Ohren.

Der matte Schein eines Touchscreens, den der Killer an die Wand montiert hatte, spiegelte sich auf ihrem Gesicht. Das Display des Geräts zeigte eine Nummerntastatur und einen Thermometer, dessen Skala von fünfzehn bis neunhundert Grad reichte. Im Augenblick befand sich der Zeiger im grünen Bereich nahe der Zwanzig-Grad-Marke, doch dort würde er nicht lange verharren, das ahnte Juliane.

Sie brauchte nicht viel Fantasie und keine weiteren Erklärungen des Psychopathen, um zu wissen, was er vorhatte. Denn neben ihrem manipulierten Handy, das ihr drei Versuche offerierte, Dr. Di Carlo anzurufen (das konnte sie vergessen, sie kannte noch nicht einmal die Vorwahl, unter der die Gerichtsmedizinerin zu erreichen war), hatte sie auch einen Hochglanzprospekt gefunden. Auf dem in sanften Sepiatönen kolorierten Deckblatt lief ein Schimmel in vollem Galopp über eine nebelverhangene Herbstwiese. Eindrucksvoll zeichnete sich seine wilde Mähne vor der untergehenden Sonne ab, und die darunter stehenden Zeilen offenbarten dem Leser den Zweck des im Wald liegenden Gebäudes. Was Juliane für eine Bauhausvilla mit überdimensioniertem Schornstein gehalten hatte, würde in Wirklichkeit künftig Frankfurts erstes Großtierkrematorium beherbergen, eine Stätte, an der man Pferde, Ponys oder Esel einäscherte.

Ein nachträglich auf dem Prospekt angebrachter Aufkleber wies allerdings darauf hin, dass die für Juni anberaumte Eröffnung sich auf einen noch nicht festgelegten Zeitpunkt verschob. Zwar wurden keine Gründe für den Verzug genannt, doch Juliane erinnerte sich an das halb abgerissene am Zaun hängende Plakat.

Vermutlich hatte sich eine Bürgerinitiative oder sonstige Interessengruppe erfolgreich gegen das Vorhaben zur Wehr gesetzt und einen Baustopp erzwungen. Was bedeutete, dass mit großer Wahrscheinlichkeit niemand so bald hier auftauchen und Juliane entdecken und retten würde. Falls überhaupt jemand ab und an nach dem Rechten sah, würde dies mit Sicherheit nicht vor Montag geschehen.

»Jeremia eins …«, sagte die Lautsprecherstimme, als Juliane kurz die Hand vom Ohr nahm und den Prospekt auf der Seite aufschlug, zu der sie wie unter Zwang immer wieder zurückkehrte. Darauf zu sehen war das Bild eines verendeten Pferdes, das auf dem steinernen Wagen vor der geöffneten Brennkammer des Krematoriums lag. Die Bildunterschrift informierte darüber, dass die Kammer auf neunhundert Grad Celsius aufgeheizt werden konnte, wodurch der Prozess der Einäscherung, je nach Größe des Tiers, achtzig bis neunzig Minuten dauerte.

Plötzlich vernahm Juliane selbst durch ihre an den Kopf gepressten Hände hinter sich ein Dröhnen.

Whoosh.

Die Verbrennungsanlage hatte sich eingeschaltet.

Kapitel 54

Für die drei Minuten Fahrt von der Diesterwegstraße zurück zur St.-Jakobus-Kirche machte Falk sich nicht die Mühe, das Blaulicht auf dem Dach seines Dienstwagens zu befestigen, sondern raste in Zivil durch die schmale, nur einspurig befahrbare Textorstraße auf die Backsteinkirche zu. Ein wuchtiger Suzuki setzte dazu an, aus einer der schräg verlaufenen Parkbuchten zurückzustoßen.

»Pass auf«, rief Hartwick aufgeregt.

Ohne die Geschwindigkeit zu drosseln, hämmerte Falk auf die Hupe und donnerte zwischen dem SUV und den auf der gegenüberliegenden Straßenseite stehenden Wagen hindurch, wobei er den Suzuki nur um wenige Millimeter verfehlte.

Hartwick atmete aus. »Das war verdammt knapp.«

»Wenn du hinterm Steuer sitzt, bist du nicht so zimperlich.«

»Das ist etwas vollkommen anderes. Ich weiß, wie man Auto fährt. Du bist eher der Typ Sonntagsfahrer mit Hut. Du solltest dich nicht als Rennfahrer versuchen.«

Falk schüttelte genervt den Kopf. Was wusste der Grünschnabel schon? Er raste weiter und hoffte, dass Marvin Gerzner nicht abhauen, sondern im Café sitzen bleiben würde. Falls nicht, würde er dem Jungen den Hintern aufreißen und die fünfzig Euro zurückverlangen, die er ihm dagelassen hatte.

Als die Einfahrt zur Kirche auftauchte, trat Falk hart auf die Bremse und bog auf den von Büschen eingefassten Vorplatz ein. Lediglich der Campingbus des Pfarrers stand unter einer der eingeschalteten Laternen auf dem Parkplatz, die den Angestellten des Gemeindehauses und den Geistlichen vorbehalten waren.

»Und du bist dir sicher, dass der Killer Bent hier festhält?«, fragte Hartwick, nachdem Falk den Wagen direkt vor dem Aufgang zum Hauptportal abgestellt hatte.

»Der knappen Beschreibung nach, die Dahl in seiner Panik vorhin durchgegeben hat, könnte es passen.«

Immer zwei Stufen auf einmal nehmend, hasteten sie die Treppe zum Haupteingang hoch.

»Das ist verdammt dünn. Was ist, wenn du falschliegst?«, keuchte Hartwick.

»Herrgott, ich weiß doch auch nicht. Aber eine andere Chance haben wir nicht. Sollte Dahl nicht hier sein, werden wir ihm nicht helfen können. Dazu ist die Zeit zu knapp.«

Schwach vernahm Falk den Gesang eines Kindes, der schlagartig lauter wurde, als Hartwick die schwere Eingangstür aufzog. Mit klassischer Musik hatte Falk nichts am Hut, aber Schuberts *Ave Maria*, das ein Junge mit glockenheller Stimme zur Klavierbegleitung sang, erkannte selbst er.

Unwillkürlich fühlte er sich auf die Beerdigung seines Vaters zurückversetzt, wo ein Geigenspieler das Stück neben dem geschlossenen Sarg gespielt hatte. Der Bestatter, ein braungebrannter Typ mit öligen Haaren und schmierigem Lächeln, der ohne seinen schwarzen Anzug eine gute Figur als Alleinunterhalter am Ballermann abgegeben hätte, hatte Falk bei der Vorbesprechung darüber aufgeklärt, dass Schuberts *Ave Maria* eine der beliebtesten musikalischen Untermalungen für die letzte Reise ist und es ausgesprochen gerne gebucht wird, auch wenn kaum jemand wusste, dass der eigentliche Name des Stückes *Ellens dritter Gesang* lautete.

Falk überkam eine Gänsehaut.

»Warte«, sagte er, zog die Waffe und fasste Hartwick an der Schulter, um ihn daran zu hindern, kopflos aus dem kleinen Vorraum ins Innere zu stolpern. »Wir können nicht ausschließen, dass der Killer noch hier ist. Gib mir Deckung.«

Hartwick nahm ebenfalls seine Waffe in die Hand und winkelte den Arm an, sodass die Mündung nach oben zeigte, dann wandte er sich dem Eingang zu und zog die Eichenholztür mit den schwarzen Beschlägen auf.

Ave Maria! Unbefleckt!
Wenn wir auf diesen Fels hinsinken
Zum Schlaf, und uns dein Schutz bedeckt
Wird weich der harte Fels uns dünken.

Gemeinsam stürmten sie ins Kirchenschiff, wobei ihnen ein durchdringender Geruch nach frisch verbranntem Weihrauch entgegenschlug. Hartwick sicherte das rechte Seitenschiff, während Falk sich um das linke kümmerte.

Mit ausgestreckten Armen hielt Falk die Waffe mit beiden Händen im Anschlag und blickte sich hastig um, konnte in dem finsteren Gang jedoch kaum etwas erkennen. Falls der Killer irgendwo im Schatten der Kirchenbänke kauerte und nur darauf wartete, sie abzuknallen, würde er leichtes Spiel haben.

»Verdammt«, stieß Hartwick aus und ließ die Waffe sinken, während er zum Hochaltar am Ende des Kirchenschiffes starrte.

Falk folgte seinem Blick und hielt den Atem an. So etwas hatte er in seiner ganzen Laufbahn nicht gesehen. Unzählige Kerzen tauchten den Altarraum in ein diffuses Licht; Schwaden von Weihrauch, die von am Boden stehenden Schalen aufstiegen, zogen hindurch, und in der Mitte, auf dem steinernen Altar, lag Bent Dahl.

Die Muskeln und Sehnen an seinem freien Oberkörper traten deutlich hervor, während er sich gegen die Fesseln auflehnte, die ihn mit ausgebreiteten Armen und eng anliegenden Beinen an den Altar ketteten. Seine Haltung erinnerte an die eines Gekreuzigten.

Fünfzig oder sechzig Zentimeter über dem Hamburger Kollegen schwebte ein liegendes Holzkreuz, das in etwa Dahls Größe aufwies. Vier Seile, die zu einem in die Decke eingelassenen Karabinerhaken führten, hielten es in der Waagerechten. Am gesamten Querbalken waren mit Panzertape akkubetriebene Knochensägen angebracht, von denen Falk wusste, dass ihr eigentlicher Zweck darin bestand, Wild oder Schlachtvieh zu zerlegen.

Langsam, aber kontinuierlich senkte sich das Holzkreuz ab. Nur noch wenige Zentimeter und die Zähne der Sägeblätter würden sich durch Haut und Muskeln fressen und sich zu den Knochen vorarbeiten.

Schweiß lief in Strömen über Dahls nackten Körper, und seine verzweifelten Schreie durchschnitten das weiter aus den Lautsprechern schallende *Ave Maria*; das kreischende Geräusch der im Leerlauf rotierenden Knochensägen vermochten sie aber nicht zu übertönen.

Auf der Höhe von Dahls Händen hatte der Killer ein Handy und eines dieser Kästchen mit Nummerntastatur, wie sie es am Tatort von Savannah Scheffler gefunden hatten, so an Stativen befestigt, dass Dahl beide Geräte mit den Fingern erreichen konnte.

Falk und Hartwick rannten den Mittelgang entlang.

»Schneller!«, spornte Falk seinen Partner an, wobei er gleichzeitig mit den Augen dem Weg folgte, den das Halteseil von der unter der Decke hängenden Umlenkrolle zurück zum Boden nahm.

Etwas abseits des Altars und der Kerzen, halb verdeckt von dem Pult, hinter dem der Pfarrer sonntags die Messe las, entdeckte Falk eine elektrische Seilwinde nebst Steuergerät.

Sofort huschte Falks Blick von der Winde zurück zu Dahl.

Noch zehn Zentimeter.

»Bent, wir sind gleich da«, hallte Hartwicks Stimme durch das Kirchenschiff, als er den Altarraum fast erreicht hatte.

»Jan! Hilf mir«, rief Dahl, doch das letzte Wort ging in einem markerschütternden Schrei unter, als die Knochensägen auf den Widerstand von Haut und Sehnen trafen. Das Kreischen der Sägeblätter verwandelte sich in ein schmatzendes Schaben. Sofort rann Blut über Dahls Oberkörper.

Der Mann brüllte vor Schmerz.

Hartwick erreichte als Erster den Altar. Kurz orientierte er sich, dann legte er die Waffe beiseite, griff sich das Seil und zog mit aller Kraft daran.

Dahls Körper bäumte sich auf, die Muskeln unter der blutüberströmten Haut traten wie Schläuche hervor, sein Kopf zuckte unkontrolliert hin und her.

Plötzlich erklang erneut das helle Surren der Knochensägen im Leerlauf, worauf alle Anspannung aus Dahls Körper wich und er das Bewusstsein verlor.

Hartwick hatte es geschafft, das Holzkreuz so weit anzuheben, dass die reißenden Sägeblätter sich nicht weiter durch das Fleisch des Mannes fraßen. »Beeil dich, Bachmann. Das Ding ist verdammt schwer. Lange schaffe ich es nicht, es zu halten.«

Mit einem großen Schritt überwand Falk die wenigen Stufen zum Altarraum, dann hechtete er zur Seilwinde und hieb auf den roten Notschalter am Steuergerät.

Nichts geschah. Der Motor ging nicht aus, stattdessen brach unvermittelt der Gesang ab, und Scheinwerfer flammten auf. Reflexartig wandte Falk sich zur jetzt hell erleuchteten Chorempore um, die auf der gegenüberliegenden Seite des Kirchenschiffs oberhalb des Eingangsportals lag.

Unter der Decke hing eine Gestalt. Ein Mann.

Seinen Mund bedeckte ein schwarzer Streifen Klebeband, auf dem mit weißem Lackstift etwas geschrieben stand, das Falk auf die Entfernung jedoch nicht entziffern konnte. Seine über dem Kopf gefesselten Hände hingen an einem quer durch die Kirche gespannten Drahtseil. Hätte den Mann nicht ein weiteres Seil um seinen Knöchel gesichert, wäre er wie Daniel Craig in einem seiner Filme durchs Kirchenschiff nach unten zu den Beichtstühlen gerauscht.

Die silbernen Pfeifen der Orgel, die hinter dem Mann aufragten, rahmten ihn wie die Flügel eines stählernen Engels ein.

»Das ist der Pfarrer«, stieß Falk aus, als er Dirk Schusser erkannte.

Was war hier los? Weshalb hatte der Killer es auch noch auf den Priester abgesehen? Wie es aussah, verlor er allmählich die Kontrolle. Seine religiösen Wahnvorstellungen schienen sich einem neuen Höhepunkt zu nähern, wenn er nicht einmal mehr davor zurückschreckte, seine blutigen Spiele in einem Gotteshaus zu veranstalten.

Falk besah sich das andere Ende des Drahtseils genauer, das mittels eines Karabinerhakens oberhalb eines Beichtstuhls in der Wand verankert war. Fingerdicke Eisenstangen, ähnlich derer, die zum Tod ihres ersten Opfers geführt hatten, waren von innen durch die Tür des Beichtstuhls geschlagen worden. Durchtrennte jemand das Seil um Dirk Schussers Bein, würde er nach unten rutschen und aufgespießt werden.

»Bachmann, verdammt, worauf wartest du?«, keuchte Hartwick.

Falk zögerte nicht, sondern traf eine Entscheidung. »Wenn ich nichts unternehme, ist Schusser tot. Kümmer du dich weiter um Dahl, du schaffst das. Halte durch, Jan.«

Unvermittelt tauchte das Glühen einer Zigarette neben dem Bein von Dirk Schusser auf.

Sofort richtete Falk seine Waffe auf den roten Punkt und krümmte den Finger um den Abzug, doch dann hielt er inne. Das Glühen stammte nicht von einer Zigarette, sondern von der Spitze eines Heißschneidegerätes, wie er es aus dem Baumarkt kannte, wo es dazu diente, Gurte, Bänder oder Seile aus Kunstfaser zu durchtrennen, ohne deren Enden auszufransen.

»Verflucht«, knurrte er, als er das perfide Spiel des Killers durchschaute. Der Kerl mochte irre sein, doch dieser Wahnsinn wirkte sich nicht negativ auf seinen Einfallsreichtum und sein technisches Geschick aus. Er musste den Notschalter der Seilwinde, den Falk soeben gedrückt hatte, so manipuliert haben, dass er nicht den Motor der Elektrowinde stoppte, sondern die Scheinwerfer und das Heißschneidegerät einschaltete.

Doch die Erkenntnis kam zu spät.

Das Halteseil riss, und der Pfarrer schnellte mit einem Sirren in die Tiefe.

Hilflos folgte Falks Blick dem Weg, den Dirk Schusser nahm. Als der Priester über ihm auftauchte, sprang Falk hoch und griff nach dessen Beinen. Er erwischte den Hosenaufschlag, aber er konnte ihn nicht halten.

Einen Herzschlag später krachte der Priester gegen die Tür des Beichtstuhls. Die Eisenstangen durchbohrten seine Brust und traten am Rücken wieder aus. Der Mann war aufgespießt wie ein zur Schau gestellter Käfer.

Entsetzt ließ Falk die Waffe sinken, als Schussers aufgerissene Augen in seine Richtung starrten. Ein stummer Vorwurf lag in ihnen, und Falk war sich sicher, dass der Anblick ihn sein Leben lang verfolgen würde.

Unfähig sich zu rühren, stand er einige Momente reglos da. Dann glitt sein Blick zu dem schwarzen Klebeband auf Dirk Schussers Mund. Nun konnte Falk lesen, was der Killer daraufgeschrieben hatte.

Judas.

Kapitel 55

Die Blaulichter von zwei Krankenwagen, einem Notarztwagen und vier Polizeifahrzeugen, die ungeordnet auf dem Kirchplatz standen, zuckten über den Asphalt und die Backsteinfassade der St.-Jakobus-Kirche. Schutzpolizisten mühten sich damit ab, Absperrband zwischen Laternen, Bäumen und Fahnenmasten zu spannen, um das weitläufige Gelände gegen unbefugten Zutritt zu sichern.

Peter McNish und sein Team der Spurensicherung waren soeben eingetroffen und machten sich, eingehüllt in weiße Overalls und bepackt mit schweren Koffern, auf den Weg zum Kirchenschiff.

Kurz überlegte Falk, ob er McNish vor der Sauerei warnen sollte, die ihn im Inneren erwartete, doch dann verwarf er den Gedanken und blieb neben dem Krankenwagen stehen, in den die Sanitäter Dirk Schusser gebracht hatten. Mit Nachdruck hatte Falk den Notarzt angewiesen, ihn sofort zu dem Priester zu lassen, sollte dieser wider Erwarten zu sich kommen und ansprechbar sein. Doch der Mediziner, ein alter Hase, den selbst der Anblick eines an einem Beichtstuhl aufgespießten Mannes nicht hatte aus der Ruhe bringen können, hatte Falk weggescheucht.

Die Türen des zweiten Krankenwagens, in dem Bent Dahl versorgt wurde, schlossen sich, und die Sanitäter stiegen vorne ein. Dann setzte der Wagen zurück und rollte rückwärts vom Kirchplatz, bevor der Fahrer das Martinshorn einschaltete und davonraste.

»Was hat der Arzt gesagt? Kommt der Pfarrer durch?«, fragte Hartwick, als er auf Falk zutrat.

Während Falk sich um Dirk Schusser gekümmert hatte, war Hartwick bei Bent Dahl geblieben.

Falk zuckte mit den Achseln. »Der Pfarrer hat viel Blut verloren, und der Arzt kann erst nach eingehenden Untersuchungen im Krankenhaus sagen, welche Organe von den

Eisenstangen durchstoßen wurden und wie schwer die inneren Verletzungen sind. Für ihn gleicht es einem Wunder, dass der Mann überhaupt noch lebt. Aber wenn ich den Gesichtsausdruck des Sanitäters richtig interpretiert habe, stehen die Chancen nicht besonders gut, dass Schusser es packt. Was ist mit dem Hamburger Kollegen?«

»Dahl hatte großes Glück, meinte der Arzt. Die Knochensägen haben nur einige Fleischwunden hinterlassen; Knochen und Sehnen wurden nicht durchtrennt. Wir sind gerade noch rechtzeitig gekommen.«

Falk warf Hartwick ein schiefes Lächeln zu. »In deinem Fall bekommt der Spruch *Jeder hat sein Kreuz zu tragen* eine ganz neue Bedeutung.« Er zwinkerte. »Aber im Ernst, du hast Dahl den Arsch gerettet. Ich wusste, dass du es schaffst. Du bist ein gottverdammter Held, mein Sohn.«

Unbehaglich schaute Hartwick sich um, und Falk folgte seinem Blick, doch bis auf den Notarzt und seine Kollegen, die sich im hell erleuchteten Inneren des Krankenwagens auf die Erstversorgung des Priesters konzentrierten, konnte niemand ihr Gespräch mitanhören.

Resigniert stöhnte Falk. »Wir können unser verwandtschaftliches Verhältnis nicht ewig unter Verschluss halten. Ich bin nun mal dein Erzeuger, daran lässt sich nichts ändern. Also trag's mit Fassung.«

Falk fummelte eine Zigarette aus einer zerknautschten Packung und zündete sie an. Dabei musste er an Zoe denken, aus deren Vorrat er sich die Schachtel geliehen hatte, und fühlte sich mit einem Mal beschissen.

Er inhalierte tief und verdrängte seinen privaten Mist. Priorität hatte, den Killer aufzuspüren, alles andere musste warten.

»Was meinst du?«, dachte Falk laut nach. »Weshalb hat der Killer sich Bent Dahl geschnappt? Warum nicht mich, wie er es nach der Hinrichtung von Norman Behring angekündigt hat?«

Hartwicks Augen blickten ins Leere. »Ich habe keine Ahnung. Wie soll ich wissen, was im Kopf dieses Irren vor sich geht?«

»Woher kennst du Dahl eigentlich?«

»Er ist mir vor ein paar Tagen im Gym über den Weg gelaufen, und wir haben zusammen trainiert.«

»Und weshalb kannte er deine Telefonnummer auswendig? Ich meine, das ist doch ungewöhnlich, oder?«

»Nicht unbedingt«, antwortete Hartwick. »Wir wollten ein Bier zusammen trinken gehen, aber da Dahl verdeckt arbeitet, konnte er meine Nummer nicht in seinem Handy speichern. Das wäre zu gefährlich gewesen. Er wäre in echte Erklärungsnot geraten, falls Gromow oder einer seiner Männer entdeckt hätte, dass sich die Nummer eines LKA-Beamten unter den Kontakten befindet. Also habe ich ihm meine Telefonnummer auf den Arm geschrieben.«

»Und da steht sie heute noch?«, fragte Falk.

»Wohl kaum. Aber wie es aussieht, hat er ein gutes Zahlengedächtnis. Ich frage mich nur, was anschließend schiefgelaufen ist. Warum haben die Knochensägen sich nicht abgeschaltet, nachdem Dahl den Code eingegeben hat? So funktioniert das kranke Spiel des Killers doch.«

Falk zog an seiner Zigarette, bevor er antwortete. »Keine Ahnung. Vielleicht hast du dir den Code falsch notiert, oder dem Killer ist ein Fehler unterlaufen und er hat zwei Zahlen vertauscht. Was weiß ich. Es kann ja auch sein, dass ein technisches Problem aufgetreten ist und seine Konstruktion nicht richtig funktioniert hat. McNish wird uns sicher etwas dazu sagen können, sobald er seine Untersuchungen beendet hat, doch letztendlich spielt der Grund auch keine große Rolle. Wichtig ist nur, dass Dahl dich erreicht hat, anders hätten wir ihn nicht gefunden. Hast du Dahl eigentlich nach Hannah gefragt? Hat er eine Ahnung, wo Gromow sie gefangen hält?«

Hartwick atmete aus und betrachtete seine verbundenen Handflächen. Ein Sanitäter hatte sich um die Abschürfungen gekümmert, die von dem Seil herrührten, an dem das Holzkreuz gehangen hatte. »Bent stand unter Schock«, antwortete er. »Ich bin nicht richtig zu ihm durchgedrungen. Der Arzt meinte, vor morgen ist er nicht vernehmungsfähig.«

»So eine elende Scheiße«, fluchte Falk. »Wir brauchen einen Anhaltspunkt. Sobald ich von hier wegkann, werde ich mich diskret im *Neon* umsehen. Vielleicht finde ich was.«

»Den Teufel wirst du tun.« Hartwick reckte das Kinn vor. »Nichts für ungut, aber wenn du in einem Club auftauchst, in dem das Durchschnittsalter um die zwanzig liegt, können wir gleich einen Trupp SEK-Leute hinschicken. Selbst in voller Kampfmontur sehen die Männer weniger nach Bulle aus als du.«

»Sehr witzig«, entgegnete Falk angesäuert, auch wenn Hartwick vermutlich recht hatte. Trotzdem musste er etwas unternehmen.

Aus dem Inneren des Krankenwagens drang das langsame, aber stete Piepen eines Herzmonitors.

»Was ist eigentlich mit dem Priester?«, fragte Hartwick mit Blick zum Krankenwagen. »Der Killer hat ihn als Judas gebrandmarkt, offensichtlich fühlt er sich von Dirk Schusser verraten. Was glaubst du, worin bestand der Verrat?«

Falk kratzte sich am Kopf. »Ich weiß es nicht. Mir gegenüber hat Schusser absolut dichtgehalten. Doch vielleicht reichte diese eine Information über das Jerusalem-Syndrom bereits, um den Killer nervös werden zu lassen. Also stellt sich mir die Frage …« Weiter kam Falk nicht, denn in dem Moment hielt der mintgrüne Fiat von Dr. Di Carlo neben dem Rettungswagen.

Stirnrunzelnd betrachtete Falk, wie die Gerichtsmedizinerin aus dem Wagen sprang. Seit Dr. Di Carlos Zusammenkunft mit Avram Radu im Hinterzimmer des rumänischen Supermarktes, zu der Falk nicht ganz freiwillig hinzugestoßen war, hatten sie nicht mehr miteinander gesprochen.

Die sonst so reservierte und selbstbeherrschte, manchmal etwas zynische Gerichtsmedizinerin wirkte aufgewühlt. Einige Strähnen ihrer dunklen Haare hatten sich aus ihrem Zopf gelöst und wehten wild im Abendwind, während sie auf ihn und Hartwick zueilte.

»Dr. Di Carlo, was machen Sie hier?«, fragte Hartwick. »Ich hoffe, Sie wurden nicht irrtümlich von einem Kollegen herbeordert, denn glücklicherweise haben wir keine Leiche, sondern lediglich zwei Schwerverletzte.«

»Warum kann ich niemanden von Ihnen erreichen?«, fauchte sie, ohne auf Hartwick einzugehen. »Weder Ihr Handy, Herr Oberkommissar, noch das Ihres Kollegen ist eingeschaltet. Was ist das für eine verdammte Schlamperei? Ich sollte ein ernstes Wort mit dem Kriminalrat wechseln.«

»Jetzt machen Sie mal halblang«, fuhr Falk dazwischen. »Für jemanden, der vertrauliche Untersuchungsergebnisse an einen Verdächtigen weiterleitet, der zudem noch als wichtiger Zeuge polizeilich gesucht wird, sollten Sie sich im Ton mäßigen.«

Die dunklen Augen der Italienerin funkelten wütend. »Sie haben ja keine Ahnung, Bachmann. Aber im Augenblick fehlt mir die Zeit, Ihnen in den Hintern zu treten. Wo ist Ihre Kollegin Dr. Klawitter?«

Falk begegnete Hartwicks fragendem Blick.

»Wir wissen es nicht«, antwortete der an Falks Stelle, wobei er sein Handy aus der Tasche zog und den Einschalter betätigte. »Eigentlich waren wir im Präsidium verabredet, doch sie ist nicht aufgetaucht.« Erneut drückte er auf seinem Telefon herum. »Mein Akku ist leer. Na, wenigstens ist dem Teil nicht der Saft ausgegangen, als Dahl angerufen hat.«

»Sie wissen also nicht, wo Dr. Klawitter sich aufhält?«, hakte Dr. Di Carlo nach.

Die Pieptöne des Herzmonitors drangen in immer kürzeren Abständen aus dem Rettungswagen. Wie es aussah, begann der Kreislauf des Priesters verrücktzuspielen.

»Was wollen Sie, Dr. Di Carlo?«, fragte Falk, der allmählich ungeduldig wurde. »Wie Sie sehen, haben wir zu tun. Es wäre gut, wenn Sie zur Sache kämen.«

Das Gesicht der Gerichtsmedizinerin verdunkelte sich, und sie wandte sich demonstrativ Hartwick zu. »Vor gut einer halben Stunde rief auf meinem Diensthandy ein Unbekannter an, der mir weismachen wollte, Dr. Klawitter befände sich in seiner Gewalt.«

»Was?«, fragten Hartwick und Falk gleichzeitig.

»Wie meinen Sie das?«, hakte Hartwick nach.

»So, wie ich es sage. Ein Mann hat mich kontaktiert, zumindest nehme ich an, dass es sich um einen Mann handelte; mit hundertprozentiger Gewissheit kann ich das nicht sagen, da seine Stimme stark verzerrt war. Er hat etwas von Verdammnis und Läuterung gefaselt und mir anschließend eine Ziffernfolge durchgegeben.«

»Wie lauten die Zahlen? Können Sie sich daran erinnern?«, fragte Falk, der spürte, wie sein Herz gegen seinen Brustkorb hämmerte. Die Ereignisse überschlugen sich. Der Killer lief Amok.

Sollten die aktuellen Wendungen so schnell wie die vergangenen an die Presse gelangen – Falk hegte keinen Zweifel daran, dass dies so sein würde, denn hinter der Absperrung entdeckte er bereits die ersten Medienhuren –, stand Frankfurt kurz vor einer Panik.

»Selbstverständlich kann ich mich erinnern«, entgegnete Dr. Di Carlo. »Für Zahlen habe ich ein außergewöhnlich gutes Gedächtnis. Das bringt mein Beruf mit sich. Der Mann gab vier, drei, neun und null durch.«

»Vier, drei, neun, null«, wiederholte Falk, während er die Zigarette wegwarf und nach Block und Stift suchte. Er notierte sich die Ziffernfolge und steckte das kleine Notizbuch wieder ein. »Hat der Anrufer noch etwas gesagt?«

Die Gerichtsmedizinerin verneinte, als der Notarzt den Kopf aus dem Krankenwagen steckte. »Befindet sich unter den Anwesenden ein Hauptkommissar Bachmann?«

»Ja, das bin ich«, sagte Falk.

»Kommen Sie bitte zu mir hinauf. Der Patient will unbedingt mit Ihnen sprechen, auch wenn ich das zu diesem Zeitpunkt für keine gute Idee halte. Der Mann muss so schnell wie möglich ins Krankenhaus.«

Der Notarzt gab den Durchgang frei, und im nächsten Moment stand Falk im beengten Wageninneren, wo Dirk Schusser auf einer Trage lag. Sein Gesicht wirkte schrecklich blass und um Jahre gealtert. Aus dem jungen Mann schien ein Greis geworden zu sein. Dunkle Ränder lagen wie Blutergüsse unter seinen Augen, sein Atem ging stoßweise, sein Herz raste.

»Machen Sie es kurz«, sagte der Notarzt und hob die Sauerstoffmaske an, die auf Dirk Schussers Gesicht lag.

Falk beugte sich tief über den Pfarrer.

»… bitte für uns Sünder, jetzt und in der Stunde …«

»Wer hat Ihnen das angetan?«, unterbrach Falk das Gebet.

»Ich hätte ihn niemals …«, begann Dirk Schusser, doch die schneller werdenden Pieptöne des Herzmonitors übertönten ihn.

»Können Sie das verdammte Ding mal leiser machen?«, fuhr Falk den Notarzt an, bevor er sein Ohr ganz dicht vor den Mund des Priesters brachte. »Wer, Herr Schusser? Geben Sie mir einen Namen. Mehr will ich gar nicht.«

Von dem Mann ging ein fauliger Geruch aus, der Falk Übelkeit bereitete. Trotzdem zwang er sich, in dieser Position zu verharren, worauf der Pfarrer zu einem zweiten Versuch ansetzte.

Zunächst hörte Falk nur Schussers rasselnden Atem – es klang, als hätte einer der Eisenstäbe seine Lunge durchstochen –, doch dann brachte der Priester etwas hervor, ehe er bewusstlos auf die Trage zurücksank.

Falk stieß einen tiefen, rauen Seufzer der Erleichterung aus. Im Angesicht des Todes hatte Schusser sich endlich über das Beichtgeheimnis hinweggesetzt. Er hatte den Namen des Killers preisgegeben, und der deckte sich mit dem des Mannes, den Falk keine drei Stunden zuvor ins Gemeindezentrum hatte gehen sehen.

Kapitel 56

Erneut musste Falk feststellen, dass sein Partner wie ein Wahnsinniger fuhr. Für den Weg einmal quer durch die Stadt vom im Süden liegenden Sachsenhausen bis nach Praunheim hatte Hartwick weniger als zwanzig Minuten gebraucht.

Als er den Dienstwagen etwas abseits der Straßenlaternen im Schatten einer Eiche der Praunheimer Landstraße parkte, atmete Falk erleichtert auf.

»Bist du sicher, dass wir hier richtig sind?«, fragte Hartwick, nahm sein Handy, das er während der Fahrt an einem der USB-Ports aufgeladen hatte, und schaute skeptisch auf die gegenüberliegende Straßenseite. Hinter einem hüfthohen Zaun lag eine kleine Kirche, ein bescheidener Nachkriegsbau mit fünfeckigem, bunt verglastem Dach und einem weiß verputzten Glockenturm aus Beton.

»Wir sind verdammt richtig«, sagte Falk, zog seine Waffe und stieg aus. »Das wusste ich schon, als Oberkommissarin Hattenberger mir die Meldeadresse mit dem Hinweis gegeben hat, dass es sich bei dem Wohnhaus um eine ehemalige Kirche handelt.«

»Du meinst …«

»Genau«, sagte Falk und rief sich noch einmal das Gespräch mit Juliane über das Jerusalem-Syndrom in Erinnerung. *Im Grunde kann schon der Besuch einer einzelnen heiligen Stätte oder eines Sakralbaus religiösen Wahn auslösen.* »Der Killer wohnt in einer Kirche, die vor ein paar Jahren zu einem Loft umgebaut wurde. Wenn das kein sakraler Ort ist, dann weiß ich auch nicht.«

Aus dem Kofferraum holte er zwei Kevlarwesten mit dem Aufdruck *Polizei* auf Bauch- und Rückenteil und reichte Hartwick eine. Wortlos legten sie die schusshemmenden Westen an und zogen die Klettbänder fest.

»Bleib dicht bei mir«, ermahnte Falk seinen Partner, während der seine Jacke über die Weste zog. Dann eilte Falk mit gesenktem Kopf, den Griff der P30 in beiden Händen, über die Straße und versuchte, möglichst dem Schein der Laternen auszuweichen. Neben sich spürte er Hartwick, der ebenfalls seine Waffe schussbereit hielt.

»Es scheint alles ruhig zu sein«, sagte Hartwick und deutete auf die Buntglasscheiben des Daches, die dunkel im Schatten der Bäume lagen, als unvermittelt ein Lichtpunkt auftauchte und kurz darauf wieder verschwand.

Falk winkelte die Arme an. »Eine Taschenlampe«, flüsterte er und sah sich nach allen Seiten um, doch in diesem Teil der Stadt, der von kleinen Siedlerhäuschen mit Garten und Weber-Grill auf den Terrassen geprägt war, herrschte um diese Zeit kaum noch Betrieb. Die Anwohner saßen auf ihren Sofas vor dem Fernseher, hatten die Füße auf den Tisch gelegt und läuteten das Wochenende mit einem Bier oder Wein zur *Tagesschau* ein.

»Wir können da nicht einfach reingehen«, antwortete Hartwick ebenso leise, als Falk durch das offene Tor trat. »Sollen wir nicht lieber Verstärkung rufen und auf das SEK warten?«

»Bis wir alle Formalitäten erledigt haben und das Spezialeinsatzkommando anrückt, ist es vielleicht zu spät.«

»Und was ist, wenn wir direkt in die Falle laufen? Solltest du mit deiner Vermutung, dass da drin der Killer ist, recht behalten, wird er vorbereitet sein. Himmel, Bachmann, der Kerl ist gerissen. Er wird sich nicht einfach von uns verhaften lassen.«

Falk dachte einen Moment lang nach. »Okay, wir trennen uns. Ich gehe vorne rein, und du schaust dich an der Seite nach einem anderen Eingang um. Aber sei um Gotteswillen vorsichtig.«

Hartwick nickte und schlich sich an der Hauswand entlang zur Seite der ehemaligen Kirche. Wenige Sekunden später war er aus Falks Blickfeld verschwunden.

Inständig hoffte Falk, Hartwick aus der Schusslinie gebracht zu haben, und ging auf den Vordereingang zu.

Sacht drückte er die Klinke der zweiflügligen Tür und rüttelte daran.

Verschlossen.

»Wäre auch zu schön gewesen«, murmelte er und besah sich die in die Jahre gekommene, aber ziemlich massiv wirkende Tür. Mochte das Eingangsportal noch aus den Erbauerzeiten stammen, das Schloss tat es nicht. Offenbar war der alte Schließmechanismus im Zuge der Umbaumaßnahmen gegen ein hochmodernes Sicherheitsschloss ausgetauscht worden. Das Teil würde sich nicht so schnell knacken lassen.

Falk ließ seinen Blick über die Vorderfront der ehemaligen Kirche gleiten, doch durch die schmalen Lichtbänder an der Oberkante des vorgelagerten Flachbaus würde er sich selbst dann nicht durchzwängen können, wenn er eine Leiter fand.

Er musste sich also ebenfalls nach einem anderen Zugang umsehen.

Gerade als er sich umdrehen wollte, hörte er hinter sich einen Laut.

Sofort wirbelte er herum und brachte die Pistole in Anschlag, als eine gleißend helle Taschenlampe direkt in seine Augen schien.

Kapitel 57

Die Sohlen seiner Sneaker machten kaum Geräusche, als Jan die wenigen Stufen der Außentreppe hinunter zum Keller nahm. Während er sich an einer rostigen Schubkarre und einigen ausrangierten Blumentöpfen vorbeiquetschte, die am Fuß der Treppe standen, fragte er sich, ob Bachmann wusste, was er tat.

Nach ihrem letzten Fall hatte Jan sich eigentlich geschworen, sich nicht mehr in die Kamikazeaktionen seines Partners hineinziehen zu lassen, trotzdem versuchte er nun, sich unbefugt Zutritt zu einem Haus zu verschaffen.

Eines war klar: Mit Falk an der Seite standen die Chancen gut, dass seine Karriere beim LKA nicht von Dauer sein würde. Es war nur eine Frage der Zeit, bis Jan von seinem eigenen Vater in den beruflichen Abgrund gezogen werden würde, schließlich hatte Koruhn sie beide auf der Abschussliste.

»Was soll's«, brummte Jan und rüttelte an der Kellertür.

Leise quietschend öffnete sie sich, und er warf einen flüchtigen Blick über die Schulter, doch oben tat sich nichts. Wahrscheinlich hatte Bachmann bereits einen Weg hinein gefunden; Jan musste sich also beeilen, wenn er seinem Partner den Rücken freihalten wollte.

Vorsichtig machte er einen Schritt in den Keller, bemerkte jedoch schnell, dass er in dem fensterlosen Gang, der sich anschloss, ohne Licht nicht weiterkommen würde. Also holte er sein Handy hervor, schaltete die Taschenlampe ein und schickte ein Stoßgebet zum Himmel, der Akku möge durchhalten.

Zwar hatte er seinen Glauben an Gott bereits vor einiger Zeit verloren, doch im Gegensatz zu den vielen Gebeten, die er in seiner Kindheit und Jugend hatte sprechen müssen, stieß dieses nicht auf taube Ohren. Sein

Handy funktionierte noch, als er die Treppe am anderen Ende des Kellers erreichte. Ein altes Schild, das dem Design nach aus den 1960er-Jahren stammen musste, wies den Weg hinauf zum Kirchenschiff.

Jan atmete drei Mal durch, dann schaltete er die Taschenlampe aus, steckte das Handy weg und schlich im Dunkeln die Treppe hinauf, als er unvermittelt den verzweifelten Schrei einer Frau vernahm.

Juliane!

Nach einer Schrecksekunde vergaß er jede Vorsicht und stürmte los. Auf halbem Weg stieß er mit dem Fuß gegen etwas Niedriges, das auf einer der Stufen abgestellt worden war. Hektisch hielt er sich am Geländer fest, als das Teil, dem Klang nach zu urteilen eine leere Getränkekiste, polternd nach unten rutschte. Jan kümmerte sich nicht darum, sondern lief weiter.

Oben angekommen, öffnete er die Tür einen Spalt breit. Das wenige Licht der Straßenlaternen, das von außen durch die bunte Glasfläche an der Stirnseite des Gebäudes fiel, reichte aus, um halbwegs etwas sehen zu können.

Der mindestens zweihundert Quadratmeter große und an seiner höchsten Stelle bestimmt sieben Meter hohe Raum, in dem einst Gläubige gesessen und gebetet hatten, war zu einem in jeder Hinsicht imposanten Loft umgebaut worden. Die linke Seite des ehemaligen Kirchenschiffs beherbergte eine weiße Hochglanzküche mit vorgelagerter Kochinsel und sich anschließendem Essbereich. Auf der gegenüberliegenden Seite, wo einst der Altar gestanden hatte, waren Sofas und Sessel zu einer Wohnlandschaft gruppiert. Um weiteren Wohnraum zu schaffen, waren zu beiden Seiten auf halber Höhe Emporen eingezogen worden, die sich über zwei Stahltreppen erreichen ließen. Glaswände fassten auf der linken Seite ein Schlafzimmer ein, in dem neben einem gewaltigen Bett eine freistehende Badewanne stand; auf der gegenüberliegenden Empore begrenzten sie ein Arbeitszimmer mit Schreibtisch, Computer und anderem Hightech-Kram.

Rasch blickte Jan sich weiter im Halbdunkel um, doch er konnte niemanden entdecken.

Scheiße, wo steckte Bachmann? Und wo war der Killer?

Die Waffe im Anschlag, sprang Jan vor und schwenkte den Lauf von links nach rechts, bereit, auf jeden zu schießen, der sich zeigte. »Dies ist ein Polizeieinsatz! Kommen Sie mit erhobenen Händen heraus, anderenfalls werde ich von der Schusswaffe Gebrauch machen«, rief er, worauf seine Worte von den hohen Wänden widerhallten.

Nichts geschah. Dann aber hörte er Juliane ein weiteres Mal schreien, und es klang so verzweifelt, dass es ihm kalt den Rücken hinunterlief.

Suchend ruckte sein Kopf hin und her, doch erst als er sich befahl, ruhig zu bleiben und sich auf das zu konzentrieren, was er an der Polizeiakademie gelernt hatte, entdeckte er den eingeschalteten Monitor im Arbeitszimmer über der Wohnlandschaft.

Die Schreie kamen von dort oben.

Mit großen Schritten durchmaß Jan das Loft und stürmte die Stahltreppe hinauf, wobei seine Sneaker nun einen Höllenlärm verursachten, da sie das Metall zum Vibrieren brachten. Auf der Empore angelangt, riss er die Glastür auf und trat vor den Schreibtisch, der in seiner Breite die gesamte hintere Wand einnahm.

Fassungslos starrte er auf den Flachbildschirm, der Juliane zeigte. Mit eingezogenem Kopf kniete sie in einem Raum, der vielleicht zwei Meter im Quadrat maß, jedoch nicht genug Platz bot, um aufrecht darin stehen zu können. Mit den Fäusten hieb sie so stark gegen die Edelstahlplatte vor sich, dass Blut von ihren Händen über die Unterarme rann.

Schnell schaute Jan über die Schulter. Noch immer keine Spur vom Killer, und auch Bachmann ließ sich nicht blicken.

Jan legte die Waffe auf den Schreibtisch, setzte sich auf den Drehstuhl, zog das auf einem dreibeinigen Stativ stehende Mikrofon zu sich und brachte seinen Mund ganz dicht heran. »Juliane? Kannst du mich hören?«, fragte er, doch sie zeigte keinerlei Reaktion. Sie schlug weiter auf die Wand aus poliertem Edelstahl ein.

Während Jan nach einem Knopf oder Regler suchte, der das Mikrofon einschaltete, fiel ihm die digitale Temperaturskala am seitlichen Bildrand auf. Sie reichte von fünfzehn bis neunhundert Grad Celsius. Ein kleines Dreieck schwebte knapp neben der Hundert-Grad-Marke, doch es bewegte sich stetig nach oben. Falls die Skala die derzeitige Umgebungstemperatur in Julianes Gefängnis anzeigte, würde sie schon bald lebendig geröstet werden.

Jan rüttelte an der Maus und hämmerte wahllos auf die Computertastatur, bevor er sich erneut über das Mikrofon beugte. »Juliane?«

Nichts.

»Bachmann, ich brauche deine Hilfe«, rief Jan und schob achtlos einen Stapel Papiere beiseite, als ihn etwas innehalten ließ.

Was er vor sich hatte, waren technische Zeichnungen, und die oberste zeigte die Umrisse des *Starfighter*, in dem Savannah Scheffler zu Tode gekommen war. Schräg darunter lugte ein Blatt hervor, auf dem ein mit Knochensägen bestücktes Holzkreuz an einem Flaschenzug zu sehen war. Säuberlich an den Rand geschriebene Zahlen und Berechnungen wiesen auf die Detailversessenheit des Killers hin.

In der Hoffnung, etwas über Julianes Aufenthaltsort zu erfahren, wühlte Jan sich durch die übrigen Zeichnungen, doch er fand nichts. Nichts außer der mobilen Festplatte, die aus seinem Schreibtisch verschwunden war. Ein Kabel verband sie mit dem Computer.

Gerade als er danach greifen wollte, fiel hinter ihm die Glastür ins Schloss. Einen Moment später erwachten die Punktstrahler und Kugellampen zum Leben. Licht durchflutete das Loft.

Jans Reflexe arbeiteten augenblicklich. Er wirbelte auf dem Drehstuhl herum zu seiner Waffe, war aber nicht schnell genug. Bevor er die P30 zu fassen bekam, wurde sie vom Schreibtisch gefegt.

Im nächsten Augenblick starrte Jan in die Mündung einer Pistole vom selben Typ; ebenfalls eine Heckler & Koch, ebenfalls aus den Beständen der hessischen Polizei.

Kommissar Krysiak, der vogelgesichtige Kollege vom Kriminaldauerdienst, der so erpicht darauf gewesen war, die Sonderkommission zu unterstützen, zielte mit seiner Dienstwaffe auf Jans Kopf. »Finger weg«, befahl er und klang mit einem Mal gar nicht mehr wie der verunsicherte, zurückhaltende Beamte mit den ambitionierten Karriereplänen, den Jan in den vergangenen Tagen kennengelernt hatte.

Mit einem Druck auf die Tastatur, die vor dem Monitor auf dem Schreibtisch lag, brachte Krysiak die Schreie der verzweifelten Juliane zum Verstummen, dann schaltete er den Bildschirm ab, zog die Festplatte vom Rechner und verstaute sie in seiner Gesäßtasche.

Falk hatte recht gehabt. Krysiak war ihr Killer.

Doch dieses Wissen nützte Jan nichts mehr.

Das Spiel war aus, er hatte verloren.

Als er das Geräusch vernahm, mit dem Krysiak den Schlitten seiner Heckler & Koch zurückzog, schloss er die Augen, und so hörte er lediglich den Knall, der so laut war, dass er selbst seine sich überschlagenden Gedanken übertönte.

Kapitel 58

»Sie sind total irre«, kreischte Marvin, was Falk für ein gutes Zeichen hielt.

Der Junge konnte nicht schwer verletzt sein, wenn er es schaffte, so laut zu brüllen. Mit fahrigen Bewegungen befreite Falk sich von dem Airbag, der langsam erschlaffte, und schickte einen stummen Dank an die deutschen Ingenieure, die dieses Schlachtschiff von einem Mercedes so konstruiert hatten, dass die Luftkissen auf der Fahrer- und Beifahrerseite selbst nach zwanzig Jahren, die der Wagen von Marvins Schwester bereits auf dem Buckel haben musste, noch tadellos funktionierten.

Erleichtert blickte er durch die Windschutzscheibe, die einige Risse davongetragen hatte.

Sein Plan war aufgegangen. Die Tür der ehemaligen Kirche, in der Kommissar Krysiak, dieser Dreckskerl vom KDD, lebte, hatte dem Aufprall von knapp anderthalb Tonnen Blech, beschleunigt auf vierzig Kilometer pro Stunde, nicht standgehalten und war mit einem ohrenbetäubenden Krachen aus den Angeln geflogen.

Der hintere Teil des Mercedes, den Falk sich von Marvin *geliehen* hatte, befand sich noch draußen in der Dunkelheit, während die eingedrückte Schnauze samt Vorderreifen im Eingangsbereich des weitläufigen Lofts stand. Eine Staubwolke wirbelte durch die Luft und trübte die kunstvolle Lichtinstallation, mit der Strahler und Spots die ungewöhnliche Wohnung in Szene setzten.

»Deshalb wollten Sie mein Auto und haben nicht Ihr eigenes genommen«, brüllte Marvin weiter. »So eine verfluchte Scheiße! Der Wagen ist nur noch ein Haufen Schrott. Wie soll ich denn jetzt meinen und Nepos Wohnwagen ziehen? Mit einem verkackten Fahrrad?«

»Du hast dem Landeskriminalamt bei einer wichtigen Ermittlung geholfen. Ich werde persönlich dafür sorgen, dass sich das positiv auf deine und Nepos Zukunft auswirkt«, unterbrach Falk das Gezeter des Jungen. »Außerdem wird die Staatskasse für den Schaden aufkommen, und glaub mir, du wirst mehr für den Schrotthaufen bekommen, als er wert war. Und jetzt halt die Klappe, und warte im Wagen.«

Falk versuchte, die Fahrertür zu öffnen, doch der Rahmen musste sich beim Aufprall verzogen haben, denn sie bewegte sich keinen Millimeter. Also kletterte er umständlich nach hinten und schaffte es schließlich durch die Hintertür hinaus ins Loft.

»Sitzen bleiben«, wies er Marvin noch einmal an und zeigte mit dem Finger auf ihn.

Der junge Kerl schaute ihn finster an, machte aber keine Anstalten, den Mercedes verlassen zu wollen.

Sehr gut. Falk hatte den Jungen schon viel zu tief mit in die Scheiße gezogen.

Zu seiner Schande musste er sich eingestehen, dass er Marvin nach allem, was geschehen war, vollkommen vergessen hatte. Umso überraschter war er gewesen, als der Junge plötzlich mit einer Taschenlampe in der Hand hinter ihm aufgetaucht war und ihn geblendet hatte. Viel hatte nicht gefehlt und Falk hätte ihn über den Haufen geschossen, aber das Leben auf dem Rummel hatte Marvin gelehrt, brenzlige Situationen blitzschnell zu erfassen. Bevor Falk hatte abdrücken können, hatte Marvin die Lampe heruntergenommen und sein eigenes Gesicht angeleuchtet.

Nach einer Schrecksekunde hatte Falk den jungen Kerl am T-Shirt gepackt und durchgeschüttelt. »Was tust du hier? Wie bist du hergekommen?«

»Fuck, lass los, Mann«, hatte Marvin gesagt und sich aus Falks Griff befreit. »Ich habe tausendmal versucht, Hartwick anzurufen, aber sein Handy war aus. Und nachdem ich ewig gewartet habe, hat die Schlampe von einer Bedienung mich aus dem Café geworfen. Also bin ich raus und habe die zuckenden Blaulichter ein paar Straßen weiter gesehen. Ich bin zur Kirche gefahren, doch die Bullen haben mich nicht durchgelassen, und da ich nicht wusste, was ich sonst tun sollte, habe ich mich ins Auto gesetzt und gewartet. Als ich beobachtet habe, wie Sie mit Hartwick in dem BMW davongefahren sind, bin ich hinterher. Ein paar Mal hätte Hartwick mich fast abgehängt, der Kerl fährt wie der Teufel.«

Eigentlich hatte Falk für seine unorthodoxe Art des Türöffnens den Dienstwagen nehmen wollen, doch Hartwick hatte den Schlüssel eingesteckt. Also war ihm nichts anderes übrig geblieben, als sich Marvins Mercedes zu leihen, wobei er dem Jungen das Ziel seiner kleinen Spritztour verschwiegen hatte. Dummerweise hatte Marvin ihm den Wagen nur unter der Bedingung überlassen, mitfahren zu dürfen, weswegen der Schausteller nun in einem Haufen Schrott saß.

Falk zog seine Waffe und schaute sich um, doch sein Blick wurde durch den Staub getrübt. Erst nach einigen Sekunden entdeckte er die beiden Männer in dem vollverglasten Raum auf der gegenüberliegenden Seite. Wenn er es von hier aus richtig sah, saß Hartwick auf einem Drehstuhl, während Krysiak mit einer Pistole auf ihn zielte.

»Waffe runter«, brüllte Falk und legte auf Krysiak an. Auf die Entfernung konnte er nicht mit Sicherheit sagen, ob der Kollege – sofort korrigierte Falk sich; Krysiak war kein Kollege, er war ein Monster – unter seiner Jacke eine kugelsichere Weste trug, doch Falk bezweifelte es. Dafür sah er zu schmächtig aus.

Mit aufgerissenen Augen starrte Hartwick zu Falk hinunter, Krysiak aber ließ sich nicht ablenken. Ruhig lag sein Finger weiter am Abzug der P30, die Mündung zielte auf Hartwicks ungeschützten Kopf.

»Gelungener Auftritt, Herr Hauptkommissar«, sagte Krysiak. Seine Stimme wurde vom Glas gedämpft, trotzdem war er gut zu verstehen.

»Waffe runter, oder ich knall Sie ab«, wiederholte Falk und lief auf die Stahltreppe zu, die hinauf zur Empore führte.

Unvermittelt trat Krysiak gegen den Drehstuhl, auf dem Hartwick saß, worauf dieser nach hinten rollte. Im nächsten Moment richtete Krysiak seine Waffe auf Falk.

Falk zögerte nicht. Er schoss. Einmal, zweimal.

Dort, wo die Kugeln in die Glaswand einschlugen, breiteten sich spinnennetzartig Risse aus, doch die Geschosse drangen nicht hindurch.

Krysiak grinste breit.

Der Scheißkerl stand in einem Raum, geschützt durch Panzerglas.

Hartwick sprang auf und wollte sich auf Krysiak stürzen, doch die Distanz, die seine unfreiwillige Fahrt mit dem Drehstuhl zwischen ihn und den Killer gebracht hatte, war zu groß.

Krysiak schoss Hartwick in die Brust.

Zwar fing die Kevlarweste den Schuss ab, doch die Wucht des Aufpralls riss Hartwick von den Beinen und schleuderte ihn gegen die rückwärtige Wand. Reglos blieb er liegen, und Falk hoffte, dass Hartwick sich keine Rippen gebrochen oder sonstige Verletzungen zugezogen hatte. Ein Schuss aus nächster Nähe konnte selbst mit angelegter Schutzweste ungut ausgehen.

»Schluss jetzt mit den Spielchen, Bachmann«, rief Krysiak. »Falls Sie mich noch einmal zwingen zu schießen, werde ich nicht auf die Weste zielen. Ich habe nicht vor, Hartwick zu töten, aber ich werde auch nicht zögern, es zu tun.«

Fieberhaft suchte Falk nach einer Lösung, wie er Hartwick befreien konnte, doch ihm fiel keine ein. Obwohl Krysiak in dem gläsernen Zimmer wie auf dem Präsentierteller dastand, kam er nicht an ihn heran. Das Panzerglas schützte ihn.

Falk verfluchte sich für seine Nachlässigkeit. Warum hatte er keine Verstärkung angefordert? Ihm blieb nur die Möglichkeit, auf Zeit zu spielen und zu hoffen, dass einer der Nachbarn den Lärm hörte und die Polizei verständigte.

»Kommen Sie, Krysiak«, sagte er und hob die Hände, während er die ersten Stufen der Treppe erklomm. »Sie sind doch Bulle. Sie wissen, dass Sie keine Chance haben, ungeschoren aus der Sache rauszukommen. Ich kann Ihnen nichts vormachen, dafür kennen Sie das System zu gut. Die nächsten Jahre werden Sie einsitzen. Aber es liegt an Ihnen, wie es danach weitergeht. Wenn Sie jetzt guten Willen zeigen und aufgeben, wird das Gericht Ihnen vielleicht die Sicherheitsverwahrung ersparen. Damit bietet sich Ihnen nach dem Verbüßen der Strafe die Aussicht auf ein Leben in Freiheit.«

»Ja, ich kenne mich aus«, sagte Krysiak, wobei sich sein Vogelgesicht zu einer Fratze verzog. »Und daher weiß ich, dass Sie sich über die Vorschriften hinweggesetzt und keine Meldung gemacht haben, sondern eigenmächtig handeln. Sie sind angerückt, ohne jemandem Bescheid zu geben. Aus dem Stegreif könnte ich Ihnen ein halbes Dutzend Paragrafen herunterbeten, gegen die Sie verstoßen haben. Also steigen Sie von Ihrem hohen Ross, Herr Hauptkommissar. Sie und ich sind uns ähnlicher, als Sie glauben. Wir verstecken uns nicht hinter Gesetzbüchern, wir handeln.«

Mit dir krankem Arschloch habe ich nichts gemein, hätte Falk am liebsten gerufen, doch er beherrschte sich, als er sah, wie Hartwick langsam wieder zu sich kam.

Um das Leben seines Sohns Willen musste Falk sich etwas einfallen lassen.

Während er noch überlegte, fiel sein Blick auf die fingerdicken Metallrohre, die unter der Decke des Arbeitszimmers hingen und aus denen kleine Düsen herausragten. Im ersten Moment begriff Falk nicht, was es damit auf sich hatte, denn im Gegensatz zur restlichen Sprinkleranlage, mit der das Loft ausgestattet war, fehlten ihnen die gezackten Sprühteller. Dann aber entdeckte er das kleine gelbe Warnschild, das auf dem Kästchen mit dem Brandmeldeknopf prangte. Es zeigte das Piktogramm eines am Boden kauernden Mannes, der Gas einatmete.

Natürlich. Derjenige, der sich für den Umbau der Kirche verantwortlich zeichnete, hatte an alles gedacht. Während die Wohnräume im Fall eines Brandes mit herkömmlichem Wasser gelöscht wurden, verfügte das Arbeitszimmer über eine Gaslöschanlage. Diese pumpte den Raum im Ernstfall voll mit Kohlenstoffdioxid, welches den Sauerstoff verdrängte und die Flammen erstickte, ohne die empfindliche Computerhardware zu zerstören.

»Okay, Krysiak, Sie haben mich durchschaut. Ich bin auf eigene Faust hier.« Betont lässig drehte Falk sich um und hob den Saum seiner Jacke an, damit der Killer sehen konnte, wie er seine Waffe zurück ins Holster an seinem Gürtel steckte. Dann zog er mit übertrieben großen Gesten die Jacke aus, faltete sie vor seinem Bauch zusammen und legte sie anschließend neben sich auf den Boden, bevor er sich mit dem Rücken gegen die Glaswand setzte.

Falk wollte Krysiak in Sicherheit wiegen. Der Kerl sollte sich einem harmlosen Bullen gegenübersehen, der ihn nicht mehr im Auge hatte.

»Also, wie soll es weitergehen?«, fragte Falk, während er das Feuerzeug und den Notizblock in seinem Schoß betrachtete, die er unauffällig aus der Jacke gefischt hatte. Ein alter, aber immer wieder effektiver Taschenspielertrick. Lenke die Zuschauer mit großen Gesten ab, während du still und heimlich das Ass aus dem Ärmel ziehst.

»Das ist ganz einfach«, antwortete Krysiak. »Hartwick und ich werden gemeinsam hier herausspazieren. Ich werde ihn mitnehmen, bis ich mich nach Polen abgesetzt habe.«

Falk winkelte sein rechtes Bein ein wenig an und schob den Notizblock so weit unter die Jacke, bis nur noch das untere Drittel darunter hervorlugte. »Nein, so kann es nicht laufen«, sagte er in einer Lautstärke, die das Geräusch des Feuerzeugs übertönte. Vorsichtig hielt er die Flamme an die Blätter. »Ich sage Ihnen, wie wir es machen: Sie nehmen uns die Handys ab, sperren uns in den Keller und hauen ab. Bis Verstärkung eintrifft, sind Sie längst über alle Berge.«

Krysiak lachte humorlos auf, doch plötzlich bemerkte Falk eine Veränderung in seiner Stimme.

»Was machen Sie da?«, rief Krysiak.

Verdammt, das war zu früh. Der Kerl hatte den Rauch bemerkt, bevor die Feuermelder reagieren konnten.

»Mach es aus! Mach sofort das Feuer aus, oder ich knall Hartwick ab!«

Falk sprang auf und trat auf den brennenden Notizblock, worauf die kläglichen Flammen erstarben. »Okay, okay«, rief er und drehte sich zu Krysiak um, »das Feuer ist aus. Ich habe Mist gebaut, also bin ich derjenige, den Sie erschießen sollten. Jan kann nichts für meine Dummheit.«

Der Irre stand neben Hartwick und hielt ihm den Lauf seiner Waffe an die Schläfe. In seinen Augen blitzte Wahnsinn auf. Falk wusste, Krysiak würde abdrücken, sollte der Alarm losgehen.

Auf beiden Seiten der Glaswand schien die Zeit stillzustehen, lediglich das Blut, das wie ein Güterzug durch Falks Ohren rauschte, erinnerte ihn daran, dass er noch lebte.

Zwei oder drei endlos lange Minuten verstrichen, in denen nichts geschah, dann entspannte Krysiak sich ein wenig.

»Es ist alles in Ordnung«, beteuerte Falk. »Das war blöd von mir. Es tut mir leid, verzeihen Sie einem alten Bullen.«

Endlich nahm Krysiak die Waffe von Hartwicks Kopf und trat einen Schritt zur Seite, als das ohrenbetäubend schrille Pfeifen der Feuermelder doch noch einsetzte.

Kapitel 59

Über das Schrillen der Feuermelder hinweg hörte Falk, wie sich das Schloss zum Arbeitszimmer mit einem Klacken selbsttätig entriegelte. Eine Sicherheitsmaßnahme, damit niemand versehentlich eingeschlossen wurde, wenn die Gaslöschanlage tödliches Kohlenstoffdioxid ins Innere pumpte.

Mit einem Schritt stand Falk vor der Tür, riss sie auf und zog die Waffe.

Sofort richtete auch Krysiak seine Pistole auf ihn und schoss. Nun war Falk derjenige, den der Aufprall der Kugel von den Beinen riss. Er wurde zurückgeschleudert, bis ihn die gläserne Balustrade aufhielt, mit der die Empore gesichert war. Bedrohlich bog sich Falks langer Oberkörper nach hinten, und er rechnete damit, jeden Moment zu fallen. Panisch ruderte er mit den Armen, wobei ihm die Waffe aus der Hand glitt. Sie fiel die vier Meter nach unten und schlug polternd auf dem Parkett auf. Erst im letzten Moment erwischte Falk das Geländer und konnte seinen Schwerpunkt wieder nach vorne verlagern.

Erleichtert sackte er auf die Knie, als er unter sich eine Gestalt durch das Loft huschen sah.

Allem Anschein nach hatte Marvin, der Teufelskerl, den Feueralarm ausgelöst.

Als Falk den Kopf wieder hob, sah er, dass Hartwick sich auf Krysiak gestürzt hatte. Mit Reflexen, wie sie nur ein Judoka nach jahrelangem Training hatte, warf er sich den Killer über die Schulter und schleuderte ihn zu Boden.

»Die Waffe«, rief Falk seinem Partner zu.

Mit dem Fuß kickte Hartwick die Pistole weg und wollte Krysiak, vollkommen untypisch für einen Judokämpfer, mit einem gezielten Schlag gegen den Kehlkopf außer Gefecht setzen, doch der Mann vom KDD war schneller. Geschickt rollte er sich zur Seite und schnappte sich in der Bewegung Hartwicks Waffe, die vor dem Schreibtisch auf dem Boden lag. Während er sich abmühte, zurück auf die Füße zu kommen, sprang Hartwick aus dem Raum und warf sich mit seinem ganzen Gewicht gegen die Tür.

Die Kugeln, die Krysiak ihm hinterherfeuerte, schlugen auf Höhe von Hartwicks Kopf ins Panzerglas ein. Sofort rappelte Falk sich auf und stemmte sich gemeinsam mit seinem Partner gegen die Tür, sodass Krysiak in der Falle saß.

»Das war verdammt knapp«, keuchte Falk, als die Sprinkleranlage einsetzte. Der Tröpfchennebel, der von der Decke rieselte, war so stark, dass seine Kleidung innerhalb weniger Sekunden völlig durchnässt war. Kurz kam ihm das Benzin im Keller des zweiten Opfers in den Sinn, doch dieses Mal handelte es sich bei der Flüssigkeit zweifelsfrei um Wasser.

Einen Moment später begann die Gaslöschanlage im Arbeitszimmer damit, das Kohlenstoffdioxid in den Raum zu pumpen. Als Falk den Kopf drehte, sah er, wie weißer Dunst von der Decke flutete und sich rasch ausbreitete.

»Was machen wir jetzt?«, fragte Hartwick. »Wir können ihn doch da drin nicht verrecken lassen.«

»Weg mit der Waffe«, rief Falk Krysiak zu, aber der hörte nicht auf ihn. Ohne die Pistole loszulassen, ließ er seinen Körper immer wieder gegen die Tür krachen.

»Bitte, Falk«, sagte Hartwick und trat von der Tür weg, »egal, was er getan hat, ich kann nicht dabei zusehen, wie er da drin vergast wird.«

Im Bruchteil einer Sekunde tauchten vor Falks innerem Auge Krysiaks Opfer auf.

Und Juliane.

Nein, verdammt. Krysiak, dieses Monster, hatte es nicht verdient weiterzuleben, und kurz drängte alles in ihm danach, den Kerl krepieren zu lassen. Dann aber – warum tauchte sein Gewissen ausgerechnet jetzt auf? – gab er die Tür frei. Er schaffte es nicht, ihn hinzurichten.

Sofort stürzte Krysiak heraus. Gierig atmete er den Sauerstoff ein, wobei er die Waffe hochriss und die

Mündung zwischen Hartwicks und Falks Kopf hin und her wandern ließ. »Bleibt weg von mir«, rief er schwer atmend. »Wo ist Bent Dahl?«

»Der hat überlebt«, antwortete Falk mit einer gewissen Genugtuung. »Und der Priester auch.«

»Wo hat man Dahl hingebracht?«, hakte das Monster nach.

»Keine Ahnung, in welchem Krankenhaus er ist«, antwortete Falk wahrheitsgemäß. »Und jetzt lassen Sie uns in aller Ruhe ...«, begann er, doch Krysiak unterbrach ihn.

»Rein ins Arbeitszimmer«, befahl er, während er rückwärts auf die Treppe zuging.

»Was?«, fragte Falk und glaubte sich verhört zu haben. Gleichzeitig verfluchte er sich für den Moment der Schwäche. Er hätte das Monster verrecken lassen sollen. Das hatte er nun von seiner Menschlichkeit. Gutmütigkeit und Dummheit lagen eben doch verdammt eng beieinander.

»Du hast mich schon verstanden«, meinte Krysiak. »Schafft euch ins Arbeitszimmer, oder wir beenden die Sache hier und jetzt mit zwei Kugeln.«

»Du mieser kleiner ...«, sagte Falk, doch weiter kam er nicht, denn ein Schuss unterbrach ihn.

Erschrocken blickte Falk zu Hartwick, aber der stand nach wie vor neben ihm, zwar nass bis auf die Knochen, jedoch lebendig.

Als Falk sich wieder auf Krysiak konzentrierte, bemerkte er das dünne Rinnsal Blut, das aus dessen Mund über die Wange bis zum Kinn lief. Im nächsten Moment kippte der Mann nach vorn und gab den Blick auf Marvin frei.

Der junge Schausteller stand auf der Stahltreppe. Das Wasser aus der Sprinkleranlage hatte seine hellgraue Basecap dunkel verfärbt, sein übergroßes T-Shirt klebte an seinem dürren Körper. Die Hand, die Falks Pistole hielt, zitterte, und daran, wie Marvin jegliches Blut aus dem Gesicht wich, erkannte man, wie ihm langsam bewusst wurde, dass er einen Mann erschossen hatte.

Kapitel 60

»Wir müssen Juliane rausholen«, rief Jan über den Lärm der Feuermelder hinweg, nachdem er mit den Fingern an Krysiaks Halsschlagader vergeblich nach einem Puls gesucht hatte.

»Weißt du, wohin Krysiak sie verschleppt hat?«, fragte Bachmann und nahm dem sichtlich unter Schock stehenden Marvin die Pistole ab, ehe er sie zurück ins Holster an seinem Gürtel steckte.

»Keine Ahnung, wo der Irre sie hingebracht hat. Fest steht nur, dass er sie irgendwo gefangen hält, wo die Temperatur auf neunhundert Grad ansteigen kann.« Jan nickte in Richtung des gläsernen Arbeitszimmers. »Ich gehe rein und versuche, die Videoverbindung zu Juliane wiederherzustellen. Kümmer du dich um Marvin, und ruf Verstärkung.«

Während die Sprinkleranlage noch immer Wasser von der Decke regnen ließ, hatte die Gaslöschanlage aufgehört, den Raum mit Kohlenstoffdioxid zu fluten. Zwar sank das Gas, da es schwerer ist als Sauerstoff, zu Boden, doch mit Sicherheit war die Luft noch angereichert von dem Zeug, sodass Jan es nicht riskieren konnte, einen Atemzug davon zu nehmen.

»Soll *ich* da nicht lieber reingehen?«, fragte Bachmann.

»Auf keinen Fall. Nimm es nicht persönlich, aber du bist nicht besonders fit. Ich bin zwar auch kein Apnoe-Taucher, doch ich kann die Luft länger anhalten als du. Außerdem hast du keine Ahnung, was Computer angeht. Ich lasse die Tür offen, damit das Gas entweichen kann, also schaff Marvin runter.« Ohne Bachmann die Möglichkeit zu weiteren Einwänden zu geben, nahm Jan vier kurze und anschließend einen besonders langen, tiefen Atemzug, dann zog er die mit Einschusslöchern übersäte Tür auf und ging hinein.

Ein Schauer überlief ihn, als er in den kalten Nebel trat, zu dem das Kohlenstoffdioxid die Raumluft hatte kondensieren lassen. Mit zwei Schritten stand Jan vor dem Monitor und schaltete ihn ein.

Sofort erschien ein Videobild. Juliane hatte es aufgegeben, gegen die Edelstahltür zu hämmern, stattdessen kauerte sie nun in einer Ecke, machte sich ganz klein und pendelte mit dem Körper vor und zurück. Sie wirkte, als hätte sie mit dem Leben abgeschlossen.

Inzwischen schwebte das kleine Dreieck des Thermometers neben der Einhundertzwanzig-Grad-Marke. Jan hatte keine Ahnung von Physik; er verstand nicht, warum ein Mensch in einer neunzig Grad warmen Sauna entspannte, während er beim Sprung in ebenso heißes Wasser mit lebensgefährlichen Verbrühungen ins Krankenhaus eingeliefert wurde. Doch obwohl er den Physikstunden seiner Schulzeit nicht im Geringsten nachtrauerte, wusste er, dass es auch an der Luft einen Punkt gab, an dem der menschliche Körper mit der Hitze nicht mehr klarkam und in Flammen aufging.

Hektisch zog er Tastatur und Maus zu sich heran und verkleinerte das Videobild so weit, dass er den Desktop sehen konnte. Rasch verschaffte er sich einen Überblick, dann klickte er zunächst auf das Icon, das ein durchgestrichenes Mikrofon zeigte, anschließend hob er die Stummschaltung des Lautsprechers auf.

In den Boxen knackte es, danach vernahm Jan ein Wimmern.

Julianes Wimmern.

Inzwischen begannen Jans Lungen nach Sauerstoff zu gieren, aber er durfte jetzt nicht aufgeben. Da er nicht sprechen konnte, schnippte er probehalber mit dem Finger gegen das Mikrofon.

Julianes monotone Bewegungen erstarben, ruckartig hob sie den Kopf und starrte mit großen Augen in die Kamera.

Ein weiteres Mal klopfte Jan gegen das Mikrofon.

»Jonas, bist du das?«, drang Julianes Stimme aus den Lautsprechern.

Jans Stirn furchte sich. Wer war Jonas?

»Es tut mir leid«, fuhr Juliane fort. »Falls ich wirklich schwanger bin, werde ich das Kind behalten. Aber dazu musst du mich rauslassen.«

Schwanger? Wovon in aller Welt sprach Juliane?

Jan konnte die Luft nicht länger anhalten. So schnell es ging, stürzte er hinaus auf die Empore, lief an den äußersten Rand und atmete.

»Ich habe eine Sprachverbindung zu Juliane«, rief er Bachmann zu, als seine Atmung sich einigermaßen normalisiert hatte. »Wie lautet der Code, den Dr. Di Carlo dir durchgegeben hat?«

Inzwischen hatte die Sprinkleranlage ihren Dienst eingestellt, genauso wie der nervtötende Alarm verklungen war. Doch die Stille hielt nicht an. Aus der Ferne hörte Jan näher kommende Martinshörner. Die Feuerwehr rückte an.

»Keine Ahnung«, antwortete Bachmann. »Ich habe die Zahlen in mein Notizbuch geschrieben. Es liegt bei meiner Jacke auf dem Boden.«

Ein Blick genügte, schon sah Jan die Jacke und das halb verkohlte Notizbuch vor dem Arbeitszimmer liegen.

Noch einmal hielt er die Luft an, klaubte das Büchlein vom Boden und rannte zurück zu der Stelle, an der er vor dem Löschgas sicher war. Vorsichtig blätterte er durch die angesengten und vom Wasser völlig durchweichten Seiten, wobei er darauf achtete, das empfindliche Papier nicht zu zerreißen.

Nach einem Moment fand er die Seite, auf der Bachmann den Zahlencode notiert hatte.

Vier, drei, neun …

Mehr war nicht zu lesen. Dort, wo die vierte Ziffer hätte stehen müssen, war das Papier schwarz.

»Der Zettel ist zum Teil verbrannt. Weißt du die vierte Nummer noch?«, rief er.

Bachmann, der Marvin auf einen Stuhl an den Esstisch gesetzt hatte, stand neben dem schrottreifen Mercedes und kratzte sich den Kopf. »Ich bin mir nicht sicher. Eins?

Nein, warte, doch eher eine Sechs. Oder eine Acht. Irgendeine Zahl mit Rundung.«

»Mit Rundung? Das reicht nicht. Scheiße, Bachmann, denk nach.«

»Du warst doch dabei, als Di Carlo aufgekreuzt ist. Denk gefälligst selber nach. Oder besser, ruf die Gerichtsmedizinerin an.«

Mit einem Fluch holte Jan sein Handy hervor – das dauerte alles viel zu lange – und wollte das Gerät einschalten, aber der Akku hatte nun doch den Geist aufgegeben.

»Nein, nein, nein«, brüllte Jan, »das verkackte Ding hat keinen Saft mehr.«

Aus dem Arbeitszimmer klang Julianes Flehen, doch Jan musste versuchen, es auszublenden. Er musste fokussiert bleiben. Halb laufend, halb springend hastete er die Stahltreppe hinunter und trat zu Marvin an den Tisch. »Gib mir dein Telefon«, wies er den jungen Schausteller an, doch der blickte ihn lediglich mit ausdruckslosen Augen an.

Jan packte Marvin bei den nassen Schultern und schüttelte ihn energisch. »Dein Handy!«

Endlich holte Marvin das Telefon hervor, ein altes Modell von Samsung in einer Kunstlederhülle, entsperrte es und gab es Jan.

Nach kurzem Suchen fand Jan die App zur Aufzeichnung von Sprachmemos und startete die Aufnahme. »Ich bin's, Jan. Wir haben einen Teil des Zahlencodes. Er lautet vier, drei, neun. Die letzte Ziffer fehlt noch, aber das haben wir gleich. Ich rufe Dr. Di Carlo an und melde mich nochmal. Vier, drei, neun«, wiederholte Jan zur Sicherheit.

Mit dem Handy in der Hand erklomm er die Empore, hielt erneut den Atem an und betrat das Arbeitszimmer.

Inzwischen fühlte die Luft sich nicht mehr ganz so kalt an. Jan spielte die aufgezeichnete Nachricht ab.

Es war seltsam, die eigene Stimme aus den Lautsprechern widerhallen zu hören, zumal sie stark verzerrt klang. Offenbar schleifte der Killer die Ausgabe des Mikrofons durch eine Stimmverzerrungssoftware.

»Jan?«, rief Juliane. »Bist du das?«

Hoffnung schwang in ihrer Stimme mit, was Jan das Herz ein wenig leichter werden ließ. Am liebsten hätte er ihr geantwortet, ihr beteuert, dass alles gut werden würde, doch da er nicht sprechen konnte, drückte er abermals auf *Play*, um die Nachricht ein zweites Mal abzuspielen, als irgendwo unter ihm ein dumpfer Knall ertönte.

Auf einen Schlag erloschen alle Lichter. Julianes Bild verschwand, der Monitor wurde schwarz.

Kapitel 61

Als Falk mit Hartwick endlich die Baustelle im Wald erreichte, baute sich als erstes Dietmar Koruhn vor ihnen auf. »Drei Großeinsätze an nur einem Tag. Wollen Sie die gesamte Polizei Hessens an diesem Freitagabend nach Frankfurt beordern?«, fragte er.

Auf der Suche nach Juliane ließ Falk seinen Blick durch die Eingangshalle des Neubaus schweifen, der in Kürze als Frankfurts erstes Großtierkrematorium seine Pforten öffnen würde, doch unter den vielen Polizisten konnte er sie nirgendwo entdecken.

»Was geht hier vor sich, Bachmann?«, fragte Koruhn.

Falk fuhr sich durch die Haare, die zwar nicht mehr feucht waren, jedoch ungekämmt nach allen Seiten abstanden.

Hartwick sah kaum besser aus. Aber zumindest hatten sie ihre nassen Sachen gegen trockene Hoodies und Trainingshosen aus alten Polizeibeständen tauschen können, denn einer der Kollegen von der Schutzpolizei bewahrte für den Fall, dass sich wieder ein Besoffener vollkotzte, einige Garnituren in seinem Streifenwagen auf.

»Was passiert ist?«, wiederholte Falk die Frage seines Chefs. »Das ist eine verdammt lange Geschichte.«

In diesem Moment schoben Sanitäter eine Trage in die Halle. Darauf lag Juliane, eingewickelt in eine silberne Rettungsdecke.

Falk wollte auf seine Kollegin zugehen, doch Koruhn hielt ihn zurück. »Dr. Klawitter ist nicht vernehmungsfähig. Die Sanitäter haben ihr Ruhe verordnet«, sagte der Bär. »Also, wie haben Sie Krysiak überführt, und weshalb tragen Sie Trainingsanzüge, die bereits während meiner Ausbildung aus der Mode waren?«

Das Wasser aus der Sprinkleranlage hatte nicht nur Falk und Hartwick durchnässt, sondern auch einen Kurzschluss verursacht, weshalb sie den Kontakt zu Juliane verloren hatten. Daher war Falk nichts anderes übrig geblieben, als Koruhn und die Kollegen zu informieren. Hartwicks Vermutung, Juliane würde an einem Ort gefangen gehalten werden, der entfernt an eine übergroße Verbrennungskammer erinnerte, hatte Koruhn und die Sonderkommission auf die Spur des Pferdekrematoriums gebracht. Trotzdem wäre die Hilfe für Juliane wohl zu spät gekommen, wenn Hartwick es nicht geschafft hätte, Juliane wenigstens drei der vier Ziffern durchzugeben.

In ihrer Verzweiflung – das hatte Falk von Koruhn erfahren – hatte die Psychologin sich nicht anders zu helfen gewusst, als die letzte Ziffer auf gut Glück einzugeben, und mit ihrem zweiten Versuch war sie erfolgreich gewesen. Die Brennkammer hatte sich geöffnet, worauf der Wagen Juliane in die Kühle der Halle gefahren und der Brennofen sich abgeschaltet hatte.

Jetzt wimmelte es auf der Baustelle von Polizisten und Technikern, wobei die Spurensicherung auf ein Team aus Offenbach zurückgreifen musste, da McNish und seine Kollegen noch immer damit beschäftigt waren, in der St.-Jakobus-Kirche Beweise zu sichern.

»Wie wir auf Krysiak aufmerksam geworden sind?«, ging Falk auf Koruhns Frage ein, während er geistesabwesend mit einem Schraubenzieher spielte, den er auf einem Stapel Holzpaletten gefunden hatte. »Ich hatte schon eine geraume Weile so ein Gefühl.«

»Ein Gefühl?«, echote Koruhn. »Was für ein Gefühl?«

»Na ja, je länger wir ermittelt haben, desto mehr hatte ich den Eindruck, dass der Killer uns immer einen Schritt voraus ist. Beinahe so, als hätte er Zugang zu unseren Ermittlungsergebnissen. Das kam mir seltsam vor. Ich hatte mir vorgenommen, Krysiak auf den Zahn zu fühlen, aber dazu kam es nicht mehr. Dirk Schusser hat den letzten fehlenden Beweis geliefert. Er hat mir Krysiaks Namen genannt.«

Hartwick warf ihm einen skeptischen Blick zu. »Aber Krysiak war doch bei uns, als wir die Leiche von Anna Mattheis gefunden haben. Er kann nicht im Keller und gleichzeitig mit dir über das Videosystem verbunden gewesen sein.«

Falk ließ den Schraubenzieher von einer Hand in die andere wandern, das half ihm beim Nachdenken. »Nein, da war er bereits draußen. Er ist raus, weil er eine rauchen wollte, wobei ich schätze, dass er sich nur einen stillen, abgeschiedenen Platz gesucht hat. Vermutlich hat er dort auf seinem Handy oder einem Notebook mit Internetzugang den Keller überwacht, Kontakt zu uns aufgenommen und die Feuerfalle aktiviert.«

Nachdenklich rieb Koruhn sich sein bärtiges Kinn. »Und wozu das alles? Was hat Krysiak damit bezweckt? Weshalb die ganzen Toten?«

Falk zuckte mit den Achseln. »Über die Motive können wir zum jetzigen Zeitpunkt nur spekulieren. Zu viel liegt im Unklaren. Wir können nur hoffen, dass Dirk Schusser überlebt, denn bei ihm laufen die Fäden zusammen. Er wird uns eine Menge über Krysiak erzählen können.«

»Und für welche vermeintliche Sünde hat Bent Dahl, der Hamburger Kollege, sterben sollen?«

»Was weiß ich. Ich hatte keine Zeit, mich nach einem hingepinselten Bibelzitat umzusehen, während ein halbtoter Priester vom Beichtstuhl und ein blutüberströmter Polizeibeamter vom Altar geklaubt wurden«, antwortete Falk pampig.

Weshalb stellte der Bär zu diesem frühen Zeitpunkt all diese Detailfragen? Koruhn war lange genug dabei, um zu wissen, dass sie noch eine Menge Arbeit vor sich hatten, bis sie alle Spuren ausgewertet und Verbindungen hergestellt haben würden. Im Augenblick hatten Hartwick und er andere Sorgen.

Sorgen, die sie nicht mit Koruhn teilen konnten.

Noch immer befand Hannah sich in der Gewalt von Gromow, und Falk wagte es nicht, den Kriminalrat in die Sache mit einzubeziehen. Zu groß war die Gefahr, dass der Russe Wind davon bekam und Hannah umbrachte.

»Oberkommissar Hartwick?«, rief einer der Uniformierten durch die Halle. Er stand neben einem der mobilen Generatoren, die von den Kriminaltechnikern mitgebracht und überall am Tatort verteilt worden waren, um die Scheinwerfer mit Strom zu versorgen. »Telefon für Sie. Ich weiß nicht, wer dran ist, der Anrufer hat seinen Namen nicht genannt. Aber er ließ sich nicht abwimmeln und meinte, Sie würden mit ihm sprechen wollen.« Der Polizeibeamte hielt Hartwicks Handy, das mit einem Aufladegerät am Generator hing, so weit hoch, wie es das Kabel zuließ.

Gromow, dachte Falk, und an Hartwicks Gesichtsausdruck erkannte er, dass seinem Partner derselbe Gedanke durch den Kopf schoss.

Kapitel 62

Der Baustellenschutt knirschte unter Jans Füßen, während er auf den Streifenpolizisten zulief, der ihm das Handy entgegenhielt. Flüchtig vergewisserte er sich, dass die mobile Festplatte, die er dem toten Krysiak abgenommen hatte, noch sicher in der Tasche seiner Hose steckte.

Jan hoffte, dass das Wasser aus der Sprinkleranlage der Festplatte keinen Schaden zugefügt hatte. Doch er war zuversichtlich, denn Timo hatte sich neulich eine vom gleichen Typ gekauft und gemeint, dass sie für den Preis recht robust sei.

»Bitte sehr«, sagte der Uniformierte und reichte ihm das Smartphone.

Jan zog es vom Aufladekabel, verließ das Krematorium und trat auf seinen Mini zu, der weit genug entfernt parkte, um ungestört telefonieren zu können.

Anfangs hatte er sich gewundert, sein Auto hier draußen im Wald stehen zu sehen, doch nach kurzem Überlegen hatte er sich zusammenreimen können, wie es hierhergekommen war. Wie alle Mitglieder der Sonderkommission hatte auch Krysiak mitbekommen, dass der Mini vor dem *Neon* abgeschleppt worden war und Jan ihn noch nicht zurückbekommen hatte. Daraufhin musste Krysiak mit irgendeiner Legende bei der Verwahrstelle aufgekreuzt sein – vielleicht hatte er eine Vollmacht gefälscht oder einfach seinen Dienstausweis gezückt – und den Wagen abgeholt haben.

Der Kerl war wirklich clever. Ohne dieses Detail hätte Juliane niemals die Baustelle betreten, aber beim Anblick des Minis hatte sie davon ausgehen müssen, dass er und Bachmann sich bereits in dem Rohbau umsahen.

»Ja?«, nahm Jan schließlich den Anruf entgegen und hielt den Atem an, doch nicht Gromow war am anderen Ende der Leitung.

»Hallo, Jan. Ich bin's, Timo.«

Jans Muskeln spannten sich an, sofort flammte Wut in ihm auf. »Was willst du? Warum rufst du mich bei der Arbeit an?«

»Keine Angst, ich habe meinen Namen nicht genannt, und ich habe auch nicht nach meinem Freund oder Exfreund gefragt – ich weiß nicht, wo wir stehen –, falls es das ist, was dir Sorgen bereitet.«

Etwas in Jan zog sich zusammen, als ihm zum ersten Mal bewusst wurde, dass es zwischen ihm und Timo aus war. Er würde Timo nicht verzeihen, dass er ihre Beziehung für eine Titelstory geopfert hatte.

Trotzdem tat es weh. Er hatte Timo gemocht. Nein, eigentlich mochte er ihn immer noch.

»Was willst du?«, fragte Jan unwirsch.

Timo stockte kurz. »Ich habe gehört, was passiert ist, und ich …«, begann er, doch Jan unterbrach ihn rüde.

»Netter Versuch, aber ich werde mit dir nicht über die Ereignisse der letzten Stunden sprechen. Ich stehe nicht mehr als Informationsquelle zur Verfügung.« Jan wollte auflegen, doch die Verzweiflung in Timos Stimme ließ ihn innehalten.

»Nein, bitte, so war das nicht gemeint. Mensch, Jan, gib mir eine Minute, okay? Das bist du mir schuldig.«

Geistesabwesend betrachtete Jan das Treiben vor der Baustelle des Großtierkrematoriums. Im Schein der mobilen Strahler kamen und gingen Beamte in den Bau mit dem Flachdach. Techniker in weißen Overalls packten Plastikkisten vollgestopft mit Asservaten in einen Transporter. Ein Notarzt kletterte in den Krankenwagen, in dem Juliane lag.

»Eine Minute«, entgegnete Jan, erstaunt darüber, wie kalt seine Stimme klingen konnte.

»Ich will mich bei dir entschuldigen. Es war …«, setzte Timo an, doch erneut unterbrach Jan ihn.

»Wenn das so losgeht, ist die Minute bereits nach zehn Sekunden um. Es gibt keine verdammte Entschuldigung dafür, dass du hinter meinem Rücken in meinen Unterlagen geschnüffelt hast.«

»Herrgott, kann ich vielleicht mal ausreden, du selbstgerechtes Arschloch?«, brauste Timo so energisch auf, dass Jan die Luft wegblieb. »Ich wollte mich dafür entschuldigen, wie ich dich in der Redaktion behandelt habe. Das war nicht okay. Aber ich konnte nicht anders.«

Jan verstand kein Wort. »Wie bitte?«

»Ich hätte nicht damit drohen dürfen, den Firmenanwalt hinzuzuziehen und das ganze Zeug. Schließlich warst du nicht irgendein Bulle, der unrechtmäßig in die Redaktion gestürmt ist, sondern mein Freund. Der Mann, mit dem ich zusammen sein wollte … nein, mit dem ich zusammen sein will.«

»Bist du noch ganz dicht?« Jan schwirrte der Kopf. »Glaubst du, dass ich dir noch mal vertrauen kann, nachdem du mich so verarscht hast?«

»Ich habe dich nicht verarscht, und ich habe auch nicht hinter deinem Rücken in irgendwelchen Unterlagen herumgeschnüffelt.«

»Bullshit! Als ich aus der Dusche kam, hattest du meine Ermittlungsergebnisse in der Hand. Kurz darauf konnte ich sie auf der Titelseite des *Frankfurter Morgen* lesen.«

»Das Einzige, was du gesehen hast, ist, wie ich deine Notizen weggelegt habe, weil sie auf meinem Handy lagen. Ich habe kein Wort in den Unterlagen gelesen, nicht eins.«

»Ach nein? Und woher kanntest du dann all die Details? Hattest du eine spontane Eingebung?«

»Du klingst so zynisch wie Bachmann. Pass auf, dass du nicht endest wie er«, entgegnete Timo, und der distanzierte Tonfall, in dem er es sagte, ließ Jan schwer schlucken.

»Ich konnte dir nichts sagen, anders hätte ich meinen Informanten gefährdet«, fuhr Timo fort. »Aber die Umstände haben sich geändert. Meine Quelle ist tot, also muss ich sie nicht mehr schützen.«

Jan sah, wie Falk aus dem Krematorium trat und sich suchend nach ihm umblickte. Kurz hob Jan die Hand, worauf Falk nickte und in seine Richtung lief.

»Wer ist tot? Und was für eine Quelle? Red endlich Klartext, Timo.«

»Du weißt doch, wie es läuft. Wenn du als Journalist etwas anderes als Kochrezepte und Horoskope schreiben willst, brauchst du gute Kontakte zur Polizei. Und ich hatte einen guten Kontaktmann, aber der warst nicht du.«

»Sondern?«

»Krysiak, dein Kollege vom KDD, der heute Nacht in eine tödliche Schießerei geraten ist.«

Bachmann runzelte die Stirn, als er auf Jan zutrat, doch dieser brachte ihn mit einer Geste dazu, den Mund zu halten.

»Was? Krysiak hat die Ermittlungsergebnisse an dich weitergegeben? Er war dein Informant?« Jans Gedanken rasten, während er versuchte, die Information einzuordnen.

Offensichtlich war bereits durchgesickert, dass der vogelgesichtige Scheißkerl das Zeitliche gesegnet hatte, doch wie es aussah, wusste Timo noch nicht, dass Krysiak der Serienkiller war. Sonst hätte das Gespräch einen anderen Verlauf genommen.

»Ja, Krysiak stand auf der Gehaltsliste des *Frankfurter Morgen*«, erklärte Timo. »Ich hoffe, du begreifst, was es bedeutet, dass ich diese Tatsache dir gegenüber eingestehe. Selbst nachdem Krysiak tot ist, würde mein Chef nicht zögern, mich rauszuwerfen, sollte er erfahren, dass ich mit dem LKA über einen meiner Informanten gesprochen habe. Das würde mir beruflich das Genick brechen. Du siehst, ich vertraue dir.«

»Wie viel habt ihr Krysiak gezahlt?«

»So ganz genau weiß ich das nicht, denn er hat kein Geld bekommen. Im Gegenzug für seine Zusammenarbeit hat der Verlag ihm eine Wohnung in Offenbach zur Verfügung gestellt und die Nebenkosten übernommen.«

»Moment, da komme ich nicht mit«, sagte Jan. »Wozu braucht Krysiak eine Wohnung in Offenbach? Er lebt doch in Praunheim in diesem Kirchenloft.«

»Nein, da wohnt er nicht mehr. Das Loft hat er vor ein paar Monaten untervermietet. Ich würde nicht so weit gehen, zu behaupten, Krysiak gut gekannt zu haben, aber bei unseren regelmäßigen Treffen blieb es nicht aus, dass wir ab und an ein paar private Worte gewechselt haben. Wenn ich das richtig verstanden habe, ist er seit einem Jahr geschieden, will aber trotzdem in der Nähe seiner Frau und seines Sohns wohnen … äh, wollte, müsste ich wohl sagen. Deshalb jedenfalls der Umzug nach Offenbach, wo seine Frau vor einiger Zeit eine Buchhandlung eröffnet hat. Mit dem Geld, das die Untervermietung einbrachte, hat Krysiak seiner Exfrau ausgeholfen. Anfangs wirft so ein Laden ja kaum was ab.«

Jan starrte auf den schmutzigen Verband an seiner freien Hand. Das ergab alles keinen Sinn. »Bist du dir sicher, dass er das Loft nicht doch selbst genutzt hat?«

»Ja, ganz sicher. Im Anschluss an eines unserer Treffen habe ich ihn einmal mit zurück in die Stadt genommen, und da wollte er, dass ich einen Umweg über Praunheim mache. Dort hat er Geld von seinem Untermieter eingetrieben. Wahrscheinlich lief das zwischen den beiden unter der Hand und an der Steuer vorbei. Aber warum interessiert dich das eigentlich?«

Jan überging die Frage. »Weißt du, an wen er das Loft vermietet hat?«

»Nein, ich habe im Wagen gewartet und den Mann nur einen Augenblick gesehen.«

»Würdest du ihn wiedererkennen? Zum Beispiel auf einem Foto?«

Timo ließ sich einen Moment Zeit, dann sagte er: »Ja, ich denke schon.«

Jans Gedanken rasten. Er wusste, dass er sich bei Timo entschuldigen musste, schließlich hatte er ihn zu unrecht beschuldigt, in seinen Unterlagen geschnüffelt zu haben. Doch ihm fehlten die richtigen Worte. Also sagte er nur: »Okay, danke. Ich muss ein paar Dinge mit Falk besprechen, dann melde ich mich wieder. Bleib erreichbar.«

Bevor Timo etwas erwidern konnte, drückte Jan das Gespräch weg.

»Was ist los?«, fragte Falk.

Jan ließ das Handy sinken. »Wenn stimmt, was ich gerade erfahren habe, hat Krysiak seit geraumer Zeit nicht mehr in Praunheim gewohnt.«

»Hä?«

»Ich bin mir nicht sicher, aber wie es aussieht, war Krysiak doch nicht unser Killer.«

Kapitel 63

Das Licht der in die Innenverkleidung des Krankenwagendaches eingelassenen Lampen schien Julianes Netzhaut zu verbrennen, trotzdem hielt sie die Lider geöffnet. Sie wollte, nein, sie konnte die Augen nicht schließen, denn sie fürchtete sich vor dem, was in der Dunkelheit auf sie wartete.

Der über ihr hängende Infusionsbeutel schwankte leicht, obgleich der Krankenwagen noch auf dem Platz vor der Baustelle des Großtierkrematoriums stand. Der Sanitäter, ein pausbäckiger Enddreißiger mit freundlichen Augen und gutmütigem Lächeln, legte ihr seine Hand auf die Wange, doch der Latex des Einmalhandschuhs fühlte sich unangenehm an und nahm der Geste die beruhigende Wirkung.

»Es ist alles in Ordnung, Frau Klawitter«, sagte der Sanitäter. »Sie sind in Sicherheit. Wir bringen Sie in ein Krankenhaus, da wird man sich um Ihre Brandverletzungen kümmern. Verstehen Sie, was ich sage?«

Juliane starrte weiter den Infusionsbeutel an. Ein Plastikschlauch führte nach unten und verschwand wahrscheinlich in einer ihrer Venen, doch Juliane brachte nicht die Kraft auf, seinem Verlauf zu folgen.

Seltsamerweise fror sie, obwohl ihr ganzer Körper in Flammen zu stehen schien.

Vier, drei, neun, spulte ihr Gehirn die Ziffernfolge, die ihr die elektronisch verzerrte Stimme durchgegeben hatte – oder hatte Jan mit ihr gesprochen? –, in einer nervtötenden Endlosschleife ab.

»Dr. Klawitter?«, fragte der Sanitäter nun eindringlicher und schob sein Gesicht gänzlich in ihr Sichtfeld. »Können Sie mich hören?«

Vier, drei, neun …

Etwas zog sich fest um ihren Oberarm zusammen. So fest, dass sie ihren rasenden Herzschlag spürte.

»Neunzig zu sechzig. Immer noch zu niedrig, aber stabil«, hörte Juliane den zweiten Sanitäter sagen. Das Ratschen des Klettverschlusses, mit dem er die Manschette des Blutdruckmessgerätes öffnete, ließ sie zusammenzucken.

»Die Patientin ist bei Bewusstsein, zeigt aber nur minimale Reaktionen«, schaltete sich der pausbäckige Sanitäter ein. »Okulomotorik vorhanden, Pupillenreaktion normal. Wann kommt der LNA?«

»Müsste jeden Moment eintreffen.«

»Wer hat heute Dienst?«

»Ich glaube, Dr. Arslan.«

Julianes Mund war wie ausgedörrt, ihre Zunge fühlte sich an, als sei sie auf die Größe eines trockenen Küchenschwamms angeschwollen.

Vier, drei, neun …

Nichts hatte sich an ihrer Lage in der Brennkammer geändert, nachdem sie die drei Ziffern in die Tastatur getippt hatte. Natürlich nicht, schließlich war der Code nicht vollständig gewesen. Die Temperatur war weiter angestiegen. Also hatte sie kopflos irgendeine weitere Nummerntaste gedrückt, worauf ein schrilles Signal aus den Lautsprechern gedrungen und auf dem Display *Falsche Eingabe* zu lesen gewesen war.

Irgendwann – der weitere Ablauf war in ihren Erinnerungen verschüttet – musste sie die korrekte vierte Ziffer erwischt haben, denn sie lebte noch. Den ersten halbwegs klaren Gedanken hatte sie erst wieder fassen können, als die Rettungssanitäter sie auf eine Trage gelegt und in den Krankenwagen verfrachtet hatten.

»Guten Abend, mein Name ist Dr. Christopher Maahs. Ich vertrete Dr. Arslan. Wie sieht es aus, was haben wir?«, vernahm Juliane die Stimme eines weiteren Mannes. Der Rettungswagen schaukelte leicht unter dem Gewicht des neuen Insassen.

»Juliane Klawitter, eins fünfundsechzig, geschätzte achtzig Kilo, sechsunddreißig Jahre«, ratterte der pausbäckige

Sanitäter herunter. »Die Patientin wurde Opfer eines Verbrechens. Sie hat einen Hitzschlag, ist dehydriert und hypovoläm. RR neunzig zu sechzig.«

»Was haben Sie gegeben?«

»Wir haben einen Zugang gelegt und eine Elektrolytlösung angehängt.«

»Ziehen Sie mir fünfzehn Milligramm Midazolam auf, und dann nichts wie ab«, sagte der Arzt.

Aus den Augenwinkeln bemerkte Juliane ein Stirnrunzeln des Rettungssanitäters. »Sind fünfzehn Milligramm nicht etwas viel? Die Patientin ist stabil. Sie krampft nicht und hat keine Halluzinationen.«

»Sie wollen nicht ernsthaft mit mir diskutieren, oder?«, hörte sie den Arzt scharf erwidern, worauf der Sanitäter Julianes Blick entschwand. Kurz darauf kehrte er mit einer aufgezogenen Spritze zurück.

»Hier«, sagte er.

Ein Tropfen der Flüssigkeit zitterte auf der Spitze und funkelte im Licht, dann lief er die Nadel herunter. Im nächsten Moment beugte der Notarzt sich über Juliane, und zum ersten Mal sah sie sein Gesicht.

Ungläubig versuchte sie sich aufzurichten, doch der Sanitäter legte seine gummiartige Hand auf ihre Stirn und drückte ihren Kopf sanft, aber bestimmt zurück auf die Trage.

»Bleiben Sie ganz ruhig liegen«, redete er auf sie ein. »Das ist der Notarzt. Er gibt Ihnen noch etwas gegen die Schmerzen, dann geht es Ihnen gleich besser.«

»Mein Name ist Dr. Maahs«, stellte der Arzt sich nun Juliane vor. Seine Stimme klang warm, doch seine Augen blickten kalt. Routiniert griff er nach ihrem Unterarm, in dem der intravenöse Zugang steckte, und fixierte ihn.

Juliane bäumte sich weiter auf und schrie, so gut es ihre angegriffenen Stimmbänder vermochten, doch inzwischen hielt sie auch der dritte Mann im Rettungswagen fest.

Durch die Milchglasscheiben sah sie das Blaulicht der Streifenwagen flackern. Um sie herum wimmelte es vor Polizisten, aber sie hatte keine Möglichkeit, einen von ihnen zu alarmieren.

Trotz ihrer Verletzungen spürte sie das leichte Brennen, das von dem Medikament ausging, das der Arzt – *er ist kein Arzt! Warum hilft mir niemand?* – ihr über das Einspritzventil des Venenkatheters injizierte. Wenig später wurde ihr Körper schwer, ihre Kraft schwand.

»Du wirst jetzt eine Weile schlafen, und wenn du wieder zu dir kommst, bin ich für dich da«, flüsterte der Arzt ihr ins Ohr.

Juliane wollte etwas entgegnen, wollte lauter schreien, wollte sich gegen den Griff des Mannes wehren, doch sie schaffte es nicht. Kraftlos sank sie zurück.

Kapitel 64

»Wir können losfahren«, sagte Dr. Maahs und lächelte zufrieden die beiden Rettungssanitäter an. Obgleich er die dreißig bereits seit einem halben Jahrzehnt überschritten hatte, sah man ihm sein Alter nicht an. Keine der Frauen, mit denen er im Bett landete, wurde misstrauisch, wenn er behauptete, Mitte zwanzig zu sein und wahlweise – je nach Studentenparty, auf der er sich herumtrieb – Betriebswirtschaft, Jura oder Elektrotechnik zu studieren. Oder wie im Fall der Polizeipsychologin, die sich ihm gleich in der ersten Nacht an den Hals geworfen hatte, Biochemie.

Dr. Maahs, den Juliane als Jonas Pätzold kennengelernt hatte, nahm auf dem Sitz neben seiner neuen Patientin Platz und legte den Gurt an. Kurz darauf startete der pausbäckige Sanitäter den Rettungswagen, und sie verschwanden in der Nacht.

Kapitel 65

»Was soll das heißen, Krysiak ist nicht unser Killer?«, fragte Falk. »Wer hat dich überhaupt angerufen?«

Hartwick hielt sein Smartphone so fest umklammert, dass die Knöchel seiner Finger weiß hervortraten. »Das war Timo. Er wollte sich bei mir entschuldigen.«

»Weil er in den Ermittlungsakten geschnüffelt hat?«

»Das hat er nicht gemacht.«

»Ach nein?«

»Nein. Nicht ich war die undichte Stelle, sondern Krysiak. Er stand auf der Gehaltsliste des *Frankfurter Morgen* und hat Timo regelmäßig mit internen Informationen versorgt.«

Falk staunte nicht schlecht, als Hartwick mit knappen Worten das Gespräch mit Timo zusammenfasste und damit endete, dass Krysiak nicht mehr in seiner Frankfurter Wohnung, sondern in Offenbach gelebt hatte. Während Falk über das Gehörte nachdachte, suchte er geistesabwesend nach seinen Zigaretten, bis ihm einfiel, dass er diese alte Sporthose zu einem noch älteren Hoodie trug und seine Packung durchweicht in seiner nassen Jeans steckte.

»Okay, Krysiak hat also als Spitzel für die Presse ein paar Euro nebenbei gemacht«, sagte er schließlich. »Aber er hat auf uns geschossen. Nur wegen der Handvoll Kröten wäre er doch nie so weit gegangen.«

»Stimmt, es muss mehr dahinterstecken.« Hartwicks Stirn legte sich in Falten. »Ich denke, dass Krysiak nicht nur für die Zeitung, sondern auch für die Russen gearbeitet hat. Das würde doch zu Gromows Behauptung passen, er habe einen Spitzel bei der Polizei. Außerdem hat Krysiak die Festplatte aus meinem Schreibtisch geklaut. Was sollte er mit dem Teil anderes anfangen, als es an den Russen zu verkaufen?«

Unruhig wippte Falk mit dem Fuß. Gott, was würde er für eine Zigarette geben. »Aber wenn Krysiak nicht mehr in dem Loft wohnte, was hatte er dann dort zu suchen?«

»Ihm ist die ganze Sache zu heiß geworden. Er wollte sich, wie er ja selbst gesagt hat, nach Polen absetzen, und die nötige Kohle wird Gromow ihm als Gegenleistung für die Festplatte in Aussicht gestellt haben.«

»Das erklärt aber nicht, weshalb Krysiak in seiner eigenen Wohnung mit einer Taschenlampe herumgeschlichen ist.«

»Doch. Er hatte das Loft untervermietet, konnte also nicht mehr einfach rein- und rausmarschieren. Wahrscheinlich hat er unter seinen alten Sachen irgendwas gesucht, das er nicht in Frankfurt zurücklassen wollte. Dokumente oder etwas in der Art.« Hartwick zupfte an seinem Hoodie.

»Und dabei hat er sich nebenbei die Videoübertragung von Juliane angesehen?« Falk konnte seine Skepsis nicht verbergen.

»Ich vermute, dass ihm im Arbeitszimmer die Idee gekommen ist, einen Blick auf den Inhalt der Festplatte zu werfen, um sicherzustellen, dass er die richtige erwischt hat. Dabei muss er unbeabsichtigt die Videoübertragung gestartet haben. Natürlich, so wird es gewesen sein. Krysiak macht sich am Rechner zu schaffen, und plötzlich hallt Julianes Gewimmer durch das Loft. Im nächsten Moment hört er, wie ich gegen eine Getränkekiste stoße, und gerät in Panik. Er wirft ein paar Papiere über die Festplatte, dann versteckt er sich.«

Nach den Ereignissen des Tages fühlte Falks Hirn sich wie das Innere einer verrotteten Melone an. »Ich bin nicht überzeugt. Wenn das alles so gewesen ist, warum hat Krysiak uns dann nicht gesagt, dass er nicht der Killer ist?«

»Weil wir ihn nicht darauf angesprochen haben. Wir sind einfach davon ausgegangen, dass er es ist. Er wiederum muss geglaubt haben, dass wir ihn wegen Gromow drankriegen wollten.«

Falk verschränkte die Hände hinter dem Kopf und atmete tief durch. »Hätte, könnte, wäre. Alles reine

Spekulation. Ich halte mich an die Fakten, und Tatsache ist, dass der Pfarrer Krysiaks Namen gesagt hat. Dirk Schusser wollte, dass wir wissen, wer der Killer ist.«

»Was genau hat er denn gesagt?«

»Na was wohl? Krysiak. Herrgott, der Kerl hat halbtot auf einer Trage gelegen. Denkst du, er hatte noch die Kraft, mir seine Lebensgeschichte zu erzählen?«

Falk rief sich in Erinnerung, wie er sich im Rettungswagen tief über den Priester gebeugt und sein Ohr dicht an dessen Mund gebracht hatte. Neben dem Piepen des Herzmonitors und dem Trubel, der um sie herum geherrscht hatte, war Schussers Stimme kaum zu hören gewesen. Dennoch war Falk sich sicher, Schusser richtig verstanden zu haben. Außerdem deckte sich dessen Aussage mit seinen eigenen Beobachtungen, schließlich hatte er Krysiak nur wenige Stunden zuvor über den Kirchplatz laufen sehen.

Ein Gedanke blitzte in Falk auf. Was, wenn er Schussers Gestammel doch falsch interpretiert hatte? Wenn er nur gehört hatte, was er hatte hören wollen?

»Bachmann, alles okay?«, fragte Hartwick.

Falk schlug sich gegen die Stirn. »Ich muss noch mal weg.«

»Was? Wo willst du hin?«

»Später. Du hast gesagt, dass Timo den Mann, der das Kirchenloft bewohnt, identifizieren kann?«

»Ja.«

»Dann schaff ihn aufs Präsidium. Ich will mit ihm sprechen. Und sieh zu, dass dein Handy an ist, falls Gromow sich meldet.« Falk drehte sich um und rannte auf seinen Dienstwagen zu.

Kapitel 66

Die weichen Sohlen meiner Schuhe machen kaum Geräusche auf der Steintreppe des geschmackvoll restaurierten Altbaus im Ostend. Wer hier lebt, legt Wert darauf, zentral zu wohnen, sozusagen am Puls der Stadt, ohne etwas vom Elend der Metropole mitzukriegen. Der Zoo und der Garten des Himmlischen Friedens liegen gleich um die Ecke, und mit dem Fahrrad braucht man keine zehn Minuten bis zur Alten Oper.

Es ist hier alles so beschaulich, und mir gefällt es nicht, dass ich dazu gezwungen bin, die Idylle zu trüben. Doch mir bleibt keine andere Wahl; jeder Krieg fordert seine Opfer. Außerdem ist es fast vorbei. Bald schon werde ich in einem Flugzeug von KLM sitzen und über Amsterdam nach Mexiko gelangen.

»Passen Sie doch auf«, höre ich jemanden sagen.

Erschrocken trete ich beiseite.

Ein grauhaariger Mann im Sommeranzug ist mir auf der Treppe entgegengekommen und blickt mich missbilligend an. Rasch ziehe ich den Schirm meiner orangefarbenen Basecap tiefer ins Gesicht, hebe den Pizzakarton etwas höher und schaue auf den Boden. Kopfschüttelnd geht der Mann an mir vorbei, im nächsten Moment hat er mich bereits wieder vergessen. Die ganz in Orange, Rosa, Lila oder in welchen Farben auch immer gekleideten und mit gewaltigen Rucksäcken beladenen Boten der Lieferdienste erregen schon lange keine Aufmerksamkeit mehr. Weder auf ihren Fahrrädern noch in Ladenlokalen, Restaurants oder auf den Fluren der Bankentürme fallen sie besonders auf.

Oben angekommen, verharre ich vor der Tür und lausche. Musik dringt aus der Wohnung, ansonsten ist es still.

Als ich klopfe, geschieht einen Moment lang nichts, dann aber höre ich Schritte und schließlich eine Männerstimme fragen: »Ja, bitte?«

»Ihre Pizza«, antworte ich, wobei ich versuche, gehetzt und leicht genervt zu klingen.

»Was?«

»Ihr Essen.«

»Ich habe nichts bestellt.«

Ich klopfe noch einmal. »Ihre Pizza!«

Auf der anderen Seite wird ein Schlüssel im Schloss gedreht, Metall klappert – wahrscheinlich hängt irgendein Anhänger am Schlüsselbund –, dann schwingt die Tür auf, und noch bevor der Mann realisiert, was geschieht, lasse ich den leeren Pizzakarton zu Boden fallen, hebe die Walther PPK mit aufgeschraubtem Schalldämpfer an und schieße.

Plopp.

Unterhalb des rechten Auges trifft die Kugel auf das Jochbein und durchschlägt den Schädel, am Hinterkopf tritt sie wieder aus.

Erstaunen breitet sich auf dem Gesicht des Mannes aus, und im Versuch, nach dem zu tasten, was ihn getroffen hat, hebt er seinen Arm, doch es gelingt ihm nicht, die Wange zu berühren. Stattdessen taumelt er einen Schritt zurück, bevor er fällt. Ein schlichter, aber geschmackvoller Bouclé-Teppich in Brauntönen – er passt hervorragend zu dem alten Eichenparkett und den modernen weißen Möbeln – dämpft seinen Aufprall.

Blut, in dessen Scharlachrot sich die Knochenreste des Schädels und die Punkte aus weißlich-grauer Gehirnmasse abzeichnen, rinnt von der gegenüberliegenden Wand.

Zur Sicherheit gebe ich zwei weitere Schüsse auf die Brust des Mannes ab, dann ziehe ich die Tür zu, klaube den Pizzakarton vom Boden und verlasse zügig, aber nicht hektisch, das Haus.

Kapitel 67

I »Aufmachen«, wies Falk die beiden Uniformierten an, die gemeinsam einen metallenen Rammbock hielten, und deutete auf die schmale Holztür mit den schweren Beschlägen an der Seite des Altarraums.

Der Aufprall des Rammbocks hallte durch das Kirchenschiff, in dem McNish und seine Männer noch immer mit dem Sichern von Spuren beschäftigt waren. Beim fünften Schlag brach der Riegel, die Tür schwang auf.

Dahinter schloss sich ein kleiner, schmuckloser Raum an, von dem aus eine schmale Treppe steil hinab in einen Keller führte. Einen Keller, der in Kirchen auch als Krypta bezeichnet wurde, wie Falk sich bei seinem Gespräch mit Hartwick erinnert hatte.

»Kry…«, hatte Schussler gehaucht, ehe er bewusstlos auf die Trage zurückgesunken war, und womöglich, nein, ganz sicher – das spürte Falk nun deutlich – hatte er nicht Krysiak, sondern Krypta sagen wollen. Deshalb war Falk jetzt wieder hier in der St.-Jakobus-Kirche und hatte das Aufbrechen der Tür veranlasst.

Nach einigem Suchen fand er den Lichtschalter, worauf eine für den Raum viel zu schwache Lampe aufflammte und ihr klägliches Licht abgab. Sicherheitshalber schaltete Falk zusätzlich die Taschenlampe ein, die er sich von McNish geliehen hatte, und machte sich mit den beiden Beamten im Schlepptau auf den Weg in den Keller.

II Jan betrat den Fahrstuhl des Mehrfamilienhauses, in dem Timos Wohnung lag, und drückte auf den obersten Knopf. Ächzend schloss sich die Fahrstuhltür, und er überlegte, wie er Timo gegenübertreten sollte. Er musste sich entschuldigen, so viel stand fest. Doch wie sollte er das anstellen? Ein einfaches *Tut mir leid* würde nicht ausreichen, dafür hatte er zu viel Mist gebaut.

Weshalb hatte er nicht in Ruhe mit Timo gesprochen, anstatt ihn in der Redaktion zu überfallen, mit Vorwürfen zu überschütten und sich anschließend mit Bent zu treffen?

Wie immer, wenn er daran dachte, dass er diesem homophoben Arschloch sogar seine Nummer auf den Arm geschrieben hatte, fühlte er sich mies. Wie es schien, war er nicht besser als Bachmann, der hinter Zoes Rücken mit Hannah ins Bett gestiegen war.

Jan merkte, wie sein Herzschlag sich beschleunigte, je höher der Aufzug fuhr, denn inständig hoffte er, dass Timo ihm eine zweite Chance gab.

Dann endlich hielt der Lift, die Tür glitt auf.

III Im Licht der Taschenlampe eilten Falk und die beiden Streifenbeamten durch einen Gang, der so eng war, dass sie an einigen Stellen den Kopf einziehen mussten, um nicht gegen die Wand aus grob behauenen Sandsteinen zu stoßen. Die feuchte, kühle Luft ließ Falk frösteln.

Auf halbem Weg blieb er neben einer rostigen Eisentür stehen. *Technikraum* verkündete ein gelbes Schild mit schwarzer Schrift. Falk drückte die Klinke.

Verschlossen.

Er drehte sich zu den Uniformierten um, doch bevor er etwas sagen konnte, meldete sich einer der beiden zu Wort: »Sollen wir nicht lieber warten, bis der Hausmeister eintrifft? Eine Kollegin hat ihn vor einer halben Stunde ausfindig gemacht und alarmiert. Wir können doch nicht alle Türen aufbrechen.«

Falk vermochte nicht zu sagen, woher seine innere Unruhe kam, doch er wollte nicht warten. Etwas stimmte nicht. »Nein, machen Sie auch diese Tür auf. Ich nehme das auf meine Kappe.«

Die Männer hielten mit ihrem Unmut nicht hinterm Berg, während sie stöhnend und fluchend den Rammbock gegen die Eisentür donnern ließen. Dieses Mal brauchten sie zehn oder elf Schläge, bevor die an den Aufprallstellen sichtlich eingedellte Tür endlich zur Seite schwang.

Sofort leuchtete Falk den Raum aus, und nach einem Moment tauchte im Lichtstrahl der Taschenlampe ein Körper auf.

IV Jan atmete noch einmal durch, dann drückte er die Klingel, worauf er die antiquierte Türglocke drinnen rasseln hörte. Timo hatte das alte Teil aus Holz und Messing bei einem gemeinsamen Spaziergang über den Flohmarkt gefunden und sich von dem findigen Verkäufer zwanzig Euro aus der Tasche ziehen lassen, da Timo der Ansicht war, eine Altbauwohnung brauche eine alte Klingel.

Mit klopfendem Herzen wartete Jan, aber er hörte weder Schritte noch das sonst so oft von Timo gerufene *Moment, ich komme*. Er hätte doch vorher anrufen sollen.

Enttäuscht und gleichzeitig ein bisschen erleichtert über den Aufschub, holte er sein Handy hervor und wählte Timos Nummer. Als die Verbindung aufgebaut war und das Freizeichen erklang, vernahm Jan das Klingeln von Timos Handy auf der anderen Seite der Tür.

Unvermittelt kroch eine Eiseskälte sein Rückgrat entlang und breitete sich von dort in seinem ganzen Körper aus. Er beendete den Anruf und steckte das Handy wieder ein, worauf das Klingeln in der Wohnung erstarb.

»Timo?«, sagte Jan so laut, dass man es drinnen hören musste. »Ich bin's, Jan.«

Wieder keine Reaktion. Also klopfte er gegen die Tür, worauf sie mit leisem Quietschen aufschwang.

Zunächst fiel Jans Blick auf die Wand des schlauchartigen Flurs, von dem die Zimmer abgingen, und er glaubte, Timo hätte sich ein neues Bild gekauft. Irgendetwas Abstraktes mit roten Farbspritzern. Dann aber glitt sein Blick tiefer, und er sah Timo auf dem braunen Teppich liegen. Ausdruckslos starrte eines seiner Augen in Jans Richtung. Der Augapfel des anderen saß nicht mehr an seinem Platz, sondern hing, lediglich gehalten von einer dünnen Schnur – *sein Sehnerv, es ist sein Sehnerv* – in einer viel zu großen, blutigen Höhle.

»Gütiger Himmel.« Jan schlug die Hände über dem Kopf zusammen, und in dem Versuch, dem Grauen zu entkommen, huschte sein Blick wild umher, doch immer wieder kehrte er zu der aus Blut, Knochen und Gehirn bestehenden Sauerei an der Wand zurück, die er beim Eintreten für ein Bild gehalten hatte.

Ihm entfuhr ein ersticktes Keuchen, während er neben dem blutigen Etwas, das einmal sein Freund gewesen war, in die Knie ging.

V »Er lebt noch«, rief Falk, als er einen schwachen Puls fühlte. »Der Junge lebt! Ruft einen Rettungswagen, aber beeilt euch.«

Er legte die Taschenlampe auf eine Holzkiste, die als provisorischer Tisch vor dem Feldbett mit dem Jungen stand, sodass sie weiter in den Raum schien. Dann ging er neben dem Bett in die Knie und betrachtete den Jungen. Seine Wangen wirkten hohl, und die Haut sah wächsern aus, weshalb es Falk schwerfiel, ihn mit dem Zehnjährigen auf dem Fahndungsfoto in Einklang zu bringen.

Trotzdem bestand kein Zweifel. Er hatte Patrick Behring gefunden.

Falk berührte seine Schultern und schüttelte ihn sanft. »Patrick? Kannst du mich hören?«

Nichts.

»Patrick?«

Falk rüttelte ein wenig kräftiger, worauf der Junge ein widerwilliges Stöhnen von sich gab und die Augen aufschlug.

Ein Lächeln legte sich auf Falks Lippen. »Mein Name ist Hauptkommissar Falk Bachmann. Ich bin Polizist. Es kommt alles in Ordnung, du bist jetzt in Sicherheit.«

»Ich konnte Mama nicht anrufen. Ich weiß ihre Nummer nicht«, sagte der Junge mit dünner Stimme und hielt sich an der groben Decke fest, in die er eingehüllt war.

»Schschsch, bleib ganz ruhig. Wir haben die Telefonnummer deiner Mutter. Ich werde sie gleich informieren, und dann holt ein Polizeiwagen sie ab und bringt sie mit Blaulicht in Rekordzeit her. Was hältst du davon?«

Erst war Falk sich nicht sicher, ob Patrick Behring ihn verstanden hatte, doch dann hoben sich dessen Mundwinkel.

»Kannst du mir sagen, was passiert ist?«, fragte Falk. »Wie bist du hierher gekommen?«

Der Junge zuckte mit den Schultern. »Ich weiß es nicht genau. Ich bin auf einem dunklen unterirdischen See geschwommen, in einem Zorb-Ball. Wissen Sie, was ein Zorb-Ball ist?«

Falk schüttelte mit dem Kopf.

»Das ist so ein riesiger Luftball. Aber die Stimme hat gesagt, dass die Luft aus dem Ball entweicht und ich ertrinken werden und niemand außer meiner Mutter mich retten kann. Und das stimmte. Der Ball wurde immer schlaffer. Irgendwann bin ich ins Wasser gefallen, alles war dunkel, und ich wusste nicht mehr, wo oben und wo unten ist.« Patrick hustete, rote Flecken erschienen auf seinem blassen Gesicht.

Falk legte ihm eine Hand auf die Stirn. Als seine Tochter Mia klein gewesen war, hatte das geholfen, sie zu beruhigen.

Der Atem des Jungen normalisierte sich, das Husten hörte auf. »Ich habe keine Luft bekommen und Wasser geschluckt«, fuhr er fort. »Aber dann habe ich ein Licht gesehen. Erst dachte ich, dass ich tot bin und dass das Licht zu diesem Leuchten gehört, auf das die Toten in den Filmen und Serien immer zulaufen. Doch es war keines dieser Lichter. Es kam von einer Taschenlampe. Ein Mann hat mich aus dem Wasser gezogen, ein Priester, und er hat mich in diesen Keller gebracht.«

Falk verstand nichts von dem wirren Gerede des Jungen. Ein unterirdischer See, ein Luftball, ein Licht? Wahrscheinlich fantasierte der Kleine. Nur die Sache mit dem Priester nahm Falk ihm ab.

Irgendwie hatte Dirk Schusser es geschafft, Patrick Behring vor dem Killer in Sicherheit zu bringen und in der Krypta zu verstecken. Aber warum hatte er den Jungen nicht zu seiner Mutter gebracht? Oder in ein Krankenhaus? Oder am besten gleich zur Polizei? Weshalb dieses Versteckspiel?

»Ruh dich aus, Patrick. Wir besprechen alles, wenn du wieder auf den Beinen bist.« Falk drehte sich zu dem Beamten um, der im Türrahmen stehengeblieben war. »Was ist denn jetzt, wo bleibt der verdammte Rettungswagen?«

»Nein, ich kann nicht gehen«, sagte der Junge und richtete sich abrupt auf. »Der Priester hat gesagt, ich muss so lange in der Kirche bleiben, bis der Teufel in Mexiko ist.«

VI Jans Ohren registrierten das Klingeln seines Handys, doch sein Gehirn verarbeitete die Information erst mit einiger Verzögerung. Umständlich, noch immer neben Timos Leiche kniend, holte er das Telefon aus der Tasche und ging ran.

»Ja?« Jan kam seine eigene Stimme seltsam fremd und distanziert vor.

»Hast du die Festplatte?«, entgegnete der Anrufer mit osteuropäischem Akzent.

Es war Gromow.

»Ja«, antwortete Jan mit Blick auf seinen toten Freund. Das Blut unter Timos Kopf war zu einer dunklen, zähen Masse geronnen, seine Haare klebten strähnig und beinahe schwarz an den Resten seines Schädels.

»Sehr gut«, antwortete der Russe atemlos. »Bring sie mir.«

»Zuerst will ich mit meiner Mutter sprechen«, spulte Jan automatisch ab, was er über Geiselnahmen gelernt hatte. Fordere ein Lebenszeichen des Opfers und versuche, möglichst viel Zeit herauszuholen.

Gromow entgegnete nichts.

Jan zwang sich, den Blick von Timo zu nehmen. »Sind Sie noch dran?«

»Du tust, was ich dir sage. Wirf dein Handy weg, setz dich ins Auto, und fahr los.«

»Was? Wo soll ich hinfahren?«

»Das werde ich dir sagen, wenn du in deinem Wagen bist. Los jetzt! Und kein Wort zu den Bullen. Auch nicht zu Bachmann.« Gromows Akzent wurde immer stärker, er klang gehetzt. »Ich werde es mitbekommen, falls du deine Kollegen informierst.«

»Das glaube ich nicht«, zischte Jan. Er funktionierte wie ferngesteuert. »Krysiak ist tot.«

Schweigen.

»Also, was ist jetzt?«, stieß Jan aus. »Ich will mit Hannah sprechen.«

Unvermittelt durchbrach der Schrei einer Frau die Stille am anderen Ende der Leitung.

Seine Mutter brüllte vor Qual.

Jan sprang auf. »Okay, okay. Ich tue, was Sie sagen.«

»Sehr gut. Mach jetzt dein Handy aus, und schmeiß es weg. Dann fahr los. Sofort!«

Kapitel 68

Die Freikirche, in der Jan so viele Stunden seiner Kindheit und Jugend verbracht hatte, lag in Sossenheim zwischen der A5 und A648. In einer Freitagnacht wie dieser glich das Industriegebiet einer Geisterstadt, lediglich in dem zu einem Flüchtlingsheim umgebauten Mehrfamilienhaus auf der gegenüberliegenden Straßenseite brannte noch Licht.

Über ein billiges Wegwerfhandy, das einer von Gromows Männern irgendwie im Handschuhfach seines Minis deponiert haben musste, war Jan durch Frankfurt gelotst worden. Die Fahrt hatte ewig gedauert, sodass Jan zwischendurch sogar einmal hatte tanken müssen. Wahrscheinlich hatte Gromow auf diese Weise sicherstellen wollen, dass Jan allein kam.

Ohne den Blinker zu setzen, fuhr Jan auf den weitläufigen Parkplatz der Freikirche. Normalerweise beleuchteten selbst in der Nacht Strahler das Schild mit dem Aufdruck *CRC – Gott neu entdecken*, heute aber lag das Gebäude ganz im Dunkeln. Nicht einmal die Laternen brannten.

Jan fühlte sich noch immer wie betäubt, und trotz der aufgedrehten Heizung fror er. Wahrscheinlich stand er unter Schock.

Er parkte den Mini in der Parkverbotszone direkt vor dem Haupteingang, nahm das Wegwerfhandy vom Beifahrersitz und stieg aus. Im Gehen vergewisserte er sich, dass seine Waffe schussbereit im Holster steckte.

Entgegen Gromows ausdrücklicher Anweisung hatte Jan nach dessen Anruf doch versucht, Bachmann zu erreichen, aber nachdem er nur die Mailbox erwischt hatte, war ihm wieder eingefallen, dass sich das Handy seines Partners nach wie vor bei Juliane befand. Trotzdem hatte er eine kurze Nachricht hinterlassen, bevor er sein Smartphone abgestellt hatte und auf eigene Faust losgezogen war.

Er würde die Sache jetzt zu Ende bringen, egal, wie es ausging.

Mit großen Schritten trat er auf den Eingang zu, und seine Überraschung hielt sich in Grenzen, als er die Tür unverschlossen vorfand.

Er zog sie auf und ging hinein. »Gromow?«, rief er in die Dunkelheit.

Als keine Antwort kam, nahm er seine Waffe in die eine und die Festplatte, Hannahs Lebensversicherung, in die andere Hand. In dem wenigen kalten Licht, das von den Straßenlaternen durch die Glastür fiel, wirkte das zu einem Café und Begegnungsraum umgebaute Foyer geisterhaft.

»Verdammt, Gromow, ich habe Ihre Anordnungen befolgt. Ich bin allein gekommen und habe, was Sie wollen. Also lassen Sie uns mit den Spielchen aufhören und die Sache über die Bühne bringen.«

Nichts geschah.

Dann bemerkte Jan die Tür zum großen Auditorium, in dem an Wochenenden regelmäßig als hip verkaufte Lobpreis-Gottesdienste mit Rockband, buntem Licht und einem vom Heiligen Geist überquellenden Michael Hartwick veranstaltet wurden. Sie stand weit offen, nichts als Schwärze auf der anderen Seite.

Mit der Waffe im Anschlag ging Jan darauf zu.

Kaum hatte er einen Schritt in die fensterlose Halle von der Größe eines Konzertsaals getan, flammte ein Scheinwerfer auf, und Jan musste die Augen gegen die plötzliche Helligkeit zusammenkneifen.

»Leg die Waffe auf den Boden«, hörte er Gromow sagen. Der Russe klang noch immer gehetzt, weshalb sein osteuropäischer Akzent deutlicher hervortrat als im Hinterzimmer des *Neon*, wo Jan ihm zum ersten Mal begegnet war.

Vorsichtig legte Jan die P30 auf den schwarz polierten Boden, wobei er sich beiläufig vergewisserte, dass sich das, was er an der Tankstelle neben dem Benzin noch erworben hatte, in der Bauchtasche seines Polizeihoodies befand. Er trat einen Schritt beiseite, der Lichtschein folgte ihm.

Demonstrativ hielt Jan die Hände hoch und zeigte Gromow die Festplatte. »Ich habe meinen Teil der Abmachung erfüllt. Jetzt sind Sie dran. Wo ist meine Mutter?«

Ein weiterer Scheinwerfer flammte auf und warf einen scharf umrissenen Lichtkegel auf die Bühne. Halbdurchsichtige Stoffbahnen hingen von der Decke. *Du siehst nicht nur mit den Augen*, verkündete ein Schriftzug.

Hinter der halbtransparenten Stoffbahn in der Bühnenmitte konnte Jan die schemenhaften Umrisse einer Gestalt erkennen. Aufrecht stand sie auf einem Podest und hielt den Kopf gesenkt.

»Hannah?«, rief Jan, der schon vor Jahren dazu übergegangen war, seine Mutter beim Vornamen zu nennen.

Anstelle einer Antwort hörte er ein gequältes Stöhnen; wahrscheinlich hatten die Russen Hannah geknebelt.

Die Gestalt hob den Kopf.

»Komm langsam nach vorn, leg die Festplatte auf den Rand der Bühne, und dann geh zurück«, befahl Gromow. »Danach werde ich deine Mutter freilassen.«

»Nein, so wird das nicht laufen«, hielt Jan dagegen. Er legte die Festplatte vor seine Füße, holte das Feuerzeugbenzin, das er sich in der Tankstelle besorgt hatte, aus seinem Hoodie und goss es über die Festplatte. Im nächsten Moment ließ er den Deckel des Sturmfeuerzeugs aufschnappen, welches er ebenfalls beim Tanken erstanden hatte, und entfachte eine Flamme. »Kommen Sie raus, Gromow, oder Sie können Ihre Festplatte vergessen. Wenn wir verhandeln, will ich Ihre Augen sehen, Sie Scheißkerl.«

Stille breitete sich aus, die lediglich von Hannahs gedämpftem Stöhnen unterbrochen wurde.

Einen Augenblick lang geschah nichts, dann betrat der fette Russe mit dem blank polierten Schädel von links die Bühne. Trotz seiner Leibesfülle wirkte Gromow dort oben seltsam verloren, beinahe ängstlich. Vorsichtig ging er bis zu der Stelle, an der normalerweise das Schlagzeug stand, und schaute nach unten in den Zuschauerraum. Schweiß glänzte auf seiner Glatze.

Alles in Jan verkrampfte sich. Irgendetwas stimmte nicht.

Wo waren Gromows Bodyguards? Warum schwitzte der Kerl wie ein Schwein, und weshalb sah er aus, als würde er sich jeden Moment vor Angst in die Hose machen?

Jans Gedanken überschlugen sich, als plötzlich mehrere Dinge gleichzeitig geschahen.

»Polizei, das Gebäude ist umstellt«, hörte er Bachmanns Stimme von irgendwo schräg oben rufen.

Instinktiv schaute Jan zur schmalen Galerie hoch, die von den Beleuchtern und Tontechnikern zum Justieren der Seitenbeleuchtung und Boxen genutzt wurde, konnte seinen Partner in der Dunkelheit aber nicht sehen.

Im selben Augenblick donnerte ein Schuss durch die Halle.

Erstaunt riss Gromow die Augen auf und presste die Hände auf seinen Wanst. Blut quoll zwischen seinen Fingern hervor.

Ein, zwei Sekunden lang stand er einfach so da, dann kippte er nach vorn und blieb reglos liegen.

»Zum Henker, was tust du?«, rief Jan in die Richtung, in der er Bachmann vermutete, und hätte beinahe das Feuerzeug fallen lassen.

»Weg von der Festplatte, oder die nächste Kugel trifft deine Mutter«, dröhnte eine elektronisch verzerrte Stimme durch die Lautsprecher.

Jan begriff nichts mehr. Wer hatte auf Gromow geschossen?

Sein Blick huschte durch das Auditorium, doch ihm gelang es nicht, den Ursprung der Stimme auszumachen, da sie aus den im ganzen Saal verteilten Boxen kam. Der Sprecher hätte zwei Meter neben ihm, aber genauso gut hinter der Bühne oder im Raum mit der Glasscheibe sein können, in dem die Regie untergebracht war.

»Das ist doch alles völlig sinnlos«, rief Bachmann. »Sie haben keine Chance zu entkommen. In diesem Moment geht Ihr Fahndungsbild an alle europäischen Flughäfen. Sie werden es niemals bis nach Mexiko schaffen. Ich verhafte Sie wegen Mordes, versuchten Mordes, schwerer Körperverletzung und Freiheitsberaubung. Kommen Sie raus, Bent Dahl.«

Kapitel 69

Schlagartig wurde es hell im Saal. Falk wurde vom Licht geblendet, doch er zwang sich, die Augen offen zu halten. Bent Dahl hatte Gromow aus dem Hinterhalt erschossen, und er würde nicht zögern, das Gleiche mit ihm, Hartwick oder Hannah zu tun. Der Irre würde nicht aufgeben, schließlich hielt er sich für ein Werkzeug Gottes.

Falk kauerte weiter auf der schmalen Galerie und zielte über einen Scheinwerfer hinweg mit seiner Waffe auf die Bühne.

Irgendwann musste Dahl rauskommen.

Aus den Augenwinkeln sah er Hartwick unter sich stehen, ein brennendes Feuerzeug in der Hand und die mit Benzin übergossene Festplatte zu seinen Füßen.

Selbst von hier oben erkannte Falk die dunklen Ringe unter Hartwicks Augen, aber auch davon durfte er sich nicht ablenken lassen. Nur wenn er sich konzentrierte und seine Karten richtig ausspielte, hatten Hannah, Jan und er eine Chance, hier lebend rauszukommen.

»Wovon sprichst du, Bachmann?«, fragte Hartwick. »Bent Dahl ist im Krankenhaus, schon vergessen? Und wie bist du überhaupt hergekommen?«

»Dahl ist nicht mehr im Krankenhaus«, entgegnete Falk. »Das habe ich überprüft, nachdem McNish mich auf etwas aufmerksam gemacht hat, das ihm seltsam vorgekommen ist. Der Flaschenzug, der das Kreuz mit den Knochensägen auf Dahl hinabsenkte, hatte eine eingebaute Sperre. Diese stellte sicher, dass der Motor sich wenige Zentimeter über dem Opfer abstellte.«

»Was für eine Sperre? Wovon redest du? Die Knochensägen haben Dahl doch verletzt, und die Maschine ließ sich mit dem Code nicht ausschalten.«

Falk blieb weiter in Deckung und versuchte gleichzeitig, jeden Winkel der Halle im Auge zu behalten, was selbst von hier oben nahezu unmöglich war. »Das war alles Show, um die Sache glaubhaft erscheinen zu lassen. Ich schätze, Dahl hat sich so weit aufgebäumt, bis die Sägen seine Haut anritzten, danach hat er sich bewusstlos gestellt und in aller Ruhe auf den Krankenwagen gewartet.«

Hartwick schaute ungläubig in seine Richtung, obwohl Falk bezweifelte, dass sein Partner ihn hier oben zwischen den Scheinwerfern sehen konnte.

»Das erklärt aber immer noch nicht, wie du hergekommen bist«, sagte Hartwick. »Wie hast du mich gefunden?«

»Das würde mich auch interessieren«, ertönte eine Stimme, die nun nicht mehr verzerrt war, und im selben Moment glitten fließend die Stoffbahnen zu Boden.

Falk hörte Hartwicks überraschtes Keuchen, als Dahl plötzlich zu sehen war.

Der Hamburger LKA-Mann richtete eine Pistole auf Hannah, die reglos wie eine Statue auf einem Podest stand. Eine schwere Kette fesselte ihre Hände vor dem Körper und führte hinunter zu den Fußknöcheln. Um ihren Hals lag ein Strick, dessen anderes Ende an einer der über der Bühne befindlichen Traversen festgemacht war. Um den Mund hatte Dahl ihr einen Schal gewickelt, der sie am Schreien hinderte. Mit weit aufgerissenen Augen sah sie ihren Sohn an.

»Sie wollen wissen, wie ich hergekommen bin?«, wiederholte Falk die Frage und nahm Dahl ins Visier, doch der stand zu dicht bei Hannah, als dass Falk hätte schießen können. »Ich habe einfach meinen Job gemacht. Nachdem die Spurensicherung die Abschaltvorrichtung entdeckt hatte, wollte ich mich nochmal mit Ihnen unterhalten, doch als ich ins Krankenhaus kam, war der werte Kollege ausgeflogen. Also habe ich Ihr Handy orten lassen und gesehen, dass es in der Funkzelle eingeloggt war, die das Areal dieser Kirche abdeckte. Da war mir klar, dass ich Sie hier finde. Geben Sie auf; Sie haben keine Chance!«

Vorsichtig kroch Falk auf der schmalen Beleuchtungsbrücke Richtung Bühne. Vielleicht würde sich ihm weiter vorn die Möglichkeit bieten, Dahl mit einem gezielten Schuss zur Strecke zu bringen, ohne Hannah zu gefährden.

Dahl lachte auf. »Kommen Sie mir bloß nicht mit der alten Das-Gebäude-ist-umstellt- oder Die-Verstärkung-trifft-bald-ein-Nummer. Ich weiß, wie Sie ticken. Sie regeln die Dinge am liebsten allein.« Mit der orangefarbenen Basecap und der Jacke eines Bringdienstes in der gleichen Farbe wirkte er wie ein Pizzabote, der sich in der Tür geirrt hatte und versehentlich auf einer Bühne gelandet war.

»Sie haben keine Ahnung, wie ich ticke«, spie Falk aus. Warum zur Hölle hatte er Koruhn nicht informiert? Oder sich wenigstens ein Ersatzhandy beschafft, dann könnte er jetzt immer noch Verstärkung anfordern. »Sie sind ein Monster, das Menschen abschlachtet. Wann hat der Wahnsinn bei Ihnen eingesetzt? Beim Einzug in Krysiaks Loft oder bereits in Hamburg, als Sie erfahren haben, dass Ihre Frau Carolin Sie verlassen hat und in Frankfurt abgetaucht ist?«

Kapitel 70

Als Dahl den Namen seiner Frau hörte, verschwand das höhnische Grinsen aus seinem Gesicht. »Seien Sie still! Carolin hat mit alldem nichts zu tun. Sie hat ihre Strafe bekommen, also halten Sie sie aus der Sache raus.«

»Wenn Sie glauben, dass der Junkie, der Ihre Frau getötet hat, von Gott geschickt wurde, dann sind Sie noch bekloppter, als ich dachte«, höhnte Falk. »Ihre Frau ist in Frankfurt abgestochen worden, weil sie vor Ihnen fliehen musste. Ich habe mit Meinhardt, Ihrem Kollegen in Hamburg, telefoniert. Er hat mir bemerkenswerte Dinge über Ihr Eheleben verraten.« Falk drückte sich gegen die Wand und schob sich an einem dieser extrabreiten Spots vorbei, die während einer Veranstaltung von Hand bedient wurden, um den Akteur ins rechte Licht zu setzen. Er hatte das Ende der Brücke, die kaum einen Meter breit war, fast erreicht, doch noch immer wurde Dahl von Hannah verdeckt. Falk blieb nichts anderes übrig, als ihn weiter abzulenken und auf eine günstige Gelegenheit zu warten.

»Ich scheiße auf das, was im Präsidium über Carolin und mich die Runde gemacht hat. Und auf Meinhardt scheiße ich schon lange. Dieser Schlappschwanz hat keine Ahnung, wie es ist, für eine Frau verantwortlich zu sein. Er war nie verheiratet.«

Aus den Augenwinkeln sah Falk, wie die Flamme von Hartwicks Zippo-Feuerzeug kleiner und kleiner wurde. Lange würde sie nicht mehr brennen.

»Aber *Sie* wissen, wie man sich um Frauen kümmert«, stieß Falk aus. »Man muss sie mit harter Hand anfassen, habe ich recht?«

Von Meinhardt hatte Falk erfahren, dass Dahl seine Frau wie eine Gefangene in der Wohnung gehalten hatte.

»Dahl hat sie an die kurze, nein, an die ganz kurze Leine genommen«, hatte Meinhardt gesagt. »Ohne sein

Einverständnis durfte sie höchstens mal zum Bäcker um die Ecke oder in den Supermarkt. Er hat sie unterdrückt, regelrecht tyrannisiert, bis sie es nicht mehr ausgehalten hat und nach Frankfurt geflüchtet ist.«

»Halten Sie Ihr verdammtes Maul«, rief Dahl. Für einen Moment tauchte er hinter Hannah auf, das Gesicht wutverzerrt.

Sofort zielte Falk, doch bevor er abdrücken konnte, schlang Dahl einen Arm um Hannahs Beine und zog sie zurück.

»Nein, nicht!«, riefen Falk und Hartwick wie aus einem Mund.

Hannahs Füße glitten bis an den Rand des Podestes, doch bevor sie den Halt verlor, schob Dahl sie zurück. »Kommen Sie mir nicht auf die überhebliche Tour, Bachmann. Carolin und ich haben uns ewige Treue geschworen, sie aber hat sich von mir abgewandt, und dafür hat sie mit dem Leben bezahlt.«

»Unsinn«, sagte Falk, der die Ermittlungsakte zum Tod von Carolin Dahl durchgesehen hatte. »Ihre Frau ist das Opfer eines Meth-Junkies geworden. Sie hatte das Pech, dass sie nicht genügend Bargeld bei sich hatte, und als der Kerl sie gezwungen hat, am Geldautomaten mehr abzuheben, fiel ihr in der Aufregung die Geheimzahl nicht mehr ein. So was passiert.«

»Bullshit! Der Junkie war eine Prüfung. Er kam zu Carolin, um ihr die Augen zu öffnen. Sie konnte wählen: leben an der Seite ihres Mannes oder sterben in der Moselstraße. Wussten Sie, dass Carolin versucht hat, mich anzurufen?«

Falk erinnerte sich an die Fotos, die der Ermittlungsakte beigelegen hatten. Standbilder einer Überwachungskamera, die zeigten, wie der Junkie neben Dahls Frau stand, sie mit einem Messer bedrohte (einem einfachen Küchenmesser, dessen Klinge jedoch beidseitig geschärft war) und zu einem Anruf zwang.

»Carolin hat die Geheimzahl für das Konto nicht vergessen, sie kannte sie nicht. Sie hat sich für Geld nie interessiert. Die finanziellen Dinge habe ich für uns geregelt«, rief Dahl.

Na klar doch, dachte Falk. *In Wahrheit hast du ihr nur ein Taschengeld zugestanden, um sie finanziell abhängig von dir zu machen.*

Unter anderen Umständen hätte sich Falk vielleicht gefragt, warum Carolin Dahl so dämlich gewesen war, sich auf eine so umfassende Weise von ihrem Mann bevormunden zu lassen. Doch da er, sein Bruder und seine Mutter mit einem Tyrannen als Familienoberhaupt zusammengelebt hatten, glaubte er zu ahnen, was Dahls Frau in ihrer Ehe hatte aushalten müssen.

Anfangs mochte sie die Kontrollsucht ihres Mannes noch mit Fürsorge verwechselt haben, gegen Ende ihrer Ehe aber hatte sie keinen anderen Ausweg mehr gesehen, als alles hinter sich zu lassen und zu flüchten.

Noch einmal musste Falk über Dahls Worte nachdenken – *Sie hat versucht, mich anzurufen* –, dann begriff er. »Natürlich, in ihrer Todesangst wusste Ihre Frau sich nicht anders zu helfen, als die Geheimzahl von Ihnen zu erfragen, aber sie kannte Ihre Handynummer nicht. Sie konnte Sie nicht anrufen, weil sie sich nach ihrer Flucht aus Hamburg ein neues Mobiltelefon besorgt hatte. Klar, anders wäre es ein Leichtes für Sie gewesen, Ihre Frau ausfindig zu machen.«

Dahl hob seine Waffe und zielte in die Richtung, in der er Falk vermutete. Sofort duckte sich Falk und kroch zurück.

»Meine eigene Frau kannte meine verdammte Nummer nicht«, brüllte Dahl. »Sie hat sie zusammen mit mir, ihrem alten Handy und ihrem Leben in Hamburg zurückgelassen.«

Nun schien auch Hartwick zu verstehen. »Deshalb diese aufwendigen Apparaturen. Du wolltest die Opfer in die Lage deiner Frau versetzen. Sie sollten mit einem Anruf eine letzte Chance bekommen, sich zu retten.« Hartwick schüttelte angewidert den Kopf. »Du kranker Scheißkerl schnappst dir wahllos irgendwelche Frauen und sogar ein Kind und denkst auch noch, es sei der Wille Gottes.«

»Nein, das stimmt so nicht«, sagte Falk. »Die Auswahl seiner Opfer erfolgte alles andere als zufällig.«

Kapitel 71

Komm endlich raus, du Mistkerl, dachte Falk, doch Dahl rührte sich nicht. Also blieb Falk nichts anderes übrig, als weiterzusprechen. Außerdem hoffte er, so wenigstens ein paar Antworten zu bekommen. »Ich bin auf Verbindungen gestoßen, die den Fall in ein völlig neues Licht rückten. Ich weiß zwar noch nicht, warum Sie Savannah Scheffler, Ihr erstes Opfer, getötet haben, aber den Grund für die Ermordung von Anna Mattheis kenne ich, und er lässt sich mit einem Wort zusammenfassen: Rache. Sie musste sterben, weil sie Ihre Frau in ihrer Wohngemeinschaft aufgenommen hat. Sie haben Anna Mattheis dafür bestraft, dass sie Carolin geholfen hat, ein neues Leben anzufangen.«

»Nein, ich habe nicht selbstsüchtig gehandelt«, rief Dahl so aufgebracht, dass Falk selbst auf die Entfernung Speicheltröpfchen im grellen Licht der Scheinwerfer sehen konnte. »Carolin mochte bei Anna gewohnt haben, ja, aber ausschlaggebend war, dass die beiden nicht nur eine Wohnung teilten, sondern auch das gleiche Schicksal. Genau wie Carolin hat Anna nicht eingesehen, was und wer gut für sie ist. Ich habe ihr die Chance gegeben, das zu ändern, doch sie hat versagt.«

Falk lachte humorlos. »Ach kommen Sie. Und dass Sie Patrick Behring entführt haben, hat auch nichts damit zu tun, dass sein Vater Ihrer Frau einen Aushilfsjob bei *Dehnhardt & Partner* besorgt hat?«

Falk hatte nicht schlecht gestaunt, als er in der Ermittlungsakte gelesen hatte, dass Carolin Dahl ausgerechnet am Empfang der Unternehmensberatung gearbeitet hatte, für die Norman Behring tätig gewesen war. Ein kurzer Anruf beim Geschäftsführer der Firma hatte bestätigt, dass sie auf die Empfehlung von Norman Behring hin eingestellt worden war.

»Ich sage Ihnen, wie es abgelaufen ist«, fuhr Falk fort. »Ihre Frau ist nach ihrer Flucht aus Hamburg in der Kirchengemeinde von Dirk Schusser gestrandet. Da hat man sich um sie gekümmert und ihr geholfen, ein eigenständiges Leben aufzubauen. Und das ist auch der Grund, weshalb Sie nach Carolins Tod dort ebenfalls auftauchten. Von meinem Telefonat mit Norman Behring weiß ich, dass Sie und er sich näher kannten. Wahrscheinlich haben Sie ihn in der Anti-Gewalt-Gruppe kennengelernt. Aber warum haben Sie nicht Norman Behring entführt, sondern seinen Sohn?«

Dahl trat noch dichter an Hannah heran, und Falk rechnete damit, dass er sie jeden Moment vom Podest stoßen würde. Er konnte nicht länger tatenlos mit dem Psychopathen sprechen, er musste etwas tun. Da er Dahl von hier oben nicht erschießen konnte, beschloss er, zurück nach unten zu gehen. Vorsichtig, ohne die Bühne aus den Augen zu lassen, robbte er rückwärts über die Beleuchtungsbrücke, wobei ihn die Pistole in seiner Hand behinderte.

»Behring war ein bigotter Scheißkerl«, schrie Dahl. »Irgendwie hat er erfahren, dass ich für die Russen arbeite, denn nach einer der Gruppensitzungen nahm er mich zur Seite. Er hat mir einen Haufen Kohle geboten, damit ich seine Frau mit Nachdruck davon überzeuge, auf das Sorgerecht zu verzichten. Da habe ich gemerkt, dass ihm seine Ehe im Grunde scheißegal war, er wollte nur den Jungen. Also habe ich ihm gezeigt, was Verlust bedeutet. Patrick war ein Sühneopfer. Er sollte für die Sünden seines Vaters sterben.«

Falk hoffte, weit genug von der Bühne weg zu sein, und riskierte es aufzustehen, denn so würde er die sechs oder sieben Meter leichter zurücklegen können, die ihn noch von der Leiter am anderen Ende der Halle trennten. »Aber dann haben Sie auch Norman Behring hingerichtet«, rief Falk und hielt sich mit der freien Hand an der Brüstung fest. »Sie haben ihn kaltblütig ohne eine Ihrer hirnrissigen Apparaturen abgestochen, weil Sie befürchten mussten, dass er auspackt. Wie haben Sie von Behrings Telefonanruf bei der Polizei erfahren? Hat Krysiak Ihnen davon erzählt? Sie kannten sich doch ebenfalls aus der Anti-Gewalt-Gruppe. Außerdem wohnen Sie in seinem Loft. Wusste Krysiak eigentlich, dass Sie Bulle sind?«

Dahl lachte. »Krysiak hatte keinen blassen Schimmer. Wie alle anderen dachte er, ich würde für die Russen arbeiten. Deshalb wollte er auch, dass ich ihn mit Gromow bekanntmache. Der geldgierige kleine Wichser hat Polizeiinterna gegen reichlich Cash verkauft, aber das dürften Sie inzwischen selbst herausgefunden haben. Nein, ich habe meine Informationen aus erster Hand, wenn man so will. Ich habe mir Zugang zu Ihrem Mobiltelefon verschafft. Und zu dem von Jan und Dr. Klawitter ebenfalls. Gott, ihr seid so leicht zu manipulieren gewesen.«

»Deshalb war mein Akku ständig leer«, sagte Hartwick. Die Flamme seines Feuerzeugs flackerte. »Weil du mir einen Trojaner untergeschoben hast. Das Teil war in deiner Textnachricht versteckt.«

»Sehr scharfsinnig, aber etwas spät, Schwuchtel«, spie Dahl aus.

Als Falk sah, wie Hartwick verkrampfte und Anstalten machte, sich ungeachtet der Konsequenzen auf die Bühne zu stürzen, beeilte er sich weiterzusprechen. »So konnten Sie Juliane auf die Baustelle des Krematoriums locken. Über Hartwicks Telefon ließen Sie ihr eine fingierte Nachricht zukommen. Dann haben Sie Hartwicks Mini, von dem Sie wussten, dass er abgeschleppt worden war, von der Verwahrstelle geholt und ihn vor das Krematorium gestellt. Damit haben Sie Juliane in Sicherheit gewiegt und sie dazu gebracht, allein hineinzugehen. Aber wozu das Ganze? Juliane kannte Ihre Frau doch gar nicht.«

Angewidert verzog Dahl das Gesicht. »Die ganze verdammte Welt dreht sich doch nicht um Carolin«, brauste er auf. »So viele Menschen sind auf dem falschen Weg, und Dr. Klawitter ist eine davon. Zufällig habe ich ein Gespräch mitangehört, das sie über Ihr Handy mit Zoe Colditz geführt hat. Wusstet ihr, dass eure Kollegin herumgevögelt hat, womöglich schwanger ist, aber nicht mit den Konsequenzen leben will? Doch genug davon. Ich will die

Festplatte! Sofort!« Rasch trat er einen Schritt vor, packte Hannah erneut von hinten und zog sie zu sich heran.

Mit einem überraschten Aufschrei, den der Knebel zu einem erstickten Keuchen dämpfte, taumelte sie zurück. Die Kette, die ihre Hände mit den Füßen verband, klirrte, und der Strick um ihren Hals zog sich weiter zu, doch bevor sie vom Podest fallen konnte, stützte Dahl sie mit seinem Oberkörper ab.

Falk stockte der Atem, während Hartwick einen Schrei ausstieß und im Anschluss daran sagte: »Du bekommst die Festplatte, sobald du Hannah freilässt. Und versuch nicht, mich zu verarschen. Ich weiß, weshalb du das Ding haben willst, obwohl Gromow längst Geschichte ist. Bevor ich losgefahren bin, habe ich mir den Inhalt angesehen. Dir ist es nie darum gegangen, den Russen zu überführen und in den Knast zu bringen. Du hast in Gromows Serverraum keine Beweise gesucht, sondern seine Konten leergeräumt. Wer im Besitz dieser Platte ist, hat unverschlüsselten Zugang zu Bitcoins im Wert von über einer Million Dollar.«

Kapitel 72

Die Scheinwerfer wechselten die Farbe und tauchten die Szene, die sich vier oder fünf Meter unter Falk abspielte, in purpurnes Licht. Noch immer bewahrte lediglich Dahls Oberkörper Hannah davor, von dem in der Bühnenmitte stehenden Podest zu fallen. Selbst von hier oben konnte Falk sehen, wie sehr Hannah zitterte, und er hätte viel dafür gegeben, ihr zu helfen, doch nach wie vor wartete er vergeblich darauf, dass sich ihm freies Schussfeld bot. Der Scheißkerl kam einfach nicht aus der Deckung.

Die Flamme von Hartwicks Feuerzeug war inzwischen auf ein Glimmen zusammengeschmolzen.

»Mit Gromows Geld kann ich mein Werk fortsetzen, es gibt noch so viel zu tun«, rief Dahl mit der Stimme eines Wahnsinnigen. »Also gib es mir.« Vorsichtig brachte er Hannah zurück in einen sicheren Stand, dann richtete er die Waffe auf Hartwick.

Er fühlt sich in die Ecke gedrängt, dachte Falk und war sich der Gefahr bewusst. Niemand wusste, wie ein Irrer sich verhielt, der keinen Ausweg mehr sah.

»Was ist denn hier los?«, fragte unvermittelt eine tiefe Stimme.

Michael Hartwick, in dessen Auditorium sie standen, tauchte in der Tür auf.

Was dann geschah, schien sich in Zeitlupe abzuspielen. Quälend langsam, zumindest kam es Falk in seiner Hilflosigkeit so vor, richtete Dahl den Lauf seiner Waffe auf den Neuankömmling. Dessen Blick wanderte im Versuch, das Geschehen in seinem Gotteshaus zu begreifen, von Jan über seine Frau Hannah zu dem schwarzen Auge der Pistole, die auf ihn gerichtet war.

Schwerfällig wie durch eine Wand aus Sirup sprang Falk vor, packte die P30 mit beiden Händen und richtete sie neu aus. Aus den Augenwinkeln bemerkte er, wie Jan das Feuerzeug fallen ließ. Einmal überschlug es sich, im nächsten Moment fing das Benzin Feuer, die Festplatte brannte. Sofort breitete sich der stechende Geruch von verkohltem Plastik aus.

»Nein«, hörte er Dahls Stimme tief und langgezogen, als käme sie von einer Schallplatte, die man mit falscher Geschwindigkeit abspielte.

Dann tauchte der Kopf des Killers hinter Hannah auf. Die Oberlippe hatte er zurückgezogen, was ihn wie einen zähnefletschenden Dobermann aussehen ließ. Seine Pistole zielte weiter auf Michael Hartwick.

Mit einem Sprung hechtete Jan zur Seite und brachte seinen Körper schützend vor den Mann, bei dem er aufgewachsen war und den er so lange für seinen Vater gehalten hatte.

Im selben Moment begriff Falk, dass Dahl schießen würde und Jan keine Chance hatte, der Kugel zu entkommen. Mit der Kraft einer Abrissbirne würde sie in seine ungeschützte Brust, vielleicht aber auch in den ebenfalls ungeschützten Bauch einschlagen und ihn zerfetzen.

Warum trägt dieser Idiot keine Kevlarweste?, dachte Falk, als Dahl schoss. Hell blitzte das Mündungsfeuer auf, doch zeitgleich geschah etwas, das alles änderte.

Mit einem Aufschrei, den selbst der Knebel in ihrem Mund nicht ganz verschlucken konnte, sprang Hannah vom Podest. Ihre Augen waren noch immer riesig, doch nun lag keine Angst mehr darin, sondern Entschlossenheit. Die Kette, mit der sie gefesselt war, machte ein rasselndes Geräusch, als sie die Beine anwinkelte. Dann trafen ihre Fußsohlen Dahls Brust.

Die Wucht des Aufpralls lenkte die Kugel ab, und sie verschwand irgendwo im Dach der Halle. Dahl verlor das Gleichgewicht und fiel nach hinten, doch noch im Fallen drehte er die Schulter ein und versuchte sich abzurollen, verfing sich aber in einer der am Boden liegenden Stoffbahnen.

Für einen Herzschlag schwebte Hannah in der Luft, und Falk hatte die irrationale, nein, vollkommen aberwitzige Hoffnung, allein durch seinen Willen die Zeit anhalten zu können.

Hannah, nein, wollte er rufen, doch über seine Lippen kam kein Laut.

Dann, ganz abrupt, verlief die Zeit wieder normal. Die Schwerkraft riss Hannahs Körper hart zu Boden, mit einem Knacken brach ihr Genick, kurz zuckten ihre Glieder, dann rührte sie sich nicht mehr. Lediglich das Seil um ihren Hals ließ sie sanft vor und zurück schaukeln.

Michael Hartwick schrie.

Jan brüllte.

Falk schoss das Magazin leer.

Kapitel 73

Hinter dem halb verfallenen und mit Graffiti und Tags besprühten Lokschuppen ging die Sonne unter, wodurch die gepanzerten Mannschaftswagen des SEK sich dunkel vor dem Backsteingebäude abhoben. Tränengas quoll in weißen Schwaden aus den zerbrochenen Fensterscheiben der kreisrunden Halle.

Zusammen mit Koruhn und Hartwick stand Falk etwas abseits an den mit Unkraut überwucherten Bahngleisen und wartete auf das Ende des Zugriffs. Lange würden sie hier nicht mehr untätig ausharren müssen, denn inzwischen trieben die mit Maschinengewehren bewaffneten und mit Gasmasken versehenen Männer des Spezialeinsatzkommandos die ersten hustenden Besucher der illegalen Boxveranstaltung ins Freie.

Koruhn senkte das Fernglas, mit dem er die Stürmung des Lokschuppens und die Durchsuchung der davor abgestellten Caravans verfolgt hatte, und die Falte zwischen seinen Augenbrauen glättete sich ein wenig. »Weder die Besucher noch Avram Radu und seine Leute leisten nennenswerten Widerstand«, stellte er zufrieden fest.

Auch ohne Fernglas erkannte Falk den alten Rumänen, der von einem SEK-Beamten aus dem Lokschuppen gebracht wurde. Radu hustete und hob seine mit Kabelbinder gefesselten Hände so weit an, dass er mit den Ärmeln seines Hemdes die tränenden Augen schützen konnte.

»Wenigstens diese Aktion scheint glatt über die Bühne zu gehen«, brummte der Bär.

Falk setzte dazu an, sich zu verteidigen, aber dann schluckte er seine lahme Rechtfertigung herunter. Koruhn hatte jedes Recht, wütend auf ihn zu sein. Hannah und der Killer könnten noch am Leben sein, wenn Falk nicht auf eigene Faust gehandelt, sondern das SEK in die Freikirche beordert hätte.

Verstohlen musterte er seinen Sohn. Hartwick sah schrecklich aus. Es war vollkommen verantwortungslos, ihn hier dabeizuhaben, und tatsächlich hatte Falk alles versucht, es zu verhindern. Er hatte ihm gedroht, ihn bekniet, und er hatte sogar den Vorgesetzten herausgekehrt, doch Hartwick hatte sich nicht abschütteln lassen. Er war stur geblieben und hatte trotz der Schicksalsschläge – sein Freund bestialisch hingerichtet; seine Mutter hatte ihr Leben gegeben, um seins zu retten –, darauf bestanden mitzukommen.

»Fünfzehn Schuss«, sagte der Bär unvermittelt. »Bachmann, Sie haben fünfzehn verdammte Kugeln auf Bent Dahl abgefeuert. Wie um alles in der Welt wollen Sie das dem Staatsanwalt und den Ermittlern von der Internen verkaufen?«

Falk zuckte mit den Achseln.

»Dann erklären Sie mir wenigstens, wie Sie von dieser nicht genehmigten Boxveranstaltung erfahren haben.«

Mit knappen Worten setzte Falk seinen Chef ins Bild, wobei er nicht unerwähnt ließ, dass sie den Schlag gegen Avram Radu letztendlich Hartwick zu verdanken hatten, schließlich hatte der es geschafft, das Vertrauen von Marvin Gerzner zu gewinnen.

Hartwick schien von alldem nichts mitzubekommen. Auf Falk machte er den Eindruck eines Zombies, eines lebenden Toten, dessen Geist irgendwo in einer Zwischenwelt schwebte.

»Wie geht es eigentlich Dr. Klawitter?«, fragte der Bär, nachdem er ebenfalls einen skeptischen Blick auf Hartwick geworfen hatte. »Wo hat man sie hingebracht?«

»Sie ist in Praunheim in der Klinik, wo man sie behandelt und psychologisch betreut. Die Verletzungen scheinen nicht so schlimm zu sein, wie mir der Arzt versichert hat, doch offenbar zeigt Juliane erste Anzeichen einer akuten Belastungsreaktion, die sich rasch zu einer posttraumatischen Belastungsstörung ausweiten könnte. Dem versuchen die Mediziner vorzubeugen. Ich wollte zu ihr, doch das ging nicht. Im Moment will und darf Juliane niemanden sehen, das ist Teil der Therapie.«

Zum ersten Mal, seit sie hier draußen standen, hob Hartwick den Blick. »Du weißt also noch immer nicht, warum Juliane von einem Jonas gesprochen hat, obwohl sie von Dahl ins Krematorium gesperrt wurde?«

»Nein, ich habe keinen blassen Schimmer.«

»Und was ist mit ihrer Schwangerschaft? Glaubst du, was Dahl behauptet hat?«

Koruhns Brauen hoben sich. »Wovon reden Sie? Dr. Klawitter ist schwanger?«

»Ach was«, beeilte Falk sich zu sagen und warf Hartwick einen strengen Blick zu. Er wollte nicht, dass Julianes One-Night-Stand die Runde machte. »Da ist nichts.«

Das hatte auch Zoe gemeint, nachdem Falk es heute Morgen geschafft hatte, sie wenigstens kurz zu sehen. Erst hatte sie nicht geöffnet, doch Falk hatte den Finger so lange auf der Klingel liegen lassen, bis Ferret, Zoes grünhaariger Mitbewohner, seinen verschlafenen Kopf über das Balkongeländer gebeugt und ihn nach einigen wüsten Beschimpfungen schließlich doch reingelassen hatte.

Es hatte Zoe sichtlich mitgenommen, als Falk ihr erzählt hatte, was der Killer Juliane angetan hatte.

»Unter anderen Umständen würde ich nicht darüber sprechen, schon gar nicht mit dir«, hatte Zoe gemeint und demonstrativ die Arme vor dem übergroßen Schlafshirt verschränkt, in dem sie so klein und zerbrechlich gewirkt hatte. »Aber ich denke, es ist in Ordnung, eine Ausnahme zu machen. Juliane hatte einen One-Night-Stand, und das Gummi war kaputt. Ich habe ihr empfohlen, sicherheitshalber die Pille danach zu nehmen. War's das dann, Bachmann?«

Falk war in Zoes winzigem Flur von einem Fuß auf den anderen getreten, wobei ihm der Rauch von Ferrets Zigarette durch die offene Balkontür in die Nase gezogen war. Er hatte damit gerechnet, dass Zoe ihren Mitbewohner anschnauzen würde, schließlich mochte sie es nicht, wenn es in ihrer Wohnung nach Rauch roch, doch sie hatte nichts gesagt. Stattdessen hatte sie Falk mit so eisigen

Augen angesehen, dass es ihm kalt den Rücken hinuntergelaufen war. Auch wenn er es nicht hatte wahrhaben wollen, so hatte er in dem Augenblick gewusst, dass es aus war zwischen ihm und Zoe.

Sie würde ihm die Sache mit Hannah nicht verzeihen. Er hatte es versaut.

Schon wieder.

»Ich geh dann mal«, hatte er nach einem unangenehmen Moment der Stille gesagt, worauf Zoe ihren Schlüsselbund aus der Schale auf dem Flurschränkchen genommen und daran herumgefummelt hatte.

»Den brauche ich nicht mehr«, hatte sie gemeint und Falk den Ersatzschlüssel zu seiner Wohnung in die Hand gedrückt.

»Zoe, vielleicht können wir …«, hatte Falk einen lahmen Versuch unternommen, sie umzustimmen, doch mit einer Handbewegung hatte sie ihn zum Schweigen gebracht.

»Ich gehe weg aus Frankfurt.«

»Weg? Wohin?«

»Das geht dich nichts an. Mit dieser Stadt bin ich ein für alle Mal fertig. Sie hat mir mehr als einmal das Herz herausgerissen, ein weiteres Mal halte ich das nicht aus.«

»Aber dafür kann doch Frankfurt nichts«, hatte Falk eingeworfen.

Zoe hatte nur müde geseufzt. »Richte Juliane meine besten Grüße aus, und sage Jan, dass mir schrecklich leidtut, was mit seiner Mutter passiert ist … und mit Timo. Warum hat dieser Arsch von Bulle ihn überhaupt erschossen?«

Eigentlich hätte Falk sich nicht zu einer laufenden Ermittlung äußern dürfen, doch im Paragrafenreiten war er noch nie besonders gut gewesen. »Dahl hat ein Telefongespräch zwischen Hartwick und Timo abgehört, in dem Timo versichert hatte, Krysiaks Untermieter identifizieren zu können. Das durfte Dahl nicht riskieren.«

»So eine Scheiße.« Zoe hatte nach der Packung Lucky Strike auf dem Flurschrank gegriffen, eine Zigarette herausgeholt und Falk damit mehr als deutlich zu verstehen gegeben, dass ihre Unterhaltung beendet war. Er hatte sich verabschiedet und war gegangen, aber bevor die Wohnungstür ins Schloss gefallen war, hatte Zoe ihn zurückgehalten: »Eins noch. Du kennst mich, normalerweise bin ich niemand, der anderen ungefragt einen Rat aufs Auge drückt, doch bei dir mache ich eine Ausnahme: Hör mit dem Saufen auf, Falk.«

Dass Zoe ihn Falk statt wie meistens Bachmann genannt hatte, hatte ihm einen Stich versetzt. »Und wenn ich dir verspreche …«, hatte er ein allerletztes Mal versucht, Zoe umzustimmen, doch ihr bedauernder Blick hatte ihn verstummen lassen.

Wortlos hatte er den Schlüssel eingesteckt, Ferret einen Abschiedsgruß zugerufen und war gegangen.

»Hey, nicht so grob, Männer«, rief Hartwick unvermittelt und riss Falk damit aus seinen Grübeleien. »Das ist ein wichtiger Zeuge.«

Zwei Beamte des Spezialeinsatzkommandos zerrten den wild um sich schlagenden Nepomuk Gerzner aus dem Lokschuppen. Tränen liefen dem jungen Mann aus den vom Gas gereizten Augen, doch das schien er nicht zu spüren. Bis auf eine abgeschnittene Trainingshose und dünne, um die Hände gewickelte Lederriemen trug er nichts. Blut troff aus mehreren Platzwunden in seinem Gesicht, ein gewaltiges Hämatom färbte seine Nierengegend blau. Während Nepomuk versuchte, sich aus dem Griff der Polizisten zu befreien, traten seine Muskeln und Sehnen deutlich unter seiner Haut hervor.

Hartwick rannte los, Falk folgte ihm.

»Bachmann, Hartwick, bleiben Sie hier«, rief Koruhn ihnen nach, doch als Hartwick keine Anstalten machte, dem Befehl Folge zu leisten, lief auch Falk weiter.

Er konnte seinen Partner nicht allein lassen, nicht in der Verfassung, in der er sich befand. Nach Kräften bemühte Falk sich, mit seinem Sohn Schritt zu halten, doch schon nach wenigen Metern hatte Hartwick ihn abgehängt.

»Warte, Jan! Du kannst nicht einfach in den Einsatz platzen, das ist Wahnsinn«, rief Falk, aber seine letzten

Worte verloren sich in einem Husten. Er lehnte sich an einen Caravan, Tränen rannen über seine Wangen, und er hatte das Gefühl, Feuer zu atmen. Das Reizgas, mit dem das SEK den Zugriff vorbereitet hatte, brannte wie die Hölle.

Als einer der Beamten Hartwick auf sich zustürmen sah, ließ er Nepomuk los und brachte seine MP7 in Anschlag. »Stehenbleiben«, rief der Mann, wobei seine Worte unter der Gasmaske kaum zu verstehen waren.

Hartwick lief weiter.

»Nicht schießen, LKA«, keuchte Falk hustend und zog seinen Dienstausweis aus der Tasche, doch das elende Ding entglitt seinen Fingern und landete im Dreck.

Fluchend bückte er sich, um die Plastikkarte aufzuheben, als ein Schuss fiel.

Kapitel 74

Im grellen Licht der OP-Lampe traten die Blutergüsse an Nepomuks Oberkörper deutlich hervor. Der für sein Alter ziemlich große und muskulöse Teenager saß auf einer mit Papier überzogenen Liege und ließ sich von einer Ärztin die Wunden versorgen, während eine Schwester liebevoll seine Hand tätschelte, was ihn sichtlich beruhigte.

Zusammen mit Hartwick wartete Falk an der Tür, denn er wollte die beiden Frauen nicht mit Nepomuk allein lassen, auch wenn der Riese im Moment einen friedlichen Eindruck machte.

»Als ich gekämpft habe, sind plötzlich Metalldosen durch die Fenster geflogen«, erzählte Nepomuk aufgeregt, während die Ärztin eine Platzwunde in seinem Gesicht klammerte. »Dann war alles voll von diesem Nebel. Der hat in den Augen wie verrückt gebrannt.«

Falk schenkte dem Geplapper keine weitere Aufmerksamkeit, sondern wandte sich flüsternd an Hartwick. »Was hast du vorhin für eine Scheiße abgezogen?«, fragte er.

Hartwick blickte ihn ausdruckslos an. »Keine Ahnung, was du meinst. Ich wollte nur verhindern, dass die Revolvermänner vom SEK Nepomuk abknallen, das ist alles. Dir muss ich doch nicht sagen, wie locker die ihren Finger am Abzug haben. Wäre nicht das erste Mal.«

»Hör doch auf. Wenn der Kollege nicht die Nerven behalten und einen Warnschuss abgegeben, sondern gleich auf dich angelegt hätte, könnte ich dich jetzt bei Dr. Di Carlo in den Katakomben besuchen. Verdammt, Jan, ich hatte Angst um dich. Falls du irgendwas beweisen willst: Hör auf damit! Du machst nichts ungeschehen, indem du mit dem Kopf durch die Wand rennst.«

Hartwick tat Falks Einwand mit einem Achselzucken ab und konzentrierte sich demonstrativ auf Nepomuks kindliches Gerede.

»Wo ist Marvin?«, stellte Nepomuk erneut die Frage, die er bereits auf der ganzen Fahrt vom Lokschuppen in die Universitätsklinik gestellt hatte.

»Er liegt in einem Zimmer im dritten Stock«, erklärte Falk und zwang sich zur Geduld.

»Was hat er?«

»Nichts Schlimmes«, antwortete die Ärztin an Falks Stelle. »Wir haben ihn lediglich eine Nacht hierbehalten, um sicherzustellen, dass mit ihm alles in Ordnung ist. Er hat einen Schock erlitten, aber es geht ihm schon wieder besser. Ich habe ihn vorhin angerufen und ihm Bescheid gegeben, dass du kommst. Er freut sich, dich zu sehen.«

»Wann kann ich zu ihm?«

»Wir sind gleich fertig, Großer, dann bringe ich dich nach oben«, sagte die Schwester und warf Nepomuk ein aufmunterndes Lächeln zu, das der Junge strahlend erwiderte.

Falks Blick blieb an Nepomuks großen, vertrauensvoll dreinblickenden Augen hängen, und sofort kehrte seine Wut auf Avram Radu zurück. Inständig hoffte er, der Kerl möge für das, was er dem Jungen angetan hatte, eine Weile in den Bau wandern. Doch der zuständige Staatsanwalt Dr. Vondenhoff, ein ehrgeiziger Schnösel, hatte ihm wenig Hoffnung gemacht. Seiner Erfahrung nach lief es in Fällen von Clankriminalität so ab, dass die Bosse einen Sündenbock vorschoben, der die Verantwortung für ihre krummen Geschäfte übernahm. Irgendein armer Trottel würde also für Radu in den Knast gehen.

Falk hatte den Staatsanwalt angeschnauzt, es sei seine Pflicht, es wenigstens zu versuchen, worauf Vondenhoff nur den Sitz seines Einstecktuchs kontrolliert und ihm in seiner blasierten Art zu verstehen gegeben hatte, Falk solle ihm Beweise für die Zusammenarbeit zwischen Radu und Gromow bringen oder sich verpissen.

Falk hatte einen Fluch unterdrückt und sich, na ja, verpisst, schließlich konnte er keine Verbindung zwischen Gromow und Radu nachweisen. Dafür hatte Dahl gesorgt, indem er den Russen und seine Männer kaltgemacht hatte.

Die Leichen der Bodyguards hatten sie in einem Hinterzimmer der Freikirche gefunden.

»So, das war's«, sagte die Ärztin und zog geräuschvoll die Latexhandschuhe aus. »Schwester Diana bringt dich jetzt zu deinem Bruder.« Sie warf die Handschuhe in einen Mülleimer, dann tätschelte sie Nepomuk zum Abschied die Schulter, bevor sie sich an Falk wandte. »Wir behalten den Jungen für eine Nacht hier, aber bis auf die Platzwunden und einige Prellungen hat er keine Verletzungen davongetragen. Schon bald wird man kaum noch etwas sehen.«

»Vielen Dank«, entgegnete Falk und schüttelte der Ärztin die Hand, bevor sie mit wehendem Kittel an ihm vorbeirauschte und aus dem Zimmer lief.

Nepomuk zog sich die Polizeijacke über, die er von einem Beamten bekommen hatte, und trug sie mit sichtlichem Stolz, während sie gemeinsam der Schwester aus der Notaufnahme folgten.

»Äh, Schwester«, wandte Falk sich an die Pflegerin, deren Birkenstocks mit jedem Schritt über den PVC-Boden ein quietschendes Geräusch machten, »wissen Sie zufällig, wie es Dirk Schusser geht?«

»Herr Schusser, das ist der Priester, der gestern reingekommen ist, oder?«, fragte sie. »Er liegt noch auf der Intensivstation, doch es geht ihm den Umständen entsprechend gut. Inzwischen ist er bei Bewusstsein, und er atmet sogar selbstständig, was einem kleinen Wunder gleichkommt.« Sie blickte zur Decke. »Wahrscheinlich hat er einen guten Draht nach oben.«

Falk horchte auf. »Dann kann ich mit ihm sprechen?«

»Nein, das glaube ich nicht«, bremste die Schwester ihn.

»Kommen Sie. Nur ganz kurz. Es ist verdammt wichtig.«

Ohne ihren Schritt zu verlangsamen, kratzte die Schwester sich am Kinn. Verstohlen sah sie zu Nepomuk, der ihren Blick jedoch nicht erwiderte, da er in ein Gespräch mit Hartwick vertieft war. Trotzdem senkte sie die Stimme. »Es geht um diese Morde, habe ich recht? Ich habe in der Zeitung davon gelesen. Eine schlimme Sache, da bekommt man es richtig mit der Angst zu tun. Seitdem traue ich mich nicht mal mehr an Fitzek ran, der in meinem Schlafzimmer auf mich wartet.« Sie kicherte. »Also, ich meine natürlich seinen Thriller, der auf meinem Nachttisch liegt.«

Falk wusste nicht, was er darauf erwidern sollte, und hielt den Mund.

»Ich werde sehen, was ich für Sie tun kann, Herr Kommissar. Aber ich kann nichts versprechen. Nur so viel: Auf dem Weg nach oben machen wir einen Abstecher zur Intensivstation. Dort frage ich die zuständige Stationsleitung; vielleicht können Sie kurz zu ihm rein.«

Wenig später standen sie vor einem in die Wand eingelassenen Fenster, das einen Blick auf Dirk Schusser bot. Der Priester lag in einem von zahlreichen kompliziert aussehenden Geräten und Apparaturen umgebenen Bett. Ein Schlauch kam aus seiner Nase, ein anderer führte von seinem Arm zu einem Infusionsbeutel über seinem Kopf. Seine Augen waren geschlossen, doch alles in allem fand Falk, dass er bedeutend lebendiger aussah als bei ihrem letzten Zusammentreffen.

»Warten Sie hier, ich bin gleich wieder da«, sagte die Schwester und verschwand in dem Zimmer hinter der Anmeldung.

Ungeduldig wippte Falk mit dem Fuß, als Nepomuk neben ihm auftauchte und durch das Beobachtungsfenster blickte. Als hätte der Priester die Bewegung wahrgenommen, öffnete er die Augen.

»Vielleicht ist es besser …«, begann Falk, verstummte aber, als er den Ausdruck auf Nepomuks Gesicht sah. »Alles in Ordnung?«

Trotz seiner Polizeijacke und der warmen Temperaturen auf dem Gang begann der Junge zu zittern. »Das ist der Mann«, sagte er.

»Was für ein Mann?« Falk spürte, wie sich ihm die Nackenhaare sträubten.

»Das ist Savannahs neuer Freund. Er war bei ihr, als sie Karussell gefahren ist.«

Kapitel 75

»Was?«, fragte Falk und begegnete kurz Hartwicks ungläubigem Blick, bevor er sich wieder an Nepomuk wandte. »Unsinn, Junge, das ist ein katholischer Pfarrer hier aus Frankfurt. Der kann deine Schwester gar nicht kennen.« Falk sprach langsam. »Du hast in letzter Zeit viel durchgemacht. Das Beste wird sein, du setzt dich da vorne hin. Es dauert auch nicht lange, dann bringen wir dich zu deinem Bruder.« Falk zeigte auf einen von drei Stühlen, die neben dem Schwesternzimmer an der Wand standen.

Noch immer starrte Nepomuk ins Krankenzimmer, in dem Dirk Schusser lag. »Als er bei Savannah war, hat er nicht so krank ausgesehen. Was hat er?«

Hartwick legte dem Jungen behutsam eine Hand auf die Schulter und redete beruhigend auf ihn ein: »Ich glaube nicht, dass es dieser Mann war, den du bei deiner Schwester gesehen hast. Wahrscheinlich verwechselst du ihn, das könnte doch sein. Schließlich hast du dich versteckt und hattest Angst.«

Nepomuk sah Hartwick an, als wäre der Oberkommissar derjenige mit dem nicht ganz reibungslos funktionierenden Oberstübchen. »Klar bin ich sicher. Ich kann mir jedes Gesicht merken.« Vor Stolz schwoll seine Brust an. »Es heißt Inselbegabung, das weiß ich von der Frau vom Jugendamt, aber Marvin nennt es Ballaballa-Begabung. Der Mann hinter dem Fenster ist Savannahs Freund.«

Falk horchte auf. Konnte es sein, dass der Junge tatsächlich Dirk Schusser zusammen mit dem ersten Mordopfer gesehen hatte, und falls ja, war Savannah zu dem Zeitpunkt bereits tot gewesen?

Er dachte einen Moment darüber nach, und plötzlich ergab auch der Tod von Savannah Scheffler einen Sinn.

»Ich habe fünf Minuten herausschlagen können«, flötete die Schwester, als sie hinter der Anmeldetheke hervorkam. »Aber es kann nur einer von Ihnen zu ihm. Und Sie dürfen den Patienten nicht aufregen.«

»Ich gehe rein«, antwortete Falk und drehte sich bereits zur Tür, als die Schwester ihn aufhielt.

»Moment, bevor ich Sie zu dem Patienten lassen kann, müssen Sie sich Schutzkleidung überziehen und die Hände waschen.« Sie führte Falk in einen Waschraum, kurze Zeit später stand er mit Mundschutz, einem am Rücken verknoteten OP-Kittel und von der Waschlotion und dem Desinfektionsmittel schrumpeligen Fingern im Zimmer des Priesters.

Dirk Schusser war wach, als Falk eintrat. Seine Augen wanderten von Nepomuk, der noch immer mit Hartwick vor dem Beobachtungsfenster stand, zu Falk.

»Guten Tag, Herr Schusser«, begann Falk und trat dichter an das Bett heran. Der Geruch von antiseptischen Reinigungsmitteln zog ihm in die Nase. Ein halb mit Urin gefüllter Beutel hing am Bettgestell. »Die Schwester meinte, Sie könnten mir ein paar Fragen beantworten. Schaffen Sie das?«

Anstelle einer Antwort schloss Schusser seine Augen.

Falk zog sich einen Stuhl heran und nahm Platz. Eine der Maschinen gab in gleichmäßigen Abständen einen leisen Piepton von sich. »Dank Ihres Hinweises konnten wir Patrick Behring in der Krypta finden«, sagte er. »Dem Jungen geht es gut. Er ist bei seiner Mutter. Und keine Angst, Bent Dahl kann ihm nichts mehr anhaben. Er ist tot.«

Die Neuigkeit brachte Schusser dazu, die Augen zu öffnen. Ein leises Keuchen kam zwischen seinen rissigen Lippen hervor, und seine Mundwinkel hoben sich einige Millimeter. Nach einem Räuspern sagte er: »Noch nie habe ich Erleichterung über den Tod eines Menschen empfunden, doch in diesem Fall …« Weiter kam er nicht, ein rasselndes Husten unterbrach ihn.

Hilflos schaute Falk sich um, dann nahm er unbeholfen die Schnabeltasse vom Nachttisch und setzte sie Schusser an die Lippen.

Der Priester trank so gierig, dass ihm Wasser aus den Mundwinkeln lief und auf die Brust tropfte. »Danke«, sagte er, nachdem der Hustenanfall abgeklungen war.

Falk stellte den Plastikbecher neben die Nierenschale, in der eine Verbandsschere und eine unbenutzte Mullbinde lagen. »Erzählen Sie mir von Ihrer Beziehung zu Bent Dahl«, fuhr er mit der Befragung fort. »Und kommen Sie mir nicht wieder mit dem Beichtgeheimnis. Bevor ich nicht ein paar Antworten habe, gehe ich nicht von hier weg.«

Kurz glaubte Falk, Schusser würde dichtmachen, doch dann schien der Priester sich einen Ruck zu geben. Er wollte sich etwas von der Seele reden, das spürte Falk ganz deutlich.

»Ich verfluche den Tag, an dem der Mann in unserer Gemeinde aufgetaucht ist.« Schussers Worte waren kaum mehr als ein Flüstern, trotzdem verstand Falk ihn.

»Wann war das?«

»Das muss vor ungefähr drei Monaten gewesen sein. Dahl war Polizist, aber das wissen Sie wahrscheinlich längst. Irgendein Undercovereinsatz hat ihn von Hamburg nach Frankfurt verschlagen.«

»Und hier hat er sich dann einen Beichtvater gesucht?«, fragte Falk, wobei er nicht verhindern konnte, dass sein Unverständnis durchschimmerte. Sein Glaube an eine höhere Macht endete beim Finanzamt.

»Aus Ihrem Mund klingt das verwerflich«, stellte Schusser fest.

Falk ging nicht darauf ein. »Hat er da bereits Stimmen gehört?«

Der gestärkte Bezug des Kissens, auf dem der Priester lag, knisterte leise, als dieser sacht den Kopf schüttelte. »Ich glaube nicht. Seine Wahnvorstellungen begannen mit dem Einzug in die Wohnung, die ich ihm vermittelt habe.«

»Sie haben ihm das Loft besorgt? Wie das?«

»Karsten, also ich meine Karsten Neubert, das ist einer von unseren Sozialarbeitern, hat mir davon erzählt.«

»Ich kenne Karsten Neubert«, sagte Falk. »Er betreut diese Selbsthilfegruppe mit den Kerlen, die ihre Frauen und Kinder schlagen. Die Gruppe, die auch Krysiak besucht hat.«

Der Priester nickte. »Krysiak kam seit etwa anderthalb Jahren zu uns, und er hatte gute Fortschritte gemacht. Seine Frau hatte ihm sogar erlaubt, in ihre Nähe zu ziehen, wodurch er sein Kind auch außerhalb der vom Gericht festgelegten Besuchszeiten sehen konnte. Während einer der Gruppensitzungen muss Krysiak wohl erwähnt haben, dass er auf der Suche nach einem Untermieter ist, denn Karsten hat mich auf die freigewordene Wohnung aufmerksam gemacht. Ich weiß nicht genau, warum er mit mir darüber gesprochen hat – eigentlich haben wir uns kaum über Gruppenbelange unterhalten –, doch wahrscheinlich hielt er es für erwähnenswert, weil das Loft in einer Kirche lag. Wie auch immer, ich habe Dahl darin bestärkt, die Wohnung zu nehmen, da er in einer Pension auf der Taunusstraße gehaust hat. Die heruntergekommene Gegend tat ihm nicht gut.«

»Dahl ist also in das Loft gezogen und hatte mit einem Mal das Gefühl, Gott spräche zu ihm?«

Schusser nickte. »Mir ist aufgefallen, dass Dahl anfing, sich zu verändern, und irgendwann hat er mir dann von der Stimme erzählt, die ihm Befehle gibt. Dahl hielt sie für göttlich, auch wenn ich ihm in aller Klarheit dargelegt habe, dass sie rein gar nichts mit Gottes Willen zu tun hat. Außerdem habe ich ihn gedrängt, sich professionelle Hilfe zu holen, doch er hat nicht mit sich reden lassen. Ich glaube, es hat seinem Leben wieder Sinn gegeben, die Stimme zu vernehmen und in ihrem Auftrag zu handeln. Sie dürfen nicht vergessen, dass Bent Dahl krank war. Er verdient unser Mitgefühl.«

»Mitgefühl?« Augenblicklich schoss Falks Blutdruck durch die Decke, und nur mit Mühe konnte er sich beherrschen, den Priester nicht gehörig durchzuschütteln. »Das kann nicht Ihr Ernst sein. Jetzt mal Klartext, mein

Freund«, zischte er. »Die Rolle des bibeltreuen Samariters, der nur das Beste in jedem Menschen sieht, nehme ich Ihnen nicht ab.«

Ein ängstliches Flackern blitzte in Schussers Augen auf. »Was wollen Sie von mir? Ich habe Ihnen mehr gesagt, als ich durfte. Verschwinden Sie, mir geht es schlecht.« Dirk Schusser wollte nach dem Alarmknopf greifen, der am Haltegriff des Bettgalgens hing, doch Falk war schneller.

Er sprang auf, schnappte sich das Kabel und verknotete es außerhalb von Schussers Reichweite an der Metallstange über dem Bett. Dann beugte er sich so tief hinunter, dass sein Gesicht nur wenige Zentimeter von dem des Priesters entfernt war. »Wie es Ihnen geht, ist mir egal. In welchem Verhältnis standen Sie zu Savannah Scheffler?«

»Ich verstehe nicht …«

»Sie verstehen mich genau. Sie hatten eine Affäre mit der attraktiven jungen Frau. Sie haben Sie gefickt.«

Als Schusser nicht zusammenzuckte, wusste Falk, dass er ins Schwarze getroffen hatte. »Sie waren mit der Frau eines anderen im Bett und haben sich mit ihr vergnügt. Meinen Segen haben Sie. Ich bin der Letzte, der Sie dafür verurteilt. Und Ihnen hat es offensichtlich ebenfalls nichts ausgemacht, dass Savannah einen Mann hatte. Das machte die ganze Sache sogar leichter, denn für Sie stand fest: Sobald der Jahrmarkt schließt, ist auch Schluss mit der Affäre. Doch Savannah sah das anders, das weiß ich von Marvin Gerzner, ihrem Bruder. Sie wollte weg von ihrem Mann, weg vom Rummel, weg von ihrem alten Leben. Und Sie sollten das Ticket in ihre neue Zukunft sein.«

Keine Reaktion.

»Was ist dann passiert? Hat Savannah Scheffler gedroht, die Sache auffliegen zu lassen?«

Wieder sagte Schusser nichts. Also machte Falk weiter: »Savannah hat keine Ruhe gegeben; vielleicht hat sie sich auch tatsächlich in Sie verliebt, wer weiß das schon so genau? Jedenfalls ist Ihnen die Geschichte über den Kopf gewachsen. Was bloß eine kleine Bettgeschichte hätte sein sollen, drohte plötzlich zu einer riesigen Nummer zu werden. Zu etwas, das alles, wofür Sie studiert und gearbeitet hatten, zunichtegemacht hätte. Das konnten Sie nicht zulassen, aber Sie wussten nicht, wie Sie es verhindern sollten. Sie waren verzweifelt, bis Sie an den religiösen Spinner dachten, der Ihnen im Beichtstuhl von seiner Zwiesprache mit Gott erzählte. Da kam Ihnen der Gedanke, den armen Irren ein wenig zu manipulieren. Sie haben Dahl einen leichten Schubs gegeben. Er sollte sich der Kleinen annehmen und sie zurück auf den Pfad der Tugend führen.«

Tränen traten in Schussers Augen und liefen über seine Wangen.

»Jetzt reden Sie! Ist es so gewesen?«

Schusser nickte.

»Ich wusste es.« Unwillkürlich verkrampfte Falks Hand sich zur Faust. »Sie heuchlerischer Bastard.«

»Ich konnte ja nicht ahnen, was der Mann vorhatte. Das habe ich erst begriffen, als ich zu meiner Verabredung mit Savannah ging und ich sie tot in diesem Karussell gefunden habe«. Hektische Flecken blühten auf dem Hals des Pfarrers auf; die Farbe der Kurve auf dem Herzmonitor wechselte von Grün zu Gelb.

»Wie hat Dahl überhaupt von Ihrer Liaison erfahren?«

»Als wir die Geschichte aus dem zweiten Buch Samuel gelesen haben, in der es um Ehebruch geht, habe ich ihm gestanden, dass ich schwach geworden bin. Ich habe mich ihm anvertraut, ich war verzweifelt. Savannah war dabei, mein Leben zu zerstören. Also haben Dahl und ich gemeinsam Gott um ein Zeichen angefleht.«

»Bullshit! Sie haben nicht Gott, sondern Dahl um Hilfe gebeten, wenn auch indirekt und manipulativ.«

Die roten Flecken breiteten sich weiter aus und zogen hinauf bis zu Schussers Schläfen. »Nein … ja … ich dachte, er würde zu Savannah gehen und ihr klarmachen, dass es besser für sie ist, bei ihrem Mann zu bleiben. Es war ja nicht abzusehen, dass Dahl sie gleich umbringt. Damals habe ich noch nicht gewusst, wozu er fähig ist, das müssen Sie mir glauben. Gott ist mein Zeuge.«

Nun strömten die Tränen, doch Falk empfand kein Mitleid. Hätte der Mann seinen Schwanz in der Hose behalten, wie er es auf die Bibel geschworen hatte oder auf welche Weise auch immer ein katholischer Priester sein Leben im Zölibat besiegelt, hätte Dahl womöglich gar nicht mit dem Töten angefangen.

»Hören Sie auf zu heulen, und reißen Sie sich zusammen«, fuhr Falk ihn an.

»Was nehmen Sie sich heraus? Ich war nur Teil des kranken Spiels.« Schusser wurde erstaunlich laut. »Zu spät habe ich erkannt, dass Dahl nicht zufällig in unsere Kirche gekommen ist, sondern sie gezielt aufgesucht hat.«

»Weil Sie seiner Frau geholfen hatten, als sie mittellos in Frankfurt angekommen war.«

Schusser nickte. »Savannah musste sterben, weil die Parallelen zwischen ihr und Carolin zu groß waren. Wie Dahls Frau spielte sie mit dem Gedanken, ihren Mann zu verlassen.«

Falk stöhnte auf. »Herrgott, spätestens als Sie davon erfahren haben, hätten Sie zur Polizei gehen müssen.«

»Ich durfte nicht, das müssen Sie einsehen. Ich habe mich bereits über das Beichtgeheimnis hinweggesetzt, als ich Patrick Behring gerettet habe, und doch habe ich es getan. Wäre ich auch nur fünf Minuten später in dem Wasserspeicher aufgetaucht, wäre er ertrunken.«

Die alte Zisterne unter der Stadt; dorthin hatte der Killer Patrick Behring also verschleppt. Falk nahm sich vor, die Kriminaltechnik zu informieren. »Und warum haben Sie den Jungen nicht zu seiner Mutter gebracht, sondern ihn versteckt?«

»Das war am sichersten.«

Falk meinte zu sehen, wie Schussers Brust vor Stolz ein wenig anschwoll. »Für Ihre heroische Tat werde ich Ihnen ein Superheldenkostüm nähen, sobald ich die Zeit dafür finde.«

Die Kurve auf dem Herzmonitor wechselte erneut die Farbe, dieses Mal zu Rot. Kurz darauf ertönte ein Alarm, und auf der gegenüberliegenden Seite des Sichtfensters setzte Hektik ein. Schwester Diana und ein Kollege, mit dem sie sich unterhielt, schauten auf. Im selben Moment stürmte ein Arzt über den Gang auf das Krankenzimmer zu.

Dann bemerkte Falk einen weiteren Mann. Neben Nepomuk, der immer wieder auf den Priester zeigte, stand sein Bruder Marvin. Im nächsten Augenblick stürmte der ins Zimmer, in der Hand eine P30 (wahrscheinlich die, die Nepomuk Juliane abgenommen hatte), und zielte auf Dirk Schusser.

»Ich knall dich ab, du Schwein«, rief Marvin. »Wegen dir musste Savannah sterben.«

Kapitel 76

Ein letztes Mal zog Falk an seiner Zigarette, dann schnippte er die Kippe auf den Bürgersteig und passierte das schmiedeeiserne Tor, das den Weg zur Villa der Gerichtsmedizin versperrte. Leise fluchend kniff er die Augen gegen das helle Licht zusammen, als der dumpfe Schmerz in seinem Kopf, den er seit dem Aufwachen verspürte, sich zu einem Hämmern ausweitete.

Verflucht, warum hatte er nicht daran gedacht, eine Sonnenbrille einzustecken? Für seinen Geschmack sollten Montage nicht mit so unverschämt gutem Wetter beginnen dürfen. Gerne hätte er das Pochen in seinem Schädel auf den wenigen Schlaf und den Stress der letzten Tage geschoben, doch er war noch nie gut darin gewesen, sich zu belügen. Besonders nicht, wenn das Erste, was er nach dem Aufwachen zu sehen bekommen hatte, eine zu zwei Dritteln geleerte Wodkaflasche auf einem zu einem Couchtisch umfunktionierten Farbeimer in seinem erst halb renovierten Wohnzimmer gewesen war.

Falk stöhnte und kniff sich mit Daumen und Zeigefinger in die Nasenwurzel. Ein rascher Blick auf seine Armbanduhr verriet ihm, dass er noch eine Viertelstunde bis zu seiner Besprechung mit Dr. Di Carlo um neun hatte.

Am liebsten hätte er jemand anderen zur Gerichtsmedizinerin geschickt. Nicht nur, weil ihm davor graute, Hannahs Leiche auf dem Edelstahltisch liegen zu sehen, sondern auch aus einem anderen Grund. Sein Verhältnis zu Dr. Di Carlo war noch immer angespannt, um es vorsichtig auszudrücken. Doch es gab niemanden, dem er den Termin hätte aufs Auge drücken können. Da die Mordreihe aufgeklärt und der Täter tot war, hatte Koruhn die Sonderkommission für aufgelöst erklärt. Juliane lag nach wie vor im Krankenhaus und fiel auf unbestimmte Zeit aus; niemand wusste, wann sie wieder einsatzfähig sein würde. Und Hartwick konnte er ebenfalls nicht bitten, die Untersuchungsergebnisse der Sektionen abzuholen, schließlich lag nicht nur seine Mutter, sondern auch sein Lebensgefährte im Kühlhaus.

»Alle Achtung, du bist ja überpünktlich.«

Überrascht schaute Falk auf. Mit vor der Brust verschränkten Armen stand Hartwick auf der obersten Treppenstufe vor dem Haupteingang.

»Was machst du hier?«, fragte Falk.

»Ich will dabei sein.«

Falk massierte die Muskeln an seinem Hals. »Abgelehnt«, entgegnete er knapp. »Du bist nicht im Dienst, also schaff dich zurück ins Bett.«

»Ich habe nicht um Urlaub gebeten. Außerdem kann ich ohnehin nicht schlafen. Ich gehe da mit rein, denn ich will Hannah und Timo noch einmal sehen. Das ist mein gutes Recht. Wenn schon nicht als Polizist, dann als Angehöriger.«

An der Art, wie Hartwick entschlossen den Unterkiefer vorschob, erkannte Falk, dass sein Partner sich nicht aufhalten lassen würde.

»Warum willst du dir das antun?«, fragte Falk. »Behalte deine Mutter und Timo lieber so in Erinnerung, wie du sie gekannt hast.«

Hartwick schnaubte. »Ach, und wie soll das sein? Baumelnd an einem Strick oder wahlweise mit halb weggeschossenem Kopf? Im Erteilen väterlicher Ratschläge bist du eine echte Niete, Bachmann.«

Das saß. Jetzt fühlte Falk sich richtig mies.

Nachdem sie gestern im Krankenhaus Marvin die Waffe abgenommen hatten, ohne dass ein Schuss gefallen war, hatte Falk mit dem Gedanken gespielt, Hartwick anzubieten, ein paar Tage bei ihm zu wohnen. So ein Vater-Sohn-Ding, doch letztendlich hatte er den Schwanz eingezogen. Seine Wohnung sah aus wie ein Schlachtfeld. Die wenigen Möbel, die von Zoe nicht auf die Straße zum Sperrmüll gestellt worden waren, warteten unter einer Plastikfolie auf den Abschluss der ins Stocken geratenen Renovierungsarbeiten.

»Hast du inzwischen mit Vondenhoff gesprochen?«, fragte Hartwick, als Falk nichts sagte. »Wird er Anklage gegen Dirk Schusser erheben?«

Froh darüber, dass das Gespräch in eine dienstliche Richtung abdriftete, hörte Falk auf, seinen Nacken zu massieren, und trat zu Hartwick in den Schatten des Vordachs. »Wie immer wollte dieser Feigling sich nicht festlegen und hat mich mit allerhand Juristendeutsch und Paragrafen abgefertigt, doch wie ich ihn kenne, wird er Schusser davonkommen lassen. Der Priester hat zwar zugegeben, eine Affäre mit Savannah angefangen zu haben, nachdem sie sich zufällig in der Stadtverwaltung über den Weg gelaufen waren, doch er bestreitet vehement, Bent Dahl dazu aufgefordert zu haben, sie zu töten.«

»Glaubst du ihm?«

Falk zuckte mit den Achseln. »Keine Ahnung. Aber das ist ohnehin nicht von Belang. Entscheidend ist, was ich ihm nachweisen kann, und das ist verdammt wenig. Die Indizien werden nie und nimmer einem Prozess standhalten. Das sähe vielleicht anders aus, wenn Dahl noch leben und eine Aussage machen würde. Aber so? Keine Chance. Und da alles, was Dahl ihm anvertraut hat, unter das Beichtgeheimnis fällt, können wir den Pfarrer auch nicht wegen Mitwisserschaft oder unterlassener Hilfeleistung drankriegen.«

Falk verstummte, als eine junge Frau und ein älterer Mann, beide in weißen Kitteln, aus dem Institut kamen. Mit knappem Gruß gingen sie an ihm und Hartwick vorbei und verschwanden kurz darauf im Garten, der die Villa umschloss, wobei der Mann der Frau eine Zigarette anbot. Erneut blickte Falk auf seine Armbanduhr. Fünf vor neun. »Wir sollten reingehen«, sagte er, doch Hartwick rührte sich nicht.

Stattdessen fragte er: »Warum hast du nicht auf mich gehört und dich von Hannah ferngehalten? Ich habe dir gesagt, dass sie gefährlich ist.«

Etwas in Falk zog sich zusammen. Sein erster Impuls war, das Gespräch im Keim zu ersticken und in der Gerichtsmedizin zu verschwinden, doch er blieb. Irgendwann musste er mit Hartwick über Hannah reden, und da sich der perfekte Zeitpunkt für ein solches Gespräch vermutlich niemals bieten würde, konnte er es genauso gut auf der Stelle hinter sich bringen.

»Woher kommt dein Groll auf Hannah?«, fragte er und bemühte sich, wie ein Vater und nicht wie ein Ermittler zu klingen. »Was ist zwischen euch vorgefallen?«

Hartwicks Blick ging ins Leere. Er sagte nichts.

Also fuhr Falk fort. »Ich weiß, was passiert ist, Jan. Nachdem du sie …«, *verprügelt hast,* wollte er sagen, brachte die Worte aber nicht heraus und setzte neu an. »Nach dem Zwischenfall hat Michael deine Mutter in die Gerichtsmedizin gebracht. Eine Kollegin von Dr. Di Carlo hat sie untersucht und die Spuren sichergestellt. Ich habe die Akte gesehen. Es wurde Fremd-DNA unter Hannahs Fingernägeln gefunden. Deine DNA. Wie hast du nur so ausrasten können?«

»Ich bin nicht ausgerastet.«

»Nein? Mensch, Jan, in der Akte lagen auch Aufnahmen von den Verletzungen. Fotos, die ich schon zu oft in meinem Job gesehen habe. Hannah war grün und blau geschlagen. Ich verurteile dich nicht, ich will nur wissen, was los war. Du bist doch kein Schläger. Wie hat sie es geschafft, dich so zu provozieren?«

Hartwicks Augen wurden glasig. Eilig wischte er sich mit dem Unterarm darüber. »Es geschah an dem Abend, an dem meine Brieftasche mit sämtlichen Papieren gestohlen wurde. Du weißt, welchen Abend ich meine, ich habe dir davon erzählt.«

Falk nickte.

»Ich war also auf der Suche nach meiner Geburtsurkunde, weil ich sie brauchte, um mir einen neuen Ausweis zu besorgen. Ich habe vor dem Wohnzimmerschrank gesessen, wo Michael die wichtigen Papiere aufbewahrt, und mich durch die Aktenordner gewühlt.« Hartwick schluckte. »Dann ist mein Leben aus den Fugen geraten.«

Diesen Teil der Geschichte kannte Falk. Am besagten Abend hatte Hartwick beim Blick ins Stammbuch entdeckt, dass nicht Michael Hartwick, sondern er, Falk Bachmann, als biologischer Vater auf der Geburtsurkunde vermerkt war. »Du standest völlig neben dir, als Hannah unerwartet aufgetaucht ist und dich überrascht hat«, spekulierte Falk, nachdem Hartwick keine Anstalten machte, weiterzusprechen. »Ein Wort gab das nächste, die Gefühle kochten hoch. Ich verstehe das, ja, das tue ich wirklich. Vielleicht wollte Hannah dir die Geburtsurkunde aus den Händen reißen, aber du hast sie ihr nicht gegeben. Stattdessen hast du die Nerven verloren. All die Jahre, in denen sie und ihr Mann dich angelogen haben – da hast du rot gesehen. Überreagiert.« Als Falk nach Hartwicks Schultern griff, spürte er die angespannten Muskeln unter dem Stoff des T-Shirts. Hartwicks Atem ging stoßweise.

»Das ist nicht in Ordnung«, sagte Falk. »Und ich kann und will es nicht schönreden. Jan, du musst dich dem stellen.«

So schnell, dass Falk es kaum registrierte, schossen Hartwicks Arme vor. Blitzartig befreite er sich aus Falks Griff. »Ist das die Story, die Michael dir aufgetischt hat?«, fragte er. »Ich hätte meine Mutter grün und blau geschlagen, bevor ich aus dem Haus geflüchtet und nie wieder zurückgekehrt bin? Kompletter Blödsinn.«

Ungläubig schaute Falk seinen Sohn an. Was sollte das? Leugnen nützte nichts, er hatte die Bilder gesehen und die DNA abgleichen lassen. Die Beweise waren eindeutig. »Wenn es so nicht war, wie ist es dann abgelaufen?«

»Ich kann es nicht genau sagen.«

»Du kannst dich also nicht an die Einzelheiten erinnern? Das ist in einer solchen Situation normal, das weißt du doch selbst.«

Unvermittelt ließ Hartwick die Schultern sinken. Plötzlich wirkte er um Jahre gealtert. »Ich kann mich ganz genau erinnern. Jede Minute des Abends hat sich in mein Gedächtnis eingegraben«, sagte er. »Aber das alles ergibt für mich bis heute keinen Sinn. Ja, Hannah kam ins Wohnzimmer, und ja, sie hat mich überrascht. Und richtig ist auch, dass ich wütend und enttäuscht und gekränkt war. Ich habe sie angebrüllt, ihr Vorwürfe gemacht, doch sie hat überhaupt nicht reagiert.«

»Was soll das heißen, sie hat nicht reagiert?«

»So, wie ich es sage. Sie kam mir vor wie ein Geist. Wie eine leere Hülle. Besser kann ich es nicht ausdrücken. Nur ihre Augen waren seltsam rastlos. Wild huschten sie durchs Zimmer und fanden keine Ruhe. Irgendwann habe ich aufgehört, sie anzubrüllen, und angefangen, mir Sorgen zu machen. Ich habe einen Schritt auf sie zugemacht, doch in dem Moment ging sie zum alten Bauernschrank und rammte ihren Kopf gegen die Kante. Erst einmal, dann nochmal, immer wieder. Bis ich begriffen habe, was sie tat, lief ihr das Blut bereits in Strömen über das Gesicht. Ich habe das Stammbuch fallen gelassen, bin zu ihr gerannt und habe sie von dem Schrank weggezerrt. Mit Engelszungen habe ich auf sie eingeredet, habe ihr versichert, dass alles in Ordnung ist, aber anstatt sich zu beruhigen, ist sie weiter ausgeflippt. Irgendwie ist es ihr gelungen, sich aus meinem Griff zu befreien. Wenn du genau hinschaust, kannst du auf meinem Oberarm zwei dünne Narben sehen. Sie stammen von den Wunden, die ihre Fingernägel hinterlassen haben.« Zur Demonstration schob Hartwick den Ärmel seines T-Shirts hoch und deutete auf seinen Bizeps.

»Hannah hat sich selbst verletzt?« Falk konnte nicht verhindern, dass sich eine seiner Augenbrauen skeptisch hob. »Warum sollte sie das tun?«

Hartwick zuckte mit den Schultern. »Ich weiß nicht, was mit ihr los war. Anfangs habe ich angenommen, sie sei betrunken, doch in ihrem Atem habe ich keinen Alkohol gerochen.« Hartwick rümpfte die Nase. »Anders als bei dir.«

Automatisch trat Falk einen Schritt zurück.

»Egal, was Michael und Hannah dir erzählt haben, der Abend ist so abgelaufen, wie ich es dir gerade gesagt habe. Ich habe versucht, meine Mutter vor sich selbst zu schützen.«

Kapitel 77

Als Falk die mit einem Milchglaseinsatz versehene Metalltür aufzog und in den Keller der Rechtsmedizin trat, von wo aus die Sektionssäle abgingen, kam ihm Dr. Di Carlo bereits entgegen. Sie trug einen hellblauen Einmalkittel, Latexhandschuhe und einen Mundschutz, den sie allerdings unter das Kinn geschoben hatte. »Da sind Sie ja. Ich warte seit geschlagenen zwanzig Minuten«, brauste sie auf, doch als Hartwick in den nach Desinfektionsmitteln und Fäulnis riechenden Gang trat, stockte sie. »Oberkommissar Hartwick …«, begann sie stockend, wandte sich nach einer Schrecksekunde aber wieder an Falk. »Sind Sie noch ganz bei Trost, Ihren Partner mitzubringen? Mir ist schon lange klar, dass Sie in etwa so viel Mitgefühl haben wie ein Stein, doch ich wusste nicht, dass es sich um einen Grabstein handelt.«

»Er will dabei sein«, entgegnete Falk.

Wie zum Gebet schloss die Gerichtsmedizinerin die Augen, dann senkte sie die Stimme und blickte Hartwick an. »Ich kann mir nicht einmal im Ansatz vorstellen, wie schmerzhaft es ist, an einem einzigen Tag seine Mutter und seinen Lebensgefährten zu verlieren.«

»Sie wissen, dass Timo und ich zusammen waren?«, fragte Hartwick, und Falk stellte zu seinem Erstaunen fest, dass sein Partner dies ohne jede Gefühlsregung tat.

Noch vor wenigen Tagen, da war Falk sich sicher, hätte ein unfreiwilliges Outing Hartwick ausflippen lassen, inzwischen aber wirkte er abgestumpft und leer. Von dem unbedarften Grünschnabel, der vor einigen Monaten beim LKA angefangen hatte, war nichts mehr übrig. Der Job als Profiler fraß einen auf. Falk wusste, dass es über kurz oder lang den meisten seiner Kollegen so erging. Auf Dauer machte es jeden fertig, sich mit menschlichem Abschaum herumzuschlagen, doch die wenigsten waren dazu gezwungen, ihre Lektion so schnell und auf eine so drastische Weise zu lernen, wie Hartwick es hatte tun müssen.

Etwas verlegen nickte Dr. Di Carlo. »Die Spurensicherung hat Bilder von Ihnen und dem Opfer … ich meine, von Ihnen und Herrn Falkenberg gefunden. McNish hat mich vor der Sektion darüber in Kenntnis gesetzt.« Ein Ruck ging durch die Italienerin. Sie zog ihre Latexhandschuhe aus und ergriff so schnell Hartwicks Hand, dass dieser es erst mit einiger Verzögerung zur Kenntnis nahm. »Es tut mir schrecklich leid, Jan. Ich darf doch Jan sagen?«

Hartwick nickte, während sein Adamsapfel hüpfte.

»Als Gerichtsmedizinerin bewahre ich, so gut es geht, eine professionelle Distanz zu den Opfern, anders könnte ich die Sektionen nicht vornehmen. Nichtsdestotrotz ist mir bei jeder Autopsie bewusst, dass ich einen Menschen vor mir habe.« Dr. Di Carlo hielt kurz inne. »Ich verstehe, wenn Sie Herrn Falkenberg und Ihre Mutter sehen wollen, aber ich bitte Sie, mir etwas Zeit zu geben.« Sie nickte in Richtung des Raums am Ende des Ganges, der nicht für Autopsien genutzt wurde, sondern dazu diente, Angehörige einen Blick auf die Verstorbenen werfen zu lassen.

»Ich komme schon klar«, beteuerte Hartwick. »Ich habe Timos Leiche gefunden, und ich war dabei, als meine Mutter sich stranguliert hat, um mir das Leben zu retten. Sie müssen mich nicht mit Samthandschuhen anfassen.«

»Ihre Mutter war eine starke Frau, sie hat meine größte Hochachtung«, sagte Dr. Di Carlo, ohne Hartwicks Hand loszulassen. »Es sollte Sie trösten, dass ihr Tod nicht sinnlos war, er hat ihr eine Menge Leid erspart. Das müssen Sie sich immer vor Augen halten, wenn Sie einen schlechten Tag haben und die traumatischen Ereignisse Sie einholen.«

Falk runzelte die Stirn. Etwas an der Formulierung der Gerichtsmedizinerin kam ihm seltsam vor. »Hannah ist eine Menge Leid erspart geblieben? Was meinen Sie damit?« Er warf Hartwick einen raschen Blick zu, doch der wirkte genauso ahnungslos.

Dr. Di Carlo ließ ihre Hand sinken und trat einen Schritt zurück. Geistesabwesend zupfte sie eine unsichtbare Fussel von ihrem Kittel. Die Stille in dem grau gekachelten

Flur schien sich plötzlich auszuweiten. »Sie wissen es nicht?«, fragte sie vorsichtig an Hartwick gewandt.

»Ich weiß was nicht?«

»Ihre Mutter war krank. Die Untersuchungen ihres Gehirns haben gezeigt, dass sie an Chorea Huntington litt.«

Hartwick wurde blass. »Was ist das? So etwas wie Krebs?«

»Nein, kein Krebs. Chorea Huntington ist eine unheilbare neurodegenerative Erkrankung, ausgelöst durch einen Gendefekt. Dieser führt dazu, dass ein aggressives Eiweiß produziert wird, das Teile des Gehirns zerstört. Erste Symptome treten so um das vierzigste Lebensjahr auf und weiten sich dann rasch aus. Da Ihre Mutter bereits fünfundvierzig und der Grad der Zersetzung im Corpus striatum schon so weit fortgeschritten war, dass Ausfallerscheinungen aufgetreten sein dürften, dachte ich, Sie wüssten davon.«

»Nein, das ist mir neu«, entgegnete Hartwick. »Von welchen Ausfallerscheinungen reden Sie?«

Dr. Di Carlo seufzte. »Die Krankheit zerstört den Teil des Gehirns, der die Muskeln steuert und für grundlegende mentale Funktionen zuständig ist. Während des Anfangsstadiums treten bei den Patienten oftmals psychische Veränderungen auf. Phasenweise nehmen sie ihre Umgebung nicht mehr richtig wahr, reagieren untypisch auf äußere Reize, sind aggressiv und depressiv. Später kommen dann muskuläre Störungen hinzu, die Betroffenen werden zum Pflegefall und sterben recht früh.«

Falk fühlte sich wie mit der Faust vor den schmerzenden Kopf gestoßen. Wenn Hannah krank gewesen wäre, hätte er doch etwas gemerkt. Aber da war nichts gewesen. Dann jedoch erinnerte er sich daran, wie Hannah nach einem oder zwei Schluck Wodka vor seinem Haus geschwankt hatte. In jener Nacht hatte er es auf den Alkohol geschoben, doch nun verstand er. Ein Frösteln überkam ihn, und seine Kehle fühlte sich ausgetrocknet an, als er Dr. Di Carlo fragte: »Kann diese Krankheit, von der Sie sprechen, zu Autoaggression führen?« Er warf einen raschen Blick zu Hartwick. »Wäre es also denkbar, dass Hannah sich in einer Ausnahmesituation, beispielsweise in einem heftigen Streit mit einem Familienangehörigen, selbst verletzt hat?«

Nach einem kurzen Moment nickte die Gerichtsmedizinerin. »Ich bin beileibe keine Expertin auf diesem Gebiet, aber impulsives, enthemmtes Verhalten ist durchaus symptomatisch für die Krankheit.«

Die Art, wie Dr. Di Carlo nun Hartwick ansah, ließ Falk seine Kopfschmerzen vergessen. Angst legte sich wie flüssiger Teer in seinen Magen.

»Vielleicht sollten wir lieber hoch in mein Büro gehen«, sagte Dr. Di Carlo. »Dieses Gespräch ist nicht geeignet, um zwischen Tür und Angel …«

»Was wollen Sie mir sagen?«, unterbrach Hartwick sie. »Jetzt reden Sie schon, ich halte was aus.«

»Hmm … also … wenn Sie nichts über die Krankheit Ihrer Mutter wussten, dann haben Sie sich noch nicht testen lassen, oder?«

»Testen?«, fragte Falk.

Der Teer breitete sich weiter aus.

»Chorea Huntington ist eine Erbkrankheit. Sie wird mit einer Wahrscheinlichkeit von fünfzig Prozent von dem betroffenen Elternteil auf das Kind übertragen. Jan, es besteht die Möglichkeit, dass Sie ebenfalls daran leiden.«

Kapitel 78

Einige Wochen später

Obwohl Jan den Schlüssel zu Bachmanns Wohnung seit längerem besaß, benutzte er ihn heute zum ersten Mal. Nach Timos Beerdigung hatte sein Vater ihm den Ersatzschlüssel mit dem Hinweis, er sei jederzeit willkommen, in die Hand gedrückt, doch bislang hatte Jan stets geklingelt.

Himmel, wie sollen wir dieses Chaos in den Griff kriegen?, dachte er, als er das Apartment in der Elbestraße betrat. An der Wand, an der normalerweise die Garderobe stand, hing die Raufasertapete noch immer in Fetzen, während sie auf der gegenüberliegenden Seite bereits vollständig entfernt worden war, sodass man direkt auf den nackten, rissigen Beton blickte. Im Luftzug, der durch die offene Wohnungstür vom Hausgang hineinwehte, knisterte die Plastikfolie, die zu Beginn der Renovierungsarbeiten noch den alten Parkettboden bedeckt hatte, sich inzwischen aber von Falks wochenlangem Herumgetrampel zu einer Schlange zusammengerollt und in die Ecke verzogen hatte.

»Hey, Bachmann, ich bin's. Warum machst du nicht auf? Wir sind verabredet«, rief er und stellte die beiden Farbeimer, die er hinauf in den vierten Stock geschleppt hatte, im Flur ab.

Automatisch, das geschah seit einiger Zeit ständig, betrachtete er seine Hände und Unterarme. Er ballte die Finger zu Fäusten und beobachtete, wie die Muskeln und Sehnen sich nach seinem Willen anspannten, bevor er ihnen befahl, wieder locker zu lassen.

Alles funktionierte tadellos. Sein Körper tat, was er sollte.

Zumindest im Moment noch.

»Die ersten Symptome zeigen sich meist zwischen dem dreißigsten und vierzigsten Lebensjahr«, hörte er in seinem

Kopf die Worte des Arztes widerhallen, der ihn vor drei Wochen ausführlich über Chorea Huntington aufgeklärt und sich gewundert hatte, dass Jan nichts darüber wusste, schließlich müsse die Erbkrankheit doch bei seinen Großeltern mütterlicherseits aufgetreten sein. Zunächst hatte Jan sich nicht erklären können, weshalb sein Großvater niemals mit ihm darüber gesprochen hatte, wo sie sich doch so nahestanden, dann aber hatte sein analytisch geschulter Verstand die Faktenlage zu einem Gesamtbild zusammengesetzt. Seine Großmutter, Hannahs Mutter, war mit Anfang dreißig so schwer mit dem Fahrrad gestürzt, dass sie ihren Verletzungen im Krankenhaus erlegen war. Wahrscheinlich hatte sie den Gendefekt gehabt, war jedoch gestorben, bevor die ersten Symptome hatten auftreten können.

Der Arzt hatte Jans Erklärung mit halbem Ohr gelauscht und ihm zugestimmt, dann hatte er eine Blutprobe entnommen und sie für eine Genuntersuchung an ein Speziallabor geschickt. Entgegen der üblichen Praxis hatte Jan darauf bestanden, dass ihm das Ergebnis des molekulargenetischen Tests mit der Post zugeschickt wurde.

Doch wollte er überhaupt wissen, was in dem mittlerweile ziemlich zerknautschten, aber bislang ungeöffneten Brief stand, der zusammen mit etwas anderem, von dem er noch nicht wusste, was er damit machen sollte, in der Gesäßtasche seiner Jeans steckte?

Was würde ihm die Gewissheit bringen, dass die Krankheit sich auf ihn vererbt hatte und er sich innerhalb der nächsten vier bis zehn Jahre von einem durchtrainierten Polizisten in einen sabbernden, dementen Krüppel verwandelte?

Wenn du es weißt, kannst du selbst entscheiden, wie es weitergeht. Du kannst aus eigener Kraft auf ein Podest steigen (eines wie das, auf dem Hannah stand), oder du nimmst einen einfachen Küchenstuhl, der leistet genauso gute Dienste. Leg dir einen Strick um den Hals und …

Rasch verdrängte Jan den Gedanken. Seit den Geschehnissen im Frühjahr empfahl es sich nicht, an etwas zu denken, das über den nächsten Tag hinausging. »Bachmann, bist du da?«, rief er erneut.

Eine ungute Vorahnung breitete sich in ihm aus. Zwar war es erst kurz nach drei an einem Samstagnachmittag, doch nachdem Zoe aus Frankfurt abgehauen war, hatte es Tage gegeben, an denen Bachmann bereits zu einer früheren Uhrzeit betrunken und kaum ansprechbar gewesen war.

Ein Blick ins Schlafzimmer zeigte Jan ein ungemachtes Bett, doch zumindest lag Bachmann nicht darin. Also ging er ins Wohnzimmer, wo die Renovierungsarbeiten ebenfalls seit Monaten ruhten, und staunte, als er Bachmann zusammen mit einem grünhaarigen, jungen Kerl rauchend auf dem Balkon stehen sah.

»Hey, ich hab fünf Mal geklingelt«, sagte Jan, während er zu Bachmann und Ferret auf den Balkon trat. *Bist du taub?*, wollte er anfügen, doch das sparte er sich, denn von unten schlug ihm laute, atonale Musik und ein Gewirr aus Stimmen in einer Sprache entgegen, die er nicht verstand. Türkisch oder Arabisch, vermutete er. In dem normalerweise ruhigen Innenhof, zu dem der Balkon führte, fand ein Familien- oder Nachbarschaftsfest statt. Frauen, Männer und Kinder unterhielten sich, grillten und tranken Tee.

Deshalb hatte Bachmann nicht auf sein Klingeln reagiert.

»Sieh mal, wen ich noch als Maler gewinnen konnte«, sagte Bachmann und legte Ferret eine Hand auf die Schulter.

Ferret nickte Jan breit grinsend zu, wobei seine Zunge mit dem Piercing in seiner Unterlippe spielte. »Wenn da nicht der hübscheste Bulle von ganz Hessen kommt. Was geht?«, sagte der Punk und streckte ihm die Faust entgegen.

Jan stieß seine kurz dagegen und stellte beiläufig fest, dass Ferret nicht mehr ganz so dünn und ausgezehrt aussah wie bei ihrer letzten Begegnung. Zoes Fürsorge schien Ferret gutgetan zu haben. Hoffentlich kam der junge Punk besser als Falk damit zurecht, dass sie die Stadt verlassen hatte.

»Ich will denselben Stundenlohn wie Ferret«, sagte Jan mit einem schiefen Grinsen.

»Vergiss es. Ich bin dein Vater; damit ist dir die Verpflichtung, mir zu helfen, quasi in die Wiege gelegt worden«, scherzte Falk und zog an seiner Zigarette.

»Alles klar bei dir, Ferret?«, fragte Jan. »Kannst du in Zoes Wohnung bleiben?«

Ferret blies den Rauch durch die Nase aus und zuckte mit den Achseln. »Allein kann ich mir die Wohnung nie im Leben leisten. Ich bin gerade auf der Suche nach einem Mitbewohner. Wie sieht's aus, Bulle? Interesse an einem WG-Zimmer in Bockenheim? Du kannst das Wohnzimmer haben, das hat auch einen Balkon, und ich steh nie vor zehn auf. Damit ist das Bad morgens frei.«

Jan wollte schon abwinken, entschied sich im letzten Moment jedoch anders. Seit Timos Tod spielte er immer öfter mit dem Gedanken, sich eine neue Bleibe zu suchen, denn in seiner Wohnung erinnerte ihn zu viel an das, was er verloren hatte. Zwar hatte er nie darüber nachgedacht, sich nach einer Wohngemeinschaft umzusehen, doch vielleicht war das gar keine so schlechte Idee. Ein Mitbewohner würde ihn von seinen Problemen ablenken und ihm vom Grübeln abhalten.

»Ich denk darüber nach«, hörte er sich sagen.

Bachmann runzelte die Stirn, schluckte den Kommentar, der ihm offensichtlich auf der Zunge lag, jedoch hinunter.

»Echt?« Ferret drückte den Zigarettenstummel aus.

»Ja, klar. Bis wann brauchst du eine Zusage?«

Ferrets Gesicht hellte sich auf. »Nächste Woche reicht.«

»In Ordnung, ich sag dir in den kommenden Tagen Bescheid.«

»Klasse, Mann. Wer hätte gedacht, dass ich mal mit einem Bullen zusammenwohne?« Wieder die Faust, Jan schlug erneut dagegen.

»Ferret, fang doch schon mal mit dem Abkleben der Steckdosen an. Wir kommen gleich nach«, sagte Bachmann.

Ferret, der gerne so tat, als hätte ihn das Leben auf der Straße hart und zäh gemacht, hatte in Wirklichkeit ziemlich feine Antennen für zwischenmenschliche Beziehungen. Er verstand den Hinweis und verzog sich ohne einen seiner üblichen Sprüche oder Kommentare ins Wohnzimmer.

»Hast du wirklich vor, bei ihm einzuziehen?«, wollte Bachmann wissen.

Jan machte eine unbestimmte Geste. »Vielleicht wird es nicht nur bei dir Zeit für einen Tapetenwechsel.«

»Aber muss es denn so ein Chaot sein? Warum kommst du nicht zu mir, wenn du eine Veränderung brauchst? Du kannst so lange in meinem Gästezimmer wohnen, wie du willst. Umsonst. Keine Gegenleistung. Ich putz sogar das Bad.«

»Sei mir nicht böse, aber ich sehe dein Gesicht den ganzen Tag. Nach Feierabend bin ich froh, es mal ausnahmsweise nicht vor mir zu haben.«

»Was hast du gegen mein Gesicht?« Demonstrativ rieb Bachmann sich über die unrasierte Wange.

»Du bist alt und hässlich«, scherzte Jan.

Bachmann lachte. »Ich bin auch froh, dass du mehr nach Hannah kommst als nach …«, begann er, verstummte aber, als er merkte, welchen Gedanken das bei Jan auslösen musste.

Wenn ich nach Hannah komme, hat sie mir womöglich mehr als nur ihr gutes Aussehen vererbt.

»Dr. Di Carlo und ich haben uns übrigens gestern Mittag zum Essen getroffen«, wechselte Falk rasch das Thema, wofür Jan ihm dankbar war.

»Warum das denn? Ich denke, zwischen euch herrscht Funkstille.«

»Das gehört der Vergangenheit an. Ich habe den ersten Schritt gemacht und mich in aller Form bei ihr entschuldigt. Außerdem habe ich die Rechnung übernommen, was mich ungefähr ein halbes Jahresgehalt gekostet hat.« Er lachte. »Wir waren im *Casa Marino.*«

Anerkennend pfiff Jan durch die Zähne. »Alle Achtung! Und? Weißt du jetzt, warum sie Avram Radu die Obduktionsergebnisse zugespielt hat? Was hatte er gegen sie in der Hand?«

»Er hat sie nicht erpresst«, erklärte Falk und wirkte ziemlich zerknirscht. »Sie ist mit Avram Radu verwandt.«

»Echt? Ich denke, sie ist Italienerin.«

»Ist sie auch, zumindest mütterlicherseits. Ihr Vater aber ist Ungar und der Bruder von Avram Radus Vater.«

»Und deshalb hat sie ihm die Unterlagen gegeben?«

Falk nickte. »Auch wenn Savannah seit Jahren keinen Kontakt mehr zu Radu und seiner Sippe gehabt hatte, war sie immer noch seine Tochter. Radu hatte also jedes Recht, Einblick in die Untersuchungsergebnisse zu bekommen. Unter normalen Umständen würde die Gerichtsmedizin zwar nicht so ohne Weiteres ihre Dokumente herausgeben, jedoch hätte Radu als Angehöriger irgendwann sowieso Akteneinsicht beantragen können. Dr. Di Carlo ist dem lediglich zuvorgekommen und hat ihm einen Gefallen getan. Aber häng das nicht an die große Glocke. Sie hat mich gebeten, ihr verwandtschaftliches Verhältnis zu Radu vertraulich zu behandeln.«

»Klar, mache ich. Schließlich weiß ich, was Diskriminierung bedeutet, und nach meinem unfreiwilligen Outing wird es für mich in Zukunft auch nicht immer einfach sein. Von mir erfährt niemand etwas.«

»Danke. Dafür verrate ich dir auch, was sie mir noch erzählt hat.« Falk fischte sich eine weitere Zigarette aus der Packung und zündete sie an.

»Was denn?«

»Seit ich von der Verbindung zwischen Avram Radu und den Russen weiß, frage ich mich, wie sie zustande gekommen ist. Woher wusste Gromow von den illegalen Kämpfen im Lokschuppen?« Falks Wangen wölbten sich nach innen, als er an der Zigarette zog.

Unten im Hof fachte jemand das Feuer im Grill neu an, sodass der Rauch, den Falk ausstieß, sich mit dem Qualm der Holzkohle mischte.

»Spann mich nicht auf die Folter«, drängte Jan.

»Es war Bent Dahl, der Gromow und Radu zusammengebracht hat. Wahrscheinlich ist Dahl auf die illegalen Kämpfe aufmerksam geworden, als er Savannah Scheffler überwacht hat.«

»Aber ich denke, sie hatte den Kontakt zu ihrem Vater abgebrochen?«

»Das hatte sie auch. Doch Dahl wird sie gründlich durchleuchtet haben, schließlich war er Bulle und hat nichts dem Zufall überlassen. Im Zuge seiner Recherchen muss er auf Radu gestoßen sein. Also hat er die Gelegenheit genutzt, seinem Boss eine neue Geschäftsidee nahezubringen, wodurch er das Vertrauen des Russen weiter festigen konnte.«

Jan dachte kurz darüber nach, während er einer jungen Frau mit rotem Hidschab nachsah, die mit einem Tablett voller Teetassen durch den Innenhof ging. »Das ergibt Sinn«, sagte er. »Außerdem hat Dahl auf diese Weise sicherstellen können, dass Gromow sich um seinen neuen Geschäftszweig kümmert, anstatt permanent im *Neon* abzuhängen.«

Als Jan merkte, wie seine Finger sich um das Metall des Balkongeländers krampften, zwang er sich, den Griff zu lockern. Über Bent Dahl und seine Bluttaten zu sprechen, kostete ihn mehr Kraft, als er sich eingestehen wollte.

Eine Weile schauten Jan und Bachmann schweigend dem Treiben im Innenhof zu, dann fragte Bachmann: »Und?«

»Was und?«

»Komm schon, du weißt, was ich meine. Was hat der Gentest ergeben?«

Jan zog das ungeöffnete Kuvert aus der Gesäßtasche. Vorsichtig, als hielte er eine Briefbombe in der Hand, nahm Bachmann den Umschlag entgegen und las den Absender.

»Ich habe ihn nicht geöffnet«, sagte Jan unnötigerweise.

»Soll ich ihn für dich …?«, fragte Bachmann, doch er machte nicht den Anschein, es wirklich tun zu wollen.

»Nein, ich glaube nicht.«

Erleichtert beeilte sich Bachmann, ihm das Laborergebnis zurückzugeben. »Wirf es weg. Ich bin mir sicher, dass du kerngesund bist, denn in meiner Familie kommt die Krankheit nicht vor.«

»Na toll, das bedeutet eine Chance von fünfzig zu fünfzig. Ich könnte also genauso gut eine Münze werfen.«

»Hör mit der Schwarzmalerei auf. Selbst wenn du … na, du weißt schon … wird dieser Wisch dir nicht sagen, wann sie ausbricht. Ich habe mich erkundigt; es ist durchaus möglich, dass du beim Auftreten erster Symptome weit über sechzig bist. Wenn du also die nächsten dreißig Jahre bei jedem Wehwehchen in Panik verfällst und das Schlimmste annimmst, weil dir irgendein DNA-Test einredet, dass du krank werden könntest, dann springst du besser gleich vom Balkon. Leb einfach dein Leben. Niemand weiß, wann es zu Ende ist, und das ist gut so.«

Zögerlich trat Bachmann einen Schritt näher, und Jan war froh, nur Zigarettenrauch und keinen Alkohol zu riechen.

»Sollte doch irgendwann …« Bachmann räusperte sich. »Ich bin nicht gut in solchen Sachen, war ich noch nie. Aber was ich sagen will … auch wenn du bei Ferret und nicht bei mir einziehst: Mich wirst du nicht mehr los. Ich bleibe ein Teil deines verdammten Lebens, ob dir das passt oder nicht. Selbst wenn du eines Tages zu viel vom LKA hast und dich dazu entschließt, als Hufschmied anzuheuern.«

»Als Hufschmied? Ich kann nicht mal reiten.«

»Klugscheißer. Du weißt, was ich meine.« Unbeholfen legte Bachmann einen Arm auf Jans Schulter und zog ihn kurz, aber fest an sich.

Dann ließ er ihn los, und noch bevor Jan den Kloß in seinem Hals herunterschlucken konnte, war der bärbeißige Hauptkommissar, der nicht nur sein Partner, sondern auch sein Vater war, in der Wohnung verschwunden.

Mit tauben Fingern steckte Jan den Umschlag zurück in seine Gesäßtasche, wobei er die Festplatte streifte, die sich dort ebenfalls befand.

Jan wusste nicht, ob er den Brief jemals öffnen würde, genauso wenig wie er sich im Klaren darüber war, was er mit den Bitcoins anstellen sollte, die sich auf der SSD-Platte befanden. Alle gingen davon aus, die nicht zurückverfolgbaren Bitcoins im Wert von einer Million Dollar seien verbrannt, doch das stimmte nicht. Jan hatte nicht die Festplatte von Bent Dahl in Flammen aufgehen lassen, sondern das baugleiche Modell, das er, kurz bevor er zur Freikirche aufgebrochen war, von Timos Rechner abgezogen hatte.

Eigentlich hatte er sich fest vorgenommen, Bachmann heute einzuweihen, doch gerade war nicht der richtige Zeitpunkt gewesen.

Jan zuckte mit den Achseln. Zum ersten Mal seit langem fühlte er sich einigermaßen gut.

Mit einem Lächeln folgte er Bachmann ins Wohnzimmer.

Es war Zeit, die Tapeten zu wechseln.

Epilog

Nachwort

Die Welt ist voller Geschichten, die von Gewalt erzählen. Von Rache und Vergeltung. Ja, in der Tat sind es überwiegend ganz banale Gründe, die aus Menschen Mörder, manchmal sogar regelrechte Bestien werden lassen: Eifersucht, Kränkung, Einsamkeit, Habgier, Zurückweisung, Angst; die Liste ließe sich noch lange weiterführen.

Fakt ist: Jeder von uns birgt eine dunkle Seite. Und wer mit seinem Partner tief verbunden ist oder Kinder hat und sich ausmalt, wie einem von ihnen Gewalt oder große Ungerechtigkeit angetan wird, der ahnt, dass wir zu Taten fähig sind, die uns niemand zutrauen würde. Nicht einmal wir uns selbst.

Die Frage nach der Seele des Verbrechers – nach dem Bösen, wenn man so will – ist von entscheidender Bedeutung für das soziale Miteinander, weshalb ich mich in meinen vorangegangenen Veröffentlichungen genau damit befasst habe. Dieses Buch aber geht weiter. Es ist der Versuch, die Sache von einer anderen Seite zu beleuchten. Ich habe mein Augenmerk weniger auf etwaige Folgen eines Traumas als vielmehr auf die Möglichkeiten einer Prävention gerichtet. Lässt die Resilienz, also unsere Fähigkeit, problematische Umstände ohne anhaltende Beeinträchtigungen hinter uns zu bringen, sich in einer Weise stärken, dass …

Ein Hämmern an der Tür ließ ihn zusammenfahren. Verärgert über seine Schreckhaftigkeit und die Störung, sah er vom Bildschirm auf.

Wer wagte es, ihn aus seiner Konzentration zu reißen? Er hatte doch mehr als deutlich zu verstehen gegeben, dass er nur im absoluten Notfall behelligt werden wollte, schließlich musste er sein Manuskript zu Ende bringen.

Sein Verlag, einer der führenden psychologischen Fachbuchverlage, wartete bereits seit drei Wochen auf die erste Version, und die zuständige Lektorin wurde langsam unruhig. Bisher war es ihm stets gelungen, sie mit seinem jungenhaften Charme zu besänftigen, doch lange würde er damit nicht mehr durchkommen.

»Was ist denn?«, rief er und nahm sich vor, die Pflegerin oder den Pfleger vor der Tür gehörig zusammenzustauchen, sollte nicht etwas wirklich Gravierendes auf der Station vorgefallen sein.

»Entschuldigen Sie bitte die Störung, Dr. Maahs«, piepste Martina, eine kleine graue Maus mit Zähnen, die so riesig wie Grabsteine waren, und blickte ihn scheu an. »Es geht um die 102.«

Sofort vergaß er sein Buch. Auf Zimmer 102 lag seine spezielle Patientin.

»Was ist passiert?«, fragte er und sprang von seinem Schreibtischstuhl auf. Noch im Gehen fischte er seinen Arztkittel von dem Besucherstuhl, auf den er ihn vorhin nach dem Ende seiner routinemäßigen Abendrunde geschmissen hatte, und zog ihn über.

»Wie von Ihnen angeordnet, haben wir Haldol und Citalopram abgesetzt. Jetzt reagiert die Patientin wie zu Beginn ihrer Therapie ausgesprochen aggressiv und leidet erneut unter einem paranoiden Schub.« Die Schwester senkte die Stimme. Offenbar war der grauen Maus das Verhalten der Patientin peinlich, schließlich richteten sich deren Wahnvorstellungen gegen ihn, den leitenden Stationsarzt, für den die Pflegerin in aller Heimlichkeit, wie sie glaubte, schwärmte. »Sie fühlt sich wieder von Ihnen verfolgt und zu Unrecht eingesperrt.«

Dr. Maahs ging nicht darauf ein, sondern vergewisserte sich, dass die Spritze, die er vorsorglich bereits mit zehn Milliliter Amitriptylin und zur Sicherheit einem Milliliter Oxytocin aufgezogen hatte, in der Tasche seines Kittels steckte.

Endlich. Es konnte losgehen.

Er hatte damit gerechnet, dass es länger dauern würde, bis der Medikamentencocktail, mit dem er die Patientin seit Wochen sedierte, vollständig abgebaut und sie wieder bei vollem Bewusstsein sein würde. Trotzdem war er wie üblich – Perfektion bestimmte sein Leben – vorbereitet.

»Haben Sie die Patientin fixiert?«, fragte er.

»Selbstverständlich.« Sie nickte eifrig.

Gemeinsam eilten sie über den abends nur spärlich beleuchteten Gang der psychiatrischen Abteilung auf Zimmer 102 zu. Der erst vor knapp einem halben Jahr neu verlegte Boden aus scheußlichem PVC im Dekor geräucherter Eiche passte nicht zu dem aus heller Buche bestehenden Handlauf, doch die wenigsten seiner Patienten dürften sich daran stören. Sie hatten genug mit sich selbst und ihren Problemen zu tun. Ihnen fehlte schlicht die Kraft, sich mit den Unzulänglichkeiten der Inneneinrichtung zu beschäftigen.

Dr. Maahs' Herz hämmerte wild.

Die Zeit war gekommen, sein Plan näherte sich der Vollendung. Zugegebenermaßen hatten nicht alle Aspekte, über die er sich im Vorfeld sorgsam Gedanken gemacht hatte, auf die angedachte Weise funktioniert, doch letztendlich hatte er sein Ziel trotzdem erreicht. Nur das zählte.

Durch die dicke, doppelt isolierte und überbreite Tür drang kein Laut.

»Danke, Martina, ich brauche Sie nicht mehr«, sagte er und schenkte der grauen Maus sein breitestes Lächeln.

Sofort flammte ihr Gesicht auf. »Aber ist das nicht zu riskant? Soll ich nicht besser Micha von Station drei holen?«

Dr. Maahs musste sich zwingen, die kleine Schlampe nicht anzubrüllen – *verpiss dich einfach!* –, und berührte sanft ihren Unterarm.

Sie erschauerte, und ihr Kopf glühte.

»Es ist alles in Ordnung«, insistierte er. »Gehen Sie schon mal in die Pause. Ich komme gleich zu Ihnen ins Schwesternzimmer, dann besprechen wir die weitere Medikation der Patientin bei einem Kaffee. Den können wir gut gebrauchen, schließlich hat unsere Schicht gerade erst begonnen, und die Nacht wird lang.«

»Wie Sie meinen«, piepste sie. »Aber sollten Sie Hilfe brauchen, drücken Sie einfach den Notknopf, dann komme ich.«

Er nickte großmütig und lächelte weiter, doch sein Grinsen erstarb in der Sekunde, in der die graue Maus sich umdrehte und davonging.

Als sie um die Ecke verschwunden war, steckte Dr. Maahs seine Hand in die Kitteltasche, umklammerte die Spritze und trat ein.

Die Schreie der Patientin erstarben, als sie erkannte, wer bei ihr im Zimmer stand.

»Na, na, na, wer wird denn so laut sein?«, sagte er mit väterlicher Stimme und betrachtete ihren Bauch, der sich unter der Decke wölbte.

»Ich will hier raus«, keuchte Juliane. Wild abstehende Haare umrahmten ihr blasses Gesicht; dunkle Ringe lagen unter ihren Augen. Sie sah aus, als hätte sie den Verstand verloren.

Bedächtig schloss er die Tür, dann holte er die Spritze aus der Tasche und zog die Schutzkappe ab. »Ich denke, es ist an der Zeit, eine neue Medikation zu testen, werte Kollegin.«

»Nein, bitte nicht.« Sie schüttelte den Kopf und zerrte an den Fixiergurten. »Was gibst du mir?«

»Zehn Milliliter Amitriptylin gegen deine Depressionen und sicherheitshalber einen Milliliter Oxytocin.«

Zufrieden stellte er fest, dass Juliane verzweifelt die Augen aufriss. Sie wusste demnach um die Wirkung von Amitriptylin. Trizyklische Antidepressiva, besonders wenn man sie mit dem wehenauslösenden Mittel Oxytocin intravenös verabreichte, würden dafür sorgen, dass sie ihr Kind – ihr gemeinsames Kind, verbesserte er sich – verlor. In Kürze würde der strahlend weiße Bezug ihres Bettes rot verfärbt sein, ein abgestoßener Fötus zwischen ihren Beinen.

Er hielt die Spritze hoch, worauf das Licht der Deckenlampe sich in der dünnen Nadel spiegelte.

»Nur ein kleiner Piks, liebste Juliane«, hauchte er mit falscher Freundlichkeit. »Ich verspreche dir, es tut auch gar nicht weh.«

II Das Klingeln seines Handys ließ Falk vom Sofa hochschrecken. Blinzelnd warf er einen Blick auf den Fernseher. Die letzten Töne des Abspanns der *Tagesschau* verklangen, und der Viertel-nach-acht-Film startete.

»Ja?«, brummte er.

»Für die Scheiße halte ich meinen Kopf nicht hin«, fauchte eine dunkle Stimme, die Falk zwar bekannt vorkam, die er in seinem noch halb benommenen Zustand jedoch nicht einordnen konnte.

»Wer ist da?«, knurrte er.

»Oberkommissar Erdem«, bellte der Anrufer, und Falk sah das wütende Gesicht des türkischstämmigen Kollegen vom Frankfurter K10 geradezu vor sich.

Seit die Sonderkommission *Starfighter* aufgelöst worden war, hatte er nicht mehr mit Erdem gesprochen. Was wollte der Kerl ausgerechnet jetzt um diese Zeit von ihm?

»Ja, es ist übel, wie die Dinge sich für Ihre Kollegin Dr. Klawitter entwickelt haben«, fuhr Erdem fort. »Trotzdem löffel ich keine Suppe aus, die ich mir nicht selbst eingebrockt habe.«

Falk wischte sich den Schlaf aus den Augen und setzte sich auf. Seit er zusammen mit Ferret und Hartwick die Renovierungsarbeiten in seiner Wohnung beendet hatte, sahen die Wände in seinem Wohnzimmer zwar wieder tadellos aus, trotzdem machte das Zimmer nicht gerade einen einladenden Eindruck, denn bis auf das Sofa und den Fernseher war es leer. Sogar die Dartscheibe, die an der linken Wand gehangen hatte, war verschwunden.

»Moment mal, ganz langsam, Kollege«, sagte Falk und versuchte, durch ein Räuspern seine Stimmbänder von dem pelzigen Belag zu befreien. »Ich verstehe kein Wort. Welchen Eintopf löffeln Sie nicht? Was ist passiert?«

»Bei einer routinemäßigen Überprüfung ist der Internen meine Handyortung aufgefallen, und jetzt wollen die den Beschluss sehen, aber es gibt keinen.«

»Ich weiß nichts von einer Handyortung. Wovon sprechen Sie?«

Falk lauschte Erdems Ausführungen, und mit einem Mal war er hellwach.

III Erschrocken starrte Juliane auf die Spritze in Jonas' Hand.

Nein, sein Name ist nicht Jonas, fiel es ihr nach einem Moment ein, auch wenn ihr Gehirn immer noch nicht richtig arbeitete. Sie fühlte sich elend, ihr Kopf schmerzte, trotzdem sah sie die Welt heute irgendwie klarer. Nicht mehr gefiltert durch den Nebel, von dem ihr Bewusstsein in den letzten Tagen – Wochen? Monaten? – eingehüllt gewesen war.

Er heißt Christopher. Dr. Christopher Maahs, Facharzt für Psychiatrie und Neurologie. Und ich bin Dr. Juliane Klawitter, Psychologin beim Landeskriminalamt, und ich werde gegen meinen Willen in der Psychiatrie festgehalten.

Christopher Maahs lächelte sie mit diesem jungenhaften Grinsen an, das Julianes Beine vor Ewigkeiten, wie es ihr schien, hatte weich werden lassen. Inzwischen wurde ihr schlecht, wenn sie daran dachte, dass sie mit ihm geschlafen hatte. Jetzt sah sie nur noch den Psychopathen unter der attraktiven Schale.

Langsam kam er näher, das falsche Grinsen verschwand.

Instinktiv wollte sie die Hände auf ihren Bauch legen und ihr Ungeborenes schützen, doch die aus reißfestem Mischgewebe bestehenden Manschetten um ihre Handgelenke verhinderten es. Leise klapperten die Metallösen, als sie gegen den schwarzen Knopf stießen, den man nur mit einem extra dafür angefertigten Magnetschlüssel entfernen konnte. Sie selbst hatte einen dieser Spezialschlüssel besessen, als sie während ihres Studiums hier in der Klinik für Psychiatrie und Psychotherapie Praunheim gearbeitet hatte, doch mit ihrem Ausscheiden hatte sie ihn zurückgeben müssen.

Zehn Milliliter Amitriptylin gegen deine Depressionen, hallte seine Stimme in ihrem Kopf wider.

»Warum tust du das?«, fragte sie und erschrak darüber, wie hilflos sie klang. »Amitriptylin führt in Verbindung mit Oxytocin zu einer Frühgeburt.« Gegen ihren Willen liefen Tränen über ihre Wangen. »Sag mir endlich, warum du mich hier festhältst.«

»Du bist hier, weil du an einer posttraumatischen Belastungsstörung infolge deiner Entführung durch den Serienkiller leidest«, betete er die offizielle Erklärung herunter, die sie hörte, seit er sie eingewiesen hatte. »Du hast Wahnvorstellungen, depressive Episoden, Halluzinationen. Außerdem kann ich nicht ausschließen, dass du eine Gefahr für dich und dein ungeborenes Kind darstellst.«

Als seine Finger ihren Unterarm berührten und er ihr den Ärmel des Nachthemds hochschob, schrie Juliane vor Angst und Ekel auf. »Du hast mich entführt«, rief sie, wohlwissend, dass kein Laut durch die dicke Tür nach draußen dringen würde. »Warum? Weshalb hast du dich Jonas genannt und die Kondome zerstochen?«

Er presste die Zähne aufeinander und zog die Oberlippe hoch, wodurch er wie ein zum Angriff bereites Raubtier wirkte. »Du weißt es immer noch nicht«, stellte er mit Abscheu fest. »Jetzt liegst du schon so lange hier in diesem Zimmer und hast nicht die geringste Ahnung. Ich hätte dich für cleverer gehalten.« Er legte die Spritze in die Nierenschale auf ihrem Nachttisch und zog einen roten Nylongurt aus seiner Kitteltasche.

Juliane wehrte sich, soweit es die Fixiergurte zuließen, doch sie hatte keine Chance. Christopher Maahs arbeitete schon zu lange in einer Psychiatrie, als dass eine gefesselte Patientin ihn davon abhalten konnte, einen Venenstauer anzulegen. Mit einem kräftigen Ruck zog er den Gurt um ihren Oberarm stramm. Sofort spürte Juliane, wie sich das Blut staute und die Venen in ihrer Armbeuge anschwollen.

Vor Panik begann sie zu hecheln. »Es war doch kein Zufall, dass wir uns über den Weg gelaufen sind.«

»Ich bewundere deine Kombinationsgabe.« Seine Stimme troff vor Sarkasmus. »Natürlich war es kein Zufall.

Was glaubst du, warum dein Auto an dem Tag, als wir uns begegnet sind, nicht angesprungen ist?«

»Du hast es manipuliert.«

»Ganz genau.« Mit dem Finger schnippte er gegen Julianes Armbeuge und suchte nach einer Vene. »Ich habe eine halbe Ewigkeit in einer Toreinfahrt auf dich gewartet, aber das war es wert. Mein Timing hätte nicht besser sein können. Exakt in dem Moment, als du die Wagentür geöffnet hast, war ich mit dem Fahrrad neben dir. Eigentlich hatte ich geplant, dich nach dem fingierten Unfall auf einen Kaffee einzuladen, doch dann ist meine Tasche vom Rad gefallen und der Saft ausgelaufen. Die Idee mit den zu ersetzenden Fachbüchern kam mir ganz spontan. Ein Geniestreich sozusagen. Aber es war ohnehin nicht schwer, dich um den Finger zu wickeln. Wie eine läufige Hündin bist du um mich herumgeschwänzelt.« Vorsichtig nahm er die Spritze aus der Nierenschale. »Denk ja nicht, dass es mir gefallen hat, mit dir zu schlafen; ich habe es nur für meine Schwester getan. Du sollst das Gleiche durchmachen wie sie.«

»Deine Schwester?«

»Loreen Maahs«, sagte er. »Aber als sie hier eingeliefert wurde, hieß sie nicht mehr Maahs, sondern Gruber, da sie zu dem Zeitpunkt das Arschloch von einem Ehemann bereits geheiratet hatte.«

Selbst mit ihren pochenden Kopfschmerzen und obwohl die Ereignisse inzwischen gut zehn Jahre zurücklagen, brauchte Juliane nur den Bruchteil einer Sekunde, um sich an die Schwester von Christopher Maahs zu erinnern. Nach einem Suizidversuch war die schwangere Frau hier in der Praunheimer Klinik aufgenommen worden. Zwar hatten sie und ihr ungeborenes Kind gerettet werden können, doch im Laufe des Klinikaufenthaltes hatte Loreen völlig unerwartet eine Fehlgeburt erlitten.

Mit erstaunlicher Kraft packte Maahs Julianes Arm, hielt ihn fest und setzte die Spritze an. Im nächsten Moment durchstach die Nadel ihre Haut. »Ich habe Loreen damals mit aufgeschnittenen Pulsadern in der Badewanne aufgefunden und den Rettungswagen alarmiert«, fuhr er fort. »Heute frage ich mich manchmal, ob es nicht besser gewesen wäre, wenn ich sie nicht gefunden hätte. Wusstest du, dass meine Schwester noch immer in der Psychiatrie ist? Sie vegetiert in einem Sanatorium für Langzeitpatienten vor sich hin. Loreen ist über den Tod ihres Sohns nie hinweggekommen, und ich denke, dir wird es genauso ergehen.«

Juliane konnte den Blick nicht von der Spritze in ihrer Armbeuge abwenden. »Nach der emotionalen Belastung hat der Körper deiner Schwester rebelliert und das Kind abgestoßen, das muss ich dir doch nicht erklären. Das ist tragisch, aber es war nicht meine Schuld.«

Maahs hielt den Daumen auf den Kolben. »Natürlich war es deine Schuld«, brüllte er. »Ich weiß Bescheid. Nachdem ich meinen Facharzt gemacht hatte, habe ich einzig und allein aus einem Grund in Praunheim angefangen: um einen Blick hinter Loreens offizielle Krankenakte werfen zu können.«

Juliane schüttelte den Kopf, sie verstand kein Wort. »Ein Blick hinter die offizielle Akte?«

»Ich habe die Unregelmäßigkeiten entdeckt. Die kaum leserliche Kopie des Rezepts. Die nachträglich überarbeiteten Einträge. Und vor ein paar Wochen habe ich nach langer Suche endlich auch die verantwortliche Stationsschwester – Sabine Kroll, falls du dich erinnerst – ausfindig gemacht. Mittlerweile lebt sie in einem Kaff in Andalusien und ist in Rente, aber ihr Gedächtnis funktioniert noch tadellos. Ich habe gar nicht lange nachbohren müssen, bis sie sich daran erinnert hat, dass du an jenem Abend für die Ausgabe der Medikamente zuständig warst. Du hast Loreen hochdosiertes Amitriptylin verabreicht, das eigentlich für die Patientin im Nachbarzimmer vorgesehen war, worauf bei meiner Schwester die Krämpfe eingesetzt haben. Wegen deiner Schlampigkeit hat sie das Kind verloren.«

»Was redest du da?« Zum ersten Mal vergaß Juliane die Nadel in ihrem Arm. Egal, was Sabine Kroll behauptete, Juliane konnte mit Bestimmtheit sagen, dass sie nichts falsch gemacht hatte. Wahrscheinlich hatte die Stationsschwester Maahs mit einer Lüge abgespeist, um von sich selbst abzulenken, oder sie hatte ihn einfach nur schnell loswerden wollen. »Ich habe nichts vertauscht. An dem Tag hatte ich zwar Dienst, das ist richtig, aber ich war nicht für die Medikamentenausgabe verantwortlich. Das weiß ich genau. Wenn Sabine Kroll etwas anderes behauptet, dann sagt sie nicht die Wahrheit.«

Für einen kurzen Moment blitzte Unsicherheit in Maahs' Augen auf, doch einen Herzschlag später verschwand sie wieder. Juliane erkannte, dass er schon zu weit gegangen war, um jetzt noch einen Rückzieher zu machen.

Er weist die klassischen Persönlichkeitsmerkmale eines Narzissten auf: manipulative Tendenzen, ausgeprägter Machtwille, überbordendes Bedürfnis nach Unfehlbarkeit bei gleichzeitiger Kritikunfähigkeit.

»Bitte, Jonas, ich meine Christopher, falls es damals tatsächlich Unregelmäßigkeiten gegeben hat, war ich nicht dafür verantwortlich.« Juliane versuchte, ihre Panik niederzuringen und zu einem sachlichen Ton zurückzufinden. »Doch selbst wenn deiner Schwester irrtümlich ein trizyklisches Antidepressivum verabreicht wurde, ist die Wahrscheinlichkeit, dass dies zu einem Spontanabort geführt hat, äußerst gering. Das muss ich dir doch nicht erklären, du kennst die Studienlage mit Sicherheit besser als ich.« Fieberhaft überlegte Juliane, welche Knöpfe sie bei Maahs noch drücken konnte, und entschied sich für etwas, von dem sie glaubte, es könnte den Narzissten in ihm schmeicheln. »Dein eigenes Kind zu töten, wird das deiner Schwester nicht wieder lebendig machen. Vielleicht wird es ja ein Mädchen, dann nennen wir es Loreen. Was hältst du davon?« Juliane hoffte, dass ihre Worte in Maahs' Ohren glaubwürdiger klangen als in ihren eigenen. Sie war noch nie eine besonders gute Schauspielerin gewesen. »Und sobald die Kleine ein paar Wochen alt ist, fahren wir zu deiner Schwester. Dein Kind zu sehen, wird ihr helfen, über den Tod ihres eigenen hinwegzukommen.«

Ungerührt wandte Maahs den Blick ab und konzentrierte sich auf die Spritze.

»Nein, bitte nicht«, flehte Juliane. Erneut liefen Tränen über ihre Wangen, doch sie bemerkte sie kaum. »Warum warst du überhaupt als Notarzt am Krematorium?«, fragte sie und versuchte in letzter Verzweiflung, das Gespräch aufrecht zu erhalten. »Du arbeitest doch gar nicht in der Notaufnahme.«

Ein Lächeln umspielte seine Lippen. »Nach unserer kleinen Betteinlage habe ich dich nicht mehr aus den Augen gelassen. Ich bin dir gefolgt. Zunächst war mir nicht klar, wieso du in den Wald zu dieser Baustelle gefahren bist, doch als nach Stunden, die du in dem Gebäude verbracht hast, die ersten Polizeifahrzeuge aufgetaucht sind, wusste ich, dass etwas passiert sein musste. Also habe ich mich in der Notrufzentrale erkundigt und ihnen gesagt, dass ich zufällig in der Nähe bin und helfen kann, falls ein Arzt gebraucht wird. Da es an dem Abend eine Vielzahl von Einsätzen gab, war die Frau in der Zentrale ausgesprochen dankbar für meine Hilfsbereitschaft. Sie hat nicht gezögert, mich einzuteilen.« Das Lächeln verschwand aus seinem Gesicht. »Aber nun wird es Zeit für dein Antidepressivum. Und dann musst du dich ausruhen; die Wehen werden bald einsetzen.«

Sacht drückte Maahs den Kolben der Spritze herunter.

IV Falk eilte über den Krankenhausflur auf Zimmer 102 zu. »Sie können da nicht rein«, rief die Krankenschwester, deren Zähne viel zu groß für ihren Mund zu sein schienen.

»Ich bin Polizist«, entgegnete er, ohne seine Schritte zu verlangsamen, und riss die Tür zum Krankenzimmer auf.

Obwohl er das Gesicht des Arztes, der sich tief über Juliane beugte, lediglich im Profil sah, erkannte er ihn sofort. Das Bild, das Duhan Erdem ihm zusammen mit dem Namen des Psychiaters per Messenger geschickt hatte, musste ziemlich aktuell sein.

Blitzschnell registrierte Falk die Spritze in Julianes Armbeuge, gleichzeitig nahm er ihren angsterfüllten Gesichtsausdruck wahr. Er überlegte nicht, sondern handelte instinktiv und zog die Waffe. »LKA! Weg von der Frau! Sofort«, brüllte er.

Überrascht von der Unterbrechung zuckte der Mann zusammen und schaute über die Schulter. Kurz schien die Pistole ihn einzuschüchtern, doch nach einer Schrecksekunde hatte er sich wieder im Griff. Mit zu Schlitzen verengten Augen funkelte er Falk an.

»Was fällt Ihnen ein?«, blaffte er. »Ich bin mitten in einer Behandlung. Nehmen Sie das Ding runter, und warten Sie draußen.«

Scheiße, der Kerl sah noch jünger aus als auf dem Bild. Ein verfluchtes Milchgesicht im Arztkittel.

Falk ignorierte den befehlsgewohnten, ein wenig überheblichen Tonfall, mit dem die Götter in Weiß Patienten so gern bedachten, packte den Arzt an der Schulter und stieß ihn von Juliane weg.

Im Fallen riss Maahs die noch halb volle Spritze aus Julianes Armbeuge. Blut quoll dunkel aus der Wunde und verteilte sich auf dem weißen Bettlaken.

Mit einem Keuchen taumelte der Mann nach hinten, hielt sich jedoch auf den Beinen. »Das wird Sie Ihren Job kosten, das verspreche ich Ihnen«, rief er.

»Maul halten«, entgegnete Falk. Er steckte die Waffe weg, stürzte zu Juliane und sah in ihr tränenüberströmtes, hageres Gesicht.

Für einen Augenblick fehlten ihm die Worte. Noch nie hatte er seine Kollegin, die so viel Wert darauf legte, in jeder Situation ihren Mann, nein, ihre Frau zu stehen, in einem so erbarmungswürdigen Zustand gesehen. In der ganzen Zeit, in der sie nun schon in der Klinik lag, schien sie nicht beim Friseur gewesen zu sein, denn die Kurzhaarfrisur hatte sich in ein strähniges Gebilde verwandelt. Ihre Handgelenke steckten in am Bettgestell befestigten Stoffmanschetten, wodurch sie sich kaum rühren konnte. Die Lippen waren rissig, die Gesichtsfarbe so wächsern wie die Altarkerzen auf einer Totenfeier. Das Schlimmste aber waren ihre Augen. Alles Lebendige schien daraus verschwunden zu sein.

Rasch nahm er ihre Hand und drückte sie, wobei er um ein Haar zurückgezuckt wäre, denn er hatte das Gefühl, nach einem Eisblock zu greifen. »Es ist alles okay, ich bin da.«

Ihre Unterlippe zitterte, und erst nach ein paar Schluchzern gelang es ihr, zu sprechen. »Endlich! Warum bist du nicht früher gekommen? Er will, dass ich das Kind verliere.«

Falk starrte erst auf die Wölbung ihres Bauches, bevor er ihrem Blick zu dem milchgesichtigen Psychiater folgte. »Ich habe keine Ahnung, was los ist, aber es gefällt mir nicht. Was geht hier vor sich, Doktor?«

Der Mediziner strich sich den Kittel glatt und atmete tief durch. »Bevor ich nicht weiß, wer Sie sind, werde ich gar nichts mit Ihnen besprechen.«

»Bachmann, LKA. Also, was ist jetzt?«

»Bachmann? Ach Sie sind das. Wir haben doch bereits einige Male miteinander telefoniert«, antwortete er. »Nun gut, eventuell werde ich von einer Dienstaufsichtsbeschwerde gegen Sie absehen, aber warten Sie jetzt bitte draußen.« Maahs breitete die Arme aus. »Ich komme gleich, und dann klären wir alles Weitere in meinem Arbeitszimmer.«

»Nein«, stieß Juliane aus. »Du darfst nichts von dem glauben, was er sagt.«

Falk wandte sich Juliane zu. »Keine Angst, ich lass dich nicht allein.« Er blickte sie, wie er hoffte, zuversichtlich an, als unvermittelt ein Alarm losging.

Falk wandte sich zu Dr. Maahs um, doch der war verschwunden und hatte im Hinausgehen den Notfallknopf gedrückt.

Sofort sprang Falk vom Bett, um Maahs zu folgen, aber die Tür ließ sich nicht öffnen. Fluchend rüttelte er daran.

Nichts.

Juliane und er waren eingeschlossen.

Vier Wochen später

V »Himmel, Bachmann, was tun wir hier? Ich bin schwanger, keine achtzig«, sagte Juliane und blickte sich mit gespieltem Entsetzen um, während sie, flankiert von Falk und Hartwick, am Mainkai auf die Bootsanlegestelle zuging, wo einer der Ausflugsdampfer ankerte, die bei Touristen so beliebt waren.

»Du hast gesagt, sonntags fällt dir die Decke auf den Kopf und du willst mal wieder raus, etwas erleben, kannst jedoch nicht lange laufen«, fasste Falk das Gespräch zusammen, das er morgens am Telefon mit ihr geführt hatte. »Außerdem hast du betont, dass es dir wichtig ist, jederzeit aufs stille Örtchen gehen zu können. Das waren deine Worte. Also, da wären wir.«

Juliane stöhnte und wandte sich an Hartwick. »Und du hast das gewusst und ihn trotzdem nicht davon abgehalten, uns auf diesen Rentnerkahn zu schleppen? Wo ist Ihre Selbstachtung geblieben, Herr Oberkommissar?«

Hartwick grinste schief, wobei sein Lächeln noch immer nicht so unbeschwert ausfiel wie vor der ganzen Scheiße, die passiert war.

»Selbstverständlich habe ich es gewusst«, antwortete Hartwick, griff in seine Umhängetasche und hielt ein Glas hoch. »Ich hab dir sogar etwas mitgebracht.«

Spreewaldgurken XXL, die besonders dicken Dinger, las Falk und verzog das Gesicht. Er hasste eingelegtes Gemüse. Nachdem vor Jahren bei einem entsetzlichen Kater mindestens ein gefühlter Eimer Mixed Pickles – bis heute hatte Falk keine Ahnung, wo er die Dinger am Abend zuvor gegessen hatte – den Weg zurück durch seinen Mund in die Toilettenschüssel genommen hatte, machte er einen großen Bogen um das Zeug.

Rasch nahm er eine Zigarette aus seiner Schachtel, zündete sie an und ermahnte sich, an eingelegte Gurken, Möhrchen und Silberzwiebeln zu denken, sollte die Gier nach einem Drink mal wieder übermächtig werden. Momentan hatte er sein Problem im Griff, doch er kannte sich gut genug, um zu wissen, dass es so nicht bleiben würde. Das war auch der Grund, weswegen er im letzten Monat über seinen Schatten gesprungen war und ein Treffen der Anonymen Alkoholiker besucht hatte.

Eigentlich hielt er nichts von den esoterischen zwölf Schritten, die vor den Zusammenkünften heruntergebetet wurden, aber hieß es nicht, einen Tod müsse jeder sterben?

Tief inhalierte er einen Zug von der Zigarette und stieß den Rauch aus, wobei er versuchte, das Gedudel aus dem altertümlichen Lautsprecher – *Liebe ohne Leiden* von Udo Jürgens, wenn ihn nicht alles täuschte –, zu überhören.

»Na, schöne Frau, wer von den beiden Gentlemen ist denn der Vater?«, brummte der Mann an der Gangway, der in seinem Kapitänsanzug und mit seinem struppigen, nikotinfleckigen Bart wie ein echter Seebär aussah.

Für eine Sekunde huschte ein Schatten über Julianes Gesicht, dann setzte sie ein Lächeln auf und hakte sich bei Falk und Hartwick unter. »Alle beide.«

Der Seebär gluckste, während er die Karten abriss, die Falk ihm entgegenhielt. »Die Vielweiberei war gestern, heute gibt es die Vielmännerei. Das gefällt mir. Also nichts wie rein mit euch. Husch, husch, nach oben, da ist kaum noch etwas frei.«

Falk drückte die erst halb gerauchte Zigarette in dem Standaschenbecher am Eingang aus. Dann folgte er Hartwick und Juliane auf das Oberdeck, wo sie sich an einen Tisch ganz hinten setzten, um einigermaßen ungestört zu sein.

Mit einem Ächzen ließ Juliane sich auf die Bank fallen und streckte die Beine aus. »Kann ich dein Kissen haben?«, fragte sie Falk.

»Klar«, antwortete er und reichte ihr das rot-weiß karierte Sitzkissen, das sie sich umständlich hinter den Rücken klemmte.

»Am Freitag hat mich übrigens ein niederländischer Kollege angerufen«, sagte Falk. »Er glaubt, Christopher Maahs auf einem der Containerschiffe in Rotterdam entdeckt zu haben.«

Juliane verkrampfte sichtlich.

»War jedoch falscher Alarm«, beeilte Falk sich nachzuschieben. »Duhan Erdem ist aber weiter dran.«

Mittlerweile waren vier Wochen vergangen, seit Maahs aus der Klinik geflüchtet war, und obwohl er inzwischen mit einem internationalen Haftbefehl gesucht wurde, fehlte noch immer jede Spur von ihm. Glücklicherweise hatte die von ihm injizierte Menge des Medikamentencocktails nicht ausgereicht, um den Geburtsvorgang bei Juliane einzuleiten, weshalb der Dreckskerl nur wegen Freiheitsberaubung und nicht auch noch wegen gefährlicher Körperverletzung gesucht wurde.

»Schon verrückt, dass ich es ausgerechnet Duhan Erdem zu verdanken habe, aus der Psychiatrie entkommen zu sein«, sinnierte Juliane und machte sich am Deckel des Gurkenglases zu schaffen. »Ich habe ihn immer für einen groben Klotz mit einem mittelalterlichen Frauenbild gehalten, doch ich glaube, es wird Zeit, mich bei ihm zu bedanken.«

»Er *ist* ein grober Klotz, und er hat nicht nur ein mittelalterliches Frauenbild. Ich habe mein Fett auch schon wegbekommen, seit die Sache zwischen Timo und mir die Runde gemacht hat«, warf Hartwick ein.

»Vielleicht steht er heimlich auf dich«, witzelte Falk. »Lad ihn doch mal auf einen Kaffee ein.«

»Hör einfach auf, lustig sein zu wollen, Bachmann«, antwortete Hartwick und verdrehte die Augen, bevor er sich wieder Juliane zuwandte. »Wenn du vorhast, dich bei Erdem zu bedanken, solltest du der Internen ebenfalls einen Blumenstrauß schicken.«

In diesem Punkt hatte Hartwick vermutlich recht, überlegte Falk. Wäre nicht einer der überkorrekten Sesselfurzer Erdem auf die Füße getreten, hätte dieser seinen Frust nicht mit seinem Anruf bei Falk Luft gemacht. Die Interne hatte von Erdem verlangt, die richterliche Anordnung zur Ortung des Handys eines gewissen Jonas Pätzold innerhalb der nächsten vierundzwanzig Stunden nachzureichen. Was Erdem mächtig in die Bredouille gebracht hatte, schließlich hatte er nur auf Julianes Drängen hin gehandelt.

Bei seinem Anruf hatte Erdem mehr als einmal Juliane verflucht, besonders da das Handy nicht auf einen Jonas Pätzold angemeldet war, wie sie behauptet hatte, sondern einem Psychiater Namens Dr. Christopher Maahs gehörte. In dem Moment hatte Falk begriffen, dass etwas nicht stimmte. Seit Wochen schirmte eben dieser Psychiater Juliane mit immer neuen Diagnosen von allem ab. Das hatte kein Zufall sein können. Also hatte Falk auf sein Bauchgefühl vertraut. Auf eigene Faust und wieder einmal gegen jede Vorschrift handelnd, war er nach Praunheim gefahren und hatte sich Zutritt zur Klinik verschafft.

Als er daran dachte, was bei seiner unüberlegten Aktion alles hätte schiefgehen können, brach ihm der Schweiß aus.

»Wenn es jemanden gibt, bei dem ich mich zuallererst bedanken muss, dann bist du das, Bachmann«, sagte Juliane, womit sie Falk aus seinen Gedanken riss. »Wärst du nicht wie üblich mit dem Kopf durch die Wand gerannt, dann …«

»Hör schon auf«, unterbrach Falk sie. »Wir sind doch alle Bullen, und wir tun nur, was wir tun müssen. Das war keine große Sache.«

Mit einem Knacken öffnete sich der Deckel des Gurkenglases. Geschickt fischte Juliane ein Exemplar von der Größe eines mittelprächtigen Gemächts heraus und biss hinein. »Wenn es ein Junge wird, nenne ich ihn Falk«, sagte sie kauend.

Verlegen rutschte Falk auf der harten Bank herum und suchte krampfhaft nach einer passenden Erwiderung, fand jedoch keine. Erleichtert atmete er auf, als eine kurze Fanfare aus den Lautsprechern erklang und die darauf folgende Durchsage ihn vor einer Antwort rettete.

»Ein herzliches Willkommen, meine Damen und Herren, liebe Kinder. Ich begrüße Sie zu unserer Panoramafahrt durch die schönste Stadt der Welt«, tönte die Stimme des Kapitäns übers Deck. »Lehnen Sie sich zurück, trinken Sie einen oder zwei Ebbelwoi, und essen Sie ein Stück Stachelbeersahne – die kann ich empfehlen. Das Wasser auf dem Main ist ruhig, Sie werden also keinerlei Probleme mit dem Magen bekommen.«

Die Maschinen des Maindampfers drehten auf, dann legte der Kahn zu seiner Rundfahrt durch die Hessenmetropole ab, deren in der Sonne funkelnde Skyline so eindrucksvoll die dahinterliegenden Abgründe verbarg.

»Ein Stück Kuchen könnte ich vertragen«, sinnierte Juliane kaum verständlich, da sie immer noch genüsslich kaute. »Ihr auch? Oder lieber eine Gurke?« Sie schob das Glas in die Tischmitte.

Hartwick und Falk verneinten gleichzeitig.

»Ich besorg uns Torte«, entgegnete Hartwick, stand auf und lief zur Treppe, die hinunter zum Restaurant führte.

Beiläufig klaute Falk ihm sein Sitzkissen und schob es sich unter den Hintern – die Bänke auf dem Kahn waren wirklich hart –, dann betrachtete er aus den Augenwinkeln Julianes Bauch. Er bewunderte sie dafür, dass sie sich nach allem, was passiert war, für das Kind entschieden hatte. Den Racker alleine großzuziehen, würde nicht leicht werden, aber Falk nahm sich vor, Juliane so gut es ging darin zu unterstützen.

Entspannt legte er die Arme auf die Rückenlehne, schaute auf das gemächlich vorbeiziehende Mainufer, als ihm nach einer Weile auffiel, dass er ausnahmsweise einmal an nichts dachte. Nicht an den Job. Nicht daran, dass er sich vorgenommen hatte, seine Tochter in Braunschweig zu besuchen. Nicht an ein defektes Gen, das möglicherweise in Hartwicks Schädel lauerte. Nicht an Zoe. Und nicht einmal an einen Schnaps.

Auch wenn sie von Jahr zu Jahr seltener wurden – es gab sie noch, die Momente, in denen das Leben einfach, na ja … einfach mal einfach war.

Nachwort

Wir alle werden sterben. Dennoch tun wir so, als wüssten wir nicht, wie das Leben endet. Allmorgendlich quälen wir uns aus dem Bett. Schaufeln Cornflakes in uns rein. Versorgen die Katze, den Hund, den Kanarienvogel. Schleppen uns zur Arbeit. Kaufen Dinge, die ihren Wert, ihr Heilsversprechen, bereits in dem Moment verlieren, in dem sie in die Tüte wandern. Planen das Wochenende, den Sommerurlaub, die Karriere. Danach den Hausbau und den Ruhestand. Nur um dann zu sterben.

Wieso also erst leben?

Eine Frage, mit der sich nicht nur Jan befasst, jetzt, da er die Wahrheit über Hannah kennt. Auch meine Gedanken kreisen gerne mal um das Geheimnis unseres Daseins, um das ewig gleiche Rätsel: Wozu das alles?

Nicht dass ihr mich falsch versteht. Meistens geht es mir richtig gut; selbst als alter Metalfreak könnte ich glatt »Ich liebe das Leben« von Vicky Leandros singen.

Aber das war nicht immer so.

Vor gut zehn Jahren tat sich in meiner Seele ein Loch von einer solchen Größe auf, dass alles Gute rausfiel.

Natürlich habe ich versucht, es aufzufangen.

Ich habe beschlossen, mehr Sport zu treiben. Bin gelaufen. Fünf Kilometer, zehn, dann zwanzig, schließlich einen Marathon.

Ich habe mich zu beruflichen Höchstleistungen angestachelt.

Ich fing nach Jahren wieder an zu rauchen. Pushte mich mit Kaffee. Dann, da überall dazu geraten wurde, mit kannenweise grünem Tee.

An den Wochenenden tanzte ich bis in die Morgenstunden, weil in den Clubs sich niemand daran störte, dass ich meine Augen schloss.

Ich probierte es mit Autogenem Training, Progressiver Muskelentspannung und Tai Chi.

Abends, wenn ich von der Arbeit kam, hielt ich mein Gesicht in 10.000-Lux-Lampen. Und trotzdem stand ich am Tag darauf wieder wie eine leere Hülle da. Und weinte.

Ich weinte, weil die einfache Frage, welchen Pullover ich überziehen sollte, mich überforderte.

Ich weinte, weil das Geräusch jedes vorbeifahrenden Autos mich fast zu Tode schreckte.

Ich weinte, weil ich weinte; weil ich es beschissen fand, so schwach zu sein.

Und dann, von einem Augenblick zum anderen, ging nichts mehr.

Fatal error.

Defekter Neustart-Button.

Hilfe musste her, und ich habe sie, was nicht immer selbstverständlich ist, bekommen und hatte auch die Kraft, sie anzunehmen.

Selbst nach all der Zeit, die seitdem vergangen ist, fällt es mir nicht leicht, etwas dazu zu schreiben, und ich habe lange mit mir gerungen, ob ich es tun soll, schließlich macht uns jedes Sich-selbst-Öffnen verletzlich und verwundbar.

Aber wisst ihr was? Ich bin lieber angreifbar und blute, als dass ich emotional verende. Da kann ich Savannah Scheffler, die auf die Liebe vertraut und alles auf eine Karte setzt, gut verstehen. Außerdem weiß ich, dass ich nicht allein bin. Keiner von uns ist das. Es sind viele, die auf irgendeine Weise fragend, suchend sind, und auch erschreckend viele, die diese Suche und die Anforderungen, die an sie gestellt werden, aus der Bahn wirft. Wie eine Untersuchung gezeigt hat, fühlen sich fast neunzig Prozent der Menschen, die in Deutschland zu Hause sind, gestresst. Die Hälfte davon befürchtet, kurz vor einem Burnout zu stehen, und schätzungsweise jeder Fünfte erkrankt irgendwann in seinem Leben mindestens einmal an einer Depression oder einer chronisch depressiven Verstimmung.

Klar, dass das Prediger auf den Plan ruft. Prediger, die uns unsere Verfehlungen aufzählen und uns vorhalten, wir hätten es kommen sehen müssen, dass unser Verhalten Konsequenzen hat. Schnell wird da »Gott« herangezogen und beschworen – auch um Ehescheidungen, nicht-heterosexuelle Liebe, weibliche Selbstbestimmung und wer weiß was zu verteufeln.

Doch psst!, so unter uns: Ich will nicht auf diese Stimmen hören, und ich tue es auch nicht. Denn jemand, dessen Repertoire sich aus Furcht, Tadel und Zurechtweisung statt aus Zuspruch, Trost und Empathie speist, verdient es nicht, dass wir auf ihn hören.

Gibt es Gott? Nun, wenn wir das Mysterium meinen, dem wir uns zuwenden, um die Welt und unser Leben zu verstehen, dann kommen wir nicht umhin zu sagen, dass es schlichtweg eine ganz persönliche Glaubensfrage ist. Dass wir es nicht wissen.

Wir können den Blick noch so oft gen Himmel richten, am Strand den Wellen lauschen oder in die unfassbar schönen Augen unserer Kinder oder Tiere sehen; nichts Genaues weiß man nicht. Und vielleicht ist das einer der Gründe, weswegen wir so bereitwillig neuen, anderen Propheten, den Meinungsmachern der sozialen Medien, folgen. Mit ihren glatt gebügelten, durch Filter gejagten Selfies sind sie die Prediger unserer Zeit, wobei es mir ganz ehrlich fernliegt, diese zu verdammen oder etwas in der Art. Soll doch jeder machen, was er will. Das mach ich schließlich auch.

Vielmehr treibt mich die Frage um, was diese Plastikwelt, in der alles und jeder makellos, einfach zu handeln, unendlich happy und ganz spaßig ist, mit mir, mit uns am Ende tut.

Zwar ist die Medien- und Kommunikationswissenschaft lange schon zu der Erkenntnis gelangt, dass ein simples Ursache-Wirkungs-Modell zu kurz greift, dass unter anderem auch die Art und Weise, wie ein User einen Medieninhalt nutzt, Einfluss auf die Wirkung hat. Unbestreitbar aber ist, dass alles, was wir konsumieren, unsere Sicht auf Dinge ändern kann.

Wenn wir ständig auf Fehler- und Sorgenfreies, Kontur- und Kantenloses stieren, ist es quasi unausweichlich, dass uns früher oder später das Gefühl beschleicht, außen vor, weil weniger erfolgreich, älter, dicker, dünner, langsamer, gewöhnlicher als alle anderen zu sein.

Also wenn ich mir etwas wünschen dürfte, dann wäre es, dass wir früher skeptisch werden, sobald uns jemand sagt, wir seien nicht gut genug für eine Aufgabe, einen Beruf, eine Beziehung.

Wir müssen uns nicht neu erfinden, um respektiert, gemocht oder geliebt zu werden. Und wir sollten uns auch keine Angst einreden lassen.

Ohne jede Frage kann die Welt, in der wir leben, uns erschrecken und gefährlich sein. Pandemien, Militärputsche, antidemokratische Tendenzen, das neue Hasselhoff-Album (sorry, kleiner Scherz), die Ausbeutung natürlicher Ressourcen, Menschenrechtsverletzungen, das Untergraben von sozialen Standards – all das und mehr erfordert unser Umdenken und Handeln.

Doch Tragödien und Herausforderungen gab es schon immer. Nur hatten wir vor dem digitalen Zeitalter mit zeitlicher Verzögerung davon erfahren.

Heute spielen Distanzen kaum mehr eine Rolle. Ob in Asien, Amerika, Afrika oder Australien – ein Tweet ist schnell geteilt, ein Smartphonevideo per Knopfdruck hochgeladen, schon bricht das aktuelle Weltgeschehen, als fände es in unmittelbarer Nähe statt, über uns herein.

Doch nicht jede schlechte Nachricht (die sich besser verkauft als eine gute, das dürfen wir nicht vergessen), ist eine Heimsuchung und nicht jede Heimsuchung ein Untergang.

Wir täten gut daran zu sehen, dass Weltuntergangsbeschwörungen – egal, ob von Glaubensgemeinschaften, neuen Göttern, Medien oder einem Bent Dahl ausgehend – eine Form von Selbstüberschätzung sind. Sie gründen sich auf der fehlerhaften Annahme, genau zu wissen, was die Zukunft bringt, wo alles endet: im Niedergang.

Doch in diesem Punkt bin ich ganz bei Falk Bachmann: »Niemand weiß, wann es zu Ende ist, und das ist gut so.«

Ja, ich kann euch aufrichtig beruhigen, denn obwohl Propheten jeder Art nicht müde werden, uns davor zu warnen: Apokalypsen kommen äußerst selten vor. Einmal nur geht die Welt unter.

Wenn überhaupt.

Danke

Wusstet ihr, dass jährlich weltweit 1.793.000 neue Bücher veröffentlicht werden? Fast 5.000 pro Tag.

Danke, dass ihr euch bei dieser unfassbar großen Auswahl für meins entschieden habt.

Ich freue mich darüber, genau wie Jimmy Herz, mein Co-Autor und Ehemann, der mich erneut beim Schreiben unterstützt hat. Was abermals der blanke Wahnsinn war. Wir stritten uns um beinahe jeden Satz, konnten bei Konfliktszenen auf unseren ganz persönlichen Wortschatz an Beschimpfungen zurückgreifen (»Du bist ein Wicht, ein kleiner Psychopath«, »Wir beide sind noch nicht fertig miteinander«, »Du kannst so ein furchtbarer Idiot sein«), und wir verschönerten die Wand im Arbeitszimmer mit orangefarbenen Flecken (glaubt mir, selbst bei uns fliegen normalerweise keine Mandarinen).

Noch Fragen?

Dachte ich mir.

Ich verabschiede mich jetzt besser. Und entlasse euch mit der Playlist zu »Der Heimsucher«, einem kleinen Feature, das mir wichtig ist. Denn Musik inspiriert mich, lässt mich vieles klarer sehen, bringt mich zu mir selbst zurück. Und vielleicht, wer weiß das schon, euch auch. Keine Ahnung. Wenn ihr Freude daran findet, hört euch die gewiss nicht alltäglichen Lieder an (ihr findet sie unter »Der Heimsucher« oder »Thomas Herzsprung« auf Spotify). Und wenn nicht, lasst es einfach sein. Denn genau das versuche ich, zu *predigen* (die Wortwahl war jetzt Absicht). Macht, was euch guttut. Nicht, was andere von euch erwarten.

Denkt daran: Ihr seid einzigartig. Und daher bedeutet es mir viel, zu sehen, welche Menschen sich hinter dem Wort Leserschaft verbergen. Anonym ist heute schon genug; da freue ich mich über alles Menschelnde, über persönliche Kontakte.

In diesem Sinn: hoffentlich bis bald.

Schreibt mir, folgt mir, abonniert mich, was auch immer – aber lasst uns doch mal hallo sagen.

Lasst uns wieder aufeinander zugehen.

Euer Thomas (Tommy) Herzsprung

www.facebook.com/TommyHerzsprungAutor
www.instagram.com/tommy_herzsprung/
www.thomas-herzsprung.de

Playlist

Der neue Gott – Oomph!
This Corrosion – Sisters of Mercy
Die Schwäne im Schilf – Empyrium
Sweet Dreams (Are Made Of This) – Eurythmics
Lovesong – The Cure
50 Ways To Leave Your Lover – Paul Simon
The Offering – Sleep Token
Walking In My Shoes – Depeche Mode
I Was Made For Lovin' You – KISS
The Business – Tiësto
Macht es nicht selbst – Tocotronic
The Writing On The Wall – Iron Maiden
Beloved – VNV Nation
Bright Horses – Nick Cave & The Bad Seeds
Black Betty – Ram Jam
Lamplight – Bee Gees
Für – And One
Wheel In The Sky – Journey
Moldau – Christian Löffler
Natural – Imagine Dragons
Sterbehilfe – Suicide Commando
Blinding Lights – The Weeknd
Tyranny Of Secrets – The Mission
Nothing To Fear – Chris Rea
Numb – Elderbrook
Sunday – Conjurer & Pijn
Love Is The Drug – Roxy Music
Spirit Of Lightning – Wolves In The Throne Room
The Sparrows And The Nightingales – Wolfsheim
Ótta – Sólstafir
Dead Loons – Panopticon
Fade To Grey – Visage
Innocence – Mono

Where You Are – Deine Lakaien
The Memory Remains – Metallica
Liebe ohne Leiden – Udo Jürgens & Jenny
Ich liebe das Leben – Vicky Leandros

Leseprobe

Thomas Herzsprung

Der Blutbote

ISBN eBook 978-3-96032-069-2
ISBN Print 978-3-96032-070-8

Kapitel 1

Während János dem Flüchtenden über den Acker folgte, schnitt ihm der eisige Wind ins Gesicht und ließ die Finger der Hand, die den Schlagring hielt, taub werden.

Er hasste es, wenn nicht alles nach Plan lief. Etwa, wenn es einem seiner *Schützlinge* nicht nur gelang, sich aus dem Verschlag unterm Dach zu befreien, sondern er es auch noch aus dem Haus schaffte.

Nur gut, dass der Hof so weit draußen liegt, dachte János. Um auf die nächste menschliche Ansiedlung zu treffen, bedurfte es mindestens eines dreistündigen Fußmarsches durch den Wald und das auch nur bei Tageslicht und wenn man den Weg kannte. Ein Fremder konnte ewig orientierungslos in dieser Dunkelheit umherirren; János würde den kleinen Bastard schon noch erwischen.

Seine Hand ballte sich fester um den Schlagring, und er malte sich aus, wie der Totschläger mit einem gezielten Schlag gegen das Kinn des Mannes donnerte. Zusammen mit einem Schwall Blut würden Teile abgebrochener Schneidezähne und vielleicht sogar ein Stück Zunge, auf die sich sein *Schützling* biss, ihren Weg aus dem Mund auf den Acker finden.

Ja, das wäre ein guter Anfang für eine Nacht voller

Schmerzen.

János lief schneller.

Mit jedem Schritt seiner Stiefel knackte die gefrorene Erde unter seinen Sohlen. Glücklicherweise stand der Mond hell am wolkenlosen Himmel, weshalb János genügend erkennen konnte. Trotzdem musste er aufpassen, nicht versehentlich in eine der Reifenspuren zu treten, die ein Traktor bei der Ernte in den Boden gegraben hatte. Ein gebrochener Knöchel war das Letzte, was er jetzt gebrauchen konnte.

Leise fluchend versuchte János, weiter aufzuholen, doch als der Abstand immer größer wurde, sickerte die Erkenntnis zu ihm durch, langsam zu alt für den Job zu werden.

Dieses eine Mal noch, dann würde er sich zur Ruhe setzen, beschloss er, während die Muskeln in seinen Oberschenkeln brannten und seine Lunge wie ein asthmatischer Teekessel pfiff.

Der Mann vor ihm wagte einen raschen Blick zurück. Selbst im Zwielicht konnte János die Angst in dessen Augen sehen. Trotz des Ärgers über das Desaster, zu dem sich die heutige Nacht entwickelt hatte, stellte sich das altbekannte Hochgefühl der Jagd ein.

János holte auf.

Zehn Meter, vielleicht weniger – im Mondlicht ließen sich Entfernungen schlecht abschätzen – trennten ihn noch von seinem *Schützling*, doch dann tauchten am Rand des Ackers die ersten Eichen auf, und sein Opfer verschwand im Wald.

Ungeachtet der Schmerzen in seiner Seite beschleunigte János noch einmal. In der plötzlich einsetzenden Dunkelheit des Waldes blieb er stehen, und während er sich zu orientieren versuchte, überschlug sein Gehirn die Konsequenzen, die es mit sich brachte, sollte der Mann entkommen.

Zuckendes Blaulicht. Polizisten. Hundestaffeln. Spurensicherer, die den Bauernhof und das umliegende Gelände durchwühlten.

János stützte sich am Stamm einer alten Eiche ab und atmete tief durch. Die Nerven zu verlieren, brachte nichts.

Da seine Augen sich nur allmählich an das Dunkel gewöhnten, war er gezwungen, sich auf das zu verlassen, was er hörte. Doch bis auf das Heulen des Windes und den entfernten Ruf einer Eule vernahm er nichts.

Scheiße, der Kerl musste sich verkrochen haben.

Unvermittelt brach mit einem Knacken ein Ast, worauf ein Poltern und ein Stöhnen zu hören waren.

János fuhr herum in die Richtung, aus der die Geräusche kamen, und stolperte los. Nach ein paar Metern, die er sich beinahe blind vorankämpfte, begann es heller zu werden. Nicht unweit vor ihm tat sich zwischen den Bäumen eine Lücke auf, die zu einer Lichtung führte. Darauf lag neben vom letzten Herbststurm abgerissenen Ästen und Blättern sein *Schützling*. Der Mann stöhnte und versuchte, wieder auf die Beine zu kommen, doch die unkontrollierten Bewegungen, mit denen er es lediglich zurück auf ein Knie schaffte, ließen darauf schließen, dass er hart auf den Kopf gefallen war.

Ein Lächeln legte sich auf János' Gesicht. Gemächlich trat er auf die Lichtung zu, als ein metallisches Schnappen zu hören war. Im nächsten Augenblick packte etwas sein rechtes Bein und hielt es fest.

Erstaunt schaute János hinunter und konnte sich im ersten Moment nicht erklären, was an seiner Hose entlang in seinen Stiefel lief. Es dauerte ein oder zwei Atemzüge, bis er begriff, dass es sich bei der im Mondlicht wie schwarz glänzendes Öl wirkenden Flüssigkeit um Blut handelte. Es sickerte aus Wunden, die halbrunde, mit Zähnen bewehrte Metallringe in sein Bein geschlagen hatten. Die messerscharfen Spitzen waren mühelos durch Hose, Haut und Muskeln geglitten und hatten sich im Knochen seines Unterschenkels eingegraben.

Bis gerade eben hatte János fest daran geglaubt, ein zäher alter Bursche zu sein, doch nun wurde er eines Besseren belehrt.

Als nach den ersten Schrecksekunden der Schmerz einsetzte, brüllte János wie ein verwundetes Tier.

Kurz schoss ihm durch den Kopf, was es für ein verdammtes Pech gewesen war, ausgerechnet jetzt in die Falle eines Wilderers geraten zu sein, dann aber erkannte er seinen Irrtum. Sein *Schützling* kauerte inmitten eines Kreises aus Tellereisen. Um ihn herum Dutzende dieser Fallen, dicht an dicht, nur notdürftig unter Laub und Moos versteckt.

Das war nicht das Werk eines Wilderers.

Langsam kam der Mann hoch, doch nun hatten seine Bewegungen nichts Ungelenkes mehr. Mit der Geschmeidigkeit einer Katze drehte er sich um und blickte János direkt in die Augen. Jede Angst war aus seinem Blick verschwunden, und mit einem Mal begriff János, dass er in dieser Nacht nie der Jäger gewesen war.

Thomas Herzsprung

Der Behandler

ISBN eBook 978-3-96032-060-9
ISBN Print 978-3-96032-061-6

Er will dir helfen? Dann renn um dein Leben!

Die Morgendämmerung taucht den See im Stadtwald in ein unwirkliches Licht. Am Ufer liegt eine tote junge Frau. Bis auf ein Leinentuch um die Hüften ist sie nackt. Wohl platzierte Schnitte ziehen sich entlang der Venen über Arme und Beine. Ihr Mund ist eine blutige, zahnlose Höhle, der Schädel kahl rasiert. Hauptkommissar Falk Bachmann ist müde, und solange es ihm gelingt, sein eigenes düsteres Familiengeheimnis zu verdrängen, lässt ihn alles kalt. Doch die Brutalität, mit der die Frau vor ihrem Tod misshandelt wurde, setzt selbst ihm zu.
Polizeipsychologin Dr. Juliane Klawitter vermutet die Tat eines Psychopathen, der wieder zuschlagen wird. Und tatsächlich taucht schon bald eine zweite Leiche auf. Falk und Juliane verfolgen einen Serienmörder, der seinen Opfern in einer rituellen Behandlung die Weiblichkeit raubt. Doch je mehr Falk und Juliane das Tatmuster des Killers entschlüsseln, desto unklarer ist: Wer ist der Jäger, wer der Gejagte?

Der erste Fall für Polizeipsychologin Dr. Juliane Klawitter und Hauptkommissar Falk Bachmann, der nicht nur gegen einen Psychopathen, sondern auch gegen seine eigene Vergangenheit ankämpft.

Auch als signierte Ausgabe auf
www.thomas-herzsprung.de erhältlich